八千里路

Eight thousand miles

玖月晞 著

（全2册）

上

江苏凤凰文艺出版社
JIANGSU PHOENIX LITERATURE AND ART PUBLISHING

跨越八年，跋涉八千里，
一个男孩对一个女孩最深沉的暗恋。

陈樾没想过人生会冒出无数种意外，比如他对她的动心。

毫无预兆地，在一棵山核桃树下，她撞进他心里。

梯田上的风景随着光线千变万化，
他看着她在霞光中清丽的侧脸。
孟昀，你的再次出现，让我迷茫了。

Contents
目 录

第 1 章
云之南 / 01

第 2 章
collateral damage / 17

第 3 章
云朵与口琴 / 32

第 4 章
核桃树上 / 56

第 5 章
魔鬼在跳舞 / 94

第 6 章
许愿 / 122

第 7 章
孟姑娘 / 158

第 8 章
白色风车 / 181

第 9 章
他的初吻 / 236

第1章 云之南

2018年，夏。

孟昀后悔了。

下午六点五分，太阳像钉在天上似的，还未有下落的迹象。西天红霞翻滚，好似山林着了火。路西镇坐落在半山腰，一条破烂水泥路贯穿而过，沿路高高低低戳着几栋年代不详的矮砖楼，门板古旧斑驳，上挂“米粮油”“新新理发”“种子化肥”类的塑料招牌。街尾有家“便利超市”，既不便利，也不算超市。店家只收现金，不知移动支付为何物。一小时前，孟昀进去转了一圈，继而开始想念自家楼下的罗森。

孟昀今早出发，从上海虹桥到昆明长水，飞行三个半小时；从昆明到地州，高铁两小时；从州首府到若阳县，绿皮车一小时；若阳县到路西镇，小巴车半小时，转马车半小时。

孟昀生平头一遭坐马车。一匹栗色马，挂上马鞍，拉个大篷车。篷内狭窄，左右靠车壁摆两条板凳，塞下十来个乘客跟一条土狗。除去孟昀，其余皆是身着民族服装的当地人。老头老太太裹着头巾，中年妇女因劳作日晒，面孔过早老去，辨不出年岁。从县上采购的果蔬日用品盈满小筐小篓，堆在马车中央。

车轮颠簸，一篓子小南瓜挤到孟昀脚边。她立即缩回脚，鞋子仍是脏了。篓子主人有所察觉，忙将篓子挪开，说了句话。不知是云南方言还是民族语言，孟昀横竖听不懂。

前头马蹄嗒嗒，马屁股扭动，长长的马尾一甩，苍蝇飞舞。噗噗两声，尾根部拉出两泡屎，被屁股上挂着的麻布袋兜接住，热气腾腾。

孟昀戴着墨镜，脸颊气鼓如河豚。金丝线绣花的Gucci外套在车篷内显得十分暗淡。她扶着摇摇晃晃的箱子，在充斥着汗臭味、马粪味、鱼腥味、蔬菜味的大篷车上晃荡前行。

下了马车，孟昀头晕，脚触着大地都是软的。待站稳了，一见四周这荒凉模样，以为自己到了越南。

目的地清林镇离此处还有段距离，可预见其更穷更破。这便是未来三个月她要待的地方。一时冲动，报名了支教志愿者。眼下进退不得。正如她这些日子的混乱生活。

她着实累了，从包里抽出几张纸巾，垫在路边台阶上坐下，拨通慈善协会负责人给她的号码——要来接她的人姓陈。

嘟——嘟——

响了十几声，没人接。孟昀心生烦闷，以为要断线时，终于接通。

那头风声很大，轰隆隆的，要把她的耳朵给刮过去。

对方嗓音却清沉，似能定风，说了声："喂？"

孟昀问："是陈先生？"

对方说："你……孟昀？"

孟昀说："是我。你来接我对吗？"

对方没有立即接话，问："你到路西了？"

孟昀预感不祥，缓缓地说："我，到，了。"

对方语气跟着变缓，声音也轻了，说："不好意思，我这边有点儿事情耽误了。你能不能等我一会儿？"

孟昀兜头一盆冷水，克制了，冷声道："一会儿是多久？"

那边斟酌半刻，说："尽量四十分钟内。"

"哦。"

孟昀挂了电话，将脸埋进手心，太阳穴突突跳。

下午五点二十分，太阳斜在山头。水泥地上堆积了一整天的炙热，孟昀浑身的汗液在蒸腾。

林奕扬的经纪人雅玲发来消息："到了吗宝贝？（亲）"

孟昀就想回一句"到你妈"，手却理智："在等人接我。"

雅玲丝毫不费心去解读"在等人接我"的言外之意，发了个 OK 的表情包。

谈话终止。

屏幕熄灭，孟昀从黑屏上看到自己满头大汗，睫毛膏都快流到脸上了。她抽出湿纸巾，把脸擦干净，不忘涂一层厚厚的防晒霜，又画了下眉。横竖闲着无聊，干脆撸个妆，缓解无聊。她正张着嘴巴涂睫毛膏，瞥见路边一老一少两个青布衫的少数民族盯着她看。

被发现了，那老太太不好意思了，脸上笑出一朵皱纸花，抱着傻乎乎的孙儿进屋去。

穷乡僻壤，没有游客。偶有几个路过的当地人好奇打量。孟昀浑不在意，玩手机打发时间。一时下意识，登了许久不登的微博。

她微博名是一串毫无规律的字母，关注和粉丝一度都是个位数（粉丝数前段时间长了）。号上没有熟人，除了林奕扬的小号——也是一串字母，但有规律 mynytbrwsqnhs——“孟昀你一天不惹我生气你会死”。

孟昀已经两三个月没惹他了。

登录成功，一堆红点。她设置了微博消息不提醒。不用看，知道是林奕扬粉丝的问候。她不是没想过注销。可上上月准备注销时，发现这号居然积攒了几百条微博，全是与他秘密恋情的点滴。

她并没有自以为的那么洒脱。

今天慈善夜，热搜好不热闹。

王羽西背头造型；
张秋诗海蓝星空鱼尾裙；
……
林奕扬金丝边眼镜。

孟昀拇指悬在屏幕上，轻抖两下，点了下去。

林奕扬工作室发了九宫格，多角度多造型。不得不说，他有副好皮囊。评论全是粉丝应援。

“哥哥好帅！”3.3 万个赞。

“我现在夸林奕扬最棒，不解释，能赞到明年吗？”3.1 万个赞。

“欢迎关注林奕扬最新单曲《计时器》，×× 音乐榜第一你值得拥有！”3.9 万个赞。

一溜儿的控赞、图片安利，无聊得很。忽然，孟昀看到了自己的名字，一个只有两人点赞的新评论：“那两个情侣小号真的是黑粉自导自演？我合理怀疑扒帖是真的！男生小号的翻译是，my 你一天不惹我生气你会死。这个 my 很可能就是《海上》的词曲人孟昀。居然跟公司的同事、幕后制作人谈恋爱，林奕扬让人失望！”

粉丝 A 回复：“工作室发声明了，‘单身，炒作’。看不懂吗？就是对家在搞鬼！哥哥近几年越来越火，歌也开始出圈，这时候爆他和幕后的绯闻，如此居心叵测你看不出来？”

“呵呵，你们粉丝给工作室提要求说新专辑里不能有孟昀写的歌时，可不是这么说的。”

“因为她水准下滑，写的歌难听，配不上林奕扬。就事论事！我们《计时器》是业内顶级制作人伍思贤打造的！”

孟昀收了手机，环顾四周。对面是家米店，一个老婆婆坐在小板凳上吃花生，壳撒了一地。几只鸡徒劳地啄着壳衣。

小镇静得像死了般，有老人从田间劳作回来，背着谷穗，佝偻着腰，一步一喘，近乎无声地从孟昀面前经过。孟昀似乎在看他们，眼睛却泛着虚空。她长时间静坐着，偶尔眼皮掀动，露出点儿活泛迹象。

六点八分了，那个姓陈的还没来。

心中烦闷已达顶峰。人猛地站起，拉起行李箱就想走。可，走去哪儿？回公司，境况尴尬，且没她的位置。回家，忍受母亲的羞辱。

她顿在原地。

身后传来急促的脚步声，行至她身后，放缓。

一个年轻男人走到她身边，站在台阶下，探头看了她一眼。

来人戴着棒球帽，风尘仆仆的，道歉："不好意思，让你等久了。"

孟昀立即质问："你这人怎么这样呀？一点儿都不守时！"

她忘了，基金会那边说的就是五六点。

"实在对不起，临时出了点儿急事。"对方表情些许无措，说，"你……喝点儿水？"

他递给她一瓶水，孟昀不接。

他竟有点儿紧张了，低声示好："饿了吧，要不先吃个饭？"

孟昀起先不作声，人缓过来后，"嗯"一声。

他试探着再次把水递给她，她这回接了。

瓶盖被他事先拧开过，她很轻松就打开了，一口气灌下去半瓶。

那人赶紧提起她的箱子往前走。

孟昀见状，气又顺了一半，道："我箱子很重的，可以拖的。"

"噢。"他这才反应过来，拉出拉杆，拖箱走在前头。

镇上没有像样的餐馆，只有一户家常炒菜店，连招牌都省了，却坐了两三桌客人。一个阿姨蹲在门口的大澡盆前，双手在满盆的泡沫水中翻搅，碗盘在抹布里一滚，丢去冲水。泡沫水渍满地淌。

他拖着箱子经过，滚轮溅了水到箱体上。他将箱子拎起来，以免弄脏。

孟昀见状，不予置评。男人的背影看着挺高，身子看着瘦，却有力量，拎着箱子，脚步轻松。

餐馆门面不大，只容下三张桌子，已坐满。店内摆一台开放式冷藏柜，洗切完备的菜品摆在里头——这便是菜单。

他站在冷柜前点菜，回头看她："你过来看看，想吃什么。"

孟昀正皱眉瞧着别人油腻的餐桌，闻言扭头，撞上男人的目光。一时间，两人都有些怔愣。

他在那一秒思考着这镇上哪里还有餐馆，而孟昀在那一秒被他抓包了嫌弃之色的同时，认出了他。

她刚才心事烦乱，脑子没启动，也没仔细瞧他。不怪她。他比大学时期成熟了，肩膀宽了，脸部线条也变得深刻。何况他还戴着帽子，好几次帽檐遮了眉眼。

孟昀的烦乱一瞬掩盖过去，大步走去他身边，故作寻常地说："陈樾，我减肥，可以只吃青菜吗？"

陈樾听见她唤自己名字，稍稍打量她一眼，说："可以。"

孟昀扫视一圈冷柜，全是些不常见的青菜。除此之外，竟还有一堆奇怪的虫子，叫她眉心拧成了疙瘩。

她从小四体不勤，五谷不分，站在柜前十几秒没做决定。

陈樾也不催，耐心等着。

"这是豌豆尖尖？"她指了一下。

"嗯。"

"这是南瓜秧秧？"

“嗯。”陈樾忽然问，“你为什么说菜名，要带叠字？”

孟昀道：“入乡随俗，我看网上说这边的人都这么讲话。”

陈樾极淡一笑，道：“说的是四川吧。”

孟昀顿时想起读书时自己不务正业，不知他这笑有什么别的意味：“哦。就这两个吧，还有这个。”她指了把不认识的蔬菜，说：“看着饱肚子。”

陈樾说：“这是苦菜，你怕是吃不了苦。”

“能吃苦啊，怎么不能吃苦？”孟昀怀疑他意有所指，可瞧他安静的面容，又不似。

陈樾说：“那试试吧，清热的。”

店里没地方了，支了张小桌，坐在路边。

山区道路倾斜，陈樾捡了两块小石头卡住行李箱的滚轮，弄好了，借水龙头冲了手，坐到桌子对面，摘下棒球帽，胡乱抓了把头发。男人饱满的额头一闪而过。

他发觉孟昀在看他，目光短促地在她脸上停了一秒，又戴上了帽子。

彼此无话。

孟昀率先打破尴尬，语气很难说不是应付：“真巧啊。老同学了，居然在这儿碰到，你在这边干吗呢？”

陈樾一时没说话。

孟昀说：“毕业……四年了吧，好久没联系了。”

陈樾似在犹豫要不要说出他的真实想法，或是装不知道为好。最终，他还是说了：“你刚才没认出我来吧。”他抬眼，目光擦过黑色的帽檐看向她，拘谨地抿唇一笑，说，“你把我忘了。”

这是孟昀记忆中第一场社交车祸瞬间，发生在 2018 年 4 月，西南边陲一个叫路西镇的破餐馆门口，见证者有路边的一条黄狗和三只母鸡。

“没有啊。”孟昀脸色镇定，浑然不承认，“刚才我太累，不想讲话。我记得，你跟何嘉树是一个宿舍的。”

陈樾说：“嗯，我跟他一个宿舍。”

孟昀听不出他语气，也无心揣摩，瞟了眼桌上的筷筒，一边判断着筷子的清洁程度，一边岔开话题：“你跟大学同学联系多吗？”

陈樾说：“关系好的就两三个。”

孟昀猜测，这两三个人里定有何嘉树。作为何嘉树曾经的女友，孟昀时常听他提起陈樾，和陈樾也偶有交集。只不过后来，何嘉树去了美国，孟昀进了娱乐公司，跟同学少了联系。

她原来和同班另外两个女生要好。三人做朋友，总有两个更亲密些。孟昀是第三个。她不在意小节，仍相处得愉快。但两个舍友毕业后都离开了上海，不在一个城市，自然联系少了。

两三个月前，林奕扬小号事件闹得最凶时，知乎有条提问：“my 是《海上》的词曲人孟昀吗？网上找不到资料，有没有人知道这个孟昀是谁？”

第一条回答是匿名者：“爆个料，爱信不信。孟昀，我同学，读书时人品就很差，大家说她是校花，不是我喜欢的长相，感觉整容了。仗着漂亮、家境好，脾气极差，但很会跟男生搞暧昧，师兄师弟，玩得很溜儿，懂的自然懂。那时很多人追她，换过几个男朋友，无缝切换、没有男人不行的那种。后来她喜欢我们班草，班草是学霸，家里特别有钱。她那时就用名牌包了，都是班草买的。她很会来事儿，追班草的时候，趁班级出游，晚上直接进人家房间去。班草对她特别好，架不住她不安分。她成绩很差，不学习，一门心思参加各种海选，还在院里拉票，那时就看得出很想红了。客观地说，她的确会多种乐器，自恃有才，想当明星。就她那资质，得了吧。估计是明星当不成，幻想自己跟流量谈恋爱了吧。”

不过，由于孟昀是素人，回答问题的并不多。

她在第三条答案里看见了舍友姜岩的真名：“你们说瞎话不亏心吗？第一的，你说你和她同班，你敢报真名吗？连网名都不敢露的匿名者，有什么资格爆料？”

孟昀心有感动，却没跟姜岩讲。她自尊心太强。正如此刻，她不想见到陈樾。

过去数月，她憋闷压抑，已无法正常工作。无意来此地，纯属脑热。自我放逐也好，躲躲清静也罢，最不想遇见熟人。

陈樾往碗里倒了茶水，洗出一副碗筷递给她，自己那份没洗。

孟昀无精打采，不讲话。

餐馆里有个老头儿，吃完饭，出来吹晚风。他拿起门口一个竹筒，蹲在台阶上，单手从怀里摸出个小纸包，小心地解开；他手指苍老黑黄，捻出一团不明物，团成小团，塞在竹筒底端连接的一小段竹枝上。火柴一擦，点燃。老头儿嘴闷进竹筒顶端的开口，猛地一吸，筒内水声咕咕，青蓝色的烟雾抽出竹筒外，扑了老头儿一脸。他心满意足吐出一口烟雾，再吸几口。又来个老头儿，接过竹筒去抽。几个老人蹲在一起分享，姿态愉悦。

孟昀蓦然想起落地长水机场时醒目的禁毒通告，来了点儿精神，道：“我去，这么狂的吗？”

陈樾说：“这是水烟筒。抽的烟丝。”

孟昀：“哦。”

老板娘上菜了。清炒豌豆尖、蒜蓉南瓜秧、苦菜汤配蘸料。

陈樾端起蘸料，唤了声：“嬢嬢，不要香菜。”

老板娘：“哎哟，你刚刚打过招呼的，我忘记了，马上给你换着噶。”

孟昀说：“你也不吃香菜啊？”

陈樾没答。

孟昀发现他还真不爱讲话。性格腼腆，跟大学时一样。

她真饿了，青菜吃到嘴里都分外新鲜。只是那苦菜，嚼一口，苦味满盈，第一口差点儿吐出来。

陈樾拿下巴指了下蘸料。孟昀照做，蘸上调料，勉强有点儿清新味。三盘菜吃得干干净净，一点儿不浪费。

太阳业已落山。两人出发前往清林镇，路程半小时——交通工具是一辆电动三轮车。孟昀跟着陈樾走向那三轮车，看到车后一条木板当座位时，内心是震了一下的。想到自己要跟个货物一样堆在三轮车上，她脑海里闪过无数骂人的话。

陈樾将行李箱搬上车，孟昀咬了下牙，以一种赴死的心态麻利地爬上去坐好，姿态从容得像个货物，早死早超生地说：“快走吧。”

三轮车出了路西镇，走在山间原野上，一道灯光捅开前路。

孟昀回头望，天空墨蓝沉沉，只剩西边山头一小片月白色的浮云，像沉在深海底的宝藏。虽是夜里，视野却开阔。近有稻田、水塘，荷叶飘香；远有牧场、森林，山岭绵绵。

走了不久，开始上山，窄路一旁变成悬崖峭壁。峡谷中一小丛萤火，是刚才的路西镇，在夜雾中闪闪烁烁。群山绵延，山峰呈细小波状，层层叠叠，如月下无声的海浪。夜风吹拂，这山峰组成的海浪渐渐将萤火吞没。

前行不知多久，又一小丛荧光从峡谷中浮现，竟有些令人惊喜的妙美。三轮车一拐，开始下坡，山中夜色皆被参天大树所遮挡。孟昀便知快到了。

许是夜里亮了灯的缘故，清林镇街道看上去比路西镇要温暖。镇子不大，依山而建，房屋皆是木质结构。小路层叠向上蜿蜒，拐几条小巷，到了一户民居门口。走进院落，像进了鬼屋，四遭夜幕沉沉。

孟昀眼皮乏重，感官迟钝。她忘了自己如何走过天井，进了屋，沿小楼梯上了阁楼；也对散发着潮湿木头气息的房间和简陋的布置无动于衷。

阁楼低矮，约十几平方米，一竹床一木柜，一竹桌一藤椅。床边立一架落地扇，地上叠放着两个崭新的塑胶水盆，里头有毛巾、牙膏和水杯。木质的地板，踩上去吱呀作响，是藏不住半点儿动静的。

陈樾帮她把箱子放好，说："洗手间在出了门，天井右边。你先洗漱了，好好休息，有什么事情就喊我，我就住天井对面。"

孟昀周身低气压，说："谢谢。"

陈樾似乎想安慰什么，但最终什么也没说，走的时候带上了门。

楼梯上，他的脚步声逐渐消散。

孟昀一屁股坐在箱子上。头顶白炽灯泡散发着昏黄的光，几只蚊虫围着打转。四壁之内一片寂静，屋后头夜虫呜呜。她脑子空空如也，一串红色的"家徒四壁"弹幕在她头顶转圈圈。她自拍一张，又颓又丧。做了个表情包："后悔！当事人就是十分后悔！"

孟昀把表情包发到朋友圈，顺带屏蔽家人组。林奕扬有个单独的分组，她没有将他屏蔽。

发送。

手机很安静，没有信息。

孟昀空坐了会儿，开箱，整理衣物，原地转一圈，不见卫生间。她抱着洗漱用品下楼。

隔着一方天井，陈樾住在对面，见她这身行头，走过来，指："厕所在这儿。"

小楼侧面有间黑黢黢的小屋，陈樾伸手摸亮了灯。

白炽灯黄澄澄的，厕所不大，很简陋。墙壁地板由水泥搭起，顶棚盖着石棉瓦。靠门边一个廉价的陶瓷洗手台，靠里有一个蹲坑。墙上一个塑料挂钩，挂着装卫生纸草纸的黑色塑料袋。蹲坑对面一个莲蓬头。

孟昀站在门口，有种浑身瘙痒的幻觉。

陈樾见了她脸色，说："不好意思，这边条件不是很好。"

孟昀一言不发，走进去，谨慎环顾四周，没有壁虎，也没有蜘蛛网。莲蓬头的开关也算干净。

她说："没有热水啊？"

陈樾说："有。"

孟昀眼神愣愣的，不知热水器在哪儿。

陈樾说："这边都是太阳能。"

"哦。"她仍抱着衣服站在原地，在做心理建设。

陈樾见她情绪低落，后退一步，关上了厕所门。

洗完澡，孟昀净爽了些。没有吹风机，她对着风扇吹头发。

她坐在床边，摸了下床单和凉席，很新，很干净。她后知后觉地意识到，应该是陈樾安置的。脚指头不自觉地跷了跷，拖鞋也干净。

夜深了，窗外虫鸣消散，山野俱寂。

楼下传来脚步声，有人上楼。

接着，门板上响起叩门声，孟昀问："谁啊？"

"我。"陈樾声音不大。

"怎么了？"孟昀趿拉着拖鞋去开门。

“夜里有蚊子。”陈樾走了进来，迅速判断了一下她的脸色。

他一只手拎着箱牛奶，另一只手拎个塑料袋，里头装着小面包、沙琪玛、瓜子、话梅之类的零食。他从袋里拿出一盒蚊香，撕开包装，人蹲下去，将蚊香分出一卷，拿打火机点燃。

火光在他沉静的眼神里跳跃，孟昀看见他挺拔的鼻梁上有细微的汗。

他将点好的蚊香放在铁盘子里，交代：“都是木头，注意防火。”

孟昀：“噢。”

他又把剩下的蚊香一卷卷分开。

孟昀站在一旁俯视着他。他蹲在地上，低着头，认真拆解着，他手指很长，动作灵活，竟没弄断一圈蚊香。孟昀轻轻把落地扇转过去对着他，风一下涌过去，翻起他的额发，露出了光洁的额头，又鼓起了他的衬衫。

他抬头看了她一眼，她穿一件西瓜红的吊带睡裙，露出白皙纤细的手脚，在白炽灯下泛着微微的荧光。他很快低下头去，说：“等头发干了再睡觉，别着凉。”

孟昀下意识地抓了抓湿润而蓬松的头发：“哦。”

他迅速把蚊香拆完，整齐地摞起来，甚至把蚊香头都对齐了。

她好笑：“欸，你是不是有点儿强迫症呀？”

他几不可闻地“嗯”了一声。

她又说：“谢谢你哦。”

他一起身，遮住了灯光；孟昀仰视他，狭小的空间变得有些拥挤。

陈樾只与她短暂对视一秒，说：“我走了，你早点儿休息。”

孟昀送他到门口，忽然说：“大一刚开学的时候，你帮我搬过书。”陈樾一愣。

孟昀立刻笑了，指着他，得意道：“哈！你也忘记了。我们扯平了！”

陈樾极浅抿唇，没解释，下楼去了。

他没有忘记。

第 2 章

collateral damage

2010 年，夏。

陈樾没忘记。

2010 年夏，陈樾去上海读大学。西南阳光慈善基金会的大姐姐在上海接待了他，还特意送他去了学校。

陈樾到了学校，报到完毕，进宿舍见到的第一个人是何嘉树。何嘉树来得最早，一个人正无聊，见了新同学，热情地向他推荐自己隔壁的床。位置靠阳台，远离宿舍门。

宿舍是上床下桌，下边书桌衣柜，上头床铺。陈樾铺床的时候，大姐姐跟何嘉树聊起了天，一会儿夸他长得很帅（这点陈樾赞同），一会儿夸他性格好（这绝对是奉承，第一面哪能看出性格？虽然日后这点得到了陈樾的认证），一会儿请他吃水果，一会儿给他塞酸奶。

陈樾专心致志地把床单掖进床垫，拂得一丝褶皱都没有。他猜想，这个大姐姐或许想行使这套手段"贿赂"同学，以期对方能跟身世可怜的他友好相处。陈樾对此不予置评，清楚自己不是易于交友的个性。

陈樾学的是电气工程与自动化。系里一个专业分了两个班。四十个男生住同一层楼，都是十七八岁的少年，还没正式开学就打得火热，左窜右闯，宿舍门形同虚设。陈樾从不去别人宿舍，他不爱讲话，不喜社交，只跟三个舍友，尤其是何嘉树好点儿。

有时候，别人来他们宿舍，吵吵闹闹，疯疯打打。陈樾为了避战，就端坐到床上观看。何嘉树说："你别一个人在上面，坐下来。"

他便下来，坐在书桌前。同学们疯闹，把他连人带椅子地撞歪，于是他搬了椅子坐在阳台。

还没开学，何嘉树爸妈就给宿舍送了份大礼，每人一台电脑。四台同款电脑齐刷刷地运进宿舍安装，相当有气势。安装完毕，其余三人迫不及待地刷软件，留下满地泡沫、纸壳、胶带。

陈樾看了一眼，坐下看电脑，摸了摸鼠标，回头又看地面，再看一眼电脑，最终，起身拿扫帚。垃圾捆了一大摞，出门扔掉。

回来正好碰上对门宿舍、电气二班的徐文礼叼着根冰棍来串门，问："开班会了没有？"

"开了。"

"你们班有几个女的？"

陈樾答不上来。

"三个。"杨谦是新上任的班长，正给电脑装杀毒软件。

"不公平。我们班就一个！平均分也得挪一个给我们班。"

“想得美。”

“大学生活丧失了一半的乐趣。”徐文礼斜靠着杨谦的椅背，问，“你们班女生长得怎么样？算了，不用问，肯定没有……”

“你还真想错了。”杨谦敲着键盘，说，“有个大美女。”

“吹牛。”

“你问陈樾。陈樾不说假话。”

徐文礼吸溜着冰棍，一屁股挤了陈樾半张椅子，说：“真有啊？”

陈樾正给电脑装软件，被他挤得鼠标在屏幕上画了个大圈圈。他浑身不自在，稍稍往椅子外挪了挪半边屁股，有点儿想起身的冲动。

“欸，问你呢。是不是真有漂亮的？”

陈樾说：“谁啊？”

杨谦、李斯齐同时从电脑屏幕上回头：“孟昀啊！”

何嘉树说：“你是不是近视眼？”

陈樾扭头，把何嘉树电脑屏幕上的小字念了一遍：“欧洲杯进球全收录，回复解锁资源链接……”

何嘉树：“闭嘴。”

不怪陈樾，开班会的时候他坐最后一排，几个女生在最前排，他只瞥见了两三个后脑勺。

陈樾说：“没注意看。”

杨谦说：“你下次认真看她一眼。”

陈樾没回应，心算着徐文礼坐几秒了能起开。

还想着，徐文礼觉得他闷葫芦无趣，起身溜去杨谦身边，问：“是孟昀漂亮，还是陈樾帅？”

陈樾说："我不帅，何嘉树帅。"

何嘉树玩笑："承让承让。"

杨谦却认真想了一下，说："漂亮，跟何嘉树相配。"

徐文礼瞪大眼睛："这么漂亮？住哪栋楼？！我去看看。"

何嘉树说："你变态吧？"

那天下午，院系发教科书，男生们住在一处，很快各自领完。还剩三个女生的书堆在杨谦这儿。陈樾一人在宿舍上网时，座机响了。

是杨谦打来的："就你一个在宿舍？"

陈樾说："何嘉树跟李斯齐去超市了。"

杨谦说，他联系了女生宿舍，准备去给她们送书，但临时接到班主任电话，要去传达军训通知。

陈樾懂了，说："我去送。"

杨谦道："那三摞书很重，你去隔壁或对门找个人跟你一起搬。"

陈樾说："好。"

他放下电话，回头看那三摞教材，一摞大概十几本，分量不轻。在敲人宿舍门向人求助和独自搬运之间，他从容选择了后者。

他一只手拎一捆，双手再合抱一捆，顺利出了宿舍。下楼的时候，甚至有点儿佩服自己，并不是什么难事，要是找人帮忙，就太矫情了。

然而，女生宿舍楼在八百米外。

8月，烈日当空。这任务没有陈樾想象的那么轻松。很快，手指麻木了；接着，手臂没知觉了。为了分心，他开始默背元素周期表。背了几个循环，背到Ir铱的时候，他走到了女生宿舍楼下，后背湿了，额上也出了细汗。

他想，回去第一件事就是洗澡。

孟昀站在楼前等他，远远看见了，跑上前来帮忙。

陈樾脸都晒红了，说：“不用。”

但孟昀不由分说把他胸前抱着的那摞书拿下来，他双手臂上顿时出现两道对称的红印。

孟昀见了，说：“很重吧？”

陈樾说：“还行。”

到了楼前，陈樾问：“男生能进吗？”据他判断，这书孟昀一人搬不上去。

孟昀说：“应该不能进，你放这儿吧，我自己想办法。”

陈樾很较真地问了一句：“你想到了什么办法？”

孟昀一时无言以对，过了三秒，说：“同学，这是一句客套话。”

陈樾没接茬，很坚持：“太重了，你搬不动。”

孟昀也固执己见，朝他伸手，说：“给我吧，我行的。”

陈樾觉得这女生有点儿不自量力，但他觉得再费口舌也是死循环，于是递给她一摞。

孟昀拎着两摞书，这下明显感受到了书的重量，两只手各拎一摞，有些困难地双手合抱。陈樾思考一秒，将第三摞放在她手中，松了力，但没松手；孟昀撑不住，整个人一沉，陈樾迅速将书提起，果断下了判决，说：“你搬不动。”

孟昀服气了，找楼管阿姨说了下情况，阿姨放行了。两人进了电梯，陈樾盯着红色的楼层数字看，目不转睛。

孟昀瞥了瞥他手臂、手指上的红痕，还有额上的汗，说：“谢谢你跑一趟哦。等会儿下楼，我请你吃根雪糕好不啦？”

陈樾仍看着楼层，说：“我不吃。”

孟昀：“……”

他又说：“到了。”

孟昀宿舍在901，其他人都不在。

陈樾将手中两摞书放在桌子上，见有一摞歪了，没忍住上手把它捋直了。

孟昀说：“你是不是有强迫症的呀？”

她随口开个玩笑，陈樾倒诚实回答了，说：“有一点儿。”

孟昀扑哧一笑，陈樾不觉得有什么好笑，且他一贯不擅长解读笑这种行为里的含义，他无意久留，说：“我走了。”

话音未落，孟昀迅速从自己桌上拿起一包纸巾撕开，抽出一张纸给他，说：“你擦擦汗吧。”

陈樾顿了一下，接纸巾的时候，脑子里鬼使神差地想起杨谦说的那句：“你下次认真看她一眼。”

他仿佛接受了指示来执行任务似的，忽然抬眸，认真看了孟昀一眼。她恰巧注视着他，目光相撞的那一下，他垂眸，说了声：“谢谢。”立刻走了。

进了电梯，他捏着那张纸巾，厚实又柔软的触感，还有淡淡的香味。陈樾从没用过这种纸巾。此刻捏在手里，感觉像是女孩子用的东西。

出了女生宿舍楼，走到半路，身后有女生喊他：“陈樾！”

陈樾回头，是孟昀，拿了两个蛋筒冰激凌，递给他一个：“谢你的。”

陈樾说："不用。"
孟昀不给他机会，说："买了两个。你不吃，我就扔了哦。"

陈樾觉得这个女生有点儿霸道，但他同样觉得她真的会扔，而且会当着他的面扔掉。所以，他接了过来。孟昀转身就走了。

蛋筒上写着"可爱多"，香草味的。那是陈樾第一次吃可爱多。冰激凌甜甜的味道，在他吃完很久后，还留在嘴唇上。

陈樾回到宿舍，洗完澡，继续弄他的电脑。没一会儿，何嘉树回来，扔给他一大盒酸奶。他顺手拆开，吃到一半，杨谦也回了，问："书送过去了？"
陈樾："嗯。"
杨谦："谁跟你一起？"
陈樾："一个人。"
杨谦："我就知道你不会找人帮忙。"
陈樾没说话。

杨谦："谁接的书？孟昀吧？"
陈樾："嗯。"

一旁，何嘉树笑起来，问："怎么样？这回看清楚没有？"
陈樾说："看清楚了。"
何嘉树问："好不好看？"
陈樾没答话。

恰巧，李斯齐回来了，一进门，看见杨谦桌上两大包进口超市的水果零食，惊呼一声：“何嘉树他爸妈又买东西了？”

杨谦把水果零食拿出来，分给大家，说：“孟昀妈妈给我这个当班长的买的，让我多监督孟昀，说她要是违反什么大学生守则，给她打电话。”

李斯齐拿起一个猕猴桃，狂笑：“有大学生守则这种东西？”

陈樾说：“有。新生报到手册，第 23 页，反面印了。”

李斯齐笑：“她妈妈也太搞笑了吧。”

杨谦说：“不奇怪。她妈妈当官的，还是教育口的。看调查表里，爸爸是企业家。”

李斯齐说：“那跟何嘉树一样。果然哪，上海的、杭州的，遍地都是有钱人。”

杨谦笑：“那还是没何嘉树家厉害，何嘉树是我们学校独一份。”说着，揉了揉何嘉树的头。

何嘉树：“滚。”

陈樾没说话，翻开新生报到手册，第 23 页。

他没记错，真的有“大学生守则”这种东西，后面几条一看就是那个女生不太会遵守的样子。

大一新生军训为期一个月，地点在郊区的训练大本营。

出发那天，女生们收拾好行李，拖到楼下。班上几个男生早已等着，帮她们将重重的行李搬去大巴车上。孟昀隔壁宿舍住着中文系的，班上女多男少，没这个待遇，一帮女生齐刷刷地叹了一大口气。

除了床单被套和日用品，孟昀还背了个吉他。杨谦说，教导员通知了，有特长的同学带上装备，训练间隙赛歌的时候用得上。

营地十分开阔，食堂、澡堂、男生宿舍和女生宿舍分处操场两端。上午刚安置好，吃过中饭，下午就开始顶着烈日军训了，以班级为单位进行。

教官比较体谅他们，循序渐进，站半小时军姿，休息一刻钟。即便如此，一个个娇生惯养的年轻人也受不住。训到傍晚，全都累得灰头土脸，饿得饥肠辘辘，放饭时犹如饿狗抢食。

晚饭之后，队列解散。男生们涌进宿舍，扎猛子似的往床上倒，哪还顾得上满身臭汗。

陈樾不上床，坐在地上休息，时不时看时间——营地只有一个澡堂，不分男女，规定七点前，女生洗澡；七点之后清场，男生再洗。眼看六点五十五分了，陈樾从床底拿出水盆、毛巾、香皂和干净衣服。

何嘉树见状，挣扎着跳下床，勾肩搭背地跟着他走了。

澡堂门口，排了一小队男生。位置有限，先到先洗。陈樾看了眼时间，已经七点了。澡堂里头在清场，三三两两几个动作慢的女生走出来。

队伍里的男生们不免好奇地瞟上一两眼。女生们倒不会穿着暴露，可披散着头发清汤挂面的素颜模样也别有一番清丽滋味。

何嘉树对男同胞的“素养”嗤之以鼻，无语地摇摇头，给了陈樾一个眼神交流。下一秒，自己却盯向某个方向。

陈樾看过去，见到了孟昀。

她穿着一件水绿色的吊带连衣裙，湿发未梳，搭在肩上，发尾滴着水珠。不知是一下午的太阳还是洗澡水蒸气的作用，女孩脸颊粉嫩嫩的、红扑扑的，露出的脖颈、胳膊和小腿仿佛散着粉白色的光。她脚底趿拉着人字拖，十分懒散，边走边歪着头，漫不经心地摸着耳朵里的水渍。

陈樾身后的队伍里忽传来一声逗弄的口哨，孟昀眼珠子霎时斜过来，表情很凶，麻利地从盆子里拿起漱口杯，一杯水毫不客气地泼了过来。

两三个男生哇哇乱叫，飞跳着躲开。队伍里爆发出看热闹的笑声。

一部分水摔在地上反弹，溅上陈樾的裤脚，还有几滴水溅到陈樾下巴上。他又无辜又震惊，低头看了看自己裤脚上的水渍，又抬头看看孟昀。

孟昀正不客气地瞪着那帮始作俑者，瞥见了"连带伤害"的陈樾，什么也没表示，甩了个白眼走开。那几个被白眼的男生笑嘻嘻地跳回原队伍，又不怕死地吹了声口哨，孟昀头也不回，伸起手来比了个冲天的中指。

"哇哦。彪哦。"旁观的男生们起哄，笑话那几个起头的。

何嘉树哼一声："脑残。"

陈樾不发一言，脑子里闪过昨天新背的英语词汇"collateral damage"（附带损伤、连带伤害）。

军训的日子过得无风无浪。

白天站军姿、踢正步，几天也就习惯了；偶尔到了夜里，教官把同学们拉去操场上，团团围坐，院系与院系之间赛歌。

工学院这边男生多，扯着嗓子鬼号，把天喊破，乍一听气势排山倒海；

可对方是外语学院，女生们唱歌不用喊，轻飘飘的，在夜风里悠悠扬扬。男生们一听，便知道自己这边输了。

杨谦不服气，说这样搞不行，纯属使蛮力，不如唱《同桌的你》，让孟昀拿上吉他伴奏。一帮大小伙子，嗓音低磁，就着悠扬的吉他弦，唱着“谁娶了多愁善感的你，谁安慰爱哭的你”。

扳回一局。

孟昀迅速在新生中出了名，陈樾却摸不清自己对她的印象。

训练的时候，他心无旁骛；夜里唱歌，他坐在最后排，前头男生们的脑袋跟不安分的老鼠似的左摇右晃，瞄向孟昀。他仿佛在看生物课本里被雄性激素支配的动物。

孟昀在他眼里是一个“有点儿不自量力”“要请他吃雪糕”“递给他纸巾”“泼水到他身上”“比中指”“长得好看”“脾气不好”的人物集合体。这代表着什么，他搞不清。

直到一周后——

军训是很枯燥的，从早到晚除了站军姿、踢正步，便再无其他娱乐。

男生们憋不住，总能在闲暇时找乐子。训练场旁边有块沙地，立着根电线杆。训练间隔的休息时间，不知哪个男生最先起头，手上抓了把白灰，跳起来用力往杆子上一拍，留了个手掌印。

渐渐地，男生们跟朝圣似的，争先恐后地跑去拍手印，看谁跳得高。一天接一天，玩得不亦乐乎。

没几天，那电线杆子上就拍满了手印。

那天，电气一班的一众男生聚在杆子旁比谁跳得高，连陈樾都加入进去了。

孟昀跟几个女生坐在树荫下休息，看着同班的男生们围着杆子上蹦下跳，猴子似的，有点儿无语，说："你有没有觉得我们班男生很幼稚啊？"

朱小曼："小学生行为。"

姜岩："不得不佩服，男生真是精力旺盛。"

不远处，陈樾微微仰头看着电线杆子，后退半步，突然前冲一步，起跳。身着迷彩服的男生高高飞跃而起，跟扣篮似的，扬手在电线杆上一拍，白色的掌印摁在上头，是最高的。

同学中爆发出一片喝彩："哇！"

空中的大男孩坠落而下，落了地，震颤得黑发飞扬。

几个女生目不转睛地盯着看。

孟昀摇摇头，点评："陈樾是吧？我还以为他是我们班最稳重的。"

姜岩忽然问："昀昀，你觉得陈樾跟何嘉树，谁更帅？"

孟昀说："陈樾太瘦了……"

话没说完，电线杆那头来了动静。

杨谦以陈樾摁下的手印为挑战目标，也起跳了。他后退好几步，冲上去奋力一跃，"啪"一声拍在杆子上，跟陈樾的不分高下。于是，陈樾再度起跳，这一次，他跳得比上次还要高，在最高处拍下手印。

可他落地时没站稳，不小心撞到了经过的外班同学。他说对不起，可那人很不客气，猛力一把将陈樾推出去，陈樾脑袋撞在杆子上，咚的一声闷响。

何嘉树一脚就向那人踹了过去。

孟昀一下子站起身，还没看清楚，那头一团人打起了群架，沙地上黄土飞扬。

电气一班整个下午的休息时间全部取消，全班戳在操场中央，罚站军姿。三个女生都没能幸免。

下午两点，太阳炙烤着大地，蒸腾的热气从四面八方包围过来。教官站在队伍前，吼着教训着“纪律”“打架”“集体”“规矩”之类的词语。

听了不知多久，杨谦忽然喊：“报告教官！”

教官说：“讲！”

杨谦：“请求让女生出队列！”

教官问：“你们不是一个班？不是一个集体？！”

杨谦不吭声了。

教官训斥：“军训是让你来干什么的？严整纪律，团结集体。你们呢？！一个个多大了，高中生吗？还打群架！就这种素质，还大学生呢，我看你们是一群流氓！”

孟昀突然喊：“报告教官！”

教官斥道：“你们是一个集体！”

孟昀更大声，说：“我不申请出列，我有异议！我对你刚才说的话不服！教官不公正！”

教官问：“哪里不公正？”

孟昀喊：“我看到了，是土木工程一班的人先动的手！要罚连他们班也一起罚！我不服！”

空气安静了，静到似乎听得见阳光爆裂的细微声响。

队列鸦雀无声，二十三个人站得笔直。

教官盯着她看了片刻，说：“不服就绕操场跑十圈。服气了就好好站着。”说着，移开眼神去扫视众男生，道：“我不管你们在哪个大学读书，可在这个地盘上打架，就是……”

“教官不公平！我就是不服！”队伍里一道满是怒气的女声炸开。

下一秒，孟昀出了队列，冲向跑道开始罚跑。

然而，事情没有小说里那样美好的、解气的结局。相反，结局让人相当沮丧，心累又身累——电气一班全班罚跑了十圈。

可就像所有让人喜爱的电影一样，这件事情有个小彩蛋——土木工程一班全班二十五个人也收到了罚站一下午军姿加操场跑十圈的大礼包。

那晚宿舍熄灯后，男生们议论起了这件震惊所有大一新生的大事件，自然也议论起了孟昀。

信息学院有人说：“你们班孟昀也太刚了吧。”

“没见过这么虎的女的。”

不知谁说了句：“谁当她男朋友，肯定吃不消。”
齐齐一道“咦——”的不赞同嘘声：“别这么说。”
杨谦也很护短，叫：“我们班女生都是宝贝，轮不到你们瞎操心。”
“我觉得她挺可爱。”
“对啊。还有反差萌。”

而陈樾躺在黑暗中，脑子里只是清晰地闪着那个短语“collateral damage”。

那一天，是 2010 年 8 月 23 日。

第3章 云朵与口琴

2018年，夏。

孟昀早上醒来，几缕阳光从木窗缝儿里透进来。微尘在光线中飘浮，朦胧如薄薄金纱。

昨夜还阴森森的小木屋到了白日，镀了层旧色的淳朴气息。连空气中潮湿的木头味都变得颇有古香。

推开木窗，窗棂吱呀。碧色山风扑面而来。

青灰色瓦片之上，重峦叠嶂，蓝天如洗。

这是一处四方院落。院落中央为青石板铺就的天井，正南方一道白色镶灰瓦的照壁，壁上是一幅山水画，墙边一株石榴树。满树红艳艳的石榴花，花蒂上隆起未成形的果儿。

一树枝繁叶茂，正对东、西、北方三栋小木楼。小楼是典型的西南民居，一层堂屋宽敞，沿狭窄小梯而上，置一方低矮阁楼。

孟昀所住小楼在石榴树西侧，隔着天井，正对面那阁楼开了窗。暗影中可见里头床铺整齐，衣架上晾着几件白T恤，应是陈樾房间。地上还蜷了一只猫。

孟昀意外，看不出陈樾会养猫。

至于石榴树北面那小楼，大门紧闭，阁楼无人，可能是早起出了门。

她正眺望着，听见脚步声。东厢房堂屋大门敞开，陈樾走了出来，一抬眼，望见了趴在阁楼窗边看风景的孟昀。

两人对视几秒，谁也没打招呼。

几只麻雀飞到石榴树树梢上蹦跶了一阵。

孟昀晨起心情不错，先开口："该去学校了吧？"

陈樾看眼手机，说："不急。"

八点四十分了，孟昀揣测他那句"不急"纯属礼貌，她比了个手势："给我十五分钟洗漱。"

陈樾回："十五分钟够吗？"

孟昀怀疑他暗示她起床太迟，可他说话语气相当寻常，表情也十分平静，自知多想，说："够。"

陈樾回到屋里，坐在木桌前打开电脑对数据。

只听对面小楼哐哐当当，女孩在楼梯上跑上跑下，洗手间里水流哗哗，阁楼上地板吱呀。而后，安静了。

几只鸟雀在鸣啾。

陈樾手机闹铃响，十五分钟到。他把电脑塞进背包，锁好房门。

孟昀业已准备完毕。她长发束成高马尾，梳得一丝不苟，化了精致的裸妆，眉清目明，面颊好似桃花瓣。

她一身相当漂亮的连衣裙，挎了个金棕色的包，脚上还踩着亮片高跟鞋，娉婷袅娜地站在原木斑驳的雕花大木门前，乍一看和环境格格不入，再看却莫名有种强烈对比之下的和谐。

陈樾斟酌着要不要告诉她，她有些夸张。

但考虑到如果她还是大学里那种脾气，那他缄默不言比较好；而根据他两个月前在网络上对她小号的观察，这些年她那脾气应是变本加厉了。

陈樾经过天井，踏上台阶，递给她两把钥匙："小的是这道房门的，大的是外头的角门的。"

孟昀回身面对四扇雕花大木门，她跨过门槛，将两扇门收拢，道："这不是古物吧？弄坏了要不要赔钱？"

陈樾答："不是古物。要赔钱。"

"要赔钱那我就轻点儿。"孟昀笑了一声，拿铁链穿过门把手，准备挂锁。可她手小，捞不住铁链。两扇大门原有些内倾，自动向里开，哗啦啦地拖着铁链从她手中滚出去。

"欸——"她两手乱抓，"跑什么？"

陈樾侧身上前，伸手将铁链捞住，内开的两扇大门稳稳定在原地。忙乱中，孟昀一手抓在他手背上，他紧握着拳，手背精干有力，带着温热而坚硬的触感。她迅速移开手，这才发现他侧身捞锁链的姿势，胸膛离她很近了。

他似乎也不太喜欢这样过近的距离，将她手中的锁拿走，侧身拿后背挡住，跟她隔开。

孟昀后退一步，瞧着他上锁，瞥见他指甲修剪得短而干净。

锁好门，走过天井。

陈樾阁楼的窗户上传来猫抓挠的声响。一只小小的狸花猫爬出来了，站在屋檐上，尾巴竖起，居高临下觑着孟昀。

孟昀道："你还养猫啊？"

陈樾说："它赖着不走。"

孟昀说："有名字吗？"

陈樾顿了一下，说："云朵。"

"挺好听的。"孟昀说着，那猫儿轻轻一跃，跳上正北方那栋小楼的屋梁，不见了。

孟昀又问："这屋里住的谁？"

陈樾说："镇上的书记。"

孟昀问："男的女的？"

陈樾答："男的。"

孟昀问："叫什么？"

陈樾说："柏树。"

孟昀问："姓柏？"

陈樾说："嗯。"

他锁上院子角门，孟昀叹："云南人的姓氏真少见。"

陈樾说："他是甘肃的。"

"哦。"孟昀猜想，可能是少数民族。

门口整齐地停着面包车、三轮车、摩托车。

他开了面包车的门，上里头找东西，最终翻出一个黑色的器械袋，垫在三轮车后头的木板上，说："你坐袋子上吧。"

他的意思是不想她衣服弄脏。

孟昀也不跟他客气，坐好了，往牛奶盒上插吸管，问："你是哪个少数民族？”

陈樾看了她一眼。

孟昀目光与他对视。

“汉族。”陈樾人已背对她。

她还不信：“我怎么记得你是少数民族呢，印象里我们班有一个呢。”

陈樾说：“你室友朱小曼吧。”

孟昀：“……”

的确，朱小曼是恩施的，土家族，是个很温柔安静的女孩子。孟昀不知哪儿来的记忆，模糊觉得大学时陈樾是不是暗恋朱小曼。此刻提起了，想玩笑一问，但这人不是开玩笑的个性，她便没说。

三轮车颠簸，沿着曲曲折折的砖瓦路，绕过民居和山坡，往下方的学校方向走。

路两旁，夏景盛大。胡枝子开满了紫红色的花儿；一年蓬的花朵像满天的小太阳，铺满灌木丛；栾树又高又大，一串串密密麻麻水红色的花苞像灯笼般挂满树冠；长在更高处的凤凰花烈焰如火，燃烧在山林与蓝天的交接之处。

清林镇很漂亮，没什么砖瓦建筑，全是三房一照壁的木楼民居，高高低低铺在山坡上，茂盛青翠的树木点缀遮掩着。

山坡上一阵窸窣，一只黑色的小松鼠跳到路中央，抱着爪子左看右看。

孟昀兴奋：“松鼠。”

松鼠受了惊，冲进灌木丛，不见了踪影。

孟昀回头：“陈樾，有松鼠。”

陈樾说：“很常见的。”

孟昀说："常见吗，常见你怎么不养一只？"
她语气带有一丝挑衅。
陈樾说："确实有几只，隔三岔五去我窗台上玩。"
孟昀这下没话了。

路边出现农田，种满了绿油油的作物。
她来了点儿兴趣："那个田里长的是什么，土豆吗？"
"南瓜。"
"那个是黄瓜了吧？"
"西红柿。"
"那个我知道，芋头！"
陈樾："土豆。"

孟昀不看作物了。过几秒，问："你在这儿当老师多久了？"
陈樾说："我不是老师。"
孟昀在晨风中微微眯眼："怎么说？"
"我进了中 × 集团。"陈樾稍稍放慢速度，拿下巴朝侧前方指了一下。

彼时两人正好绕过一栋土屋，到了悬崖边。边上乱石野草，俯瞰清林镇所处的峡谷。
山谷对面，群山绵延，某一丛山峰上露出两三簇正在风中旋转的白色发电风车。应是十分遥远，看上去极小，像哆啦 A 梦脑袋上的竹蜻蜓。
"啊。风能发电。"孟昀道，"我专业都忘光了。"
陈樾没说话，专心看着前路。
"你们工作要一直驻扎在这儿？"
"是……也不是。"陈樾稍稍偏了下头，似要回头看她，但没有。

风吹着他的 T 恤。没有下文。

孟昀说："那昨天怎么是你去接我？我还以为你是学校的。"

陈樾说："也算。"

她等他继续往下说，可他没多解释。

阳光隔着沿路的树影，在她脸上闪动。

她吐槽："你这么不喜欢说话，上辈子肯定是棵树。"随手往山上一指，"喏，就站在那儿。"

陈樾看了眼，她指着一棵红松。

正巧，他很喜欢红松。

清林镇中学是附近几个乡镇上唯一的高中，也是唯一有初中部的，位于镇中心。

学校占地面积不大，一个操场，旁立两栋新建的四层教学楼，一栋高中部，另一栋初中部。楼后边是崭新的学生宿舍外加食堂。

操场边有个车棚，学生们的自行车、小摩托停在里头。

这儿与大城市的硬件比不了，但比孟昀想象中的好许多。

"我以前看网上说，贫困地区连教学楼都没有，全是土房、平房。"

"四年前建的。2011 年我来的时候，就没有教学楼，宿舍楼也没有。住得最远的学生回家要走三四个小时。"

孟昀抬眉："2011 年？你不是在读书吗？"

陈樾移开目光："暑假，支教过。"

孟昀多看了眼他的侧脸，他眼窝很深，鼻梁高挺，肤色偏黑，是很耐看的那种男人，越看越觉得好看。

但这男人似乎不太习惯跟女人对视，眼睛仿佛是怕烫伤似的，总往别处挪，迅速，无声，像谨慎的小松鼠。

进了教学楼，陈樾说："过会儿你见的是刀校长。"

孟昀说："姓刀？"

陈樾"嗯"一声，补了一句："傣族。"

孟昀无声地笑了下。

刀校长四五十岁，因操劳已过分苍老，可笑容十分温暖和煦，一见孟昀便朝她伸手："孟女士，很感谢你能来我们学校教娃娃。"

孟昀与她微笑寒暄。

陈樾站了会儿，说："校长，那没事我先走了。"

"好。你去忙。"

陈樾快速地看了孟昀一眼，转身离开。

孟昀没想到他这么快就走，没准备好，跟校长打了声招呼，赶紧追出去。

陈樾已走进楼梯间，刚下了一两级台阶，孟昀追上，唤："喂，你就不管我啦？"

陈樾回头，发了下蒙："我……你要我怎么管你？"加一句，"我……先去上班，行不行？"

两人大眼对小眼。

孟昀瞪着他看了几秒，吐出一句："起码加个微信吧。白天我要有什么事情找你呢。"

"哦。"陈樾掏出手机。

孟昀："我扫你。"

他低着头，手指在屏幕上点啊点。因他站在两级台阶下，孟昀目光正好与他平视，瞧见他睫毛很密很长，眼窝跟鼻梁的弧度很漂亮。

他一抬眼，又垂下，把二维码递给她。

孟昀扫了，添加。他微信名就叫陈樾。

"我加了，你通过吧。"

陈樾照做。

孟昀这才抬了下脸，示意放他走了。

陈樾握着手机，快速下了楼。走出楼梯间了，才擦了擦手心的汗，又揪着 T 恤胸口的衣料扇了扇。

他点开微信，看她的朋友圈，看见了她昨晚发的搞怪表情包。

嗯，可爱。

这时，宿舍群里来了消息。昨天深夜他在群里提了一句，说孟昀来他这边支教了。

点开群，李斯齐说："孟昀居然会去支教？稀奇。别跟小孩打起来。"

杨谦："这都能碰到老同学，缘分啊。转告一下，班长祝她顺利完成任务，好好奉献爱心。"

何嘉树发了个哈哈大笑的表情包。

两年前何嘉树在国外读完硕士，和他在硕士期间认识的女友一道回了上海创业。那时陈樾在上海读研三，何嘉树带她和陈樾见过几次。两人可以说是志同道合，共同追梦。那时的何嘉树早已不再在陈樾面前提孟昀了。

陈樾想，他早就放下了吧。

孟昀随校长在校园里走了一圈，沿着操场走到教学楼。

刀校长一生在清林镇中学工作，学校招收从初一到高三六个年级的学生，每个年级有四到五个班。早些年，教学设施差，师资力量弱，直到 2009 年才出了第一个一本上线的学生。

不过，这些年国家大力扶贫，教育投资增强，学校发展不错。师资力量提上来了，老师也勉强不缺，还时常有大城市的优秀教师过来支教应援。唯一不足的是，精神学习方面仍是块白板。

孟昀这次报名的正是西南阳光基金会的乡村“音乐教室”计划。她跟着校长从一间间敞亮的教室外走过。

正是上课时间，室内的学生都好奇地打量着孟昀。

新开的音乐教室在教学楼一层的尽头，讲台旁摆放着一台立式钢琴，琴身上刻着“×× 市 ×× 公司捐赠”的字样。

刀校长给了孟昀一份课程表和几本花名册，交代她遇到麻烦和情况，及时跟她反映，又问她还有什么问题和疑惑。

孟昀觉着这是项轻松的工作，并没多想，却问：“陈樾不是学校的老师？”

“他是中 × 集团的工程师，来这里弄电力风车呢。”校长说话带着云南口音，“这几年政策扶贫，一些央企国企指派了一对一的扶贫项目。他们集团嘛，对了我们镇，要牵头搞扶贫，挂名了个镇扶贫组副组长。”

“哦，他就被分配来了。”孟昀合理推测，多半是他闷不吭声的性格，被领导同事压榨，来了这吃力不讨好的项目组。

“不是分配的。他好些同事不愿意做，他自己申请来咧。”

孟昀不置可否地说：“那他还很高尚。”

刀校长以为她在表扬陈樾，和煦地说：“是个好孩子。”

孟昀又问：“我看刚才进校门，保安叫他陈老师？”

“哦，西南教育基金会里头有‘生活老师’的项目，要跟进娃娃的上学情况，他是基金会的长期志愿者。我们小地方，人才少，能者多劳噶。”

孟昀懂了，说：“斜杠青年。”

校长没明白。

孟昀拿出纸和笔，解释：“比如我，作词人 / 作曲人 / 音乐视频 up 主 / 志愿者，这就叫斜杠青年。”

校长说：“一看你就有耐心，能和娃娃相处得很好。”

孟昀忽然就心虚了。

校长走后，她坐在钢琴凳上，翻看课程表。只有初中部有音乐课，共十个班，一周各一节课。

孟昀毫无准备，不知该教他们什么，怎么教。

别的她不确定，有一点倒很确定——她没有足够强的耐心，也没有足够好的脾气。

孟昀还记得三个月前。

那天，林奕扬工作室发微博：“单身。炒作。”

她小号涌入无数辱骂。虽然网友并不知道她就是“孟昀”，骂的只是一个虚拟号，但她实在不是好脾气的主儿。

网友 A：“恶心，你怎么不去死？”

小号：“你先行，我随后。”

网友 B：“做梦都在想林奕扬吧，疯了你。你也配得上他？”

小号：“不然你配呀。”

网友 C：“原地爆炸吧你。”

小号：“你先示范一个。”

网友 D：“你到底是哪家的职黑，收了多少钱干这种亏心事，不怕遭报应吗？下贱坯子。”

小号：“真有报应怎么你还活着？”

她还在快意恩仇呢，林奕扬发一条微信过来：“昀昀，你别这样。”

孟昀从小骄纵惯了，谁把她惹毛了，天王老子她也干翻。

但那天她真的就下线了。不止于此。几天后她发了条道歉微博，声称是在校学生无聊时胡说八道，对给林奕扬和幕后工作者孟某造成的困扰表示歉意。

骄傲有什么用呢，嚣张也都是给外人的。她那么霸道，偏偏是个谈了恋爱就沉迷其中、掏心掏肺不可自拔的人。她不是离了男人就不行，她是缺了爱就不行。

门口一道人影闪过。

孟昀回神，发现自己在陌生的教室。

窗外绿树蓝天，视野开阔，远离上海两千多公里。

她问：“谁在外面？”

两道瘦瘦的影子在门口的地板上扭扭捏捏，推推搡搡，时不时一根麻花辫冒出门框，又缩进去。

孟昀也不过去，手指从钢琴上划过，摁了一小段音符“一闪一闪亮晶晶……”

门口的动静消停了。一个小脑袋探出来，十二三岁的小女孩，黑眼睛又大又亮，撞见孟昀的目光便立刻缩回去。

孟昀觉得好笑，看这害羞劲儿，怕不是陈樾的妹妹。

她摁着琴键，说："我看见你了哦。"

小女孩再次探出脑袋，有些怯："你是新来的音乐老师？"

孟昀说："是哦。"

第二个小女孩也冒出来："我们是初一（3）班的。"

十点钟后的课正是初一（3）班的。

孟昀说："你们叫什么名字？"

两个小姑娘对视一眼，抿唇笑。

第一个说："我叫西谷。"

第二个说："我叫白叶。"

孟昀从花名册上找到她俩，道："名字很好听。"

小女孩害羞地笑了，身子却探出更多，孟昀瞧见了她们又旧又皱的T恤和又黑又瘦的手臂。

"老师叫什么？"

"孟昀。"

"哇。"西谷说，"梦云。是梦里的彩云吗？"

孟昀稍愣，从未有人这么解释过她的名字。她原想告诉她们，昀是日光的意思，但未开口。

白叶热情地说："老师，我们云南是彩云之南。"

孟昀微笑："我知道。"

丁零零，上课铃响了。两个小姑娘对视一眼，齐齐冲孟昀笑：“老师，你长得真好看！”话音未落，人影跑开，只留一地日光斜在门框里。

高原山区空气清新，无污染，阳光比平原地区强烈许多，白灿灿的，孟昀忽然就想到了“昀”这个字的意象。

她从包里翻出基金会发放的课本，思索着如何给孩子们上课，教流行歌曲还是民歌？功课没做足，临时抱佛脚。她越发心虚了。

上课铃声响起，孟昀出现在初一（3）班教室门口。室内鸦雀无声，几十道目光齐刷刷地聚在她身上。学生们很直接，毫不避讳地从头到脚打量着她，仿佛她是从外星来的。

孟昀走上讲台，亦扫视他们一圈——没有统一的校服，衣衫脏旧，脸庞黢黑，眼睛却黑白分明，直勾勾地看着她。

孟昀微微一笑：“我是你们新来的音乐老师，叫孟昀。”

她在黑板上写下自己的名字：“是昀，不是均，别读错了。”

底下立刻就有调皮的孩子读：“孟均！”

教室里一片嬉笑声。

孟昀放下粉笔，说：“好了，现在去音乐教室吧，下楼要轻声，不要吵到其他班的同学。”

男孩子调皮些，风一样从孟昀身边卷过；女孩子一簇簇围在她身旁，隔着一段距离，不太靠近，也不远离。

她们好奇地打量着孟昀：她的头发、她的裙子、她的手指甲、她的高跟鞋。

“老师，你的指甲是涂了指甲油？”

“是美甲。”孟昀说完，发现她们不懂，于是说，“对，指甲油。”

“老师，你穿的鞋子，会不会摔倒？”女孩盯着她闪闪的鞋子，问道。

孟昀看了眼小女孩的鞋，是一双尺寸过大的男士运动鞋，不知是家中兄弟留下的还是别人捐赠的。

她说："不会。走习惯了就好。"

西谷说："老师，你这鞋子不好走山路，怕是会栽到泥巴里呢。你们那儿没有山路，只有很宽很宽的水泥路吧？"

孟昀没来得及回答，又一个同学问："老师，你从哪里来？"

"上海。"

孩子们像传秘密一样，交头接耳地分享开去："老师是上海来的！老师是上海来的！"

到了音乐教室，消息已经在全班炸开，他们七嘴八舌，毫不在意这节音乐课的教学内容。

"上海有海吗，老师？！"

"有。还有江。"孟昀说，"同学们，我们先上……"

"老师，上海的楼是不是很高？"

"很高。"

"最高有多少层呢？"

孟昀答不上来，翻手机查了一下，说："上海中心大厦，有六百多米吧。我们今天学……"

"是不是能看到云？"

"看天气，有的时候可以。"

"是不是每个人都有手机？"

"应该是。"

"学生也都有？"

孟昀不知这都是些什么问题，答："都有吧。同学们，先听老师……"

"老师，你的手机是不是苹果的？！"后排一个男孩子大声问。

正是那个叫她孟均的男孩子，孟昀问："你叫什么名字？"

"杨临钊。"他报名字时，周围几个男生都笑了起来，只有一个很安静，不怎么说话。点名的时候孟昀对那个男生有印象，叫龙小山。

孟昀说："是的。"

杨临钊问："老师，能不能借你的手机看一下？"

孟昀面色微沉，说："不行。"

杨临钊肩膀一耸，做伤心状："好吧。"

"老师，你几岁了？"

"老师，你结婚了没有？"

"老师，你打算在我们这里待多久？"

……

直到下课铃响，孟昀什么也没教成。

她有点儿疲惫，回到位于教学楼西侧的办公室。这个办公室专为支教的老师和志愿者配置。孟昀属于志愿者，和她同属志愿者的还有一个从山西来的体育老师徐江松和一个从四川来的卫生健康老师丁棉棉。

另外还有一个本校的体制内教师李桐，教高中英语。她也是基金会的志愿者，除了英语，还负责这一片好几所中学、小学女孩的生理卫生课。

除此之外，她还经营了一个视频号，经常给学生们拍短视频。跟陈樾一样，也算是一才多用了。

办公室还有一男三女，小梅、小兰、小竹、小菊，四个都是从外省公办学校过来支教的专职教师，分别教高中物理和语数外。

孟昀跟徐江松、丁棉棉聊得来一些，很快就认识了。而那几位大城市重点高中来的公办教师，除了姓梅的男老师，其余三位女老师对孟昀较冷淡。

此刻徐江松、丁棉棉不在，只有小兰、小竹、小菊，她们一道去食堂吃饭了，没叫孟昀。孟昀听李桐说过要早些去吃午饭，不然下课了，学生会挤满食堂。

她不知道食堂在哪儿。

今早出门时，她往包里塞了陈樾买的面包、牛奶和饼干，正好当午餐。她独自坐在办公室啃面包，中途看了下手机，没有任何未读消息。陈樾也没问她第一天的上课情况。

下午给初二（4）班上课，跟上午一样兵荒马乱。

下课铃响的时候，孟昀只觉得到了解脱。

放学后她独自回家，走过农屋、瓦舍、农田、山坡。

放牧的人扬着鞭子，赶着牛群、羊群。

炊烟袅袅，掩映着夕阳。

住在镇上的小学生、中学生背着书包跑跑跳跳地经过，偶尔好奇地打量孟昀这个异乡人。

她亦清楚自己格格不入。

西谷说得对，高跟鞋不适合走山路。

孟昀在落日中走回院落，脚都麻了。

陈樾和柏树都没回来。

她泡了碗方便面，开了罐啤酒，坐在椅子上看着窗外落日西斜。这阁楼四面皆有木窗，窗窗皆是风景画。

但太阳落下去了。

暮色无声地走进阁楼，寂寞将孟昀包裹。

她有些好奇，没有电影院，没有桌游、健身房、射击馆、卡丁车、酒吧……这里的人是如何度过漫漫长夜的。

白天还好，一到夜里，安静会叫人窒息。

她放下空空的啤酒罐，趴在小窗边，像坐牢的人一样渴望窗外。

她太无聊了，拿手机点开宿舍群："我来云南支教，碰到陈樾了。"

没过几分钟，有人回消息了。

朱小曼："这么巧？"

姜岩："他在那儿干吗呢？"

孟昀简要介绍了情况，朱小曼说："哇，我读书那会儿就挺佩服他的。"

姜岩问："他谈恋爱没有？"

孟昀说："好像没有。"

已婚的姜岩说："实不相瞒，我大学时暗恋过他，哈哈哈哈哈。但不知道他喜欢什么样的女生，应该不是我这种类型的。"

孟昀："以前听何嘉树说，他喜欢温柔安静的。"

姜岩："小曼这种？"

朱小曼："瞎说。"

闲聊了一会儿，姜岩私聊孟昀："昀昀，好久没见你录新歌了。最近还好吗？"

四年前，孟昀初入娱乐圈时在某视频平台开了账号，不定期上传不露脸的吉他清唱视频，大部分是练习曲。两年前就有几十万粉丝了。她偶尔周更，最慢也会月更。但最近，她俩月没更新了。

孟昀登录账号，随意看了眼消息，又看到了网友"阳光照在核桃树上"

的投币提醒。

“阳光照在核桃树上”是她最早的粉丝。这么多年了，仍坚持给她投硬币。哪怕她很久不更新，那网友也一直在，仿佛坚信她一定会回来。

孟昀也想写点儿什么，可这段时间她脑子一片空白，别说一段音符了，一节也没有。

她抱起吉他，拨弄出一声杂音，心里实在闷得慌，又趴在窗边。院子里静悄悄的，小镇上也没有半点儿声响。这地方太安静了，叫她难以适应。

那只叫云朵的小猫睡在陈樾的窗台上，并不友善地看了她一眼。

孟昀回瞪它一眼，猫咪一下站起来，竖起尾巴。

角门有了动静，陈樾回来了。

暮色昏沉，孟昀堂屋的灯光投到天井里，触碰到陈樾脚下。他的面孔在暮色中很安静，和早上出发时一样。他拎了袋东西，本打算悄无声息地来天井这边，一抬头却见她在窗口。

孟昀居高临下：“你悄悄地要干吗？”

陈樾仰望着她，不太自然地提了下手里的袋子，说：“路上碰到卖杧果的，买了点儿。放你门口了。”

他的身影消失在她屋檐下。

孟昀立刻跑下楼，见门槛边放着塑料袋，里头装了五六个青黄色的杧果。

对面，陈樾已开锁进屋，见她下来，回头问：“吃晚饭了没有？”

孟昀说：“吃了。”

他点了下头，弯腰放置他的包，木门挡住了身影：“吃的什么？”

“泡面。”

“吃饱了吗？我这边有晚饭。”

孟昀纯属好奇，走过去：“你现在做？已经八点半了。”

陈樾走到角落的四方桌旁，揌开电饭煲，里头是火腿、腊肠、青豆、胡萝卜、豇豆焖米饭。

孟昀说：“看着很好吃。”

陈樾说：“你要不再吃点儿？”

孟昀心里斗争了两三秒，拒绝：“晚上八点半了，不能吃主食了。”

陈樾“哦”了一声，原地思考一下，拿了紫菜和鸡蛋。看样子要做个简单的汤。

他拿汤锅接了水，放在电磁炉上煮。水烧着，他撕了紫菜泡发，清洗了两遍。等水开了，紫菜下锅，他磕两个鸡蛋进碗里，拿筷子麻利地搅打起来。

孟昀靠在门框上看他，他的T恤袖子卷到手肘处，小臂的弧线看上去很健康。碗里的蛋花搅得均匀澄黄。

她上次见男人做饭，还是妈妈过生日的时候，爸爸亲自下厨做了一大桌好吃的。她提过一嘴后，林奕扬试图做一次，差点儿没把厨房烧了。

紫菜蛋花汤的香味很快飘过来，陈樾回头，说：“喝一点儿？这不是主食。”

孟昀犹豫。

他说：“不会长胖的。”

孟昀说：“那紫菜多一点儿，鸡蛋少一点儿吧。”

陈樾拿汤勺拣着紫菜舀，说：“台阶的葱盆底下有我家备用钥匙。”

“啊？”

“我回来晚的话，你自己过来吃晚饭，别吃泡面了。”

“噢。”孟昀接过碗，坐在小板凳上喝汤。

陈樾坐在堆满资料的书桌旁，清理出一点儿桌面，低头吃饭，再不言语了。

孟昀看了眼天井，灯光劈开夜色，略显寂寥。她憋了一天，很想讲话，但想等他问她，问她第一天上课怎么样。可等了很久他也没问，她忍不住，就自己说了。

“带学生好难啊。是不是小学生会乖一点儿？中学生纪律太难管了。”她说着，吐槽起来，“所有学生都不服管，课堂上都在说话，叽叽喳喳的，吵死了，根本都不听我在说什么。”

陈樾这下看她了，说：“他们只是很热情很好奇，刚开始你不习惯，以后会好的。”

孟昀很悲观：“我表示怀疑。”

陈樾说：“下次可以试试，教些他们感兴趣的东西，他们就会听你的了。”

孟昀不说话了，认为他在暗示她备课不用心。这时，小狸猫从外头进来，见了她，瞬间竖起尾巴，警惕地龇了一下牙，像是不开心她进了它的地盘。而后一跃跳到陈樾腿上，亲昵地趴下。

陈樾摸了摸它的头，动作温柔。

她突然就觉得他应该不太喜欢她，或许觉得她娇气吧，连他的猫都不喜欢她。

她一声不吭，放下碗回了阁楼。

孟昀心情不好，想早些洗漱睡觉。她拎了浴巾下楼，经过杧果时瞪了它们一眼，走进卫生间，锁上门，看见镜子里的自己面孔呆滞而生硬。

她觉得这地方没劲透了，打开热水开始冲洗，无意间看了一眼墙壁，惊得脚下差点儿打滑。

墙上一只手掌长的蜈蚣，黑身红头，百足爬行。

“陈樾！”孟昀一声尖叫，摘下墙上的浴巾，手抖得翻来覆去，确认浴巾上没沾任何东西。

陈樾很快到了门口，急促地敲了下门：“孟昀！”

她慌忙裹住身体，拉开门躲去他肩后，差点儿哭起来：“蜈蚣！”

蜈蚣感应到了危险，在墙上飞速爬动。

陈樾上前，迅速从墙上装草纸的塑料袋里抽出两三张草纸，盯准蜈蚣的移动方向，用力一拍。他手中的草纸摁在墙上，谨慎而缓慢地收紧，抓拢。

草纸在他手中团成了一团。

孟昀惊魂未定，盯着他的手。

他见她害怕，将手背在身后，安抚地说：“没事了。”

卫生间里空间狭窄，水蒸气中皆是她沐浴液的玫瑰香味，密不透风。

孟昀只裹了浴巾，雪白的胸脯和修长的双腿露在外面，胸口剧烈起伏。

陈樾只看了她一下，眼眸立即垂落，想要出去；孟昀不安地看向四周：“还有没有啊？它的爸爸妈妈，儿子孙子，不会一家都在吧……”

陈樾沿着墙壁细细地看，拎起塑料袋，掀开毛巾架，犄角旮旯全翻找一遍。

孟昀慌张地跟着他移动，他转身折返时经过她身边，觉得挤，侧身从她面前擦过。许是水蒸气的高温让他的脸颊微红。

“没有了。”他细致地检查了一遍，指着墙壁，“那儿有个洞，应该是从外面钻进来的。我明天弄点儿水泥补上。”

孟昀巴巴地问：“哪儿有水泥？”

陈樾说：“镇上有修路的，要一点儿就够了。”

孟昀说：“好。”

“我先出去了。”陈樾稍稍指了下孟昀背后，门外的方向。

门框狭窄，孟昀站在框边挡了他的路。但她还在惊吓中，反应迟钝，没有后退，而是挨着门框侧了个身。

陈樾顿了一两秒，确认她已经“让”完空间了，低头走过来，并不看她，弓身从她面前钻出了矮矮的门洞。

夜里灯光昏黄，他侧脸静默，耳朵红得近乎透明。

“你就站在这儿！”孟昀突然开口。

陈樾停在门口的石阶上。

孟昀眼角是湿的，说：“你不许走，等我出来了你才准走。”她揪着浴巾，“万一过会儿又有东西爬进来了怎么办？”

陈樾站在夜色里，张口结舌，脸一点一点变得更红了。

孟昀脸也是红的，分不清是吓的、水汽蒸的还是怎的，急道：“你听见没有呀？”

陈樾轻声：“听见了。”

孟昀：“一定不准走啊！”

陈樾：“不走。”

她一脸愁容，进去关上了门。

很快水声沥沥。

孟昀冲洗着身体，窥着门上淡淡的暗影，安心了些。

隔着一扇门，陈樾站在刚才的位置，一动没动。

门上的毛玻璃像个纸灯笼，女孩的身姿映在上头。他侧着脸，盯着月光下的石榴树，手里紧握着一团纸，面如火烧。

终于，水声停了。

过了一会儿，孟昀拉开了门。

陈樾跟被解了穴似的，立刻下了台阶给她让路。

她一句话不说，满脸通红地裹着浴巾回屋去了。

孟昀回了房，觉得热，裸着身子钻进薄被，却一直睡不着。

夜里不知何时，听对面阁楼传来一节口琴声，只有两三个音符，就匆匆断在了夜风里。

她没穿鞋，光脚溜到窗口窥看，他的阁楼黑黢黢的；刚才的音符仿佛是幻听。

第4章 核桃树上

快两个星期了，孟昀束手无策。

支教这件事远没有她想象中那么简单。进入第二周后，她发现自己依然管不住课堂纪律，也提不起学生的兴趣。

有一次李桐想在学校的视频号发布新内容，来班上拍摄短视频，见到课堂纪律很差，帮她整顿了一番，结果学生们唱歌仍是稀稀拉拉的，兴致不高，搞得两人都很尴尬。

孟昀起先想教音乐课本上的歌，如《东方之珠》《青春舞曲》，但学生们没兴趣，十分应付。有的学生完全不学，要么睡觉，要么偷看漫画。于是孟昀又找了些流行歌曲，像《匆匆那年》《平凡之路》，效果依然不佳。

上课时无视她、四处讲小话的学生太多了，比如杨临钊，不仅拉着周围一圈人讲话，有一次竟在课堂上大笑起来，搞得其他正在学歌的学生都停止了，回头张望。

孟昀走过去，发现几个男生居然在打扑克牌。

她一时间气得要冒火，可竟生生忍住了，没收了牌，说："杨临钊，你知不知道现在在上课！”

杨临钊摇着椅子，耸耸肩膀：“老师，你教的歌我会唱啊，要不要现在唱给你听？”

不只如此，他的眼神似乎也在说：“原来你就这么点儿能耐？”

四周一片笑声，只有龙小山拉了杨临钊一下，示意他别为难老师。

孟昀抿紧嘴巴，好半天了，才说：“你给我站到教室后面去。”

杨临钊起身，另外两个男生也举手说：“老师，我也申请罚站。”说完就往后头溜。龙小山拉了其中一个人，没拉住。几个男生站在后墙边笑得东倒西歪。

孟昀脑子里一根弦要崩断时，下课铃响了。她一声不吭，也不喊下课，收拾了东西就出了教室。

回到办公室，她的脸和脖子全气红了。

小梅刚给高三上完物理课回来，见状问道：“孟老师，脸怎么红了？”

孟昀不愿丢脸，掩饰地拉拉衣服领口，说：“太热了。”

小梅老师说：“这才4月中，你这么怕热啊。”

语文老师小兰插嘴道：“孟老师很怕热的，她刚来那会儿，我都穿外套呢，她就穿裙子了。”

英语老师小竹说：“兰老师，你这就不对了吧，人家裙子好看，还不让穿呀。”

小兰说：“我没说不让呀。孟老师的裙子都好看，一天换一件，跟戏服一样。都说英语老师衣服最好看，现在你拍马都跟不上了，还不快加油。”

小竹说：“来支教的，搞那些花里胡哨的干什么？每个人想法不一样的。”

孟昀正一肚子火没地方泄，当即就冷哼一声：“是呢，分人，也看底子跟资本的。不好看的人，弄得花里胡哨的，叫装俏。”

她笑了笑，提上包出去了。

之后，办公室的气氛尴尬了一周。而更可怕的是课堂，孟昀每听到上课铃响，都恨不得刨个坑把自己埋进去。

上课跟受刑一样，终于熬到周末，却没有解脱。

在清林镇的第二个周六，陈樾很早就出门了，柏树也下村去了。

孟昀一整天关在阁楼，拨弄她的吉他。她弹奏不出像样的曲调，倒是唱出了一长段无厘头的咒骂。

她在视频账号上发布了一小段练习曲，第一条粉丝评论是：“不好听，像在吵架。”

孟昀正想怼回，“阳光照在核桃树上”给她评论了，说：“听上去像是在发泄，要是有副歌就好了。”

她又静了静，最终没有怼网友，扔了手机，在床上躺着。

世界安静得没有一丝声响。这些天，连她的手机都很安静。

孟昀很少回想过去，她大抵是个朝前看的人。所以面对痛苦或挫折，她往往表现得无动于衷。

她对过去的生活也少有回想的瞬间。只是大学里有个片段叫她印象深刻。体育课上，她信心满满，面对着老师击打而来的网球用力挥拍——却只挥到空气。

后来，每当孟昀遇到一些无法越过的困难时，她便会想起那个场景——挥拍的一瞬间，球擦拍而过，手心空落落的。

当她的样本唱片被退回来，当何嘉树发给她分手短信，当妈妈要跟她断绝关系，当林奕扬工作室说“单身，炒作”，当她在录音室里写不出一段音符，当她独自坐在路西镇路边的台阶上……她都清楚地感受到了球拍在空气中挥动的徒劳和不可控制的挫败感。

就像这些天，她站在讲台上，当面对教室里一双双沉默而又会说话的眼睛时，球拍一直在空气中挥动。

她从上海逃来云南，还是一败涂地。

她真的不知道该怎么办了，不知道自己到底怎么了。

她把自己蜷成一团，孤独地，压抑地缩在床上，从下午到夜晚，枕头渐渐湿了。

她不想待在这个地方了，可也不想回上海，想到这儿，眼泪又无声地湿了脸颊。

窗外天光暗淡下去，暮色降临。

她躲在黑黢黢的小阁楼里，不知什么时候，听见陈樾回来了。

他似乎走到了她楼下，在她门口站了会儿。她多希望他敲门，上楼来跟她讲讲话，哪怕一句都好。

可她只是在流泪，没有发出声音，也没有开灯。

她的窗子是黑的。

他以为她睡着了，站了会儿，最终走了。

次日是星期天，早上陈樾准备出门时，孟昀坐在她家门槛上，咬着根没点的烟，眼神放空，神情孤独。陪她坐在门槛上的是个黑色的苹果手机。

她咬着烟，手指下意识地一下一下擦着打火机。

小云朵在天井里晒太阳，听见打火机声响，扭头看她一眼，猫眼冷漠。孟昀白它一眼，它浑身的毛又竖起来了。

过去，孟昀时常在网络上云吸猫，但她叶公好龙，不爱真实的猫。

云朵这猫精得很，也不爱搭理孟昀。它瞧她半晌，不屑一顾地翻身而起，轻快地走去陈樾身边，绕着他的脚踝亲昵地蹭了蹭。

陈樾蹲下来，长指抓揉猫脑袋，猫咪幸福地扬起头。他的手指绕到它脖子下，轻挠它的下脖颈。猫咪愉悦地眯起眼睛，笑脸盈盈，脑袋一个劲儿往陈樾手心里钻。

陈樾逗着猫，唇角有浅浅弯起的弧度。

孟昀瞧着，这人不爱跟人说话，跟猫倒亲密得很。

他逗完猫站起身，可小狸猫还不肯，绕着他裤脚转圈圈，喵喵直叫。

陈樾又停下，弯腰摸它脑袋。小猫扒拉着他的裤腿，一下子跳进他怀里，搭到他肩上舔他下颌，脑袋在他脖子上蹭。

陈樾抱着猫咪又逗了会儿，简直像在宠女朋友。

孟昀脑子里莫名地想，他要是有女朋友，应该还蛮宠的。

这时柏树准备出门，见状也过来逗猫。可云朵不让他碰，一下跃上窗户，爬上了屋檐。

柏树说："嘿，这猫，一次也不让我摸。"

陈樾笑了下，说正事：“昨天跟李部长谈好了，第三批贷款利率再降 0.8 个点。”

柏树笑着拍了拍他肩膀，道：“那可不是一笔小数目，替大家伙儿谢谢你了。昨天喝多了吧？李部长特能喝，我都怕。”

“还行。”陈樾说，“民族村施工完毕，明天去验收一下。银行信贷部的人会过来。”

“行。”柏树又跟陈樾讲了会儿，都是些工作上的内容。

孟昀听着，发现他讲话非常简洁，有条理，很是从容淡定，言之有物；全然不似跟她讲话时那半天讲不出一句的模样。

正想着，柏树跟她打了个招呼，出门了。

孟昀嘴巴里还叼着烟，呆呆地应了一声，盯着陈樾看。

陈樾正要锁门，撞见她直直的眼神。

他说：“少抽点儿烟，别把房子点着了。”

孟昀扬了扬并未点燃的烟头，没好气地说：“没点，我戒烟了。”

“哦。”他没有多余的话，锁了门，暗想自己并不擅长开玩笑。

孟昀一口气憋住。今天一整天又会是她一个人跟一只她不喜欢也不喜欢她的猫在院子里了。

孟昀受不了了，开口：“你去哪儿？”

陈樾说：“蒋林村。”

孟昀不知道蒋林村在哪儿，跟他大眼对小眼，问：“去干什么？”

陈樾说：“村小学有扶贫基金会在建的卫生教室，过去看下进度。”

孟昀说：“远吗？”

陈樾说：“四十五分钟。”

孟昀知道自己再怎么问，他也不会邀请她的，于是说："我能去吗？"

陈樾有些意外，说："你想去？"

孟昀说："啊。"

陈樾说："走吧。"

云朵悄无声息地跟在他俩后头走，到了门口停住猫步，看着主人锁了院门。

陈樾上了面包车，孟昀坐上副驾驶："今天不骑三轮了？"

陈樾说："要拉点儿东西。系好安全带。"

孟昀照做，嘴上却说："山上没什么车吧，也要系啊。"

陈樾道："你要出了什么事，赔不起。"

孟昀将安全带扣好，揣测他这话什么意思。

算了，"孟昀"只是个素人，陈樾这种人哪里会关心娱乐八卦，恐怕都未必知道林奕扬是谁。

哪怕知道，也不会挂心吧。毕竟她只是他不再联系也无甚交集的老同学而已。

四五十分钟的山路，面包车一路穿过森林、溪沟、梯田、牧场，最终到了目的地。

一处位于半山坡的小型聚集村落依山而建，四五十户人家皆是正正方方的土坯房。屋顶宽大平坦，层层叠叠好似梯田，风格与清林镇中又有不同。

陈樾说，这种建筑叫土掌房。

他们下了车步行进村。村内小路狭窄，土墙边杂草丛生。不少身着彩色民族服装的人在屋顶上晒谷子、掰苞谷。

偶有人投下好奇一瞥。

一路过来，没见着年轻人，只有老人和留守儿童。

村小学位于村子最高处，在那里可以俯瞰整个村落的黄土屋顶和近村梯田，以及远处群山绵延。

小学只有一排砖瓦平房做教室，一片三面断崖的黄土平地，新修了水泥地，作为操场。

崖下是其他人家的屋顶，晒满谷子和稻草。

孟昀站在边上，下面有一个老妇人正筛谷子，金黄的稻谷发出沙沙声响，听着竟有些悦耳。

不知哪条小巷里传来小孩的叫声、狗吠声。两户土房的缝隙走廊里，凤凰花树摇啊摇；一家房顶冒出炊烟，柴火饭的香味飘过来。

孟昀俯瞰了会儿，走去平房找陈樾。

平房尾端建了一座崭新的白壁砖瓦房，窗明几净。里头摆着十来台电脑，四周书架上摆满了《十万个为什么》《神奇校车》之类的儿童科普读物。

陈樾和李桐，还有个中年男性乡村教师在里面。

陈樾说："生理安全课还是要开呢，李老师能负责教这门课程。"

男教师道："有些家长不同意，他们接受不了娃娃学这个，工作难做啊。"

李桐说："边老师，我跟陈樾先商量下。"

边姓男老师走出了教室。

教室里，陈樾翻开一本书。

李桐说："要不再等等？"

陈樾说："两年前，一年前，全是这样说呢。"

李桐要说什么，陈樾道："这门课的作用你比我更清楚吧。"

"我知道。"李桐说，"就是执行起来太难了。再跟基金会申请，多来个人吧。生理教育这块，很是难做。"

孟昀还站在教室后门口，身旁响起一串脚步声。六七个小女孩从她身边跑过，穿着五颜六色的衣服涌进教室："李老师！"

李桐蹲下来笑迎她们，问："老师上次教你们的歌，都会唱了吗？"

"会！"小孩们不等发话就齐唱起来，"我不上不上，我不上你的当，我们之间没有什么话好讲，你不要不要，不要碰我和亲我，快乐相处保持距离……"

陈樾看见了后门口的孟昀。

孟昀见状，觉得站那儿没意思，又走回操场边。

这会儿太阳升高了，薄雾散去，家家户户屋顶上晒着金黄的谷物，高低错落，在蓝天青山间十分明媚。

陈樾站到她身旁，看着脚下的村落。

孟昀这些天心里烦闷，想说话，又不想主动说。碰上陈樾这种你不开口他就不说话的人，她就更烦。

她蹲在地上，手指揪扯着杂草。

陈樾难得先开口了，说："别揪了。地要秃了。"

孟昀不搭理，还在揪。

陈樾看得出来，她这段时间状态很不好，便问："你心情不好？"

孟昀说："没有。"

"哦。"陈樾停了一下，轻问，"跟办公室的支教老师起了矛盾？"

"什么矛盾？"孟昀起先疑惑，后来想明白了，"那三个女的告状了？"她觉得不可思议。

陈樾解释："不是告状。是刀校长刚好经过时听到了，怕你们有什么……"

孟昀好像浑身的刺都竖了起来，气道："是她们先阴阳怪气地讽刺我的，我为什么不能撑回去？要是觉得我穿的衣服不恰当，直接跟我说，我可以改。再说了，我只是希望穿得好看点儿，学生见了也开心，你不也没说什么吗？"

"我没有觉得不恰当。"陈樾说，"我从来就不认为，来做志愿者，就一定要搞得苦兮兮的。"

孟昀反问："那你来兴师问罪干什么？"

山风涌来，刮着陈樾的黑发。

他轻声说："我问这个……校长托我问这个，是出于关心。她怕你觉得受到排挤，怕你不开心。你先不要激动。"

孟昀一愣，有些无措了，但只一瞬，她就别过头去："对。我心情很不好。"她喉咙里哽了一下。

"不知道为什么，好像我是最失败的那个老师。我的学生都在青春期，都在叛逆。所有的一切都在我这里失控了。"

陈樾扯了下嘴角，略有苦意。

孟昀说：“你想说什么就直说。”

陈樾尽量让自己委婉：“可能你不够用心。”

孟昀脸上针扎似的辣了一下，一字一句道：“我用心了。”

陈樾没继续讲。并非他被她说服了，而是他不想跟她争执。

孟昀看出来了，忍了会儿，道：“我尽力了。”

陈樾说：“比如？”

孟昀觉得这人极擅让她烦躁，一下站起身：“我尽力去选好听的歌，想用各种游戏提高他们的兴趣。我不是专业的老师，我到处查教案，尽力去教他们，但他们不感兴趣，不听讲，我真不知道他们脑子里在想什么，一点儿都不领情。”

陈樾似乎稍稍惊讶于她说的话，但又似乎不太意外。

他说：“你来之前，有没有想过为什么会开音乐课？志愿者资源本身就够贫瘠了，为什么还要浪费在音乐课上？又穷又苦的地方，搞什么音乐，奢侈又浪费。你看，你都教音乐了，他们居然还不领情。”

孟昀默然。

她承认，她报名时确实有过这种疑惑。可她当时只想逃离上海和工作，换个新环境，就冲动地过来了。

“因为等初中上完，很多人就自动辍学了。”陈樾说，“很多孩子的学校生活是没有乐趣的。他们完成了义务教育，也不知道学习的意义是什么。”

孟昀反问：“音乐课就可以让他们知道学习的意义？”

“不可以。”陈樾说，“但是谁都能唱歌，谁都能从中获得乐趣，能幻想，能希望。生活苦，学习也苦，没有快乐就很容易辍学、放弃。没有希望，就很难坚持下去。”

孟昀不言。

“这也是我不反对你穿得漂漂亮亮去给他们上课的原因。在他们眼里，这是美好的外面的世界。可如果你觉得来这儿只是奉献爱心，觉得随便做点儿什么就能应付他们，让他们收获满满，那你不适合支教，也完全没有用心。”

孟昀说：“你平时不说话，训我却一套一套的。那么会讲，你去当老师啊！”话说完，她也知道这话大失水准，立时无地自容，掉头就走。

人走出几步，又掉转身子，朝他冲来。

陈樾一下没了刚才的淡定，不禁后退一步。她大步走到他面前，仰头道：“我只是刚来，还不适应。等我适应了，我的学生一定会学得很好，你等着吧。”

她说完，气冲冲地走了。

陈樾插兜站在土坡上，看着她的身影消失在一层层向下的小巷子里。

他觉得，或许是他为难她了。

他并非不知道她现在混乱的状态。

李桐走过来，问：“孟昀怎么了？”

陈樾说：“没事。我先回了哈，你什么时候回？”

李桐说：“明早。欸，柏树忙什么呢？”

陈樾已往下头走去，说：“你自己去看。”

陈樾走向面包车，孟昀坐在副驾驶座上，偏着头不看他。

陈樾想，但凡她知道回家的路，她都自己走回去了。

他上了车，发动了，缓和地说：“这寨子里有好几个学生在清林上学，也有你的学生。”

孟昀不讲话，视他为空气。

陈樾知道她脾气，打着方向盘：“先去趟山上，来回大概半小时。”

孟昀扭头了，语气僵硬：“去哪儿？”

陈樾：“我去厂子里拿数据。”

他从反光镜里瞥见了孟昀的表情，似乎对“厂子”“数据”有点儿兴趣，但她最终还是没说话，把脑袋扭过去了。

上路没一会儿，密集的雨滴往挡风玻璃上打。

降温了，陈樾把椅背上的冲锋衣拎下来递给孟昀：“穿上。”

孟昀已察觉寒冷，没跟他犟，罩上他的外套。

衣服上带着男人身上的气息，她不忘刻薄地说：“你衣服臭死了。”

陈樾这回愣了一下，没给出回应。

孟昀缩在他外套里，望着玻璃外朦胧的山林雨雾。

他衣服上的味道和别人不太一样，并没有沐浴液或洗衣粉的味道，就是很淡的男人的气味，还有点儿类似森林松木的味道。还……挺好闻的。

车往山上开，气温越来越低了。

孟昀开始瑟瑟发抖，从反光镜里一撞见陈樾眼神，就愤愤道：“我要是感冒了你给我赔！”

陈樾说：“不好意思。”

他答得太快，孟昀又没话了。

车内安静，只有雨打车声。

陈樾说：“孟昀。”

“嗯？”

“我有时候觉得，”他斟酌了一下，还是想试着跟她开个玩笑，便说，“你是不是被狗咬了，狂犬病一直没好。”

孟昀瞪圆了眼睛，正要发作，他迅速拉了手刹。

外头雨大了，什么都看不清。

他火速岔开话题，说：“你在这儿等我一会儿，别下车，别乱跑。”

孟昀无奈：“这么大雨，我能下车乱跑吗？”

陈樾：“还是提醒一下好，鉴于你会在任何情形下做出任何事。”

孟昀：“……”

他侧身从后座上拿起防雨的黑色器械包，推门下了车。

门开的一瞬，汹涌的冷气从外头钻进来，孟昀冷得直打战。

下一秒，门就关上了。

孟昀牙齿咯咯响，透过雨刷器看见他跑进雨中，只穿了个T恤。

她这才意识到他的冲锋衣披在她身上。

雨刮器来回刮动，视线时而模糊，时而清晰。

雨幕中，前方有个类似集装箱群的简易工厂基地，占地面积不大。

工厂外墙上写着红色的“中 × 电力”四个大字。

而工厂背后——

孟昀透过雨幕，趴在仪表盘上往天上望，一架巨大的白色风车立在厂房背后的山坡上，三角叶片在风雨中缓缓转动。

她惊异于风车的巨大，而受车厢和风雨所限，无法一睹全容。

裹着冲锋衣，她仍是冷的，她仰望着风车，浑身发抖。

不知等了多久，车门被拉开，陈樾冲回车内，锁上门。

他人已是浑身湿透，拿车上的毛巾擦了下手臂和脸颊。他头发全湿了，一簇簇不断结了水往下淌。T 恤也湿漉漉地贴在身上。

孟昀要脱外套，说：“你把衣服穿上吧。”

他摇头：“你穿着吧。我过会儿就干了。”

这人性子倔，孟昀懒得跟他争。

所幸下山没多久，就止了雨。阳光照得人头晕。

孟昀想着刚才所见的白色风车，本想问他什么。但交谈意味着她也要部分打开自己。

作罢。

她扭头看向窗外。

山岭上白云如雪，风车在云端，如梦如幻。

前一天下过雨，操场上全是积水，课间操取消了。足足二十分钟的课间休息，学生的欢闹声遍布校园。

下节课是初一（3）班的音乐课，孟昀坐在音乐教室里翻名册，除了几个比较活跃的学生，她并不能把所有学生认全。

这些天她在网上搜过支教攻略，全是些奉献爱心的空话。

昨晚她把教案推翻重写了三遍，仍无法确定是否能提起学生的兴趣。她为接下来的课程头疼。

陈樾说她“不用心”，她是不承认的。但不可否认她确实“轻敌”。原以为做志愿者嘛，你给什么，对方便会全盘接受，果然是太高高在上了。

教室外传来口琴声，掺杂着易拉罐、竹片敲水泥地面的节拍声，曲调悠扬，颇有民族风，却又带着金属的节奏感。前奏一过，少年们唱起了歌谣，是少数民族的语言，拖着长长的尾音小调。

孟昀起身走出教室。

操场对面的水泥预制板上，或站或坐聚着一群初中生，白叶在吹口琴，龙小山一手木棍，一手竹子敲打着水泥，杨临钊拿铁丝拍打易拉罐，十几个少年唱着歌。

孟昀本想用手机录下来，但不愿承担学生们发觉后立刻散去的风险，便远远欣赏。

少年们笑容恣意，歌声飞扬。

孟昀走神了，不知自己写的那些歌曲，有没有给过听众们此刻这般的感动。

她看着，听着，直到上课铃响。学生们像收集起来的珠子，飞速溜回各自教室。

对面那群孩子收了歌声，朝孟昀过来，擦肩而过地进了教室，只有西谷冲她微笑了一下。

过去一两周，他们对她的好奇、喜爱和示好已烟消云散。

孟昀知道他们并不太喜欢她。她可能跟之前来过的音乐老师差不多，或许在他们心里还要更差一点儿。

她抱着手走进教室，四十多个小少年熟视无睹，仍在讲小话。

她也不说什么，拉了把椅子坐到讲台上，抱起吉他，略略思索，回忆着刚才的小调，手指拨弄琴弦。刚才他们在操场上唱的歌在吉他弦上弹出来，演奏出另一种不同的风味。

教室安静下去了，大家齐刷刷地盯着孟昀。

孟昀弹了一半，抬头问："是这个调吗？"

有人答："是的！"

有人问："老师，你听过《干酒醉》啊！"

孟昀说："没有，今天第一次听。你们唱得很好，但我听不懂。"

白叶说："是佤语，老师不会说佤语呢。"

杨临钊立刻说："有汉语歌词。"

孟昀："那你们当老师，教我唱这首歌吧。"

学生们来了兴趣，七嘴八舌："歌词，先写歌词。"

孟昀："谁上来把歌词写到黑板上。"

学生们你推我搡，孟昀看了一眼，点名："杨临钊、龙小山，你们两个上来写。"

杨临钊立刻跳起身；班上最安静的龙小山延迟了一会儿，很害羞，但还是站起来了。

两人走到黑板前，商量着、回忆着汉语歌词。

很快，龙小山拿粉笔写：“你不敬我么我敬你，你不爱我么我爱你，让我们一起干酒醉，让我们一起干酒醉——”

写到第二段，两人都记不得了，转头问同学。

全班炸了锅：

“小山，是敬你敬你我敬你！”

“不对！”

“你瞎唱！”

“是敬天！”

“对。哦，对！敬天敬地么我敬你。”

“下一句呢？”

“一来二去情谊在。”

“不是二去，是二来，一来二来。”

学生们叽叽喳喳，全班参与给讲台上的两位出主意，总算把歌词拼凑完整。孟昀正瞧着黑板上的歌词，

“老师，”坐在后排的成浩然翘着椅子叫起来，“你喝酒吗？”

孟昀撒了谎，说：“不太喝。”

“咦——”满屋嘲笑声。

孟昀笑：“酒量不好，容易醉。”

杨临钊叫：“老师，北上广不相信眼泪，云贵川不相信酒醉。”

满屋笑声。

孟昀也笑，说：“好了，老师们，开始教我吧。”

学生们齐声唱。他们唱一句，孟昀唱一句。

这歌不难，孟昀一遍就会了。

杨临钊笑："孟老师，学得快嘛。很是棒呢！"

孟昀道："我们给这首歌加点儿'混响'吧。"

学生们不懂混响是什么意思。

孟昀拿吉他弹了前奏，临时编了段和弦；又放下吉他，拍拍手，再拍拍桌子，手掌声、拍桌声很快弄出了节奏。

学生们很机敏，一听就感受到了，跃跃欲试，开始拍手拍桌。

孟昀说："还可以加上脚板声。"

她拍着桌，踏着脚，旋律出来了。

少年们上手很快，她教了没几遍，就基本整齐。

孟昀抱起吉他，说："来，我们合一遍。"

她踏着脚板，起了前调。

学生们开始拍手敲桌，击鼓节奏伴着吉他声，前调过了，众人合唱。和弦相伴，节拍敲打，少年们唱着歌，眼里闪着光。

他们越唱越有劲儿，唱到第二段，有学生甚至兴奋地加了段快速的小碎拍，还有学生吹起了相配的口哨。

每个人都是交响乐团的演奏者，唱嗨了，即兴发挥，加拍，变节奏，和谐而又放肆。

到了尾声，少年们齐声喊："嘻欸哈欸嘻嘿哈！"敲打得更激越，孟昀一拍吉他收弦，歌曲收尾，干脆利落。

全教室疯叫，大笑，鼓掌。

孟昀望着满室笑脸，低头摸了下吉他弦，不由自主地弯了唇。

这节课上得飞快。

下课铃响，学生们出教室时，不少人欢快地跟她打招呼：“孟老师再见。”

“孟老师下节课见……”

“再见。”孟昀一一回应，杨临钊还跑过来跟她击了下掌。

教室很快空落下去，西谷还坐在角落里。

西谷今天有些反常，整节课兴致不高。下课了，她在桌上多趴了一会儿才慢慢起身。

孟昀见她嘴唇苍白，问：“西谷，你哪里不舒服吗？”

西谷小声答：“梦梦老师，我肚子疼。”

学校没有校医室，孟昀带她去了外头的卫生所。医生检查后说：“没事，要来初潮了，好好休息就行了。”

回学校的路上，西谷脸红透了，说：“我去跟张老师请假，想回家住两天。”

“好。”

西谷去了班主任办公室。

孟昀则去了趟小卖部，找了半天也没找到她熟悉的品牌的卫生巾，只好挑了看上去最像样的，日用、夜用都买了，拿黑塑料袋装好。

走到校门口，碰见西谷背着书包出来。

孟昀把黑色塑料袋塞进她书包，耐心交代：“粉红色是白天用的，蓝色是晚上睡觉时用的。用的时候，撕掉贴纸粘在裤子上，小翅膀折一下就好了。”

西谷脸上红一片白一片，低着脑袋，点点头：“谢谢梦梦老师。”

孟昀瞧着她有些虚弱的样子，想到今天的课跟体育老师换了，说：“西谷，我送你回去吧。”

西谷摆手：“我家很远呢。老师，你怕是走不了。”

孟昀说：“没事。”

孟昀卸下西谷的书包，不容置疑地说：“走吧。”

许是肚子疼惨了，西谷不怎么讲话。

孟昀也不说话，两人沿着镇上一条路往北走，很快就出了镇子。

路过镇外一处新建的民居聚集地，稻田旁是成片的阁楼民居，蓝天青山，白墙灰瓦。一拨镇上的工作人员带着一拨外头来的西装男士，正拿着工程图在房屋之间穿梭。

孟昀老远就看见了陈樾，其他人普遍肤色偏黑，身形偏矮。陈樾比他们要高上许多，一眼就能分辨。

隔着四五畦青色的稻田，孟昀也没多管，沿着小路继续走。

走了不到二十米，听见身后陈樾叫她：“孟昀！”

孟昀回头。

西谷没意识到，仍低着头默默往前走。

陈樾沿稻田走到离她最近的地方，隔着稻谷，问：“去哪儿？”

孟昀说：“我没逃课。”

陈樾说："我不是这意思。"

孟昀说："那小孩不舒服，我送她回去。"

陈樾眯眼看了下，说："那是西谷吧？"

孟昀说："嗯。"

陈樾说："她自己走得回去，你别送了。"

孟昀说："她太小了。再说，我今天没事。"

陈樾看了她半晌，说："她家很远，还是山路，你走不过去的。走过去了，你也走不回来。"

孟昀怀疑在陈樾眼里她就是个废物。

她不搭理陈樾了，转身快步走向前去。西谷这丫头脚程很快，这会儿工夫，小人儿快淹没在稻田里了。

陈樾看她离开，没去追；他看了一眼手机，记了下时间，然后回了项目队。

小路穿过稻田、荷塘、农居，入了深山。两人一前一后，沿着蜿蜒的山路时而往上时而往下，一路不见人烟。孟昀推测，她们很可能已经翻过了三四座山头。她没问西谷还有多久，只是跟着她走。

中午烈日炎炎，天空蓝得放光。白云一朵朵如雪般挂在山头，高原的太阳炙热而刺眼。

孟昀汗流浃背，有点儿后悔兜里没装防晒霜。早上涂的防晒霜，这会儿早被一道道汗给冲干净了。

西谷小小一个走在前头，脚力极好，踩石块，过小溪，滑下坡，爬上山，手脚麻利；孟昀跟在后头，显得笨拙，仿佛她才是肚子疼的那个，正由西谷护送回家。

山路坎坷，步履不停。

从中午十一点半走到下午两点半，举目无人迹。

孟昀脚步渐渐放缓，书包也被西谷拿过去自己背了。西谷走在前头，时不时停下等她。

两人走到一处断崖前，一道巨大的裂缝横亘面前，来去皆不见尽头。对面悬崖在七八米外，中间峡谷深数十米，无桥可走。

西谷走到崖边，钻进了地下。

孟昀跟上去，原来有处极其陡峭的碎石坡可通往谷底。西谷脚步飞快，黄沙碎石在她脚底沙沙作响。孟昀蹲着身子，扶着山壁慢慢往下挪。西谷跑了一段，回头等孟昀一会儿。

孟昀也分不清自己是走下去的还是滑下去的。好不容易到了谷底，碎石满地，西谷走到对面山崖，又是一道弯曲陡峭的石坡近乎垂直向上而去。

孟昀仰望面前的绝壁，仿佛看到了中学课本上“沟壑天堑”一词的具象。她手脚并用跟着西谷这小猴子爬上山，头上、脸上、手上满是灰尘，一道道勾勒在汗水里。

过了峡谷，两人继续往前走。孟昀双脚没了知觉，整个人都没知觉了，只听自己呼吸沉沉，嗓子烟熏火燎。

下午三点半，终于到了西谷家的小村落，那是一处傣族人聚集的吊脚楼。

这时间，村里老人都去地里干活了，连狗都不见一条。

西谷说：“梦梦老师，我到家了。”

她家是栋小竹楼，楼下是羊圈，楼上住人。

羊赶去山上了，圈内空空。

孟昀踩着吱吱呀呀的竹楼梯，上去瞧了一眼，楼上房间昏暗潮湿，吃喝住全在一处，灶台上覆满油脂，床上又皱又脏。

孟昀不敢相信都这个时代了，居然还有人住在这种地方。

她心里难受得很，只看一眼便下了楼。

西谷从井里舀了一碗水给她。

孟昀喝光了，抹一把汗，说：“你家里没人啊？”

西谷说：“爷爷下地，奶奶去放羊了。”

孟昀猜测她爸爸妈妈应该在外头打工，本想问一下，怕惹小孩伤心，只说：“你好好休息，我回去了。”

西谷忽然跑去楼上，很快又跑下来，塞给她一包不知道什么牌子的干脆面，羞涩道：“梦梦老师，给你吃。”

孟昀知道这是她心爱的零食，不肯收，说：“我不吃，你自己吃。”

西谷多喜欢她呀，怎么都不肯，赶忙把方便面袋子撕开了递给她。

孟昀从袋子里拿出一个葱花包，说：“老师喜欢吃这个，只拿这个。剩下的你自己吃，好不好？”

西谷这才作罢，摆摆手，说：“梦梦老师再见。”

孟昀出了村寨，走出老远了回头，西谷还站在自家吊脚楼的阁楼上冲她挥手。

离开西谷家，不过二十分钟，人就垮了。孟昀走不动了，一停下，两条腿就剧烈发抖，绵软得像被抽掉了所有力气。

她坐在树荫下，喘了十几分钟，才撑起双腿继续前行。

回程速度大大下降，她走到那处峡谷时，已是下午五点多。

坡道陡峭，她起先小心抓扶山石，可无甚助益。越往下越陡，她连滑带摔跌落谷底，扭到了脚，沙石落了一头。她痛得倒在地上缓了半天。

孟昀不走了，坐在谷底仰头望，壁立千仞，灌木丛生，蓝天又高又远。阳光落在崖顶的树冠上，随风跳跃。

这儿离上海两千六百多公里。淮海路，酒吧，录音棚……像是上辈子的事情。

来这儿半个月，仿佛一年之久，与世隔绝。

而在这静远之地，她的心也始终空落落地飘浮在半空中，不曾落地而安宁。隔绝了世俗间的一切，她依然愤怒而难过。

手机破天荒地响了，是个陌生号码，归属地上海。

她接起来："哪位？"

那边不说话，孟昀也不说，等着。

僵持了半分钟，孟昀没了耐心，说："林奕扬，你不说话我挂了。"

那头开口了："你在哪儿？"

孟昀说："关你屁事。"

林奕扬说："我去找你。"

孟昀觉得好笑："你嫌工作室澄清不累啊。"

沉默半刻，他嗓音沙哑："昀昀，你别这样。"

孟昀瞬间失控："你有病啊管我怎样，林奕扬我告诉你，我孟昀这辈子缺什么都不缺男人。现在是我不要你了！"

电话断了。不知是对方挂的，还是信号断了。

无所谓。

孟昀静坐着，眼睛湿了，拿袖子擦擦。越擦泪越多，她哭了起来。

她想起身继续走，可太累了，累到极致，累到想尖叫，累得眼泪越来越多。

那时她初入公司，在酒局上被大佬骚扰，是林奕扬救了她。

他性子冷，但对她好，是真好。说实在的，她已从失恋中走出来，不爱他了，但再一次被男友轻易放弃的羞辱和挫败感挥之不去。

光线变暗，崖顶的阳光斜走，她也哭完了。

她看着红肿的脚踝，想给陈樾打电话。他早就提醒过她，她非不听。

此时有清风吹入谷底，吹散了她身上的燥热。

摩托声从山崖某处传来，马达越来越近，她回头，陈樾出现在谷底。

孟昀愣住。

摩托车碾过碎石，到她面前停下。

他单脚撑着地，道："我就说了，你走不回去的。"

他语调平静，没有半点儿责怪的意思。可孟昀眼眶一下就红了。

他一愣，从车上下来，轻声说："我没有怪你。"

孟昀委屈极了，手指着脚踝，呜咽起来："你看我的脚。"她抽泣着抬起手臂又一指，“都是那个坡摔的，你这里的路怎么这样呀？”

好像出现这样的路是他的错。

陈樾见她脚踝肿得老高，蹲到她身旁，想碰碰看下情况，又不敢碰。

“不哭了。”他轻声安慰。

孟昀理直气壮地号：“疼死了我能不哭吗！”

陈樾不讲话了，站起身绕着她转了几个圈圈，又哄：“我们先回家好不好？”

她不哭了。

陈樾在兜里掏掏，抓出一团皱皱的卫生纸递给她。

孟昀接过来擦脸，哽了哽：“怎么一股机油味？”

陈樾：“哦，忘了，好像擦过机器。”

孟昀把这一团纸砸在他裤脚上，纸团弹回来掉在了地上。

陈樾无语。

她不想乱扔垃圾，又捡起来塞进了兜里。

陈樾朝她伸手，她握住他的手，他轻轻一提，她跌跌撞撞，近他身前。

他不太自在，轻微往后回避。孟昀站不稳，他又上前扶住她的腰，只觉她柔软得不像话。

她几乎是半倚在他身上，抓着他的手臂，他手上满是力量。她单脚往前跳出一步，不走了。

“怎么了？”

“脚软。”

离摩托只有几步路，陈樾抿紧唇，忽然弯下腰，另一手伸到她膝盖弯后，将她抱起来。

孟昀像是被抛上青空，心往上头一颠。还未反应过来，他已抱着她快步走到摩托前，将她放在车座上。

他又不跟她对视了，低头坐上了车。

摩托车发动。

孟昀本好奇那么陡的山坡，车怎么开下来的，但她太累了，没有半点儿力气开口。摩托沿着谷底走了一段路，到了另一处山坡前，比人行的那处稍缓，但也依然陡峭。

陈樾开足马力，摩托车飞越而上。

孟昀猛地后倾，体验了一把山羊的感觉，背后便是悬崖。

陈樾道："抓紧了，别往后看。"

孟昀照做，双手揪住他的衣服，只见蓝天、灌木、山崖在面前旋转。一切都模糊不清了，只有他背影坚韧。

车轮滚滚，飞沙走石，颠簸着，扭拐着。极陡之处，孟昀怀疑他俩会摔下山崖粉身碎骨，她有些害怕，紧张地抱住了他的腰。

陈樾僵了一下，但没分心，稳稳操控着车子。

摩托终于爬上山崖，开始加速在山路上飞驰。

孟昀揪紧的心缓缓松开。

山谷铺就眼前，树林飞速后退。夕阳余晖，晚风拂面。

孟昀渐渐睁不开眼，垂下头打瞌睡，时不时往前倾，脑袋直点。某一刻没控制住，人猛地一扎，一头扎进陈樾的后背上。

他后背坚硬有力，衣服上带着男性特有的体味。不知为何，她一点儿都不想挪开，脸还往他背上贴了贴。半晌，回了点儿神，略直起身，咕哝：“不好意思。”

可她太困了，没过多久，脑袋又扎到他背上去了。这一回她放弃了挣扎，歪在他肩后沉沉睡去。

这个人看着那么瘦，却那样能遮风呢。

只是模糊间，觉得这种感觉有些熟悉，像曾经发生过一样，可她记不得了。她伸手环住了他的腰。

陈樾一动不动，在晚霞满天的山路上驰骋。

他只看见山路绵延，路两旁生长着茂盛得要遮天的山核桃树，蓊蓊郁郁，无边无际。竟像当初一起走过的那条路。

孟昀洗完澡，拿浴巾擦身体时，想起墙上那个小洞早就用水泥堵上了。原先的水泥墙壁也在上周末贴上了一层瓷砖。施工那天她在阁楼里睡懒觉，是陈樾弄的。

从那时起，陆陆续续，塑料袋被贴墙纸巾盒代替，粗糙稀薄的手纸也换成了一格三层的纸巾。

上周末，洗手台旁的墙壁上安置了一个三层的置物架，足够孟昀放她各种各样的洗漱用品。而今天，架子边缘多挂了个小的防水包，里头装了新买的吹风机。

孟昀将头发吹到半干，心想，他好像并不讨厌她，还蛮照顾她的。

她挂好浴巾，套上睡裙，拐着脚走出去。她不愿扶墙壁，想起那湿润腐烂的触感，她宁愿一瘸一拐。

“孟昀。”天井对面，陈樾立在背光的门口，问她，“你脚怎么样？”

孟昀慢慢往屋里挪，嗡声说：“疼。”

她歪歪扭扭地单脚跳进堂屋，扶着藤椅坐下。

陈樾尾随她进来，端了碗香肠腊肉豌豆豇豆焖米饭和一碗西红柿鸡蛋汤，放在她桌边，说：“先吃晚饭吧。”

已经晚上九点多了，过了孟昀所谓的主食时间，但她太饿了，接过他手里的勺子舀了一大口米饭。

陈樾见她吃得很香，转身要走。

孟昀望一眼他的背影，唤一声：“陈樾。”

他刚走到门槛边，回头：“啊？”

孟昀低头戳了戳碗里的腊肉，说：“我今天看到西谷家特别破，不知道能不能做点儿什么……帮她。”

陈樾极淡地笑了下，说：“她很快就不住那儿了。”

孟昀一愣：“为什么？”

陈樾说：“移民进镇工程完工了。她们村人少，路远，会全部迁到镇子附近的。”

孟昀恍然大悟：“哦，是我早上看到的那块民俗村？”

“在那儿附近。”

“啊……”孟昀点了点头，又问，“那，寨子就荒废了？”

“嗯。”

孟昀又有些遗憾，说：“她们寨子从外头看，很漂亮的，淳朴原始，不能保留太可惜了。”

陈樾沉默了半刻，说：“在贫穷面前，所谓的原始，不值一提。”

孟昀一怔，继而道：“也是。”

等她吃完饭，陈樾过来收碗，他看一看她脚踝，说：“你等我一会儿。”

他回他家那边去了。孟昀伸着脑袋望了眼，见他拿了个玻璃罐子，像是泡酒的，里面那东西……

孟昀坐回椅子里，眉心拧了拧。

很快，陈樾从天井那边过来，手里拿了个青瓷小碗，进了她堂屋。他到孟昀面前蹲下，碗放在地上，里头有大半碗透明液体，像是水。

孟昀奇怪："干什么？"

陈樾掏出打火机，点了火，往碗里一撩，碗里跳跃起青蓝色的火焰。

原来真是酒。

孟昀一惊："你干吗？"

陈樾抬头看她，说："帮你擦几下，明天就好了。"

孟昀两手撑着扶手，人往椅子里缩："擦这个？这什么鬼迷信，你是不是想烫死我？"

陈樾安抚地劝："不烫，真的。"

孟昀不信，摇头："我明天去看医生。"

陈樾说："拖到明天更严重。"

孟昀坚决摇头："陈樾，你是受过高等教育的……"

陈樾看一眼那碗，担心过会儿酒烧完了，于是伸手抓住她脚板心。

"啊！"孟昀条件反射要挣脱，可陈樾速度极快，另一只手往起火的碗里一蘸，手指带着火苗迅速抹到她肿起的脚踝上。

孟昀浑身一抖，但——火苗在他的手指和她的脚踝间跳跃，一种温热而湿润的感觉，很舒服。并不烫，也无灼烧感。

陈樾在她肿起处揉了几下，火焰熄灭。他再次将手伸进碗里，蘸了火，复而揉擦在她脚踝上。

孟昀身子放松下去。

他蹲在地上，一次次拿酒火擦揉她的伤处，脚上那处皮肤舒适，脚板心被他捏在手心，炙热湿润。

夏夜寂静，只有头顶风扇转动的声响，和时不时他手指快速蘸进酒火的拍打声，火焰无声跳动。

孟昀忽然说："那只蜈蚣是不是被你泡在酒里了。"

陈樾抬眸，"嗯"了一声。

孟昀轻轻地："哼！"

她说："你还真是不浪费呢。"

陈樾抿唇，又低头看她的脚，就是这一下，目光从她腿上滑过。

她睡裙裙摆不长，只遮住半截大腿。女孩的腿纤细而修长，雪白雪白的，肌肤柔软滑腻。

他的手正握着她的脚，软软的，小小的，有点儿凉；好像他手心的温度能把她烫到。

屋顶吊扇转动，鼓起她西瓜红的睡裙。她刚洗完澡的香气，从裙摆里满溢出来，扑到他面前。

他迅速低下头，呼吸在不经意间凝滞。

渐渐地，他嘴唇上出了细汗，心想，或许是酒精火燎的热度。

孟昀也安静了，眼神直勾勾地看着蹲在她脚边的男人，见他脸颊被火光映得微红，低垂的睫毛动了几下。她看着看着，脚心有点儿痒。可他并没有挠她。

他给她来回擦了十几遍，碗中酒火熄灭，只剩清水。

陈樾松开她的脚，起身往后退一步，拉开距离，说："明天早上应该就没事了。"

孟昀觑他，说："那要是有事怎么办？你负责吗？"

她一贯如此理直气壮，仿佛她的脚是因为他才扭伤的。

陈樾哑口了一阵，目光转向地上的碗，说："明天我送你去学校，你先别走长路。"

孟昀荡着一只脚丫子，似乎心情不错，说："好吧。"

陈樾匆匆看她一眼，正要走，忽然定住，指了一下她："你脖子上……"

孟昀浑身一抖，颤声："有虫吗？蜘蛛？！"

"不是，"陈樾赶紧指自己的脖子，"晒脱皮了。"

孟昀往脖子上一摸，火辣辣的，一小层白色的死皮褪了下来。她在烈日下暴晒了六个多小时，不脱皮才怪。

她见着那层死皮，可伤心了，赶紧指挥陈樾："你去洗手间，第二层架子上有一个绿色的瓶子，长得像滴管和滴瓶，帮我拿过来。"

她这理工科的描述，陈樾秒懂，准确找了来。

孟昀挤了半手心的修复霜，往脸上脖子上到处涂，凄惨地嘀咕："防晒霜没涂够，肯定要晒黑，又变丑了。"

陈樾认真看她，默默说了句："没变丑。"

孟昀说："我变丑了你也看不出来。"

吊扇呼呼转动，小狸猫见陈樾迟迟不归，轻悄悄走到门槛处，也不进来，站在夜里瞧陈樾。那猫又不高兴地爹毛了。

孟昀见了，说：“你的霸道小情人来了。”

陈樾看了猫一眼，说：“山区孩子脚力好，西谷走得回去，你为什么一定要送她？”

孟昀正往手背上抹最后一点儿修复霜，没答话。

陈樾说：“因为在蒋林村的事？我话说重了，你别往心里去，也不要为了证明什么，去做自己做不了的事。”

“不是。”孟昀抬眼，说，“我很喜欢西谷。”

她加上一句：“她是这里第一个喜欢我的人。”

陈樾无言。

“不是老师的职责，也不是身为大人的高尚。”孟昀的眼睛在白炽灯下黑白分明，说，“她很喜欢我，我也很喜欢她，所以想送她回去，就这么简单。”

他点了下头，表示懂了：“但下次干点儿力所能及的事。”

孟昀打了个哈欠，说：“嗯，力所能及，我现在不能上楼梯了，卷个席子睡楼下吧。”

陈樾忽然就说：“我背你上去。”

孟昀愣了一下，他自己也有些愣，掩饰得很好。

她将他上下打量，问：“你背得动吗？”这是句废话，他之前抱她都轻轻松松呢。且不知为何，心里莫名……有些想让他背的。

陈樾没回答，人却已在她面前蹲下，脊背弯在她身前，T 恤下，男人的脊梁像一张弓。

孟昀嘴唇抿成一条线，乖顺地趴去他背上。

他身上很热，冒着潮湿的热气似的。

她想起自己穿的裙子，正尴尬，他双手背到身后，两手握起，没有碰她。他用了绅士手，只拿小手臂架着她腿弯，将她轻松背起。

孟昀有些蒙。她没有被男生这么温柔礼貌地对待过。因她的外貌，她一贯遭受的调戏揩油更多。此时她心里忽然涌起一丝暖意。

木楼梯很窄，很陡。

光线晦暗，他一步步走得缓慢而稳重。

孟昀趴在他后背上，觉得很安稳，身心都很舒缓。

她轻声说："陈樾。"

"嗯？"

"谢谢你。我没想到，在这里还会有人跑那么远的路去找我。"

"不客气。"

"你以为我是跟你赌气才去的吗，所以心里内疚就去找我了？你这个人怎么这么……"她没找到形容词，转而叹了口气，说，"不过，还好你以为我是在跟你赌气，不然你就不会去找我了吧。说不定我现在已经被狼叼走了呢。"

陈樾想否认，可他只说："我们这里没有狼。但有熊。"

孟昀扑哧一笑。

他真是个很好的人，好到她忽然有些遗憾，说："我们大学的时候怎么不熟呢，没有在那时候就做朋友。"

陈樾说："没事，做同学也很好。"

是的，只跟她做同学就很好了，何况在他心里，他们那时候就是朋友。只不过她都忘了。

陈樾进了房间，把她放到床上。孟昀的裙子不可避免地掀了起来，她赶忙把裙子摁下去捋好，但他料到将她放下时会有不便，并未转身，背对着她说：“我下去了。你早点儿睡。”

孟昀心里很暖，说：“好。”

他刚走到门边，听见她一声“嘶——”。

他回头：“怎么了？”

她小腿肚碰到了床沿：“没事，碰了一下，痛死了。”

陈樾站在门口，想着她今天的运动量，迟疑了一下。

孟昀奇怪：“怎么了？”

陈樾说：“你脚可能明天下不了地了。”

孟昀微愣：“有那么严重吗？我也就走了……六个小时的山路，那怎么办呀？”

陈樾想了想，朝她走过去，看着她的腿，又匆匆看了她的眼睛，说：“要我给你按一下吗？”

孟昀略略一想，把小腿伸给他。

陈樾低声：“可能会有点儿疼，你忍着点儿。”

孟昀吸一口气，点头：“没事，我很不怕疼的。”

陈樾坐到床边，抬起她的一条小腿，大掌捏了捏她的小腿肚。

“啊——疼疼疼疼疼！”孟昀惨叫。

陈樾止住了，孟昀喘着粗气说：“欸，你别停啊。不用管我。”

正说着，角门传来动静，是柏树回来了。

孟昀又是一声呜咽：“啊——疼——呜——啊不行了，你轻点儿！”

陈樾放轻了力道，孟昀眼泪汪汪地说：“好像轻了没有效果，还是重点儿吧。”

陈樾一句话不讲，也不看她，只是低头揉着摁着捏着，惊异于女孩子是这样柔软，手心像是抓着一团凝胶琼脂。

孟昀疼得直吸气，眼泪直冒，还有心思问：“柏树不会以为我们在搞坏事吧？”

陈樾没反应过来：“什么坏事？”

孟昀不讲。

但陈樾慢慢意识到了，本来就有点儿红的面颊更红了，一时不知该继续捏，还是怎样。手里却还是没有停。

孟昀怕柏树听了误会，死忍着不叫了，疼得受不了就闷哼一声把脸埋进枕头，低低呻吟。

陈樾想，这种声音好像更不妥吧。他红了脸，默不作声，假装自己是个无情的按摩机，总算把她两边的小腿都按摩得不疼了，匆匆说了一句晚安就迅速出去，带上了房门。

孟昀感觉两条腿都不是自己的了，躺在床上直喘气，听见他脚步快速地下了楼，关电扇，关灯，关门；听见他穿过天井，去了对面。小狸猫在夜里叫了两声，而后卫生间传来淅淅沥沥的水声。

过了不知多久，按摩起了效果，孟昀小腿上的酸麻感和疼痛感都消散了，变得轻松起来。她躺在床上，抬起腿来，裙子滑到腰部，露出两条漂亮的长腿。

她在空中转了转未伤的脚踝；又将双腿慢慢放下，翻了个身，腿肚子热热的，是他掌心的热量，而胸口似乎还有他后背上的体温。

第5章 魔鬼在跳舞

孟昀早上起来，脚踝果真消肿了；小腿虽有些酸涩，但不严重，正常走路完全没问题。她听到院内有动静，立即蹦到小窗边，却是柏树要出门了。柏树看见她，还冲她招了招手。

“喵呜——”石榴树枝叶窸窣，小狸猫从树上轻巧跳下。

陈樾从堂屋里出来了。他身着宽松白T恤、灰裤子，端着盛猫食的瓷碗走到台阶边蹲下。小狸猫凑过去，舔了舔陈樾的手，脑袋扎进碗里开吃。

陈樾也不走，蹲在原地，手指轻揉猫脑袋。

“啧啧，”孟昀说，“你养它多久了？”

陈樾仰头看她，说：“三个月。”

清晨，阳光从东方洒落，斜切过四方小院，照亮了孟昀的阁楼，陈樾那一方却匿在阴影里。

陈樾看她看得清晰，她却看不太清他的脸庞，仿佛一道金色纱帐斜笼在院中。

“我脚好了。昨天你那个方子很灵验。”孟昀话语轻快，脚丫子还在拖鞋里扭了扭。

陈樾微笑说：“那就好。”

孟昀想了想，又说：“但我的腿还是有点儿酸。”

陈樾说：“没事，过两天就会好的。”

孟昀手指抠抠窗台，等了一下，问：“那你还送不送我去学校？”

陈樾又抬了头，说：“送。”

出了门，他今天骑电三轮，她熟练地爬上去坐好，看见一旁的摩托车，突发奇想地说：“你能教我骑摩托车吗？”

陈樾说：“很好学。会骑自行车就会骑摩托。”

安静了几秒。

孟昀说：“我不会骑自行车。”

陈樾这下扭头看了她一眼：“自行车你不会骑？”

孟昀感觉受到了鄙视：“为什么一定要会骑？”

陈樾想了一下，忽然一笑，说：“也是，你肢体确实不大协调。”

他不常这样笑得肆意，像阳光倾泻，孟昀定睛瞅了一下，又坐直了，反驳：“谁不协调？说得像你看过我运动一样。”

她不记得了。

陈樾只提醒了两个字：“网球。”

孟昀这才想起大一那会儿他俩都是网球班的，但她还是没记起他曾教她打网球的事，糊弄过去：“那是我没好好学。”

陈樾说：“那是。”

孟昀横竖听他这话都觉得怪怪的，问：“你说我不是好学生？”

是啊，当老师的时候凶学生；当学生的时候凶老师，还拿球砸他呢。

陈樾开着三轮车，说：“你当学生的时候，跟你当老师一样。”

啪！孟昀一巴掌轻打在他后背上。

陈樾：“……”

两人都安静了几秒，心跳不稳。

半晌，陈樾说：“一样好。”

孟昀“嘁”一声：“这话你自己信吗？”

陈樾这次选择了说实话：“不信。”

孟昀立马就又想打他，忍住了。

阳光透过树荫，星星般洒在他们脸上。

陈樾回归正题，说：“自行车还是小时候学比较好。”

孟昀问：“为什么？”

陈樾说：“小时候胆子大，不怕摔。”

孟昀郁闷地说：“我小时候上学都坐车，没机会骑自行车。”

陈樾不语，过了会儿说：“周日教你。”

“好嘞。”孟昀说，“到时候让你看看，我是不是个好学生！”

周日一大早，李桐来了小院，一到就给大家做早餐。她在天井里支了个小炭炉，架上铁丝网，开始烧东西。

孟昀起得迟，下楼时其他人都吃完了。李桐正收拾呢，递给她一个拿油纸包着的白色厚面皮卷。里头卷着海带丝、木耳、火腿肠，还涂了酱。

孟昀咬上一口，美味极了。

“李桐，这什么呀？”

“烧饵块。”

“好好吃。”

“那我下次再给你烧。”

“好啊。”

孟昀跟李桐熟悉起来后，知道她是西双版纳人，在昆明读师范类专业。四年前大学毕业后来了清林镇中学教课。这边师资力量少，一个人当三个人用。她在学校成天忙进忙出见不着人，不像孟昀，闲得能长蘑菇。

孟昀挺喜欢李桐的。她身形灵秀，皮肤不算白，但眉清眼明，高鼻梁白牙齿，是个漂亮的傣族姑娘，笑起来灿烂得像高原的阳光。

她是很典型的云南姑娘，初见腼腆，熟了就十分灵动，对朋友掏心窝子地好，时不时就给孟昀带各种小吃。只不过，这回不是为了她。

李桐住学校宿舍，但三天两头往这儿跑。孟昀合理推测，她要么喜欢柏树，要么喜欢陈樾。

她边吃边往外走，差点儿踢到门槛上。

陈樾站在摩托车前等她，说：“看路，想什么呢？”

孟昀吃下最后一口烧饵块，说：“你有没有想过，李桐为什么总往我们这儿跑？”

陈樾跨坐上车，说：“没想过。”

孟昀奇怪：“不是让我学吗？你怎么上车了？”

陈樾看她：“你在这儿学？村里的路不是拐弯就是上下坡。”

“哦。”孟昀抓了下他的肩膀，爬上后座，继续说，“你可以想想。”

陈樾没明白：“想什么？”

孟昀说：“李桐呀。”

陈樾启动了摩托。

山风袭来，孟昀舒适地眯着眼，说："我觉得她要么喜欢柏树，要么喜欢你，但喜欢柏树的概率更大。"

陈樾知道李桐喜欢柏树，但他想知道为什么孟昀觉得柏树更有吸引力。

柏树虽然叫柏树，但外形不算高挑。他个头中等，身材敦实，长着张圆圆的娃娃脸。孟昀探出身子，歪头问前边的他："你觉不觉得，柏树有点儿像熊本熊？"

陈樾说："不觉得。"

这样他更纳闷了，为什么孟昀认为熊本熊更有吸引力。

又听她在身后碎碎念："我一看就知道她喜欢柏树，柏树嘴皮子太厉害了，能说会道，还很幽默呢。上次他去学校给高三学生做动员，太能讲了。后来又去支教老师办公室，逗得几个老师快笑疯了。李桐看到他，就星星眼，很崇拜的。做书记的，还是有两把刷子呢。游刃有余，又不油腻，还很真诚，干实事，难得。"

孟昀感叹："李桐这种小姑娘，就喜欢这种。"

陈樾说："她比你还大，你叫她小姑娘？"

孟昀摆手："啊，说错了。"

陈樾问："你不喜欢这种？"

"我很肤浅，只看脸。"孟昀很是理所当然，又给他分享自己的新发现，"再说了，他们一个叫柏树，一个是梧桐，连名字都很搭你看到没？等一下，你的名字也是树欸，也可以搭。"

陈樾看着前路，说："不是树。是树荫。"

"树荫？"孟昀在他身后弯唇，这意思和她的名字却是有点儿照应呢。她没意识到她自顾自的笑容有些暧昧了。

摩托驶出镇外，到了一条偏僻的田间小路，田里种着刚插秧的水稻。

水田里青黄相接，稻苗在风中抖擞，憨头憨脑。

孟昀下了车，觉得他选址有问题，说："你特意选的这儿？万一走不稳，我栽田里去呢？"

陈樾说："比掉下山崖好吧？"

孟昀没话了。

他放下摩托支架，说："你先骑上去。"

孟昀骑上车。

陈樾说："两只手放在把手上。"

孟昀照做。

陈樾说："拧一下。"

孟昀握紧。

陈樾看看她的眼睛，说："拧。"

孟昀试着拧了一下，仍是不得法。

陈樾伸手，指了指她的手背，轻声："往前。"

孟昀弄不动，本就急性子，焦躁道："说半天，你就不会给我示范一下呀？"

说好的要当好学生呢……

陈樾低头，抠了抠额头，看她握着把手的一双手。他抬了手，悬在空中，最终他食指拨了拨空气，示意她把手拿开。

孟昀默默收回手。陈樾握住车把手，手腕往前一推，拧动了；再往后，又拧动了。

“哦——”孟昀搞明白了，轻松学会。

陈樾一个一个指给她看：“左手这个，握住，这是离合；右手这个，是油门；这里这个，是前刹，控制前轮的。记住，速度特别快的时候不要用。”

这个孟昀能理解，她点头：“会飞出去，要用后刹。”

陈樾指了下：“后刹在脚下。”

孟昀低头，踩了一下。

“换挡在这儿，任何时候换挡都要握离合，记住，松离合要慢。”他站在车边，给她一一讲解。

他嗓音很沉，很好听。做事有耐心，半点儿不浮躁，也不敷衍。孟昀稍稍走了神，觉着这男人的个性跟她就是反着的。

摩托车车座较高，她坐在上头，视线刚好与他齐平。她瞥他一眼，他正低头给她讲着几个挡位切换的问题，黑发垂在额前，侧脸轮廓分明。

他抬起头，目光撞进她眼里：“就这些，记住了吗？”

她眨了下眼：“记住了。”

心有余波，没忍住，她忽而笑了一下，

他不太自在，问：“笑什么？”

她随口说：“你这么有耐心，真适合当老师。”

陈樾不说话了。她歪歪头，问：“陈樾，你对人都这么有耐心吗？”

他没有立刻回答这个问题，过了会儿，说：“不知道，没人这样说过。”

他让她原地操作了几次，待她练熟之后，说：“可以开了，但你不会骑车，平衡起来会有点儿难，先一挡慢慢走，好吗？”

孟昀愉快地答："好。"

陈樾打了火，踢了车架，扶着车尾，说："走吧。"

孟昀骑在车上，双脚悬离地面。重心稍稍一歪，她就有点儿慌："欸——"

陈樾稳稳控制着车尾，她重心又回去了。他说："你别怕，我在后面扶着。你加点儿油，让车子启动了慢慢走。"

孟昀有点儿紧张，轻声说："你别让我摔了哦。"

陈樾嗓音浑厚："不会。"

"要是摔了你给我赔。"

他说："说了不会让你摔，就一定不会让你摔。"

孟昀慢慢加了油，车子开始朝前。

陈樾大步跟在她身后，叮嘱："双手放松，别太紧张。龙头灵活一点儿。"

孟昀照做，车子缓缓在田间行走，每当她感觉失了控可能要倒，一颗心要悬空时，身后那股力量总能稳稳将她抓回来，回到原来的重心上去，她的心也跟着稳稳落回去。

他们在路上来回走了十几遍。

她不怕了，渐渐自若："你可以松开啦！"

陈樾松了手，让她自己骑，却仍跟在她身后："你别太快。"

孟昀自觉掌握了平衡，回头冲他笑："我已经会骑了，加一点点速度，行不行？"

她一笑，陈樾就无法拒绝她，说："就一点点。"

孟昀换了挡位，可力度没控制对，摩托骤然冲出。孟昀始料未及，瞬间忘了刹车是哪只手哪只脚，呆呆地做不出任何反应。

陈樾反应极快地冲上去，在摩托车加速成功之前一手抱住她的腰，一手紧握住她的右手和车把手，用力一捏。

摩托急刹车，孟昀往前一扑，撞进他怀里，砰的一下撞得她肩膀生疼，又在下一秒被反作用力带着弹了回去，和他拉开距离。

孟昀惊魂未定，人仍骑跨在摩托上。摩托控制在陈樾手下，已乖顺地立在原地，像被降服的野兽。

她平复着心跳，低声："我没控制好力道。"

陈樾压抑着不太稳的呼吸，说："没事，你先下来。"

孟昀刚要下车，手上一扯，陈樾的手还紧握着她的手背和车把手。

陈樾一愣，立即松开她的手，摩托车一歪，坐在车上的孟昀吓一跳；陈樾又赶紧稳住仪表盘，摩托站稳了，孟昀也重归平衡。陈樾别过脸去看稻田。

孟昀下了车，支好支架。她热得厉害，抹了抹汗湿的脖子，又搓了搓晒红的脸颊。

陈樾也擦了擦下额上的汗，说："今天也学了这么久了，下次再学吧。"

孟昀难得很听话，说："好啊。"

正说着，一辆小轿车行驶过来。陈樾本能地伸手拉了她一下，说："有车，靠边。"

孟昀被他手轻轻带着，乖乖走到他身侧去了。

那轿车却减了速停在他们面前。

车窗落下来，里头坐着几个年轻男人。驾驶位上的男子戴着墨镜，梳着背头，搞得油光水滑的，笑：“也是巧啊，在这点儿碰到了。”

陈樾淡笑：“来摘菌子？”

“是啊。”对方笑出一口白牙。

陈樾说：“还没到时候，菌子太小了，别在山上瞎捞。”

“晓得了。”

后窗玻璃也落下来，一个戴着金丝边眼镜的青年笑眯眯的，说：“好久没在城里见着你了，几脚油门的事，最近忙些什么呢？”

陈樾还没回答，驾驶座上的男的早就不停瞟孟昀了，笑得不干不净：“忙着耍妹妹呢？”

“莫要乱讲。”陈樾讲了句方言，说，“这是学校的志愿者。”

对方还不识趣：“志愿者来奉献爱心给小孩嘛，也奉献一下给……”

陈樾打断：“喊你莫乱讲了！”

驾驶员和车后座的见了陈樾脸色，讪讪地闭了嘴。

可副驾驶的没见着，还得意忘形地掺和进来：“莫要乱讲，说话没素质。你要问，就好生生地问，”笑眯眯地伸头过来，“小妹妹长得很是漂亮呢，有没有男朋友呀？”

如果不是陈樾在这儿，孟昀会回一句：“有你妈。”

她冷冷翻个白眼，转过身去看稻田。

陈樾声音也凉了，警告说：“不晓得好歹了是吧？跑这里丢人现眼，自家媳妇可晓得？”

驾驶员也知不妥了，打圆场：“哎呀樾哥，开个玩笑。”

陈樾：“人家跟你熟吗，你就开玩笑？”

本就只是街上碰到了打个招呼的关系，几人落了个没趣，开车走了。

孟昀走到摩托车边准备上车，脸色很差，一身火气。

陈樾说：“抱歉。”

“他们谁啊？”孟昀没好气地质问，“你怎么会认识这种人渣啊？”

陈樾默然片刻，说：“小学同学。”

孟昀咬着牙忍了忍，可她哪里是忍得住的性格，越想越气，狠狠骂了句：“垃圾。”

陈樾没作声，任她发泄。

回去的路上，两人一句话也没再讲。

月色如霜，斜过山岭，洒在四方院内。石榴树的影子映在雪白照壁之上，如一幅水墨画。照壁西南角的矮房里传来淅淅沥沥的水声，门窗泛起暖黄的光，像纸糊的小灯笼。

夜色寂静。

东角的小楼，堂屋两扇门大开。云朵趴在门槛上，梅花般的小爪子扑棱着。

屋内一只白炽灯泡，卷上锥形白纸做的灯罩，悬在梁上。陈樾的影子拉得细长。一张长桌，一个电磁炉，几样简单的调味料附加碗筷，便是厨房。

锅里水烧开了，陈樾捞了两把米线扔进去，听见洗手间门推开的声响。孟昀洗完澡出来了，正要进自个儿屋。

陈樾走到门口，影子横跨过天井，罩到孟昀脚边。她仍穿着西瓜红的吊带睡裙，肩膀上披着灰色的大浴巾。

“孟昀。”

“啊？”她回头。

逆着光，看不见他的神色。

“过来吃米线。”

孟昀心情并不好，说：“我不想吃。”

“已经煮了。”

“我困了。”

“吃了再睡吧。”

孟昀皱了眉，她一向讨厌别人管束。

隔着天井，男人的影子压迫在她身上。她站了会儿，趿拉着拖鞋走下青石板，过了天井。

还没迈门槛，云朵一个激灵跳起来，迅速跑进堂屋，一路跑到角落的小楼梯上，蹿上台阶；猫到半空中了，隔着楼梯栏杆观察孟昀。

孟昀不客气地说：“你家这小情人不喜欢我。”

“不用在意。”陈樾拿筷子搅着锅中的米线，说，“反正你也不喜欢它。”

她拨了拨耳边的湿发，说：“有那么明显吗？”

陈樾说：“跟它不喜欢你一样明显。”

她斜眼瞧楼梯上的猫，说：“它一点儿都不白白软软的，为什么叫云朵？叫乌云还差不多。”

陈樾说：“她脾气的确不是很好。”

孟昀怀疑他在说自己，撇了一下嘴角，问：“它是公的还是母的？”

陈樾说：“母的。”

"我说呢，难怪那么喜欢你，不喜欢我。"

陈樾："这跟公母没关系。"

孟昀："有关系！"

陈樾不跟她争了。

孟昀满意了，扫一眼堂屋，她是很喜欢他的屋子的，比她那边有生活气息。

三十来平方米的空间，不大不小，布置得简单整洁，收拾得井井有条。

靠窗一张书桌，放着电脑、稿纸、笔筒，还有展开的资料图，有风车实验数据，也有清林镇的规划图和扶贫项目表，还有基金会的学生情况调查表；沿墙一排书架，书籍分门别类摆得整整齐齐。

孟昀又感叹了一句，说："你大学的时候就很爱学习，我还记得你总是拿奖学金。"

但她不记得他拿奖学金后请她吃过饭；她自然不记得，因为他是以请何嘉树、请整个寝室的名义。

米线煮好了，陈樾拿筷子捞起放进汤碗，加了简单的调料，回头看她。

孟昀抱着胳膊站在白炽灯下，灯光打在她睫毛上，在漆黑的眼睛里投下淡淡的阴影。

她没地方坐，以往都是舀了饭菜去自己那屋吃的。

陈樾从墙边拖来两个高凳子跟两个小板凳，说："将就一下。"

他将面碗和筷子放在高凳子上，孟昀坐上小板凳，跟蹲在地上差不多。

孟昀夹起一筷子米线，吹了吹，说："你待在这地方，不会觉得无聊吗？"

陈樾抬起头，说："不会，挺忙的。"

孟昀说："我快无聊死了。"

她原本想来边远地区，转移下自己的注意力，想不到在这里空白的时间更长，更叫她焦灼。

陈樾说："你想看书的话，这儿的书你随便拿。"

孟昀皱眉："你又不是不知道我不喜欢看书。"

陈樾没说话。

孟昀又说："连游戏都玩不成，信号太不稳了。"

陈樾说："明天给你那边装个路由器。"

"真的？"

"嗯。"

"谢谢！"她心情立马就好了，埋头吃米线。

孟昀吃到一半觉得热，把肩上的浴巾摘下来抱在胸前。睡裙是吊带的，露出纤白的肩膀和锁骨。湿润的头发垂在肩上，发梢凝着细小水珠，在睡裙上晕染出点点斑驳的红。

陈樾问："吹风机坏了？"

"不是。反正现在不睡，就让它自然干，对头发好。"

"好吧。"陈樾静默，收回目光，不再看她，很快将米线吃完，起了身。

他的影子一下拉得很长，铺上地面，折上墙，又反折上天花板，仿佛整个人一下充斥了整个房间。

孟昀感受到莫名的力量，抬头望了一下。

他站在"灶台"前，侧身清理着桌子。房梁上吊扇缓缓转动，灯光有一阵没一阵地在他头上切割，他的侧脸忽明忽暗，眉骨微隆，睫毛很长，鼻梁高挺，下颌的弧线有棱有角。

风扇鼓着风，吹着T恤粘在他后背上，勾勒出流畅的弧度。

正看着，陈樾忽然转了眼眸，对上她的眼神。

彼此的眼神在夜里都有些深邃。

孟昀心里莫名一颤，迅速说："我吃完了。"

她拿了碗要起身，陈樾说："放着吧，你早点儿休息。"

她就坐在原地没动，他过来收走了碗。

她又坐了一会儿，才忽然起身跨过门槛走入黑夜。她回屋上了阁楼，没开灯。

她盘腿坐在藤椅上，点了根烟，在黑暗中深吸一口，千回万转，再呼出来。

莫名其妙的，她想起坐在峡谷里，陈樾俯视着她，说："我就说了，你走不回来的。"

想起她在摩托车后座，一头扎在他后背上。

天井里传来哗哗的水声，孟昀悄声溜到窗边。陈樾蹲在台阶上洗碗，小狸猫蹲在他身旁，慢慢地摇了摇尾巴，喵呜喵呜地跟他交流。

他在灯光和黑暗的交接处，小手臂上有一道流畅的线条阴影。

但她很快又想到乡村道路上那辆恶心的轿车，继而想起自己戒烟了的，立即摁灭了烟头，爬上床。

她翻来覆去的，心里堵得慌。她头发还没干透，只好再玩会儿手机。白天雅玲发微信问她有没有写新歌，说是公司去年新成立的女团要出专辑。孟昀没搭理她。

手机没什么好玩的，她百无聊赖登录了视频平台，没什么人留言，只有“阳光照在核桃树上”在昨天又给她投硬币了，还留言了，是一个“加油”的表情。

她随便刷着刷着就睡着了。

白天太累，次日闹钟也没把孟昀叫醒。她醒来时依稀觉得昨夜做了很多奇奇怪怪的梦，却记不清晰。

上午八点半，她匆忙梳洗了赶去学校。

起初，她摸索出来的“学生教老师”的教学方法很有成效，她教的节拍与和音很快在校园传开。有次课间碰上刀校长，校长还夸她：“听学生们说，孟老师的课上得很好呀。”

可这教学方法持续不到一周就出现了瓶颈——学生们没有更多更好的歌来教孟昀了。这种方法只能让学生们参与到课堂里，弊端却是本末倒置。问题的根源在于她是老师，可她没办法给学生更多。

又到周末了，孟昀想了一整天，依然没有结果。

陈樾整个周末都不在，李桐又跑来串门了。孟昀跟她在天井里打了个照面。

李桐从山民那儿买了一兜鹰嘴桃，拿来给柏树吃，但柏树不在。她也不失望，既来之则安之地拿了把小刀坐在石阶上，从网兜里摸出一个，拧开水龙头冲一冲，转着圈儿削皮，削干净了咬一大口，觉得美味，还满意地点点头。

她见了孟昀，招呼：“过来吃桃子。”

孟昀过去坐下，李桐递给她一个。

“谢谢。”

李桐又给自己削。

孟昀看一眼背后紧锁的门，说：“陈樾跟柏树不知道跑去哪里了，一早上就不见人。”

“要么上山了，要么下村了。他忙死了，上上个月架了十架风机，听说下一批又要来了。项目到后程阶段了，更忙。他来这里一年，基本没回过家。”

孟昀问：“他家是哪里的呀？”

“若阳啊，你不是他大学同学吗？”李桐问，“你们不聊天的呀？”

孟昀：“……”

她回想了下若阳县城，虽比不上地级市，却也热闹，城内还有古城。

孟昀决定证明一下自己跟他是实打实的同学，就说：“他不是很小就没有爸爸妈妈了吗，家里还有老人啊？”

“没了。有个奶奶，他初中的时候就没了。不回家也正常，反正家里没人。落在哪里就是哪里了。”李桐削着桃子，说，“其实他祖籍不是云南呢。”

孟昀问：“哪里的？”

“那不知道了。我都是听柏树讲的，他爷爷是当兵时过来的，爸爸是遗腹子。他没到一岁爸爸妈妈就没有了，是被奶奶带大的。”

孟昀不知道该讲什么，吃完第二个桃子了，说：“这桃子真甜，又脆。”

“蒙自鹰嘴桃，云南最好吃的桃子。”李桐又削了个给她，说，“陈樾也是怪了，他的女同学都长得好看呢。我第一次见着你，以为见着个仙女儿。”

孟昀听到了“都”字，问：“你见过他别的同学啊？”

“他读研究生时的同学，你应该不认得。今年寒假的时候，从上海找过来。我瞧着她很是喜欢陈樾呢。”

“然后呢？”

“在宿舍跟我挤了两晚就走了。她跟我说，读书的时候就喜欢陈樾，硬是追不到。她家里还蛮有钱呢。”

孟昀哼一声，说：“他这个木头，嘴巴笨笨的，居然还挺讨女生喜欢。”

李桐奇怪:“不笨呢。陈樾话是不多，但都讲在点子上。工作老棒了，拉投资、搞展示、辅导学生娃娃，都说得很好呢。”

孟昀听言,后知后觉地反应过来——对哦,他又搞风车发电又搞扶贫，跟乡亲沟通、跟投资方协商、跟志愿者交流，怎么可能嘴笨啊。这么看来，他就是没什么话跟她讲而已。他是不是觉得她是个不务正业的志愿者啊？对。他一定觉得她工作进行得很糟糕，对她很无语。

桃子吃多了，堵在了嗓子口。

孟昀轻捶胸口，苦恼地说：“李桐，教学生好难啊。”

“好多过来短期支教的都这样，不晓得从哪里入手，等找到节奏了人也该走了。所以我们不指望。”李桐吃着桃子，冲她一笑，“我说真话，你莫生气。”

“不气。我就是有点儿沮丧，觉得当志愿者没什么用。”

李桐有会儿没说话，又递给她一个桃子，说：“有的，还是有用的。”

孟昀不太服输：“你说嘛。”

“我们这儿和你们那里最大的不同，除了师资，还缺乏创造力，给不了学生更多东西。但有的支教老师恰恰可以弥补这一点，不过这样的支教老师太少了。”

孟昀不语，抬头望向天井之上湛蓝的天空。

那晚，她坐在藤椅里抱着吉他谱曲时，看着纸张上的曲谱，忽然之间来了灵感。

上课铃响，初一（3）班的学生们坐进音乐教室。孟昀拿了摞纸片，每人发一张。

学生们正好奇，孟昀在黑板上写数字：1，2，3——

调皮的学生跟着念：“6，7，8，9……”

但孟昀写到 7 就停了，开始写第二行，同样写到 7。

不同的是，这次每个数字下都有一个小点。

学生们面面相觑。孟昀放下粉笔，说：“这里有 14 个数字，代表我之前教过你们的音符。大家可以打乱顺序，随便排列、重复。把纸片写满了就停下。”

学生们不知缘由，但乖乖照做，很快就都写完了。

孟昀走到钢琴边，把黑板上那 14 个音弹了一遍，她手指在琴键上滑过，一串音符流出。学生们跟着唱起来。

孟昀说：“刚才你们每个人都作了首曲子，谁想听听自己作的曲子？”

董鹏立刻举手：“我！”

“来，从董鹏开始。”孟昀坐到琴凳上，董鹏上交了纸片，她开始弹奏：24645646776……

教室里的人认真听着，董鹏笑得捂起嘴巴。

孟昀问：“大家觉得，董鹏这首歌听上去像什么？”

白叶说：“像我奶奶在禾场上晒苞谷。”

众人大笑。

孟昀也笑：“白叶，把你的曲子拿上来。”

白叶开心地递过去，孟昀弹奏：523647425641……

曲调竟有些好听，西谷说："像在晒太阳！"

学生们都活跃起来，纷纷递交自己创作的"音乐"。孟昀瞥见了坐在最后排的龙小山，说："龙小山，你的曲子呢？"

龙小山和往常一样不跟她说话。孟昀过去拿他桌上的纸，龙小山摁住不给。孟昀看着他，男孩也盯着她看，眼神静默但没有丝毫不敬。

孟昀用力拉了一下纸，龙小山松了手。

孟昀过去弹，调子虽有些沉闷，但竟很有韵律。

有人叫："像魔鬼在屋子里跑。"

哄堂大笑。龙小山低着头没讲话。

孟昀说："我觉得听着像音乐家的风格。"

"龙小山才不会成为音乐家。"后排的刘思城叫道。

孟昀立刻说："谁都有可能成为任何人。"

龙小山仍是低着头，看不见表情。

孟昀担心他敏感，岔开了话题："刘思城，你还说别人，你的曲子呢？"

她一个接一个地弹，特意给每首曲子都加了些节拍和节奏。每弹奏一曲，学生们便跟着哼唱，明明是不成调子的音乐，可大家很喜欢。

孟昀大致听了一遍，发现可以将同学们写的音符片段组合成简单的音乐。

"同学们，今天是第一堂课试验，大家表现很不错。音乐不是困难的事，曲子就是简单的音符组合。我们以后接着再写，争取一次比一次好听，好不好？"

“好！”

孟昀也对这堂课很满意，见快下课了，便转身擦黑板。教室后方突然传来剧烈的桌椅砸地声。

孟昀回头，后排倒了两三张桌子，男生们全跳起来了。刘思城被打倒在地上，龙小山举着椅子往他身上砸。

“龙小山！”孟昀冲过去，可来不及了，椅子砸下去，哐当一声巨响。她心惊胆战，以为要出大事了。但被打的刘思城很机敏地滚进桌子底下，脑袋躲过一劫，手臂却划出一道红印，出了血。

龙小山还要打，孟昀抓住他的手臂：“龙小山你干什么？给我住手！”她拉他，竟拉不住，“住手，你听见没有龙小山！我叫你停下！”

其他男生过来拉架，龙小山跟野兽一样，腿还在使力地踢。

争吵声、议论声、桌椅倒地声、喊叫声，教室里一团糟，完美课堂瞬间化为泡影。孟昀脑子里那根弦终于崩断，她几乎对这个地方绝望了。一股怒火爆炸了直往头顶上冲，她什么也不顾了，上前一脚踹在他乱蹬的小腿上：“我叫你停下来你耳朵聋了？！”

一瞬间，鸦雀无声。所有人都吓到了，学生们全都惊恐地看向孟昀。

龙小山也停止了挣扎，一双黑眼睛瞪着她。

孟昀太阳穴直跳：“课堂上打同学，还有没有纪律了，啊？你是什么地痞流氓无赖吗？”

龙小山死盯着她，拳头攥得青筋暴起。

孟昀扔下椅子，走近他：“怎么？我说错你了，不服是吗？”

龙小山不动，也不吭声，眼神要在她脸上凿个洞。

孟昀说：“你给我滚出去。”

龙小山推开身边的同学，拎上外套出去了。

孟昀立在一地狼藉里，不知如何收场，无尽的挫败将她笼罩，一回头看周围的学生：“都给我回座位，上课！”

她不知道自己是怎么走回讲台的，站上去的那一刻，她心灰意懒。就在那时，下课铃响了。

学生们都走了，她把桌椅扶起来，坐下，双手撑头，无力至极。

太难了。

一切都太难了。

她在原地坐了不知多久，听见快速的脚步声，西谷惊慌失措地冲进教室：“孟老师你快走！去校长办公室躲躲！”

小姑娘冲到孟昀面前，抓她的手：“快跑，杨临钊要来打你了！”

孟昀反应不过来，杨临钊要打她？先别说这里的初中生居然敢打老师，可杨临钊原本在课堂上活泼调皮，她自认跟他相处得不错。

西谷急得额头冒汗，不由分说扯着孟昀往外走：“真的，我不骗你。孟老师你快躲起来，你不知道他跟龙小山很好的，他要帮小山出气。”

孟昀听了这话，刚消下去的火又“噌”地冒出来。她拨开西谷的手，说：“你让他来，我看他敢。”

小姑娘急得跺脚：“孟老师，他真的会打你的！”

话音未落，杨临钊冲进教室，直指着孟昀的鼻子，说：“你，去给龙小山道歉！”男孩满面怒火，与平日那个嘻嘻哈哈爱笑爱闹的学生判若两人。

几个男生跟着冲进来拉杨临钊，示意算了。

孟昀看一眼他指在她面前的手指，说：“我为什么要道歉？”

杨临钊一声吼：“你什么狗屁老师，凭什么骂人？！你有什么资格啊你？把他骂哭了你不道歉？！”他猛然逼近孟昀，幸亏成浩然、胡子轩两人把他扯住。

孟昀被他激烈的情绪吓到了。

她怎么也不会料到自己竟会在这鬼地方遭受一个小孩如此的恐吓。于她而言，是侮辱。

她只觉得全身都僵硬起来了，反问：“我有什么资格？我是你老师！他打人怎么不道歉？你们一个个的，打架很威风是不是？怎么，看你这副样子，难道你还想打我？”

几个学生被发怒的孟昀吓得脸色苍白，赶紧拉杨临钊，可杨临钊一把甩开拉扯的同学，冲上来便朝孟昀挥拳。

孟昀浑身僵直，却死犟地站在原地。

一道人影闪上前来，抓住杨临钊的手用力一推。

杨临钊猛地后退几步。

陈樾：“杨临钊！”

杨临钊跟失了控的动物一样，不等站稳又朝孟昀扑上来。陈樾身手很快，瞬间抓住他手腕，使了力气一拧，将他整只手臂拧到背后。

男孩痛得弯了腰，在陈樾手底下挣扎着，委屈得红了眼眶，还不忘朝孟昀嘶吼："她在班上骂小山是地痞流氓无赖，把小山骂哭了！陈樾哥，她凭什么骂人？！她凭什么骂人？！"

孟昀争辩："是龙小山在课堂上打架，你们讲不讲道……"
陈樾扭头看她："你别说话。"
他眼神微凉，音量不大，却有力量。

孟昀怔住了，她从没见过他这副模样。

杨临钊更恼火，叫："刘思城本来就该打，是他先骂龙小山……"
陈樾突然松了手。
杨临钊踉跄一步，起身站直了，气得胸膛直鼓，瞪着孟昀还要上前。

"杨临钊。"陈樾很平静，只说了一句，"你再离她近一步。我对你不客气。"

杨临钊瞧着陈樾冰冷的脸色，是有些畏惧的，身子往前颤了颤，却没迈步。
成浩然几个上来拉杨临钊，拍他的背安慰。

杨临钊恨道："陈樾哥你为什么要帮她，不帮我们？"
陈樾说："我没有帮她。你们校长是这么教你们的？恼火了就打人，打女人，打老师？"
他语调很轻。

可这话远比怒吼有力量，杨临钊一下子眼泪就掉下来了，飞快抹了泪，嘴唇直抖："孟老师叫我们滚！她叫我们滚啊，她凭什么？我们不能打人，她就可以骂人、叫人滚？她怎么当老师的？”

陈樾说：“你们在课堂上打架，想过老师的感受没有？她也会生气，谁天生就该让着你？你有不满，找主任、校长。跑这儿充老大，还很有理？刘思城骂一句，龙小山就打人，他打了人，孟老师再骂人，你又来打人，我看你们几个，没有哪一个是讲道理的。”

孟昀盯着陈樾，见他侧脸冷峻，是真生气了。

他说：“我问你，孟老师骂你没有？”

杨临钊憋了半天：“没有。”

陈樾又问：“龙小山要你来帮他出气的？”

杨临钊又憋了一会儿：“不是。”

陈樾再问：“龙小山想要你来打孟老师吗？”

杨临钊脸通红，不吭声。

陈樾说：“孟老师跟龙小山的事，他们自己会解决，你在这儿充什么好汉？”

杨临钊被陈樾讲得半点儿道理也站不住了，站了半天，气鼓鼓地转身就走。

陈樾：“站住。”

杨临钊气道：“还要哪样？”

陈樾一字一句：“给孟老师道歉。”

杨临钊立在原地，紧咬牙关不出声。

陈樾冷脸：“不道歉你就给我一直站这儿，今天的课全都别上了。”

杨临钊脸颊血红，看孟昀一眼，终于，含糊地说了句：“对不起。”

说完飞快地跑了。

其余学生仍在张望。陈樾蹙眉："都散了，上课去。"

恰巧上课铃响，趴在窗外围观的一溜烟全跑开了。西谷走的时候，担忧地看了孟昀几眼。

很快铃音落，教室安静下去。

教学楼里陆续传来"起立！""老师好——"的声响。

陈樾走过去，关上了教室门。

他只是经过学校，来给李桐送心理教师志愿者的资料，没想到碰到这一幕。

他低头面对着门，站了好一会儿，也不知道在想什么。

孟昀希望他直接离开的。她今天丢脸丢尽了，此刻最不需要交谈安慰。

最终，陈樾转过身来看着她，问："你凭什么骂他地痞流氓无赖？"

孟昀愕然："你觉得他是对的？"

陈樾说："我要觉得他是对的，刚才就不会让他跟你道歉。"

"我谢谢你！所以你是在表演各打二十大板？陈樾你想说什么？我拜托你不要说什么'骂人是不对的'这种废话。我问你，哪个家长、哪个老师在生气的时候不会骂人？"

陈樾觉得接下来要说的话她理解不了，可他还是说了："这里的孩子不一样，他们心思很敏感，很脆弱。龙小山的家庭很特殊。"

"我就该照顾他的特殊？那他有没有尊重过我这个老师的感受？"孟昀问，"我有十个班，三四百个学生，我不可能知道每个人的特殊。

当学生苦，当老师就不苦吗？他们心思敏感脆弱，我的心就是石头？他们在课堂上讲话、传字条、睡觉、打牌、打架的时候，有没有想过老师的心也很脆弱！”

陈樾看着她，放轻了声音：“我知道你这段时间还在跟他们磨合，很累。但你不该把情绪带到课堂上。你是成人，应该要比小孩更好地处理情绪。”

“可我处理不了了！我尽力了！”孟昀骤然打断他，这些天压抑在心里的挫败、无力和绝望喷薄而出，“我尽力教他们了，他们就是不爱学，我不知道他们到底想要什么，他们只想玩。我原以为当志愿者可以帮他们，但他们根本不想要。他们一点儿都不感激。”她越说越激动，越说越委屈，失了控，“他们半点儿感恩之心都没有，觉得一切都是理所当然！他们根本就是忘恩负义！”

陈樾愣了，盯着她看了会儿，问：“你对他们有什么恩？”

孟昀怔住。

“我只知道你准备不足，手忙脚乱，却没想到你是这么想的。你是来奉献爱心的志愿者，他们就该感恩戴德，识好歹，对吗？”陈樾说，“觉得理所当然的是你。你真的尽力了？用心了？你关心过他们吗？你在骂龙小山之前，有没有先问一下，发生了什么事？你有没有想过把他单独留下来谈谈，而不是在课堂上发火？你的自尊心受不了，有没有想过他的？孟昀，他还不到十三岁。”

“你扪心自问，龙小山这个孩子，就冲他这些天在你课堂上的表现，当得起你说的‘地痞流氓无赖’吗？你问你自己，他是吗？”

孟昀张了张口，一股疼痛的酸涩滞涨在喉咙里。

她想起龙小山的脸，大部分时候沉默安静，偶尔轻轻嚅动嘴唇唱歌的那张少年的脸；想起有时候别的男生玩闹过火了，他轻轻拉扯他们示意大家安静的那只手。

她觉得自己像一面玻璃，啪一下碎裂了。

她站在空荡的教室里，像被扒光了衣服，懊悔，羞耻。她无力挽救这局面，像网球拍一次次接不到球时挥过的空气。

她感到了恐惧，突然就说："我不干了。"

这下轮到陈樾错愕了："孟昀！"

她不听，一下就哭了起来："我错了行了吧。老师是心灵的工程师，我不是，自己的心还一团糟呢，有什么资格缝补别人的。我就是个脾气暴躁，很焦虑，每天都想努力找存在感却什么都找不到，努力想教他们但什么都教不了，连最后一点儿自尊都掉干净的人。"

她哭得很伤心，直抹眼泪："我不干了。明天就走。我再也不来你们这里了。"

第6章 许愿

2010年，夏。

出发军训前，孟昀偷偷往行李箱里塞了烟，尽管营地里是不能抽烟的。那时她刚入学，逃离了母亲的“魔掌”；她迅速学会了抽烟，很中二地觉得这代表着对家长的反抗。

军训实在无聊，那时手机还不智能，无趣得很。有一天夜里，孟昀憋不住了想去营地外转转，便趁着夜色偷摸溜过操场。她老远见营地门口戳着几个穿迷彩服的，是轮流站岗的大一军训新生。都是不认识的生面孔，应该是其他院系的。

她沿着院墙一路晃荡，满意于自己一身迷彩服在夜色中很隐蔽。她转了没多久，找到一处院墙，旁边有灌木丛遮挡，不易被人发现，且壁上有几处缺口，刚好可落脚。

孟昀从小就是攀爬好手，这自然难不倒她。她抓住几块突出的砖头，踩上几处凹口，手脚并用，以一种相当难看的姿势张牙舞爪往上爬。终于，她的一只手抱住了墙头，胜利在望，马上就能翻过去了。

刚要跨坐上去，脑勺后传来平淡一声："同学。"

孟昀头皮发麻，缓缓扭头往院墙下头看。

陈樾仰望着墙上的她，面容安静。

对视半刻，孟昀跟他套近乎，说："啊，陈樾啊，今天轮到你巡逻呀？"

陈樾说："你要下来吗？"

孟昀不动，抱着墙说："你能当作没看见吗？"

陈樾说："不能。"

孟昀皱眉："你跟我是同班同学。"

陈樾说："我知道。"

孟昀好声说："你这个人哦，就不能睁一只眼闭一只眼？"

陈樾眨了下眼睛，安静地看着她。

她也是个犟脾气，哪里会放弃，她大胆猜测要是就这么跳出去，陈樾也不会把她怎么样。可下一秒，陈樾说："你不下来，我开手电筒了。"又加了一句，"门房里有狗。"

孟昀震惊，她说："你这么尽忠职守，教官晓得吗？叫他给你发朵大红花挂胸前！"

陈樾听出了她的讽刺，抿紧嘴唇不吭声，执着地等着她下墙来。

可上墙容易下墙难。孟昀手臂攀着墙头，两条腿在墙上扒拉，怎么都找不到刚才上来的着力点了，她跟挂在墙上的猫似的瞎扑腾。

陈樾站在一侧旁观，正在思索要怎么接一下她。她又急又烦，道："很好看吗？你就不能来接我一下呀！你这个人！"

陈樾上前一步，抬起小手臂垫在她一只脚下，另一只手隔着她的裤脚轻握住她脚踝。

孟昀没明白。

陈樾说："踩着我跳下来。"

孟昀不太信任他的力量，满口怀疑："你这么瘦，撑得住吗？你要是塌了，把我摔了怎么办？"

陈樾抬着手臂，说："摔不了。"

孟昀撑他："摔了你赔？"

陈樾竟很认真地思考了一下，说："我赔。"

孟昀追根究底："你拿什么赔？"

陈樾不知道了。

他仰头看她："下来吧，过会儿你手要疼了。"

孟昀仍犹豫，可她手一直扒在墙头，真的疼了。她不管了，重心往他手臂上一沉。只觉他臂上猛一道力量将她往上一抬，她借着那力量轻轻一跃，跳落地面。

这家伙瘦瘦的，居然很有力量。

她没太站稳，踉跄着后退几步撞进灌木丛里，唰唰唰，一头的树叶。

陈樾给出中肯建议："你没有小猫灵活，下次别翻墙了。"

孟昀正撕着头发里的小树杈，本就恼火，听了这话，眼神杀过来，陈樾闭紧了嘴。

"我为什么会翻墙？"孟昀满口歪理，"我走正门你会放我出去？"

陈樾很诚实："当然不会。"

孟昀翻了个白眼，大步往前走："那我就要翻。"

陈樾落在她身后半米，因为很想知道，所以问："外头荒山野岭的，你要翻出去做什么？"

孟昀刚要回答，转念一想，觉得今晚有了抢占先机的机会，回头便冲他笑："想知道吧？要不我们一起翻出去玩？"

陈樾有点儿诧异于此人变脸速度之快，又觉"一起玩"这三个字跟一只手似的把他的心抓了一下，但他仍坚持原则，说："那我不想知道了。"

孟昀又不高兴了，说："陈樾，你这个人真无聊！"

说完掉头就跑开了。

陈樾原地站了会儿，而后继续巡逻，巡到大门口，站岗的同学换班了，徐文礼在那儿。他走过去，站在徐文礼旁边，和他一样昂首挺胸，腰杆笔直。

大门口路灯昏黄，灯光扩散成一个圆锥形，笼罩着他们。夏夜的虫子在光线中飞舞，营地外是无尽的荒野，蛙声一片。

站了会儿，徐文礼说："你不是巡逻吗，怎么来这儿偷懒？"

陈樾张了张口，想问他什么，但又什么也没说，拔脚离开。

他独自绕着营地的院墙走，心想，徐文礼应该是个不无聊的人。走着走着，他走到了刚才孟昀翻墙的地方，抬头望一眼，天上一轮弯月。因在郊外，光污染少，肉眼可见夏季繁星。银河见不着，但牵牛星和织女星十分明亮。

他偷偷看四周，夜色笼罩着营地，半个人影都没有，只有远处营房边几道路灯的光。

陈樾也不知怎么想的，退后几步突然往墙上一冲，人迅速就上了墙头。他一愣，墙外是无边的水塘，湖中心波光粼粼，月光碎在里头，像藏着发光的宝藏。

“哼。”一声极轻的嬉笑。

陈樾回头，见灌木丛里有星子一般的亮光。他起先以为看走了眼，定睛一看却是火光，在树影中明明暗暗。

他以为要着火，迅速跳下墙，跑过去拨开树枝。

孟昀眼睛圆瞪，抿着嘴巴微鼓着脸颊一脸错愕——她正靠在墙边抽烟，刚吸进去的一口还憋在喉咙里。她猛地咳嗽一声，吐出一团烟雾：“你吓我一跳！”

她虽看见他翻墙，但没料到他瞬间就移到面前，像夜行的猎豹一样。

孟昀边咳边嘲笑他：“刚才是谁爬上墙了？要不是我出声，你肯定翻到对面去了。”

“没有。”他没想翻出去，但他也没法解释他的行为。

孟昀不依不饶：“你就是！被我抓到了。”

陈樾说不过她，手指抠了抠迷彩服的裤缝，一垂眸，见她指尖烟雾缭绕，说：“哦，我知道了。”

知道了她想出去的缘由。

孟昀说：“你要敢举报，我就杀你灭口。”

陈樾看她一眼，垂下眼帘。

“……”孟昀无语地摊了下手，“我在开玩笑，陈樾。”

“我知道。”他又说，“营地里不准抽烟。”他的意思是把烟灭了。

“噢。”孟昀慢悠悠地说了一个字，漂亮的眼睛在黑夜里闪啊闪。

她细眉一挑，两指往唇边一抹，烟嘴含在唇边吸了一口，青白的烟雾吐出来，浮在她面前。

女孩眼里闪过笑意，大有一副你能把我怎么样的挑衅。

陈樾无声，忽然一步上前，孟昀条件反射朝后倾了倾，但脚僵在原地没动；他一逼近，她脸上的月光瞬间被他遮掩。她看见他腰身很直，皮带紧绑在迷彩服外套上。

她抬眸瞧他，军帽下，男孩子眉清目明；他垂眸，动作有些谨慎地从她手中抽过那半截烟头，摁灭在墙上。紧接着，退后了一步。月光重新洒在她脸上，清丽如霜。

孟昀一回过神来，就皱了眉，手里捏着的小树枝扔在他身上。

陈樾怔了怔，那小树枝砸在他衣服上，又掉地上不见了。

“你还真是守规矩的乖宝宝，私底下不抽烟？”

陈樾说：“不抽。”

孟昀不信：“嘁，你跟何嘉树一个宿舍，关系那么好，他抽你不抽？”

陈樾说：“不抽。”

孟昀问：“为什么？”

陈樾说：“臭。”

“你才臭，我身上有香水的。”孟昀伸手在他面前挥了一下。

陈樾往后一躲，愣了愣，空气里有很淡的花木香，只是一缕，很快就随着香味的主人消失在夜色里。还有她留下的一句话：“樾是什么意思？树？木头？还真符合你，无聊死了。”

陈樾想说，樾不是树，是树荫。

但，也起不了什么作用吧。

之后几天两人再无交集。白日里军训虽在一个队伍，但打不上照面。而那之后陈樾没有再被安排巡逻或站岗，也不知孟昀有没有再翻过围墙。

有一天夜里轮到何嘉树站岗，第二天早晨洗漱时，杨谦问何嘉树："你昨天站岗是不是放人出去了？要是被发现了，你要死啊。"

何嘉树道："孟昀就想在门口走走，透透气。一百米都不到，我盯着呢。没事，站岗的兄弟也不会说出去的。"

陈樾在一旁拧毛巾；何嘉树也是不无聊的人。

军训快结束时进行拉练，全员步行二十公里。这对受训许久的学生们来讲是小菜一碟。

众人身着迷彩服，各班列队站好。两人一排行进，首尾相接。陈樾跟何嘉树本来在队伍最后一排，后面女生队伍跟上来，孟昀和姜岩跟在了他俩后方。

队伍浩浩荡荡，长蛇一样行进在乡间小路上。

教官不怎么管束，学生们边走边聊天。何嘉树偶尔跟身后的姜岩孟昀讲话，陈樾不参与。他一路走着，见乡间小路没有尽头，夏风吹动，树影摇摆；听孟昀在他身后一直在讲小话。她懒洋洋的，一会儿讨论明星，一会儿谈论美食，一会儿说电影，一会儿聊教官。

此刻他身后的孟昀，声音听上去是再寻常好相处不过的女生，和澡堂前、训练场上、院墙下的孟昀都不一样。

陈樾不太明白为什么她的情绪和状态可以有那么多种，跟万花筒一样。

正想着，路边低垂的树枝打到他脸上。他疼得闭上眼睛，立刻偏头躲过去。那树枝抓不住他，一弹，拍向他身后。

陈樾一愣，立马回头。树枝已“啪”一声打在孟昀额头上。

她吃痛地捂住额头，目光和陈樾的撞上，竟莫名有点儿迁怒他的意思，说：“这树真讨厌。”

陈樾：“……”

渐渐地，身后的人不怎么讲话了，似乎兴致不高了。

何嘉树飞速跑到路边，轻轻一跃，从树梢上扯下一颗果子，牵扯得树叶簌簌，撒了众人一头。

他摘了果，闪回队伍，朝孟昀摊开手掌，一颗圆滚滚、光溜溜的青涩果子憨头憨脑，有些可爱。

何嘉树说：“猜猜这是什么？”

孟昀从小生活在城市，哪里见过这个。

陈樾侧头瞥了一眼，何嘉树逮到他眼神，制止道：“你不许告诉她！”

陈樾看向前路，目不斜视。

孟昀想了想，问：“没熟的红毛丹？”

何嘉树笑起来：“再猜。”

孟昀移开眼睛：“猜不出来。”

何嘉树：“给你个提示，干果。”

孟昀：“板栗！”

何嘉树：“不对。”

孟昀没了耐心：“不猜了。”

何嘉树笑笑，边走边将那青果掰开了递给她：“喏。”

孟昀懒懒瞥一眼，眉心舒展：“核桃？”她从他手里拿了一半过来，仔细看：“居然是核桃？这么嫩，好小哦。姜岩你看，核桃是这么长的呢，好可爱。”

陈樾走在树荫下，她喜欢核桃？

“昀昀，你脸色不太好哦，出汗了。”姜岩说。

孟昀咕哝：“好累呀。还要走多久？”

“谁让你为了减肥不吃饭的？现在还是军训期间，能受得了吗？”

“正好趁着军训减肥嘛。”她小声说，没劲儿了的样子。

队伍前边经过铁路道口，停了下来。长长的队伍像一根松散的弹簧，波浪由前向后推，缓缓停下。前头走不动了，陈樾止住脚步，下一秒，一个软软的人儿整个儿撞到他的后背上。

他毫无防备，人被撞得猝然前倾，心也跟着一颤。

陈樾怔愣回头。孟昀刚才正跟姜岩讲话，没注意前头，撞了他个结实，脚都踩到他脚后跟上了，她这下有些窘，摆摆手后退：“对不起啊，没注意。”

陈樾什么也没说，回过头去直视前方。日光在树梢上荡漾，落下一地树荫。

心脏在胸腔里一突一突的，被她踩到的脚后跟处，血液一跳一跳的，却又不像是疼。

队伍不知停了多久，又开始继续往前走。陈樾的心不在胸腔里，思绪也不在脑子里，好像轻飘飘地悬在头顶似的。

身后的人却再也没声音了。突然，姜岩惊叫了声：“孟昀！”

像是一瞬间的事，女孩软软的身体扑到陈樾后背上，瞬间滑到他腿部，陈樾立即回头，在孟昀脑袋即将砸到地上时，一手揪住她上衣领口将她上半身拎了起来，人顺势蹲下去。

孟昀面白如纸，双眼紧闭，马尾在地上扫了一遭，被陈樾提着脑袋一晃，歪倒进他臂弯里。

“肯定是低血糖了。”姜岩喊，“谁有巧克力？”

可军训接近尾声，谁还有零食？

“孟昀。”陈樾轻轻喊了她一声，她没反应。

教官想找个男生背她回营地，送去医务室。他一看陈樾，就问：“同学，能把她背回去吗？”

陈樾点了下头。

何嘉树跟姜岩帮着把孟昀架到陈樾背上，他便逆着行进的队伍返程了。

很快，队伍消失在身后，路上只剩了一身迷彩服的他和她。

世界很安静，只有风吹树叶唰唰的声响。

孟昀像是陷入了最深的睡梦中，乖乖趴在他背上，脑袋歪在他肩头，鼻息一缕一缕喷在他脖子里。

他脸红了，脖子红了，耳朵也红了。或许是背她走了太久的原因。走得久了，她会不由自主慢慢往下滑一点儿，他总得停下来稍稍颠一颠，让她趴得更稳当更舒服些。

有时轻轻一颠，孟昀的脸颊便会撞上他的耳朵，女孩的脸软软的，他身子一僵。有点儿怕她醒来，又有那么一点点希望她微醒。

渐渐地，他呼吸越来越沉，开始听不见风声，只听得见自己的吸气喘气声。汗水像小小的河流从他额头淌下。可他心里没有半分怨言，甚至希望这条路一直走下去。于他而言，背着她行进并不是一件苦差事。

八公里的路，陈樾不知道他是怎么背着她走回营地的。但奇怪的是，后来每每回想起，他并不记得他嗓子烧了，嘴唇干了，汗如雨下，衣服湿透；也不记得手脚酸痛，脚板欲裂。

他只记得她的呼吸温热而均匀，擦在他的耳朵上；还有那一路遮天的核桃树，在风吹过的时候，日光洒下的斑点满地跑。

军训结束，学生返校。

周一就要开课了。大一新生的体育课和公选课在教务系统上选。孟昀她们还没来得及买笔记本，只能和大部分学生一样去学校机房排队上网。机房也就上百台电脑，容不下几千名新生。

孟昀早晨经过实验楼，队伍浩浩荡荡；中午经过，只增不减；到了傍晚，仍是没有变短的迹象。三个女生正叹气，恰巧何嘉树跟杨谦经过，问她们干吗。

姜岩说："选课啊，你们刚选完？"

杨谦说："早选了。我们寝室有电脑。"

何嘉树补充："四台。"

三个女生异口同声："男生宿舍能进吗？"

男生宿舍管得不严，且还未正式开课。几人顺利上了楼。

何嘉树推开宿舍门，孟昀刚进去半个身子，见陈樾光着上身，只穿了件短裤，正低着头拿毛巾搓头发。

他听见动静回头，目光跟孟昀对上，眼睛瞪大，瞬间跟受惊的猫一样跳起来，低低一声："我——"后头的音没发完，憋了回去。

孟昀已闪退出门。何嘉树喊："对不起没注意！"一条毛巾摔他脸上。几人站在门口等待，里头传来翻衣柜的声音。

姜岩凑到孟昀耳边，用极低的声音说了句："陈樾那么瘦，居然有腹肌。"

孟昀瞟了她一眼，眼神好像在说：我也看到了，姐妹儿。

过了半会儿，室内安静了。何嘉树敲了敲门，问："能进了吗？"

脚步声靠近，陈樾拉开门。他套了件白T恤，剜了何嘉树一眼，回去自己桌前随手拿了本书翻开。

孟昀走进屋，不自觉看了他好几眼。他余光察觉到了，却没敢扭头跟她对视。

何嘉树开了电脑，说："孟昀，坐这儿吧。"

"哦。"她坐去了何嘉树桌边。

姜岩本想要陈樾帮忙，但杨谦已经招呼她过去了。

李斯齐人不在，宿舍只有三个男生。朱小曼抿着唇站在原地。陈樾盯着书看了几秒，后知后觉意识到什么，立马开了电脑站起身，对朱小曼说："你用吧。"

朱小曼小声说了句谢谢。

孟昀多看了他们两个一眼。

朱小曼不太会操作："浏览器在哪里啊？"

陈樾弯腰，拿了鼠标帮她点击，又帮她点开校园登录系统，很耐心的样子。

孟昀刚收回目光，姜岩说："陈樾，你腿好细啊，我腿都比你粗。"

孟昀跟朱小曼同时看过去，盯着陈樾露在短裤外的两节小腿。

陈樾：“……”

孟昀还特地看了看自己的，确定比陈樾细之后，继续看电脑。

杨谦笑起来：“陈樾的腿是精瘦，都是肌肉，姜岩你的……哈哈哈。”

姜岩：“滚！”

一屋子的笑，陈樾恍若未闻，拿了书坐去李斯齐椅子上。

他余光里，孟昀趴在何嘉树桌子上挑着公选课：“欸，这个地缘经济学概论是什么鬼，居然有4个学分。你们有谁选了这个？”

陈樾选了，他不知要不要回答时，何嘉树说：“高学分的考试也难，你不如换两门2个学分的。”

陈樾闭了嘴。孟昀托着下巴想了想，不听他的，说：“不行，这个学分高，我要选这个。少上一半的课呢。”

大一上学期需要修满二十个学分。几人讨论着课程，计算着学分，猜测着难易程度。陈樾坐一旁看书，半天没翻一页。过了十来分钟，她们选完公选课，就剩体育课了。

朱小曼选了羽毛球。姜岩打开页面，一声惨叫：“昀昀，舞蹈班只剩一个名额了，怎么办？”

“啊？”孟昀点开页面。

姜岩问：“怎么办？”

孟昀说：“你先看见的，你选吧。”

“说好了我们一起的。”

“你快选吧，再不选过会儿一个名额都没了。”

姜岩选了舞蹈。

孟昀在剩下的网球、篮球、跳绳、乒乓球之间犹豫。

何嘉树说：“选篮球吧。”

孟昀：“不要，手会疼的，选网球好了。”

陈樾心想，打网球手也疼。

孟昀报完名，往椅背里一靠：“是不是得买球拍啊？”

朱小曼说：“球拍都是一对对卖的，你赶紧找人搭伙买，划算。”

何嘉树指了下陈樾，说：“陈樾也选的网球，你可以跟他凑一对。”

孟昀回头：“陈樾，你球拍买了吗？”

陈樾说：“没有。”

“你帮我买个球拍，好不好？”

“好。”

孟昀摸口袋：“大概多少钱，我先给你。”

“买回来再说吧。”

“也行。”

对门宿舍的徐文礼也选了网球。

第一节体育课，陈樾跟他去球场集合。快上课时，孟昀来了，一身白T恤配网球裙，阳光照在她修长白皙的腿上，泛着柔光。网球班虽有一半女生，但都穿裤装。她一人格外出挑。

孟昀眼睛在人群中一扫，找到了陈樾，朝他走来。陈樾递给她一个球拍。

孟昀问：“多少钱。”

陈樾说：“三十元。”

孟昀把钱给他，陈樾接过了塞兜里。

“谢谢啦。”孟昀心情不错，挥了两下球拍去站队了。

徐文礼用力撞了陈樾一下，道："你也太重色轻友了，跟她拼球拍，不跟我拼。害我找别人找了好久。"

陈樾觉得他这话没道理，是孟昀先跟他说拼球拍的。但以他对徐文礼的判断，给他解释一遍，他会把自己的结论再强调一遍，陈樾作罢。他不说话，徐文礼就转了话题，神秘兮兮地嘀咕："孟昀网球一定打得很好。"

陈樾问："为什么？"

徐文礼说："你没看见吗，她穿得很专业。"

陈樾有些怀疑徐文礼的理科生身份，问："这两者之间的必然联系在哪儿？"

"看样子就很专业。你过会儿等着看吧。"

第一节课并没有机会看到。

老师教的是挥拍姿势，四十个学生站成五排，一次次慢动作回放似的挥球拍，挥了两个小时，连球的影子都没看到。学生们觉得枯燥，难免松懈。

老师苦口婆心地说："我教了你们正确的方法，也给你们纠错了。你们偷懒，我也不能一个个盯着，但我告诉你们，没有好好学，将来是会暴露出来的。"

陈樾听着这话，正挥着球拍，鬓角的汗从脸颊淌下。

孟昀站在他斜前排的位置，垮着肩膀和手肘，见老师走远了，迅速放下手臂舒展按摩两下。她一回头，陈樾移开眼神。她见他满头是汗，手臂上肌肉紧绷，在轻抖。她看了两秒，又松了松肩膀，这才慢吞吞重新挥了拍。

三周后，开始练习击球了。

老师站在球网对面，正面发球而来。同学们排着队一一上场接打。

孟昀跟着队伍慢慢前移。同学们有的能接住，有的只能勉强碰到，有的则根本接不到球。轮到她了，她到场地内站好。

老师发了个正方向的球，难度不高，孟昀挥拍而上，拍到了——风。

网球在地上挑衅地蹦蹦跶跶。后边的队伍里发出善意的笑，孟昀脸红了，迅速下场。她脑子嗡嗡响，绕着球场快步走到接球完毕的队伍里，这才往场上看，正好轮到陈樾。

老师发的球角度有点儿偏，陈樾迅速跑步而上，利落一挥拍，“啪”一声清脆地在空气中炸开，网球潇洒地飞跃过网。

“哇！”学生队伍里一片叫好声。

“不错！”老师也冲他竖了个大拇指。

陈樾抹了下额头上的汗，下了场。

孟昀盯着他看，一直看到他绕过场子走进队伍。等解散了，她又回头看陈樾。陈樾撞见她的目光，眼神问：干吗？

孟昀说：“我有次晚上经过运动场，你是不是在练网球？”

陈樾说：“啊。”

孟昀说：“你能不能带我一起练呀？”

陈樾一时没说话。

孟昀低声：“就几天，能打到球就行，好不好？打不到球，太丢脸了。”

陈樾说：“好吧。”

下午六点，陈樾赶到运动场时，孟昀已在那儿等着了。她也不练习，把网球拍摁在地上转啊转。

陈樾走近了，说：“再转几下，线要绷断了。”

孟昀收了拍，给自己挽尊：“我小时候会打羽毛球的，不知道为什么网球接不住。明明是差不多的运动。”

陈樾没接话，从围栏边拉了一筐网球，说：“我扔球吧。”

孟昀说：“没事，你拿球拍打吧。”

陈樾看她一眼，没多说，拿了球拍走到网对面。

他握着球拍，松了下肩膀，左手将球抛起，右手握拍击球。球速不快，飞跃而去。

孟昀望望自己的球拍，又望着天空，用力一挥——挥迟了，没打到球。

这方天地很安静，能听到隔壁篮球场上如火如荼的打球声。

孟昀耳朵有点儿红。

陈樾说：“是我力度没控制好，还是扔球吧。”

孟昀赞同地点头：“嗯嗯，扔球吧。”

陈樾又拖来球筐，拿起一个球，问：“准备好了吗？”

孟昀握紧球拍，微微降低重心：“准备好了。”

陈樾扔了球过来，孟昀再次挥拍——挥早了。

孟昀觉得很丢脸，脸颊红透了。

但陈樾没什么表情，准备扔下一个，仿佛是个无情的自动扔球机。

“你等等！”

课外时间，运动场上来往的学生很多，孟昀放不开，又急又羞，握着球拍准备了半天。

陈樾等了她半分钟，安慰说：“你心里别害怕。”

“我没怕，这有什么好怕的。”她有点儿跟自己生气，脸又红了，想来想去，一时就瓮声道，“这么小的球，速度又那么快，怎么打得到嘛！

你看你能打得到吗？”说着捡起地上的球朝陈樾那边砸过去。

陈樾一愣，立刻捞起地上的球拍，跳起来“啪”地一击，姿态舒展。

网球从孟昀旁边飞过，打到后头的拦网上。

孟昀咬着嘴唇，突然把球拍往地下一扔，人也一屁股坐在地上，脑袋耷拉着，像蔫掉的秧苗，自己跟自己嘀嘀咕咕：“根本就打不到，网球太变态了。我应该选篮球的，或者踢毽子。网球不行的……”她渐渐没声了，羞得抬不起头。

陈樾站了半刻，掀了球网钻过去，捡起地上的球拍，走到她面前蹲下了递给她。

她握住，垂头丧气地说：“对不起，浪费你的时间了。”

陈樾说：“我刚看了，你拿拍的角度不太对。”

孟昀这下抬头了，可怜巴巴地望着他，等着指点：“哪里不对呀？”

陈樾被她看得垂下眼皮，说：“你再拿一下。”

孟昀慢慢起身了，握好球拍，陈樾跟着她站起来。

“这个角度——”陈樾指了指，想给她纠正，又不好碰到她。他的手在球拍柄上来回悬了几下，最终落在球拍头上，拧了个角度，拍柄在孟昀手心里转了一下。

陈樾说：“你再试着挥一下正面。”

孟昀感受着，挥了一下：“哦——”

陈樾说：“根据球来的方向，要变换角度。你知道它正面朝哪儿就行。”

孟昀一下一下地对着空气试，比画姿势："我再试试。要是这次还不行，我就——"

陈樾说："你看球，别总看球拍。球拍的位置要靠自己感受。"

孟昀揣摩了会儿，说："好像懂了。"

"准备。"陈樾说着，扔了球过去。

青黄色的小球在天空中划出一道弧线，孟昀盯着球来的方向，握球拍的手动了动，她目光跟着小球下落，忽然用力一击。

砰！

小球被球拍击打，改变轨迹朝陈樾飞去，一下就砸在他肩头，有点儿疼。但孟昀没道歉，她扛着球拍蹦了起来，哈哈大笑。

陈樾看着她笑。怎么会有这么放肆的女生啊，像一团肆无忌惮的火。

后来他想，他对孟昀的喜欢，就是从各种各样的疼开始的。

2010年，秋冬。

期中考试过后，陈樾在教学系统里查到了自己的分数，最低86分。90分以上的居多，最高一门99分。分数出来的第二天，上午高数课前，陈樾坐在小教室最后一排看书。

专业课小班上课，一个教室也就五六排座椅。座位多，学生少，空间宽裕。三个女生坐到了他前排。

他没抬头，看着书。孟昀坐在他正前方，三个女生中她头发最长，梳着马尾，发梢跳过椅背，在他的桌子上摩挲。

她的头发近乎悬在他额前，亚麻色，有淡淡的洗发水香味。他身子稍稍后移，拉开了距离。也就在这时，她趴桌上了。

陈樾又重新坐回来一点儿，听见她问姜岩和朱小曼："欸，你们查成绩了吗？"

朱小曼说："查了，我考得一般般。"

姜岩说："我也一般般，80分上下浮动。"

孟昀一头扎进手臂里。

姜岩小声："没考好呀？"

孟昀语气绝望："我怀疑我是班上倒数第一。我妈知道了，一定会扣我零用钱的，还会骂死我。寒假我也别想去国外玩了。"

姜岩叹气："你妈妈是挺恐怖的。每天晚上你手机响，我都跟着紧张。"

"不会倒数的。"朱小曼安慰，"我也考得不好。"

孟昀说："会。我有一门只有60分，我感觉是老师放水了呢。"

姜岩和朱小曼没说话，默示着她们没有60这样的分数。

孟昀说："这才上学期，下学期我肯定要不及格了。"

姜岩说："好好学呗。没事多去图书馆自习。"说到这儿，她扭头看后排的陈樾，"陈樾好像天天去图书馆。陈樾，你查成绩了没？"

陈樾抬眼："查了。"

孟昀也扭头，盯着他看。

陈樾只拿余光看她。

姜岩问："你考得怎么样？"

陈樾眼珠往孟昀脸上挪了一下，又挪开，说："还行。"

姜岩追问："还行？那是好还是不好？"

陈樾没说话。

朱小曼说："你最低的一门，分数是多少？"

陈樾说："86分。"

三个女生同时张大嘴巴，孟昀明目张胆地给了个虚假的笑容，说："棒！我最高一门79分。"

陈樾看她一眼，她没啥表情地回身了。

那天下午，陈樾去上公选课《地缘经济学概论》。大班上课，在阶梯大教室。他特意去得早，挑了最后排的位置。这老师实在太爱跟前排学生眼神交流，尤其爱点人提问。后排落个清闲。

坐下没一会儿，身后有人问："这位置有人吗？"

是孟昀，问的是他旁边的几个空座位。

陈樾摇头："没有。"

他坐在最后一排正中间，两头皆有十来个座位，孟昀要想坐过来，得从边上绕进来。不想她将斜挎书包往桌上一扔，手撑着连排的椅背一跃而起，跳进桌椅间的缝隙里。她跳得不算熟练，撞得桌子震颤了两下。陈樾的书本和他压在桌上的手臂跟着动了动。她浑不在意，拨开椅子板，在跟他隔了一个座位的地方坐下来，往耳朵里塞耳机听歌。

课上陈樾一边听讲，一边背英语单词；孟昀一直在听歌，偶尔在书上写写画画。

两人相安无事。

直到下课，陈樾往书包里收拾课本，孟昀忽然摘下耳机，说："你不上课的时候都去图书馆自习？"

陈樾说："啊。"

孟昀认真问："图书馆自习，跟宿舍里自习有什么不同啊？"

陈樾说："宿舍里自习就等于三心二意地玩吧。"

两人四眼相对。

孟昀说："好吧。"

她结束了这段突如其来的无厘头对话，起身走了。

陈樾也没有在意。

他再去图书馆的时候，在左手边的座位上放了一本书。

这样持续了大概一星期，有一天何嘉树想去图书馆自习，让陈樾帮他占座。于是他在右手边又放了一本。何嘉树来了一次，嫌图书馆太远，太安静，后来继续去教学楼自习了。

陈樾仍在左手旁的位置放一本书。第十天，他学习时无意间抬头，正巧看见孟昀来了图书馆，伸着脖子四处找空座。这段时间是大四考研的冲刺期，早上九点之后，图书馆就没空位了。而现在是下午一点。

陈樾神不知鬼不觉把左手边那本书收过来，低头继续写公式。桌子上，她浅浅的影子从他身上划过，停在他左手边。他听见她极轻地"哇"了一声，很惊喜——居然有空位。

孟昀坐下，将书本拿出来放到桌上，并没有注意身边的人是谁。反倒是长桌对面的几个男生多看了几眼孟昀的脸。

图书馆内坐满了人，却非常安静。偶有书页翻动的声响。

陈樾左手边的人还算安静，动静很轻，笔尖在纸张上走动，毫无声响。过了大概半小时，她开始坐不住了，快速翻动书页，转笔，伸懒腰，喝水，转着肩膀活动筋骨，往他这方向转的时候，霎时止了动静。

陈樾猜测她应该看到自己了。

他装作毫不知情，盯着笔记本上的字迹，还下意识地写了一串数字。

孟昀也没打扰他，却不乱动了，规规矩矩坐好继续看书。只是看着看着，人开始打瞌睡，垂着脑袋，一顿一顿的。

陈樾觉得，秋季的阳光有些过分绚烂了。

身旁，她脑袋猛地一扎，额头磕到了书桌，哐当一响。她这回是醒透了。

陈樾收了心。

过了不知多久，他小心而隐蔽地瞥一眼身旁，她耳朵里塞着耳机，右手持续地转着笔。

笔速一停，他低下眼眸。

她放下笔，起身走了。书包放在原地，稿纸摊在桌面上，上头画满了曲谱。

又过了半小时，她回来了，抱着从馆内借来的一堆音乐类书籍，津津有味地翻看起来，还时不时在笔记本上写写画画做记录，笔速飞快，唰唰作响。她一直看到晚餐时间才走，走的时候陈樾仍在闷头做题，谁也没跟谁打招呼。

第二天，孟昀又来图书馆了。

陈樾仍是在她发现之前偷偷撤走了桌上的书。她走到陈樾身边这处空位，停下来四处看了看，仿佛研究了下风水，不然她也搞不明白为什么总是没人坐这个位置。或许在角落，别人没看到。

她自若地坐下，又开始听音乐，看她的“闲书”。

陈樾去了趟洗手间回来，抽椅子时，她转着笔抬头看他，冲他一笑，算是打招呼。他抿了抿嘴唇当作回应。人坐好，拿笔，看书，稳定了好一会儿，才落笔写字。

有次她拿水杯去接水，起身时见他杯子里没水了。她弯腰，轻声说："我帮你打水吧。"陈樾还来不及反应，她已拿走他的水杯。等她回来，将杯子放下，他双手接过，颔首低声说了句谢谢。

孟昀兀自笑了下，觉得他这人拘谨得有趣。

有时候她累了，就趴在桌上小睡。她睡觉的姿势很奇怪，一只手伸得笔直，脑袋侧歪在伸直的手臂上，柔顺的长发铺满桌面，后脑勺对着陈樾。

陈樾看见她小小的耳朵和半边下颌，被窗外的天光照得虚白发亮。一段雪白的颈子和小片后背的肌肤露在衣领之外，像秋天清晨的阳光。

图书馆落地窗外，梧桐树的叶子由绿变黄，北风一吹，簌簌坠落。冬季的阳光明亮而不刺眼，柔和地铺满自习室。

那是一个周六的下午，风很大，窗外凋零了一半的梧桐树疯狂摇曳。

室内，窗明几净。

陈樾合上物理课本，伸了下胳膊。

这时，孟昀往桌上一趴，身子朝他这边倾，递给他两只耳机，很小声地说："你听一下这个。"

她像个地下工作者。

陈樾看她："什么歌？"

"你先别管。"孟昀说，"先听完，看好不好听。"

陈樾将耳机塞进耳朵，耳机线另一端连着一个小小的白色 iPod，在孟昀手心。

一道清澈而蕴含力量的女声，伴着悠扬的吉他，唱着："听说你从苏州河南岸经过，看见东方的夜空有焰火坠落……"

女孩的歌声让陈樾看见了穿梭在城市间的风，又让他想到阳光下金色的稻田。

行至高潮部分，曲调通透，隐含着爆发的力量：

“武康思南，从西到东从北到南，我在镜子里看见江水倒流，也看不见我回头。”

白线的这端，陈樾沉默地听着，看着桌子上投映着梧桐树的影子，光影摇动，时间被拉得久远，仿佛定格。

最后一段拨弦声消失，陈樾目光转到孟昀脸上。她眼睛很亮，黑白分明，直接而赤诚地看着他。

陈樾微低头，将耳机摘下来还给她，不等她发问，先说：“很好听。”

孟昀立刻就笑了，说：“一到十分，打分呢？”

陈樾说：“九分。”

孟昀挑了下眉梢，似乎想要十分，但九分的评价她已算满意，收了线，说：“一分扣在哪里？”

陈樾说：“唱歌的人音域不宽。”

孟昀一愣，不太高兴，说：“你知道什么！”

陈樾不说话了。本想说他听多了民歌山歌，知道真正的宽嗓子是什么样。但……刚才说九分，她就很开心了，他不该补上那最后一句让她沮丧。

他真诚地说了句：“但音色很好。”

孟昀不讲话，脸色缓和了点。

陈樾很想和她继续说话，于是主动问：“你写的吗？”

孟昀脸颊微鼓着，说：“还是我唱的。”

陈樾说："听出来了。你唱歌的声音，跟说话的声音很不一样。"

孟昀问："哪里不一样？"

陈樾说："只听你说话的声音，听不出唱歌会好听。"

孟昀无语看着他。

陈樾找补地说："这，其实是句表扬。"

孟昀说："我谢谢你。"

陈樾觉得自己还是少讲话为好，拿起笔打算看书；孟昀突然又凑过来，说："你要保密。"

陈樾说："嗯。"

孟昀说："你是我们班话最少的，我才给你听的。知道吗？"

陈樾点头："知道。"

孟昀又加了一句："不许跟任何人讲。"

陈樾说："嗯，不过你这句话跟上几句话意思是重复的。"

孟昀道："任何人，包括你最好的朋友。不然我就杀你灭口。"

陈樾觉得，她不断重复，可能是因为"嗯"这个字没什么效力，于是说："我保证，你放心。"

孟昀这才点了下头，说："陈樾同学，将来我或者我的歌手开演唱会了，请你坐在第一排。"

她收好东西，挎上斜挎包就走了。只留下一道斑驳的树影在空位上，不久后，被后来的学生填上。

陈樾看着书，记住了她那句话。只不过他并没有想过，她或者她的歌将来真的能开演唱会。正如后来她写的歌让林奕扬开了演唱会，也没有请他坐在第一排——她早把他忘了。

所以他只能站在看台上，静静看着坐在第一排的她。

2010 年 11 月下旬的一个周末，电气一班组织了秋游。

秋游本应在期中考试前进行，可当时有同学说要复习。而考试过后这个生病那个请假，便一直往后拖延。杨谦身为班长，深感此班没有班魂，亟须建设，强行收了班费，订好酒店和玩乐路线，最终安排在 11 月底。

秋游几乎成了冬游。

目的地是舟山。

孟昀站在船上被海风吹得瑟瑟发抖时，心想杨谦这人或许是疯了，这个时节居然带着全班同学往海岛上跑。

好在天气晴朗，又过了渔期，秋冬之交的海水泛着清澈的蓝青色，天空也是薄薄一层水彩蓝涂在远方，颇有日式动漫里干净的轻快感。

她不舍得进船舱，裹着羽绒服站在船舷边，哼着自创的小调。

同船的有回岛的渔民，网里兜着各式海产品，咸湿的海腥味弥漫空气中，浓稠而久久不散。

孟昀瞥一眼，班上一群男生或蹲或站地围在一群渔民周围，七嘴八舌指指点点。她见识够了男生们无聊的好奇心，起先并没走过去，只远远看上一两眼。

隔着数条牛仔裤腿，螃蟹、龙虾在网兜里乱爬乱撞，长的、粗的、扁的海鱼银光闪闪，奋力蹦跶。

何嘉树问："这是用网捞的，还是钓的啊？"

"网捞的。也有钓的，龙虾是钓的，螃蟹是在石头里抓的。就在那个岛上，有好多螃蟹挥着钳子满地跑。这些年算少的了，我们年轻时更多。

一排排堆在沙滩上，没人捡。”

杨谦问：“我们能去抓吗？”

“可以啊，抓到就算你的。”

一帮男生顿时兴奋了，纷纷说上岛了就买工具去，接着又欣赏起网兜里的鱼类，开始辨认鱼种及配套的烹饪方法、食用方法。

“这是石斑鱼？”

“不对。这才是石斑鱼，这个是鳓鱼，清蒸了蘸上酱油，好吃。”

“这个小黄鱼适合油炸，裹一层鸡蛋炸得金黄酥脆。”

“这海鳗可以烧烤，刷上辣椒酱……”

小伙子们议论纷纷，渔民也参与进来：“皮皮虾，直接加生姜蒜爆炒，再裹一层海盐，能下一杯酒。”

杨谦看看同学们，说：“我们要不买点儿海鲜搞了吃。”

“住的是酒店还是民宿？”

“民宿，租了两天的山间大别墅。”

“搞起！”

一群大学生热情地跟渔民讨价还价。

孟昀立在海风里，无语，问：“班长，你们确定会做吗？”

杨谦冲她招手：“孟昀，过来看你想吃什么。”

她走过去，说：“龙虾。”

电气一班这次行程主要是爬普陀山，杨谦订的别墅就在山脚。三层楼，八个房间。孟昀跟另外两个女生住二楼，落地窗外绿色山林直逼而来。

孟昀窝在藤椅里欣赏风景，顺便把路上想到的调子记录下来，隔着一扇门，楼道里哐哐当当，男生们蹿上跑下。

孟昀摇头："男的，绝对都是猴子变的。"

姜岩拉开房门，喊："你们在拆家吗？"

孟昀走到二楼栏杆边朝下看，一帮男生聚在一楼的客厅里打游戏，另一帮则在开放式厨房里清洗海鲜。何嘉树跟陈樾在烧炭火，打算支烧烤架。

姜岩要疯了，叫："在家里边烧烤？烟得多大啊！"

两个男生抬起头来望二楼，陈樾又把头低下去了，拿纸壳扇着炭火。

何嘉树说："那你知道现在外头风多大吗？"

姜岩道："那就别烤呀。班长，在船上你们怎么说的？不是说清蒸红烧油炸煲汤的吗？"

何嘉树摊了下手："没人会搞。干脆全部烧烤。"

孟昀哼一声："我就知道！"

姜岩闻了下自己的毛衣，绝望："完了，过会儿都是烧烤味了。"

孟昀说："杨谦你这个骗子。"

杨谦哈哈大笑："工艺太复杂，我们流程化，统一化。"他将洗好的海鱼递给陈樾，陈樾把鱼一条条平铺在烤架上，有模有样地刷上食用油。

烤鱼香很快弥漫开。

孟昀和姜岩下楼去洗餐盘，擦干净了摆上餐桌。然而烧烤架不大，海鲜得一小批一小批烤就。同学们也无法围坐一起，都是现烤现吃。众人端着盘子，这边一堆，那边一簇，玩游戏的，打牌的，吃饱了的扔盘子，没吃饱的中途从玩乐中跑来烤架前再捞上一盘。

餐厅里人来人往。

陈樾拿盘子夹了一盘烤好的鱿鱼、扇贝、蟹钳、虾，在孟昀经过的时候递给她。孟昀拿去餐桌那边吃完，回来放盘子时，陈樾说：“还吃吗？”

孟昀怕胖，又闻着烤海鱼也香，陈樾便给她盘子里夹了一条海鱼。

她再次回到餐桌边，见人影来往，连何嘉树都开吃了，陈樾还在忙碌，站在烤架边，烤得满头的汗。

孟昀说：“陈樾你先吃吧，别烤了。”

陈樾抬眸看她一眼，极淡地抿了下唇角，但没回应。

孟昀瞧一眼客厅里那一帮玩得热火朝天的男生，眉头一皱，喊：“李斯齐！张亚平！王宇涵！刘晓光！姜东！”

男生们回头，孟昀大拇指一挥：“过来替陈樾，他烤了快一小时了。”

几人赶紧过来接管了烧烤摊。陈樾没拒绝，拿盘子盛了食物，坐到餐桌对面闷头开吃。

桌子对面，孟昀跟杨谦说：“过会儿让那帮打牌的洗碗啊，别什么事情都推给那几个人干。干吗呢？”

杨谦说：“有道理！”

陈樾抬眸。孟昀正一手拿筷子，一手捻鱼刺，没注意他。

两人相对而坐，各自吃饭，谁也没跟对方说话。

孟昀先吃完，收了盘子起身了。

陈樾是最后一个吃完的。几个同学在洗碗，他将盘子递过去，闻见身上全是烧烤烟熏味，于是回房间去洗澡。

他刚要拉上浴室百叶窗，见院子里一道白色的身影闪过。他一眼辨认出是孟昀。她裹着羽绒服，手指拿到唇边，火光微闪。

夜色中，她仰起头，长长地吐出一口烟雾，某个窗口的灯光照在她脸上，她的眼睛在黑夜中闪闪发亮，定在他身上。

她看见他了，稍稍眯眼辨认了一下。

两人隔空对视。

孟昀清楚他不会先开口，问："你吃完了？"

陈樾说："嗯。外面不冷吗？"

孟昀摇头："不冷。"说着掐灭烟头走了。

不是进门的方向。

陈樾问："你去哪儿？"

孟昀站住，说："刚来的山路上有个小瀑布，我去看看风景。"

陈樾说："现在快九点了。"

"路上有民居，怕什么。"她转头走了，扬起手挥了挥。

陈樾脱了衣服，打开热水，脑子里建模着从那处瀑布到这栋别墅的地形路线图。他洗到一半，想起半程的地方有个树枝状的分岔路口，隐蔽而不易发现，从小瀑布回来时，走到岔口极有可能会走错。

如果孟昀只是去散步转转，一来一回大概一个小时。十点钟她要是没回来，就该打电话问了。

陈樾洗完澡下楼，男生们一堆堆地聚在一起玩。他看了眼手机，才九点十分。等到九点二十分的时候，他问何嘉树："女生们呢？"

何嘉树正在打游戏，说："回二楼房间去了。"

陈樾以为孟昀临时反悔了没去，为了保险起见，他走到玄关看了眼，一堆运动鞋里放着一双拖鞋，孟昀的运动鞋不见了。

还没到十点钟。

陈樾靠在沙发上，看着电视屏幕的游戏画面，男生们都沉浸在游戏里，激动地叫着，闹着，喊着。何嘉树打完一盘游戏，换下来了，他坐到陈樾身边，看同伴们玩。

九点三十五分了，陈樾忽然说：“何嘉树。”

何嘉树盯着电视：“嗯？”

陈樾说：“我想出去走走，你跟我一起去。”

何嘉树扭头看他一下，说：“好啊。”

两人起身走到门口，换鞋的时候，陈樾踢了下孟昀的拖鞋，随意地说：“谁出去了？”

何嘉树在鞋子堆里看了一圈，说：“少了双女生的鞋子。应该是孟昀，想想也只有她会往外跑。”

陈樾不再说话，出了门就往小瀑布的方向走。

今晚夜空中虽有繁星，却没有月光。山路两旁，一旁绝壁，一旁河流。天光昏暗，虽勉强能看清路，但夜色中树影憧憧，颇有些吓人。

两个男生自是不怕的，有一句没一句地聊着往山下走。经过那个岔路口，陈樾回头看了眼，小路被黑暗吞没，看不见人影。他走路比较快，现在才九点四十五分，按理说来的路上应该碰见孟昀了。

两人继续往前走，快十点时走到了小瀑布处。

夜里，瀑布如一条白练，在山林里飘洒，水声哗哗，岩石上激荡的水汽扑面而来，凉飕飕的。

何嘉树叹：“还真好看。”

陈樾无心欣赏，只站了半分钟，说：“冷，回去吧。”

何嘉树忽然想到什么，说：“确定是孟昀出门了吗？怎么没碰见她？”他拿出手机，可山里没信号：“会不会跟我们走的方向相反？”

陈樾没答，加快了脚步。走到那个岔路口，他选了错误的路，何嘉树并没发现。又在那条路上走了一刻钟，仍然没见人影。陈樾猜想，或许孟昀发现走错，折返了。但这只是或许。

何嘉树前后看了看，忽然说："这条路是不是不对啊。"

陈樾心里迅速做了一个决定，说："应该是对的，再往前走走看。"

何嘉树确定道："是错的，这条路不对。太诡异了，刚才在哪儿走错的，我都没发现。"

陈樾思索着怎么糊弄他再往前走一截，何嘉树却反应了过来："对了，要是孟昀走的这条路，那她可能也走错了，我们找找看吧。都这么晚了。"

两人继续前行。

走了不到五分钟，前方黑暗中传来快速急促的脚步声，陈樾率先看到一道白色的人影，在深夜的山路上有些发灰。那影子也看到了他们俩，一时停住了，似在犹豫要不要靠近，或许担心他俩是坏人。

陈樾认出来了，说："那是孟昀吧。"

何嘉树站在原地，分辨不清，试探地唤了声："孟昀？"

那影子在黑暗里抖了一下，她的声音在夜里很清亮，带着颤音："何嘉树？陈樾吗？"

下一秒，她加快脚步飞跑过来。何嘉树大步迎上去，陈樾跟在他身后。

孟昀冲到他们面前，呼吸急促面色发白，人有些后怕却如释重负，又慌张又惊喜地问："你们怎么来了？"

何嘉树笑："看吧，我就猜到你走错路了。"

孟昀手放在胸口，颤声说："吓死我了，走了半天越走越不对。刚才突然看到你们两个，我魂都吓没了。"

何嘉树笑话道："我以为你天不怕地不怕呢。"

孟昀一时语塞，脸有点儿红。

陈樾轻声说："这么晚了，不是在城里，也不是熟悉的地方，山里还是不安全的。"

孟昀立马说："就是！"

何嘉树说："没事，我们来了。你不用怕了。"

孟昀抿了下嘴巴，没吭声。

三人往回走，何嘉树说："你是不是又偷偷跑出来抽烟了？"

孟昀说："是光明正大。"

何嘉树朝她伸手，孟昀给了他一支。他点燃了，打火机给她，她也点了。他俩都知道陈樾不抽烟，所以都没问他。

孟昀问："杨谦为什么把冬游搞来普陀山啊，有什么缘故吗？冻死了。"

何嘉树说："冻死了你还往外跑？"

孟昀嗔怪道："还不是你们，把别墅里搞得全是烧烤味，熏死了。"

"行行行，是我们男生的错。"何嘉树说，"来普陀山，可能……灵验？"

孟昀哧一声："他想拜佛？还不如马哲课好好上一上。"

何嘉树说："欸？很多人说普陀山真的很灵。你在山脚下先别乱说话，小心神仙听见。"

孟昀耸肩，说："行吧，明天去山上许个愿，看灵不灵。要是不灵，我飞到天上去揍他们。"

何嘉树直乐。

孟昀扭头，语气温缓，问："欸，陈樾，你相信菩萨吗？"

陈樾说："不信……也信。"

孟昀秒懂，点点头：“我跟你一样！”

何嘉树大笑：“中国人都差不多。无事不烧香，临时抱佛脚。”

孟昀说：“既然来了，那我还是先抱一抱。”

何嘉树好奇：“你真有什么大愿望啊？说来听听。”

孟昀笑笑，点着烟灰，却不讲，边走边悄悄看了陈樾一眼。

两人交换了一个眼神。

陈樾知道她的秘密，沉默不语。

回去的路上，他们走得很慢，好像山风不大了，冬夜不冷了。只有漫天繁星闪耀。

一路闲聊回到别墅，快十一点了。男生们仍在玩闹，还开始喝啤酒吃夜宵。孟昀走累了，直接回房休息。何嘉树出乎意料地没有继续玩，上楼洗了澡爬上床。

陈樾已经在隔壁床躺下。

何嘉树关了灯钻进被窝，牙齿咯吱响，叫：“太冷了。杨谦这个神经病。”

陈樾没搭理他。他自个儿拱了半天，安稳了。

房间陷入静谧。

何嘉树：“陈樾？”

“嗯？”

“你说，我追孟昀，追不追得到？”

安静。

房门外隐约传来楼下男生们的笑闹声，模糊，不清晰。

好久，何嘉树抬起脑袋：“我去，你不会秒睡了吧？”

陈樾开口：“你喜欢她？”

何嘉树：“废话。不喜欢我追她干吗？”

陈樾问：“什么时候喜欢的？”

“就在刚才，突然心动了。”何嘉树兴奋地抱着被子，坐起来，“她喊我名字，何嘉树，朝我跑过来的时候，眼睛就跟小鹿一样。我的心扑通扑通的，我就跟个纯情少女一样。现在就是，你要不要摸摸我的心跳。”

陈樾不说话了。他看到了。

那一刻，孟昀又惊慌又惊喜，有着平日里少见的脆弱。夜色渲染，她美得像从森林里逃出来的精灵。

何嘉树重新倒下去，翻了个身，闷笑起来：“正好来了普陀山，明天去问问菩萨。”

陈樾沉默不语，他后悔了。那一刻，心像被缓慢地撕裂开，那是一种他以往没有体验过的痛感，痛得他有那么一会儿屏住了呼吸。

他想知道，如果两个人都问了菩萨，那菩萨听谁的？

第7章 孟姑娘

2018年，夏。

孟昀望见一只蓝羽的鸟儿落在石榴树梢，停歇片刻后振翅离开，空留花枝震颤。

她试图回忆大学生活的些许片段，以解构陈樾这个人，无果。

背景是听说了一些的，从小就是孤儿，读书全靠社会资助，上大学了拿奖学金填补助学贷款。开学别人都是父母送来，陪他的是慈善基金会的好心大姐姐……

除此之外，关于他的清晰片段却不多。

记得大一开学，他帮她搬书去宿舍。男孩瘦瘦的，高高的，很单薄的样子。面孔年轻而又清秀，很安静，保守在自己的世界里。

他上课，下课，在图书馆自习，在教学楼里穿梭，从校园里经过，很多事件的画面依稀存在于她的记忆中，但失了清晰度，渐渐退化成黑白的文字。

另一个清楚的画面是四年前的毕业季，一个夏夜，他站在路边，她坐在车里，两人隔着半落下的车窗玻璃。那时路灯从他头顶垂下来，在他脸上削出半明半暗的阴影。他看着她，眼神露出一丝她从没见过的哀伤，人却沉默如黑夜。

两个画面，一段标志着她大学生活的开启，另一段标志着大学生活的结束，竟都与他相关。

孟昀发现她不够了解陈樾。但有那么一类人不需要深入了解，便能知晓他本性，便能判定他是个认真而内心完洽的人。这种人平时话不多，可一开口就让人觉得有分量。一旦被这种人否定，也远比被聒噪的人看轻要来得更有力量。

她解释不清为何会很在意他的看法，在意到——那天争执过后见她哭了，他立刻就有些无措，说："我话说重了，你别往心里去。"可她偏就记死了他指责她的每一个字，他一哄她就哭得更大声："我就往心里去了！我明天就走，一秒钟都不多留！"

她明明想说，知道不对了，可无论如何也拉不下脸来说一个字的。只能死撑过去。

阳光沿着青瓦洒落，一层层铺就在陈樾的阁楼上。小狸猫云朵趴在瓦片上伸了个懒腰，山竹般的爪子在阳光中挠了挠。

院子门被吱呀推开，陈樾回来了。

他进天井看到孟昀，眼神无波地移开，走去自己屋前开门。云朵抬起脑袋，迅速从屋顶上沿着房梁窗户爬下来，无声地走到他脚边。他开了门，取下锁，进屋放下背包。云朵寸步不离跟着他走。

他坐在台阶上，把买回来的红豆、苦菜、青笋、排骨、牛肉……清洗干净，回屋做饭。刀切砧板，热油烧锅……孟昀坐在自家的门槛上，看着他那边，像看着一幕电影。

他说："吃点饭吧，过会儿路上肚子会饿。"

孟昀眼睛莫名发酸，想赌气说不吃。可人都要走了，又何必再跟他发脾气呢。她走去他屋里。他头一次把书桌清出了大半张给她当餐桌，让她坐在正经椅子上吃饭。

薄荷炸牛肉，红烧排骨，蒜蓉炒青笋，炸红豆，苦菜汤，摆满半张书桌，孟昀说："你不吃吗？"

"我不饿。"

孟昀才吃几口，便不自觉扭头找陈樾。

他背对着她坐在门槛上，望着天井里的阳光，不知在想什么。云朵在他身旁喵喵两声，他没听见似的。云朵扒拉他几下，只好也趴在门槛上不动了。

孟昀食不知味，但想着这是他给她做的最后一顿饭，勉强又多吃了些。

她放下碗筷，走到门槛边，说："吃好了。"

陈樾抬头看她一眼，又眯眼看向日光照得花白的照壁，问："东西都收拾好了？"

"嗯。"她所有物件一裹，往箱子里一塞就算完事。跟雅玲说了要回去，雅玲还挺高兴，说正好策划新专辑。

陈樾有一会儿没说话，像是没在状态。孟昀自个儿走到自家屋前，陈樾这才回了神，从门槛上站起身，问："箱子在楼上？"

孟昀回头："嗯。"

她直视他的眼睛，想从中抓取一些细微的情绪，但抓不到。

他走过天井，上了台阶，与她擦身而过，进了屋，上了她的阁楼。孟昀站在原地，手指在风中轻抖。

他的脚步声上去又下来，拎了她的行李箱径自走出院子。

孟昀尾随着走到门廊拐角处，回头望一眼。院子古朴寂寥，照壁前石榴花开得鲜红如火，一只烟青色的鸟儿站在枝头。

离别是个天生的矛盾体。因为厌弃、难以忍受，脑中有疯狂想要离开的冲动，可一旦离开那地方，便又生出难舍的落寞。

孟昀走出门，行李箱已平放在三轮车上，用绳子绑住固定了。今早柏树下村把面包车开走了。

陈樾没有看她，他沉默得像这里的山，这里的路，这里的桥，这里的树。

待孟昀坐好，三轮车掉转车头，沿着山路驶离了四方院落。

山木茂盛，孟昀的脸上，日光与树荫来回闪烁。

她的头随着车身轻轻歪点，眼睛看着虚空，偶尔聚焦。忽见山坡上一栋土屋外，中年妇女晾晒着洗过的衣服。一匹马低垂着头颅，静止在夏天的山坡上。那妇女朝经过的车子投来一瞥，浑不在意地抱起篓子，走进黑黑的门洞中去了。

孟昀从不记得这里有个屋子啊，她忽然意识到从未好好看过这边的风景。

车子穿过清林镇街道时，她走了神，等反应过来镇子已淹没在绵延的山脉中，不见了踪迹。她尚未用眼睛给它做最后的告别，就错过了。

三轮车在山路间一路颠簸。阳光铺天盖地，像看不见的海洋，将他们包裹。谁也不说话，仿佛在音乐教室争执过后，再也没话可讲。

两道汗水从陈樾后脑勺的发尾里流淌而下，灌进脖颈里。狂风鼓着他的衣衫，打在孟昀面前，像扯动的旗帜。

层叠的山海绿浪从地平线上消失，车子进入路西镇的主街道。水泥路年久失修，碎石子在轮胎下碾压，咯吱作响。房屋低矮破旧，几个中年男人聚在一家修理店门口，或站或蹲地围着一辆摩托车；四五个妇女端着饭碗，围在某家杂货铺子前讲着闲话；小孩子挥着树枝在路边跑跑停停，嚷着一串串的民族语言。

三轮车停下，陈樾朝她侧了一边脸，说："等一下，我买点儿东西。"

"嗯。"孟昀看着他下车，走进那家"便利超市"。

一个老人佝偻着身躯，弓成一只虾米，背着和他人一样长的粮食袋缓缓从路边经过。

孟昀看见他皱得像抹布一样的脸和黑黢黢的双手，她没见过人能老成这个样子，更没想过老成这个样子了居然能背起上百斤的粮食。

她看着老人，老人也看向了她。

老人的眼睛麻木，无声。

她突然想起在哪儿听过的一句话，"虚伪廉价的善意"。

孟昀坐在三轮后座，像坐在太阳炙烤的一口锅里。街上的人们有意无意地，目光转向这口锅内的女人。

他们的目光平静，不在意，像游客注视着博物馆橱窗内的瓷器。她不属于他们的世界，他们也不关心她的生活。

在孟昀和他们眼里，对方是风吹过的一片树叶，路边驶过的一辆车，没有喜怒哀乐、悲欢离合。只是一个虚伪的符号。因为在她这样的每个自私者的眼里，世界的痛苦是虚幻的，只有自己内心的痛苦才是真实的。

陈樾回来了，拎了个塑料袋，里头装着牛奶、面包、矿泉水、巧克力和跳跳糖，他说："天气热，路上吃点儿。"

孟昀突然开口："你很鄙视我吧？"

陈樾愣了愣，盯着她看。

一路日晒，他额头上起了汗，他说："没有。"

孟昀绷着下颌，不信，只是重复道："我其实不是坏人，你不要讨厌我。"

陈樾摇了摇头，他放缓语气，一字一句认真地说："真的没有，你不要乱想。"

可孟昀心里卷起一阵凉风，她相信陈樾没有撒谎，但或许他就和这个街道上的人一样，看她如同看一粒被匆匆卷起的沙尘，和他的生活没有任何交集。

孟昀扯了下嘴角："至少在你看来，我很差劲。"

陈樾将装满食物的塑料袋轻放在她脚下，说："如果是因为学校发生的事，也没有。孟昀，这是两码事。"

"什么两码事？"

陈樾站在车边，与坐在车上的她目光平视。他的眼睛在烈日下微微眯起，说："你很好。但每个人都有适合自己的位置。或许你的位置不在这里，就这么简单。就像你的脾气，放在别的地方也可以是好事情。"

孟昀怔了一下，胸口涌起一股窒息的刺痛，她稍显扭曲地笑了一下，红着眼睛摇了摇头，说："别的地方也没有位置。我这个人，出现在哪里都不适合。我妈妈一直就说我有大问题的，讨人厌，不会有人真心喜欢我的。”

陈樾见不得她这样子，低了下头，说：“都会过去的。你回上海后会过得很好。你要开心，你不要害怕。”

孟昀喉咙发紧，眼眶里含了泪。

她来清林镇一个月，没有任何人跟她提过那场风波。这里仿佛是与世隔绝的玻璃罩，但陈樾知道。她就猜到了他知道。他不仅知道何嘉树，知道她妈妈，还知道林奕扬。

她抹了下眼睛，轻声驳斥：“你倒是会安慰人，说起来轻巧。”

陈樾说：“因为我认识你，我知道你什么样。”

这话让她骤然情绪失控：“有多认识？不了解我就不要随便说我好。我最烦那些轻易说我好的人，一开始出手大方给一百分，了解一点儿了再减分减分减分，等分数扣完就说你太让我失望了，你的真面目怎么是这样？比一开始就讨厌我的人恶心多了。我一开始也没让你们觉得我好呀。”

她一口气说完，泪滑下来，别过头去望着破碎的路面，嘴唇发抖。

“别哭。”陈樾轻声，“孟昀，没有什么事情大到值得让你哭的。”他嗓子涩了，说：“我对你来说，也不是什么重要的人。你又何必为我说的话生气？”

山风吹来，孟昀又一滴泪滚落，微急：“我不是这个意思……”

“知道。”陈樾说，“我只是想说，你不需要苛求每件事都完美，也不需要去追求所有人的赞美。有些人有些事，他们不过就是刚才你一路过来途经的山川而已。”

一晃就过了。

“是吧。”孟昀怔了一会儿，问，“我在你眼里又是路过的哪座山呢？”

陈樾顿了一下，回头望一眼街道，没有正面回答。他压抑着，深深吸一口气，再回头看她时，只说：“走吧。”

他坐上车，孟昀却指了一下，赌气地说：“我记得坐马车的地方就在那里。不耽误你时间。你把我放这儿吧。”

陈樾说：“我直接送你去若阳，比马车快。不然你中途还得转一趟车。”

孟昀情绪上想拒绝，垂头半刻却最终没作声。

然而电三轮刚走出镇子，就被堵住了去路。十几匹骏马、黄牛、山羊或站或趴地在路上晒太阳，啃着路边的树叶杂草。一头小马驹嘚儿嘚儿来回跑。羊咩牛哞，不知主人去哪儿了。

陈樾等了会儿，下车问附近的老倌儿，说是主人临时有急，上厕所去了。他回来的时候脸色不太好。两人又等了一会儿，陈樾的手在车把手上抓了又放，放了又抓。

他和她一前一后静默地坐着，面对着无法交流的马牛羊。

下午的太阳更炙热了，知了的叫声在头顶嘶扯。

终于，孟昀开口了：“你先回去吧，把我丢去坐马车那儿就行。”

陈樾没回头，对着那群牛，说：“再等等吧，出镇只有这条路，你现在坐马车也过不去。”

孟昀说：“那我一个人等，不浪费你的时间。”

陈樾沉默了半晌，说：“我今天没事。”

“你干吗非要送我啊？！”孟昀突然急切道，“以为我是因为你说的话才走的吗，所以心里又内疚了，要对我好？不是因为你，跟你一点儿关系也没有，你真的不用这么做。”

陈樾头低了下去，却没有回应。

孟昀只见他背影非常沉默，他紧握着车把手，手背上青筋突起。

能不能先别走……

他低着头，眼睛盯着地面；他张了张口，嗓子都发疼了却说不出这句话。一如四年前他看着夜色中的她，心疼得裂开却死活讲不出。

要怎么说出口，那些从最开始就没能说出口的话。

背你回营地的是我，普陀山去找你的是我，那张黑胶是我刻的，那些票是我刷的……说不出口。

有那么一瞬，陈樾觉得地面变得模糊，荡起水光，要滴下泪来时——

终于，身后传来嗒嗒的马蹄声，一辆马车驶过来，车棚子里炸出一道道孩子的呼声：“孟老师！”

孟昀和陈樾同时回头，小路尽头的转角处有马蹄飞奔，马夫扬着鞭子，拖出一辆大篷车。“梦梦老师！”一个小女孩从奔跑的马车上跳下来，人打了个趔趄不等站稳就飞速朝她冲过来。

是西谷。

马儿还在远处跑着，这下子，小小少年们跟一串珠子似的跳下车朝他们飞跑，马夫立刻拉缰绳。

蓝天下七八个孩子朝孟昀奔来。西谷跑得最快，一下跳上车，孟昀本能地伸手接她。小小的孩子撞进来，扑了她个满怀：“梦梦老师，你去哪里？”

孟昀内心激荡，哑口无言。后头的孩子也涌了过来，叽叽喳喳如一群麻雀：

“孟老师，你要走了吗？”

“不走行不行？”

“你是不是生我们的气了？”

孟昀来不及回答，也不晓得怎么回答，西谷塞给她一只小小的青皮甜瓜。甜瓜沉甸甸压在孟昀手心。西谷眼睛红了，问：“老师先前说带我们三个月呢，将将过掉一个月，梦梦老师，你是不是不喜欢我们？”

孟昀有些手足无措，忙说：“西谷，我很喜欢你，真的。”

“那老师为什么要走？”白叶站在三轮车下，急得伸手拽孟昀的衣角。

孟昀回头看她：“我……”

“老师说不走了。”成浩然突然自作主张，爬上车就搬孟昀的行李，“老师我给你搬回学校。”董鹏等几个男生一窝蜂挤过来抬箱子。

“唉——”孟昀自认伶牙俐齿，到了这一刻却说不出半句明确的话，目光求助地找陈樾。陈樾拿眼神示意了一下马车的方向。那头，龙小山、杨临钊、刘思城互相推搡着躲在马车后面。杨临钊最先发现孟昀在朝这边看，赶紧喊了声：“孟老师好！”

孟昀赶忙下了三轮车走过去。杨临钊见状，立刻把龙小山、刘思城从车棚子后头扯出来。

龙小山匆匆看她一眼，眼睛通红，显然来之前哭过一场。

孟昀忙问：“校长说你了？”

少年摇头，不吭声。

孟昀松了口气："那就好。吓我一跳。我跟校长说了的，不关你的事。是我……"

龙小山还是垂着脑袋不讲话。刘思城倒先开口了："孟老师，是我先朝小山讲了脏话呢，我不是故意骂他妈妈咧。我跟他道歉了，我们和好了，又在一起耍了。你能不走吗？"

刘思城说完，龙小山还是一句话没有，杨临钊推了他几下，可他跟个闷葫芦一样死活不吭声。

杨临钊急了，一鼓作气道："孟老师，你要怪就怪我，龙小山是我兄弟，我看他哭了就鬼火冒，要打你，跟他没关系。我去招你，他还要打我呢。孟老师，小山很喜欢你呢，真咧。你能不能不走？你走了他以后就不跟我做朋友了。"他憋了一下，气鼓鼓道，"我以前也喜欢你，可你太凶啦！"

孟昀吃惊地看着满脸通红带着口音长篇大论浑身不自在的杨临钊，又看向闷不吭声、眼睫直抖的龙小山。她突然什么也没想，只是觉得她应该说那句话。如果她现在要走了，她也必须说。

所以她立刻就说了："对不起小山，我不该那么对你。我明明知道你不是那样的孩子，我错了，是我冲你们乱发脾气。请你原谅我。"

龙小山愣住了，杨临钊也呆了。

夏日暴晒的村路上，很安静。有风吹过树梢的声响。

孟昀努力想笑一下，嘴角扯出的弧度却很扭曲，她眨眨眼睛，深吸着气说："杨临钊有句话讲对了，我不是个好老师呢。差点儿把你们教坏了。"

龙小山牙齿打着战，嘴唇哆嗦，却没有发声。

杨临钊立马道："有时候还是好的，真咧，老师，你莫哭啊。咦咦咦，眼眶要红了。”

孟昀低声：“哭你个头。”

可杨临钊的喊声，西谷他们都听见了，学生们一下子全跑过来：“老师哭了？”

孟昀忙摆手：“没有——”

刘思城大声：“她说自己不是好老师呢。”

白叶叫：“哪个讲了不是好老师？哪回上课都穿得漂漂亮亮的给我们看呢。我天天看孟老师的衣服就开心。”

杨临钊也说：“还是好的嘛，上一次课就换一次花样教我们，就是把我们脑壳弄昏了。”

孟昀扑哧一下，杨临钊立马叫：“笑了笑了，笑了啊！”

孟昀被这帮孩子逗得脱口而出：“你再给我一星期，我找到方法了再不换来换去了。”

杨临钊一拍手，指她：“那，老师不走了！”

孟昀一愣。学生们都叫了起来。

而就在这时，她看了龙小山一眼，龙小山忽然就开口了，说：“孟老师，回学校吧。”

这是这一个月来他对孟昀说的第一句话。

孟昀立在漫天灿烂的阳光下，已是脸如针扎，她何德何能啊。她脸上火辣辣的，不知如何回复，陈樾的声音传来：“孟老师本来就没有要走。”

“真的？”

“可是老师现在去哪里？”

孟昀又回头找陈樾，他说：“孟老师在上海的工作有点儿急事想回去处理，所以跟校长商量了一下。不过就在刚才，你们来之前，她刚接到电话，说不用她回去了。我们正准备掉头呢，你们就来了。”说完看了孟昀一眼。

“真的？”学生们问。

孟昀点头：“真的。”

一帮学生兴奋地跳起来欢呼。孟昀捧着刚才他们塞她怀里的零食，说：“好了，都拿回去自己吃吧。快点儿！”

“老师你吃！”学生们叫着，互相使眼色，立刻往回跑。

陈樾站在原地，喊了声：“杨临钊。”

杨临钊对上他告诫的眼神，清楚他的意思，不好意思地笑着抓抓脑袋跑开了。

孟昀追不上其他人，见龙小山落在最后，忙说：“小山你把这些拿走。”

龙小山不接，却从衣兜里掏出一只小小的龙宝宝玩偶钥匙扣塞到了她手里。少年抿着嘴巴，嘴角浅弯，风一样跑远。

孟昀看着他们七零八落地散在山间小路上，心中五味杂陈。

她捧着零食走回陈樾身边，说：“谢谢。”谢谢他给她的台阶。

陈樾说：“回去吧。”

她怅然道：“我都不知道龙小山喜欢我这个老师，他一句话都没跟我讲过。我跟他讲话，他从来都不搭理的。”

陈樾说：“我问过他。”

“什么？”

“有一次上课时你经过龙小山身边。他正在偷看漫画书，很紧张。可你没责备他，反而说了句：‘小山，你眼睛真好看，像漫画里的男主角呢。’”

孟昀发了会儿愣，隐约记了起来，好像是有这么件事。

小孩子真好啊，只因那么一点点善意就喜欢她，认定她是好老师了。

她说：“你什么时候问的他？”

“昨天下午。”陈樾说，“这件事我跟他们沟通过，没事了。小孩子不记仇的，你回去之后也不用再提，让它自然过去就行。想对他们好，都放在日常里吧。”

他把一切都安抚安排好了，孟昀心里忽然就涌起一阵暖意。

“不过他们下午怎么没上课啊，他们怎么知道我这个时候出发？”

陈樾低着头，坐上车：“可能……校长说的吧。”

“哦。”这是个合理的解释。她爬上三轮车坐好，回头望了眼仍堵在路上的马牛羊，随口嘀咕：“咦？它们堵了半个小时了吧，主人干吗去了，真不负责。”

陈樾没接话，发动了车，扭头看了一眼坐在路边茅棚里的老倌儿。

三轮车折返，回去的时候似乎比来时快了许多。到达清林镇时正是傍晚。红霞满天，余热未散。不少人家拎着胶皮管，一端接了水龙头，另一端往屋门口的水泥地坪上洒水退热，流水满地淌。

陈樾把车停在一家炒菜馆门口，说：“在这儿吃个饭？”

孟昀说：“好。”

两人都饿了，在开放式冷柜前点了好几道菜——香茅排骨，火烧干巴，腌菜老奶洋芋，炒瓜尖儿，苦菜汤。

屋里头闷热，孟昀让老板娘在外头支了张桌子，又自己拿水管往地坪上再喷了道水降温，彻底凉爽了，准备洗洗手。

陈樾原本坐在凳子上，见状一大步上前，帮她提住水管。

她一双手在水流里搓搓干净，还不痛快，又拂了水把两只小手臂擦了擦。她的手很是白嫩，来了快一个月竟也没怎么晒黑。

陈樾说："顺便洗个脸吧。"

孟昀正有此意。今天在烈日下奔波一路，太热了。她弯下腰，双手捧了水扑在脸上搓了两把，往复几次，又握住头发，拿水拍了拍脖子。

陈樾拎着水管站在那儿，看着清水之下她微湿的额发，白皙的脖颈，看着看着，忽然移开眼神去看街上的流浪狗。

孟昀洗完了，直起身。陈樾回神看她，她像是刚从水里钻出来的，一张巴掌大的小脸白净清秀，眼睛也水露露的。乍一看竟有些回到了大学时代。

孟昀从他手里把水管拿过来，说："你要洗吗？"

陈樾弓下腰，洗手，冲手臂，也洗了把脸。

也就是这时候，孟昀再次打量他的双手，他的手臂，想起刚来这儿的第一晚，他蹲在地上为她点蚊香；上周的夜里，他蹲在地上为她抹酒火。

那时她就是此刻俯视的角度，只看得到他长长的手指，精干的小手臂，宽阔的肩膀和乌发浓密的后脑勺。他低着头捧水洗脸，水流打湿了黑发，乌发震颤着。几滴水珠溅到孟昀T恤上，沾着她的肚皮，凉丝丝的。

她一出神，手指没握紧，陈樾刚洗完脸直起身，她手中胶皮管在水压作用下突然一扭，水柱猛地朝陈樾冲去，喷溅在他脸上、胸膛上。

陈樾惊讶地看她。

孟昀始料未及，抓紧管子，忙摆手："对不起！"

这一挥手，眼看水柱又要挥过来。陈樾一秒上前逼近她，将水管控制住。

孟昀心头一颤，他胸膛已逼近她跟前，带着些微男性汗液和自来水的气息。他迅速握住管子，半个手心紧抓住她的手背，掌心湿润而滚烫。

孟昀瞪着眼睛，一动不动。

很短暂的一瞬。

他抓到管子，垂眸看她一眼，立刻拉开距离，过去拧紧水龙头，将软管盘成一盘放在地上。

孟昀已在小桌前坐好，表面淡定地从筷筒里拿出一双筷子在桌上磕了磕，开始认真撕外层塑料包装。她故作无意，迅速瞟了陈樾一眼。

他上身湿透了，白 T 恤紧贴在身上，朦胧勾勒出底下劲窄的腰身和隐约的腹肌，不会过分张扬的那种。

她神不知鬼不觉地收回目光。

陈樾坐在椅子上不太自在，拉起 T 恤领口扇了扇。他拉起来，那 T 恤又贴回去，再拉，再贴，较劲儿似的。

孟昀缓慢无声地吸一口气，手指缠着一次性筷子的长条塑料包装，一条塑料在她手里绕来绕去。

刚洗了一把脸，此刻神清气爽。她先四处看看，眼睛没有接纳任何风景，而后目光移回来微微一抬，落在陈樾脸上。他黑发湿了大半，脸刚洗过，干净而清爽。男人鼻梁俊挺，眼睛深而清澈。

两人对视着，尚且什么都没说，老板娘上菜了，先是一盘炸排骨和火烧干巴。孟昀说："这么好的菜，喝点儿酒吧？"

陈樾说："我还要开车，不能喝，你别醉了。"

孟昀说："放心，我酒量很好的。"

陈樾说："我表示怀疑。"

孟昀道："说得像你见过我喝酒一样。"

还真见过。

陈樾看她半晌，让老板娘上了一小瓶白酒。他给她倒了半杯，说："别喝多了，你大学时候就醉过。"

"我怎么不记得？"

陈樾说："你不记得的事多了。"

"但我现在酒量比大学好了。"孟昀一手拿筷子，一手端起酒杯，微皱着眉抿一口下去，将杯子摁在油腻的桌面上，捏着，"大学那会儿不行。后来一进公司就被老板拉去酒局，陪投资人吃饭。"

陈樾没说话。

"不过再后来认识了林奕扬，就不用了。"孟昀点燃一根烟，只过瘾地吸了一口就扔掉踩灭了，说，"你知道林奕扬吧？"

陈樾说："知道。"

孟昀说："他人设是很酷、很有个性的那种人。"

陈樾说："私底下不是？"

"私底下也是。"孟昀转了下酒杯，"他这样的人，也不能去对抗某些东西。"

她这话没头没尾，像是自言自语，却又明白陈樾会听得懂："名利，地位，束缚力太强大了，没有人能对抗。生活就是这样。毕竟爱情算得了什么呢，最不值钱的东西。"

“说实话，他的选择我能理解。”她笑了一下，“区区一个女朋友而已，放弃就放弃了。”

陈樾问：“他提的？”

“他工作室发了声明。”

“私下没跟你说？”

“没有。”孟昀咬了下嘴唇，“㞞吧？分都不敢当我面讲。”

陈樾顿时就想到一个人，他没说，可孟昀提了：“跟何嘉树一个德行。”

陈樾低头吃腌菜老奶洋芋。孟昀夹起苦菜，蘸了蘸水，一大口咽下去：“不过他比何嘉树好，他有不得已。”

陈樾说：“何嘉树确实不对，他自己也知道，没脸跟你说而已。”

“算了，都过去了。无关紧要。”她冲他抬起酒杯，陈樾与她轻碰了下杯。她喝了一口酒，夹了根排骨啃，外焦里嫩，肉汁丰富，她颇觉意外地抬眉，“嗯，好吃！”

陈樾说：“干巴也不错，你多吃点儿。”

“哦。”孟昀说，“你谈过恋爱吗？”

她话题转得太快，陈樾一愣，没答上来。

孟昀便知道了答案，不怀好意地一笑，问：“你喜欢什么样的女生啊？”

陈樾有些费解，这女孩情绪怎么能变得如此之快。

孟昀捋着被晚风吹乱的额发，道：“之前在普陀山，何嘉树跟我说你喜欢温柔安静的小仙女。”

陈樾淡淡说了句：“他放屁。”

“那你说呀。我很好奇。”

陈樾看向她，目光深静，问：“为什么好奇？”

孟昀被他看得心里一颤，旋即弯唇："关心老同学不行啊。"

陈樾夹了块排骨，说："那我不想满足你的好奇心。"

"真遗憾，我好奇的还不止这个，可多了。你不满足我，那我要憋死了。"孟昀夹了块牛肉干巴放进嘴里，火烧牛肉的滋味越嚼越浓郁，她吃完一块又跟他碰了下杯，喝了口白酒。

陈樾说："你哪儿来那么多好奇心？"

孟昀道："很正常啊。比如我就很好奇你是什么样的人。"

陈樾抬眸看向她。

孟昀直白地与他对视："我好像很认识你，但又不太认识你。一种介于临界的状态。"

那时太阳已落山，西天残留几抹红色。

夜幕轻薄，他的眼睛乌亮，问："你想怎么认识？"

他说话声很轻，孟昀心头一惊，像瓷酒杯轻碰的脆响。她忽然无法对视他的眼眸，歪了下头，讲出来的话就乱掉了："你每天都在做什么，想什么？你会为什么事情开心，不开心，生气，愤怒，遗憾？陈樾，为什么你好像永远没有情绪，无欲无求的样子？"

陈樾无声一笑，说："你把我说成山里的石头了。"

孟昀："要不然呢？"

陈樾抬眸，眼睛黑白分明，直视她："我有我所求的东西。"

"什么？"

他却不答了。

孟昀转问："那你求的东西，都得到了吗？"

陈樾极轻地摇了一下头，说："没有。"

"哦。"孟昀笑一下，没头没尾地说了句，"那我们有了共同点。"

酒并不多，陈樾怕她贪杯，并没让她都喝完。但显然她酒量没有自我吹嘘的那么好，吃完饭要走的时候，脚步有些晃。

她爬到三轮车后座上坐好，陈樾叮嘱她路上千万别乱动，她一双小鹿般的黑眼睛直勾勾盯着他，很乖地点了一下头："好呢。"

陈樾确定她有些醉了。

他仍怕她半路乱动摔出去，于是拿绳子把她手腕绑在车上。

孟昀任他绑，问："你绑我干什么？"

陈樾说："这是手镯。"

孟昀说："骗子，你当我是小孩吗？"

陈樾淡笑一下："看来不是很醉。"

孟昀另一只手摸摸脸，重重点头："你说得对。"

回家不过十分钟山路，夜风吹着，孟昀在车上颠簸晃荡，酒气发酵，脸更热了。她人坐不稳，干脆将肩膀脑袋扑在陈樾后背上，张着嘴巴只喘热气。陈樾只觉随着她的呼吸，那热气引发的酥麻的痒感在他脊背上一阵阵往头顶蹿，却又不好挪开她。

到了家门口，陈樾下车，解了她手腕的绳子，问："能走吗？"

孟昀点头，挣扎一下站起来，走到车边缓缓蹲下准备跳下车。陈樾感觉她脚步不稳，不自觉抬了手护着，但又没碰到她。孟昀脚下一晃，他条件反射抓住她的腰，她一下从车上跌入他怀里。

陈樾浑身像被火燎了一下。

孟昀搂着他脖子挂在他身上。他上衣本就湿了，此刻贴着她发热的柔软身体，心在胸腔剧烈冲撞着，抵撞着她的胸口。

她失了重心倚他半刻，脸枕在他肩上，隐约感觉那潮湿的 T 恤下头透着他身上荷尔蒙的味道。她眼皮沉沉，抬眼一看，男人挺拔的鼻子和薄薄的嘴唇近在她眼前。她鬼使神差地摸了一下他的嘴唇。

她醉了酒，指尖很烫。

陈樾轻颤了一下，低下头去看夜色中的她，面颊绯红，眼睛湿润。

他终是定了心绪，搂着她的腰，躬身将她公主抱起来。她乖乖软软地窝在他怀里，手搭在他胸口，无力地抓了一下。

陈樾抱她沿楼梯而上进了阁楼，小心翼翼地将她放到床上。

她闭着眼睛转过头去，重重地喘了一口气。

陈樾倒了杯温开水来，轻轻拍她手背："孟昀，喝点儿水好不好？"

她模糊地睁开眼睛，脑袋点了一下，人却起不来。陈樾手伸到她肩膀后，把她从床上揽了起来，她靠进他怀里，鬓角压贴在他耳朵上。

他稳着气息，喂她喝了一口水，稍稍扭开头去。可她忽然扭了一下，迎身对着他抬起了手。她手掌松松的，很无力，轻抓了下他的耳朵，好热好烫。

他立时缩了下脖子，打了个战。他赶紧放下水杯要拉开她的手，可她又一仰头，拿脸颊贴住了他耳朵。

陈樾一个激灵，就觉得耳朵要烧掉了。

她不知怎么回事，总要抓他耳朵，他一阵手忙脚乱之时，却听她喃喃道："是你背过我……"

陈樾猛地一怔。她眼睛一闭，脑袋朝后仰过去，脖颈白皙。

他平复着狂乱的心跳，把她重新放好，下楼洗了个脸，发现脸颊到耳朵已是一片炙热滚烫。

他再回阁楼时，拿了两条毛巾和一盆温水。

他打湿了毛巾，拧干了给她擦脸，擦到下巴时她又睁眼了，直勾勾地看着他。

明知她是醉了的，他仍是被她看得不太自在，认真解释：“给你擦一下了再睡觉，好不好？”

孟昀根本没听，她接收不了任何信息，只是发愣地盯着他看。不发酒疯也不闹，很乖。

她的手小小的，因酒精而发烫。他拿毛巾轻擦着她手心，她眼角忽然滑出来一行泪，说：“我妈妈说我没用，会一事无成的，被她说准了。”

陈樾一愣：“孟昀——”

“你进娱乐公司混什么？靠什么成名，靠谁投资，靠长得漂亮、身材好，一路睡上去？”孟昀自说自话，“我妈妈这么说的。我妈妈哦，这么说哦。”

陈樾轻轻擦着她的手，手指越过毛巾触在她掌心。慢慢地，他将她的手握紧了，明知她感受不到。或许正因如此，才敢紧握。

她的泪一颗颗滚入鬓角，脸庞却出奇平静，说：“或许，我也靠了林奕扬？所以他甩我轻轻松松？不知道。我妈妈说，我就是想靠脸过舒服日子，那你说，真的靠脸了，怎么又被甩了？”

他重新打湿了毛巾拧干，擦她泪湿的鬓角和眼睛，她咕哝：“你说，为什么我总是被甩的那个？你不知道我谈恋爱好用心的，比读书都用心哦。超级……怎么不给我奖学金，还老是不及格呢……”

她喃喃说完有些累了，开始发呆，渐渐就闭了眼。

陈樾拿另一条毛巾给她擦了小腿和脚丫。她有些要睡了，哼一声，人一滚枕头就掉了下来。他扶着她肩膀将她揽回来，小心地托起她的脑袋放在枕头上，又拿薄被搭在她胸前。

她在睡梦中难受地皱了眉："真的好难啊，你知不知道？"

话未落，人陷入沉静。

陈樾坐在床边看她，许久没舍得走。

知不知道？

孟姑娘，我知道你的所有痛苦和梦想。

你和我说过的，忘了吗？

没关系，我都记得。

第8章 白色风车

陈樾清晨出门时天还没亮，孟昀穿一身运动装站在天井里等他。她立在朦胧幽暗的雾气里，像一株新生的小树苗。

陈樾有些意外，问："我吵醒你了？"

孟昀摇头："没有啊。我今天没课，想跟你去山上看看。"

他还没回答，她怕他不同意似的，赶忙补一句："我来了这么久，除了学校，其他地方都没去过呢。上次去山上又遇上暴雨，什么都没看见。"

陈樾顺着她的话问："你想看什么？"

孟昀卡了壳："呃……"

陈樾折返回屋去了。

阁楼里，小狸猫"喵呜"细叫一声，像仍在睡觉。陈樾再出来的时候，拎了件藏蓝色的男士冲锋衣递给她，说："山上冷。"

孟昀抱着厚厚的衣服跟上他，问："那你呢？"

"车上有。"

孟昀想起上次的事，主动说："其实你衣服不臭，我故意那么说的。"

陈樾说："我知道。"

孟昀不知他说的是知道他衣服不臭，还是知道她故意，没好深问。

走出院子，碰上柏树骑着三轮车正要走，他对陈樾说："银行信贷部的小庄后天要过来，你抽个时间跟我一道去。"

陈樾说："好。"

柏树驾着三轮刚掉了个头，一拍脑袋说："差点儿忘了，徐江松下周志愿服务到期，要走了吧？"

陈樾说："嗯。"

柏树说："李桐是不是说，大家一起吃个饭送行来着？"

陈樾说："是这么说了。"

柏树点点头："哪天找个晚上，大伙儿都有空的时候。"

陈樾说："你安排。"

孟昀坐上面包车副驾驶，系上安全带，问："徐江松要走了，新体育老师什么时候到？"

车灯打在昏暗的山路上，陈樾放下手刹，打方向盘："下周。"

车窗外，东方的天空露出几抹朝霞，孟昀在心里算了一下，说："我还有八个星期零五天，也要走了。到时会给我送行吗？"

陈樾专注地看着灰暗的前路，像没听到，过了一会儿才说："会。"

孟昀随口问道："陈樾，你会不会舍不得我？"

陈樾没立刻回答。面包车转了个急转弯，出了镇子。他很认真地思考了她的问题，也想故作轻松地回答她，但终究还是无法说出玩笑的口吻，于是作罢。

孟昀落了个没趣，靠着车窗拿手撑头，望向远方绵延的群山。在他眼里，她是否和其他来来去去的志愿者一样是途经的山川呢。想到这儿，她胸腔有些憋闷。

“到时候我可能会舍不得这里，”她自顾自地说，“或许我会抽空再回来看看。”

“不会。”陈樾心里的话直接说了出来，自己也有些意外。

孟昀扭头看他，他的侧脸在昏暗的晨光中不太清晰，问：“什么不会？”

陈樾说：“你会舍不得，但不会再回来。”

孟昀反驳：“你又不是我，你怎么知道？”

陈樾跟李桐接待又送走过许多志愿者，每个人在离别时都会不舍落泪，但没有一个回来过。哪怕只是来看望。对很多生长生活在大城市的人来说，与自己生活截然相反的世界，只用见识一次、体验一次就够了。但他没必要拿数据去和孟昀争执。她刚跟学生们和好，想法纯粹而天真，他又何必去破坏。

他不希望她因为自己的话不开心，于是瞥了眼反光镜，说：“孟昀你看后面，天上的云。”

孟昀果然扭了身子回望，从车后窗看到东方的地平线上一片火红。她立刻落下车窗，清凉的晨间空气涌进来。他们正行进在一片无际的稻田和水塘间，东方地平线上朝霞似火，云彩斑斓。

孟昀从未见过如此绚烂的朝霞，兴奋道：“你看那个红色的云，像不像张开翅膀的火凤凰？”

陈樾看着后视镜，眼里映着霞光的暖意，说：“像。”

孟昀掏出手机，陈樾见状降了车速停在路边。

孟昀干脆下车，举着手机对向天空。她只拍了一张就坐回车里，叹气：“完全拍不出来这效果。”

陈樾说：“没事，记在心里就好。”

孟昀说："好吧，那我再多看一眼。"

可她再回头时，金色阳光已刺穿地平线，那凤凰化成了一池金灿灿的红莲。

车朝深山里去，一路蜿蜒而上。窗外再不见农田村庄，只剩崇山峻岭。

往上走，天渐渐亮了，却不见了太阳。白色的雾气如丝如线，在路前方勾勒出山风的形状。雾气越来越浓重，像大团大团的棉花包围过来。孟昀感觉到凉意，裹上厚厚的冲锋衣。

车开了雾灯，浓雾在光束中翻滚。行至某处，车停了。

能见度不足十米，孟昀问："到了？"

陈樾说："到了。"

孟昀推门下车，如走入仙境。云雾滚滚如洪流，从她身旁奔涌而过。

她呼吸着潮湿的山雾，抬头望——山云压顶，风起云涌，目光所及之处皆是白茫茫一片云海雾洋。山野沉入海底，不见踪迹。

孟昀哪见过这般风景，惊喜回头。陈樾插兜立在车边，正静静注视着她，撞见她的目光，他偏头指指另一个方向，说："往那边走走。"

山顶上风极大，刮得孟昀步履踉跄，头发丝在风中扯成团。她套上帽子，紧跟在他身后大声说："这里像神仙住的地方。"

陈樾说："神仙不吃不喝，适合住这儿。人住这儿，就苦了。"

正说着，孟昀听见呼啸山风中传来一阵接一阵的机械声，是叶片转动的声响，很有规律地"唰——唰——唰——"。

她抬头，只见白雾翻滚，一层接一层的云雾如海浪翻卷而过，一架巨大的白色风车矗立在她面前，柱身耸入云霄，三叶硕大的金属叶片在风中快速旋转，搅动着翻腾的云海。

不知太阳藏在哪团云雾里，一丝泄漏的阳光穿透云层直射在洁白的叶片上，折射出耀眼的七彩光。

孟昀如同参天红松下的一只小松鼠，仰望着那架风车，敬畏而震撼。

她想象着刚才那条七拐八绕线团一样的山路，喃喃道：“这是怎么运上来的？”

风声太大，陈樾没听见。

于是她又喊了一遍：“这是怎么运上来的？”

陈樾说：“过段时间会安装19号到29号风机，到时你可以过来看看。”

孟昀问：“我可以过来看？”

陈樾点头。他想，到时他带她来，师父应该不会不同意。

孟昀抬抬手臂指那大风车，问：“这是几号风机？”

“1号。”陈樾在浓雾里往前走，说，“它在这儿站了快一年了。”

孟昀问：“那时候你也在？”

“嗯。”陈樾仰头望，说，“它是我跟着我师父参与制造安装的第一台电机。那时候挺难的，接口安装需要人工操作，现在可以全机械化了。”

他语气平和，孟昀却从他眼中看出了深情。

她说：“你该不会给它取名字了吧？”

陈樾一愣，低下头继续往前走，表情有些不自在，仿佛让人发现了什么小秘密。

孟昀笑了，蹦跶着追上去问：“叫什么？”

陈樾不答。

孟昀故意说：“白雪公主？”

陈樾看她一眼：“……”

孟昀又说：“灰姑娘？贝儿？”

陈樾像是不能忍了，说：“月亮。”

“啊？”

“它叫月亮。”

“月亮——”孟昀念了一声，又望向因走近而更显巨大的风车。

流云冲刷着风车叶片，细碎阳光下竟有彩云追月之感，她说：“陈樾，你蛮会起名字的嘛。以后我写歌要是起不出好名字，就请你帮忙。”话刚说出口，她蒙了一下，冲锋衣的袖口抬到脑袋边，捂着额头回忆，“欸？《天使》那首歌，名字就是你起的吧，有次上课的时候，是不是？”

陈樾没料到她竟想起来了，“嗯”了一声。

孟昀蹙眉：“什么课来着？”

陈樾说：“地缘经济学概论。”

“就是那个课！我考试只得了60分！”

陈樾微笑了一下，孟昀说：“你笑什么？”他不笑了，转过脸去。

她心情不错地蹦跳两下，看向远处另外几架风车，问：“那些呢，都有名字？”

陈樾指给她看：“最近那个是2号风机，叫小满，是小满那天成功运转的；那是3号，叫幺儿，起初选址失误，重新规划耽误了很久的工期，后面安装过程也不太顺利，很费心，像家里最不省心的幺儿……”

远处各个坡道上的风车因距离远近而显得大小不一。目光所及之处能见到的他一一为她讲述，分明是看着一模一样的机器，在他眼里却都是独特的宝贝。

山风呼啸，风车唰唰，陈樾声音不大，吐字却清晰温沉，像狂风中宁静的风眼。

孟昀站在他身侧，听着听着，眼神就从风车上挪到他脸上了。雾气飞卷，狂风刮着他乌黑的短发，男人额头饱满，眉骨挺拔，目光看向远方。

那一瞬，她惊异于他周身成熟宁静的气质，再不似大学时代那个青涩的男孩。他讲到半路，许是意识到她太安静，侧过头来看她，男人清澈的目光撞进她敞开的不设防的眼底。

孟昀怔了怔，他也愣了愣，目光迅速弹开。

她眨巴着眼睛四处张望，这一会儿的工夫，云海下沉了少许，之前能将人淹没的雾气退到了小腿边。山坡上的岩石、草皮和灌木植被都显露了出来。

她岔开话题，匆匆地问："转一圈能发多少电啊？"

"接近两度。"

"哦。"孟昀往前方一指，问，"它怎么不转呢？"

那是6号风机，叶片在早晨狂乱的山风中懒洋洋的，极其缓慢地挪动着，很是不努力的划水样子。

孟昀指控："怎么回事啊，这么偷懒？"

陈樾也望着它，说："它很像你。"

孟昀一脸问号。

陈樾唇角有极浅的笑意："读书的时候，逃课，打瞌睡，不听讲。不像吗？"

孟昀的手缩在冲锋衣里，挥着袖子就在他手臂上打了一下，"啪！"打完才意识到这举动有些暧昧，微微红了脸。

陈樾抿着唇低下头，踢了踢脚底的石子，才抬头说："逗你的。"

他说："它没有不努力，是方向不对。"

"啊？"

"它主要接收西北风，秋冬季的时候威力比较大。"他往前走了，孟昀还留在原地望着那6号风车。云雾正散开，天空露出淡淡的蓝。6

号白色风车静止伫立在天幕中，美得纯粹。她拿手机拍了张照，听见陈樾叫她：“孟昀，你过来。”

他站在山崖边的一块石头前，风吹得冲锋衣贴裹在他身上。

孟昀踩着碎石迎着风走过去。视野渐渐开阔，一个巨大的山谷铺陈在眼前，稀薄的云雾悬在山岭间。山风卷动，浮云奔走，阳光洒在上头，折射出一道道细小的彩虹，云雾的河流在奔腾。

孟昀惊叹，不自禁还要上前。陈樾拉住她手肘，又迅速松开，说：“别往前走了，风太大。”

她停在离悬崖三四步的位置，谷底的风穿堂而上，山上的风奔涌而下，冲撞在悬崖边。狂风从四面八方而来，拍打着他们的衣衫。

风中，她听陈樾说：“看着，等几秒。别眨眼睛。”

她立在群山之巅，天空蔚蓝高远，山与天的交接处，山脉如细小的海浪般蜿蜒起伏。脚底的山谷如娇羞少女遮掩在薄雾之下，美得朦胧；可就在那一瞬间，阳光积蓄的温度扩散升起，雾气散开了，化作几团云朵镶嵌在山头，金色的光线彻底洒满山谷，一时间如薄纱掀起——墨绿的山林，青黄相接的层层梯田，镜子般的水塘，一层一层画卷般展开在天地间。

孟昀深吸一口那清新的风，情不自禁地踮了脚，展开双臂，仰起头冲着蓝天笑了。陈樾瞥一眼她侧脸上大大的笑容，嘴角轻抿。

她大笑起来：“为什么人站在高处就会自动伸手臂啊，好傻，哈哈。对了，这地方叫什么？”

“地图上还没有名字。”陈樾说，“附近有个苜蓿草场，当地人就叫它苜蓿山谷。”

孟昀回身望，日头升起，身后的大雾早已散去。风车在阳光下变得格外清晰。苜蓿花开满山坡，三三两两的牛儿马儿正在吃草，远处有零星几间小屋，是家畜的主人家。

她走离悬崖，脚下踩到碎石子打了滑，正当山风狂涌，她在崖上朝后晃了一下，吓得来不及发声，陈樾已速度极快地抓住她的小手臂将她一把扯离悬崖边。她猛地踉跄扑去他身旁，冲锋衣擦在他身上摩挲得唰唰响，额头也撞在他下颌上。

她心脏狂跳。风好像在那一刻静止了，有种前所未有的安全感。

陈樾紧握她的小手臂，把她带开数步远了才松开她："风太大，别去那边了。"

孟昀红着脸，气息紊乱，嘴上却轻轻一哼："你紧张什么，我又不是风筝，还会被风吹走呀？"

陈樾愣了一愣，移开眼神说："你太轻了，还真像风筝。"

孟昀说："你怎么知道我轻不轻，你……"话到嘴边，想起昨晚自己晕晕乎乎，必然是他把她抱回阁楼的。

她一哑口，他也懂了。

两人之间只剩了风声。

他往来的方向走，孟昀停下脚步，站在原地用力吸了一口气。

陈樾问："怎么了？"

孟昀脸很热，小声："突然有些呼吸困难，是不是高反了呀？"

陈樾一愣："这地方不会吧。"

孟昀一手捂着胸口，一手朝他伸过去："不信你摸我脉搏。"

男士冲锋衣袖子很长，她的手只伸出来半截。陈樾把她袖子往上拉开了点儿，拇指肚托着她手，食指和中指摁在脉搏上，三指捏住她的手腕。

她的心跳，咚，咚，咚，搏动着传递到他的手指上。

“有一点儿快，但，”他抬眸看她一下，轻声，“好像是正常的。”

“正常吗？”孟昀又吸了一口气，“那好吧。可能是我心理作用。”

他松开她，手落进了兜里，继续往车那儿走。

孟昀落后他一米，边走边踢小石头，一颗石子蹦跶着击打在他鞋子上弹开。

陈樾感受到了，脚步顿了一下，慢慢开口：“苜蓿的英文名很有意思。”

孟昀立刻小跑去他身侧：“叫什么啊？”

“Cattail。”

孟昀一笑：“猫尾巴？”

“嗯。”

“好玩。”她说，“我好像记得你英语也很好，总是在背单词。”她无意的一句话叫他又想起了大学。

走了没多久就到了面包车旁。山风仍然很大，但上了车有阳光照着，很快就热起来了。孟昀脱了冲锋衣，从自己兜里摸出他给她买的跳跳糖来，撕开包装，问：“你好奇怪的，怎么会给我买跳跳糖？小孩子吃的东西。”

陈樾也不知昨天在路西镇那“便利超市”里头是怎么想的，说：“随手买的，觉得挺像你的。”

孟昀刚仰着头往嘴里倒了小半包，眼珠挪过来：“我像跳跳糖？你是想说我炸吗？”

陈樾：“……”

炸是炸，但也很有意思，很甜啊。

孟昀还要说话，但嘴巴里噼里啪啦，糖果在口腔里欢快地蹦跶。她眼睛一亮，抿紧嘴唇，鼓着脸颊，笑眼弯弯。

安静的车厢里，她嘴里糖果炸开的快乐声响清晰可闻。两个人都没说话，拿眼神传递着快乐。

渐渐地，那欢跳声消散，糖果甜丝丝的味道在舌尖晕染开，是草莓味的呢。孟昀含着溶化的糖，怀里还抱着他的冲锋衣，手指下意识在衣料上摩挲了两下，说："陈樾，其实，我有时候还蛮好的。嗯，你……"

他主动说："我没有。"

他本来想说没有讨厌你。

说完便想到她一贯如此，这样单薄的话对她是没有效力的，她总存疑心，认为是出于礼貌。于是，"我还蛮喜欢你，"他迅速瞥了下后视镜里她的眼睛，说，"的性格的。"

她眼睛微微睁大，轻易就闪过一丝开心，嘴上却说："为什么，我性格又不好，有什么好喜欢的？"

他看向前方，发动了车子："不藏不掖的，直来直往，想笑就笑，想哭就哭，喜欢就夸，不喜欢就撑，不挺好的吗？"

他挂了挡，放下手刹，车子启动了。

孟昀盯着他看了几秒，一下子扭头看窗外，抿着嘴巴无声地笑开。

陈樾在后视镜里看一眼她偷偷开心的模样，又道："你知道杨临钊怎么说你吗？"

孟昀扭头："他说我凶。"

"是。"陈樾微笑了下，"但他也说，来过的志愿者老师里，也只有你跟本地老师一样敢凶他们。其他志愿者容易抱着同情怜悯心态，纵容他们。他蛮喜欢你的。"

"小屁孩。"孟昀说，手指放在车门上轻敲着节拍。

她看见风车在后视镜里迅速后退变小，被山林一挡，不见了踪影。她忽然意识到什么，说："你今天要在刚才那地方工作？"

陈樾说："不是。"

孟昀没忍住笑："那你来这儿干吗？"

他起先没说话，过了会儿，说："带你看看。"说完补了一句，"你不是说想到处看看吗？"

孟昀继续笑："我就是想随便转转，你上你的班，带我去厂子里也行啊。我就是好奇你的工作环境。"

陈樾开着车，扭头看她一眼："又好奇了？"

孟昀不答。

"我的工作环境……没什么好看的，车间里全是蓄电池、变压器、各种重工器械。你看见应该会觉得很无聊。工地嘛，都是光秃秃的山顶，挖坑打地基，不是灰就是土，风又大沙子也多，有时眼睛都睁不开，没什么好看的。"陈樾说，"也就这里还能看看，有点儿样子。"

"我也是工科生好不好？不要说得像我没见识过一样。"孟昀说，"你是我们班成绩最好的，我好奇一下很正常。"

陈樾说："大学成绩说明不了什么。班上成功的人很多，比如你。"

孟昀别过脸去，看着窗外的松树林，道："是这圈子发大水，钱挣得容易，跟成功不搭边的。"

太阳升到半空，蓝天爽朗。面包车在青色山脉中穿行，大片大片的高山草场延展眼前，马儿牛儿三三两两在斜坡上吃草，稀稀拉拉的草棚矮屋点缀其间。孟昀落下车窗，说："这里风景真好，有人来旅游吗？"

"很少。不过扶贫组的主要项目就是开发旅游业。"

"清林镇要搞旅游？"

“嗯。这地方除了风和太阳就没有资源了。土地贫瘠，山多，几乎都是梯田，没有大块的地，也不肥沃，农业搞不起来。山里没矿，工业更别想了。只有自然风光跟民俗文化。”

孟昀恍然大悟：“难怪镇子里头在修缮民居，也是哦，要是能发展起来，就业不是问题了。不过，只有云海山谷，景点不够吧。”

陈樾说：“还有梯田，但梯田有季节性。”

孟昀道：“什么季节性？”

陈樾解释：“种植有季节性。大部分时候，梯田是青色的，成熟了变成金黄色。但最漂亮的时候，是谷物收掉之后。”

孟昀奇怪：“收了不就光秃秃了？”

陈樾打着方向盘：“在下次播种前会蓄水。”

孟昀还在想象，陈樾提醒：“像镜子，无数片镜子。”

孟昀懂了：“哦！”

前头，中 × 电力的厂房出现在山路边。

陈樾靠边降速，略略回忆：“葛林村，前段时间早稻收了，夏稻还没种，那边梯田应该蓄着水。”

孟昀兴奋道：“能去看吗？”

陈樾将车停在厂子前头，孟昀忙改了口：“你工作去吧。”

陈樾斟酌着，拉起手刹，熄了火，说：“你等我一会儿，大概一个小时，好吗？”他说这话时语气平和，反倒像是在征询她的意见。

孟昀轻轻点头：“好啊。”

陈樾拿上电脑包跟器械包下了车，孟昀见他离开，解了安全带趴在挡风玻璃前看他背影。可他没走几步就回了头，她一愣，不自觉地起身坐直。他折返了，走来副驾驶这边拉开车门弯下腰看她，眼睫上有阳光闪烁，温和地说：“想进去看看吗？”

孟昀眼睛亮了：“我可以进去啊？”

陈樾微笑：“下车吧。”

这处基地并不大，院子里一长一短两个呈直角的白色厂房，像长方形的两条边。长的那头是车间，短的那头是办公室。

陈樾带孟昀从车间进去，如他所说，里头全是庞大繁杂的变压器、蓄电池等设备。人步入其中，像走进高耸的机械丛林。

车间纵深约两百米，尽头处拐个弯就到了工程师办公室。条件十分简陋，跟上海的写字楼格子间远不能比。一张大桌子是所有人的工作台，连陈樾的师父董工也坐在桌旁。当然，此处驻扎的工程师不多，加上陈樾也就四位。

孟昀没有进办公室，隔着玻璃窗坐在走廊等陈樾。她玩了会儿手机，抬头时见陈樾站在玻璃窗那头，拿着记号笔在白板上写写画画，又是图形又是公式，密密麻麻的，在跟他师父和另外几个同事交流。或许为了书写方便，他的袖子卷到了小手臂上，很干练的样子，跟同事们讲话或是聆听时神情专注，有一种孟昀先前并未见过的魅力。

她还不遮不掩地看着呢，他正听着同事讲话，眼神无意往这边一转，隔着桌子和玻璃窗远远地和她撞上了。他还沉浸在办公的气氛中没太回过神来，盯着她看了一两秒，又缓缓将眼神挪走。

他从未像刚才那样如此“坦然”地直视她，她心里蓦地像微风拂过水面，起了涟漪。

就在这时，手机震动了。孟昀一看，屏幕显示“余帆”，竟是妈妈打来的。她一个激灵起身，赶忙小跑出门，到空旷的院子里才接起手机：“喂？”

余帆说：“接电话第一句不会叫妈妈？”

孟昀翻了白眼，狡辩：“我刚要叫，你打断了呀。”

她从小到大做的各种决定都遭到母亲的否决和驳斥，偏这次报名志愿者，余帆挺支持，理由是：“去过过苦日子也好，看看别人是怎么辛苦生活的，好好反思一下你是怎么挥霍自己的人生的。”

余帆问：“一个月没听到你消息，我要不跟你打电话，我看你能忘了你还有个妈妈。”

孟昀无语至极：“你回回就只会骂我打击我，我找虐啊？还有，你休想搞那么夸张想让我内疚，我上周跟爸爸打了电话的！”

余帆居然没有回凶她，却道：“我听你爸爸说，你送一个来例假的小女孩回家，走了五六个小时？”

孟昀一愣，蹲下来抱住自己的腿，轻哧一声：“是啊，怎么了？”

余帆说：“你这孩子，人生地不熟的，也不怕走丢。”

孟昀没吭声，拿手指戳地上的草。她觉得自己挺不争气的，母亲一夸她，她就服服帖帖了。

余帆说：“能送小孩回家，走那么远的山路，倒不像在家里那么娇气。看来工作应该不错的。”

孟昀手指在草尖儿上绕啊绕，一口满不在乎的语气：“没什么，都是当老师的责任。”

余帆笑了一声：“你还晓得责任？”

“那不然呢？！”孟昀轻哼一句，难得跟她聊天心情不错，一时就忍不住跟她分享，“妈妈，其实那天我差点儿回不来，是我同学去找我，把我接回来的。不然真不知道会出什么事呢，或许你就见不到我了。”

余帆问：“哪个同学？”

孟昀愉悦地说：“大学同学，叫陈樾，你不认识。他人很好，很照顾我的。你不知道他超级……”

余帆打断：“陈樾？我好像听你说过。”

孟昀不记得了，问：“什么时候说过？”

“是不是云南的，没有父母，但成绩很好，跟何嘉树一个宿舍的？”

孟昀听到“何嘉树”这三个字就知道她要开始了，果不其然，余帆说：“上周省里招商引资大会，你爸爸碰见何嘉树了，他有没有跟你讲？”

孟昀：“没有。”

“我当初就说过何嘉树有出息的，家世教养都好，那么好的孩子你不珍惜，等着吧，以后有你后悔的。”

孟昀一下站起身，激动道：“我跟你说了多少遍，不要再在我面前提他了，你干吗总要讲他啊，那么喜欢他你去给他当妈呀。”

余帆听她凶了，语气也变了：“我问你，你是不是还在跟那个叫林奕扬的谈地下恋？你要不要脸的孟昀？我们家怎么就出了你这么个……”

孟昀把电话挂了。

她在路边呆站了几秒，立马把手机塞进裤兜，假装自己刚才没有接到电话，心情也没有受影响。本来今天很开心很完美，过会儿陈樾还要带她去玩的，她坚决不要坏心情。

于是她胡乱哼着喜欢的音乐，踱步到厂子外，正好一个五十多岁的男人扬着绳鞭赶着一群牛儿经过，一只小牛犊跟在牛妈妈身旁，大大的牛眼睛看了孟昀一眼。

动物们很可爱，孟昀微笑了一下，她目送放牛人走远，继续在路边漫步。

厂子旁不远处沿着山道开辟了几块小小的农田，呈不规则形状，边缘由悬崖自行画就。有老农在崖边牵着水牛犁地，人和牛都是一身脏泥。

天空、群山、云海、川流，于他是无意欣赏的。

正看着，老农忽然看向她的方向，说：“我家儿子还在问呢，那个扶贫贷款要哪样整？”

“啊？”孟昀张口结舌之时，身后传来陈樾的声音，说的方言：“不用你们操心，镇上样样事情都替你们整好了，上政府楼接待办公室填表格就可以了。”

老农笑出一脸阳光晒就的褶皱：“那还是好整呢嘛。”

老人让牛儿停下休息，手搭在犁上絮絮叨叨跟陈樾讲起了话，陈樾认真听着，抽空看了孟昀一眼，说：“等久了？”

孟昀笑着摇头：“没有啊。”

她听着陈樾跟老人聊天，聊他儿子女儿在哪儿打工啊，孙子孙女上学怎么样啊之类的。她想，陈樾恐怕把这镇上大部分人的家庭情况都摸得透透的了。

一老一年轻的对话声回荡在山崖边，寂静而安逸。

孟昀听他讲方言，有些奇妙的感觉。陈樾说普通话时吐字清晰而标准，不拖泥带水也不过分嚼字，不像她讲普通话黏糊糊的，一堆语气助词不说，还常常分不清平翘舌。而他说起方言呢，嗓音就散漫些。云南的方言跟这边的气候一样舒适自在，像晒太阳时的慵懒。

她听着他好听的讲话声，心情又好了，沿着山路晃荡，走着走着，见路边生了棵桃树，树上挂满半粉半青的果实，桃子嘴尖尖的，正是李桐吃的那种鹰嘴桃。

她看着可爱，伸手就捞了一个，尚未使力，陈樾说：“别人家的，不能摘。”

他不知什么时候站在两三步开外了，手插在兜里，被阳光照得微眯了眼，看着她。

孟昀前后看了看，就这一株桃树，问："你怎么知道是别人家的？"

陈樾下巴指了指："旁边不就是豌豆田吗？再说这种地方，野的结不了这么多果子。"

孟昀摸摸桃子柔软的茸毛，说："还以为能吃点儿野生美味呢。"

陈樾四处寻，找见路边一丛小灌木，说："那个是野的。"田边一丛齐腰高的枝丫，叶子不多，却结了许多青青的果。

孟昀问："这是杏子？"

"嗯。"

她摘了颗下来，问："好吃吗？"

陈樾说："你可以尝尝。"话说完，眼里已经有了笑意。

孟昀拧开矿泉水瓶冲了冲，闻着很清香，问："不会酸吧。"

陈樾笑容大了一点儿，微清嗓子："不会。"

孟昀瞧着他，警惕道："我怎么觉得你表情不对，是不是在骗我？"

陈樾被她看得移开眼神，摸了下鼻子，说："没骗你。很甜的。"

孟昀想了想，在心里判断他这话的真假，陈樾就等着她想。他抿了唇，表情有些要露馅，孟昀刚好没看见，拿着杏子就咬了下去，陈樾突然上前伸手一捞，把杏子拿走了，低声说："算了，别吃了，特别酸。"

孟昀追上去："真的假的？不行，我要搞清楚。"

她从他手里抓走杏子，他没拦住，她一口嚼进嘴里，眉毛、眼睛、鼻子、嘴巴瞬间皱成一团，人扑到路边，"噗噗噗"一股脑儿连着口水全吐掉，残渣仍留在嘴里，酸得她差点儿把脑袋缩进脖子里去。

陈樾笑得肩膀直抖，拧开水瓶递给她。

她酸蒙掉了，咕咕噜噜漱口好几道，人终于缓过来，眼睛酸出了泪，黏黏地沾着眼睫。她喘着气，突然扭头看陈樾，眼神像小刀。

陈樾抿唇，表情平静。

孟昀质问："你刚才是不是笑了？"

陈樾摇了下头："没有。"

"还说没有？"孟昀一根食指，抓脏似的指认，"你耳朵都笑红了。"

陈樾眼神躲闪地摸了下耳朵，说："太阳晒的。"

孟昀看他半晌，微笑说："陈樾同学，我们要有福同享。"说着跑去那株酸杏树前，摘下一颗冲干净了走回来，手臂直直戳在他面前，"你说的，很甜呢。"

陈樾躲着她的手，往后退了一步，慢慢解释："我一开始是想逗你的，但反悔了。后面我不是说了酸，让你别吃了吗？"话音未落，唇角没忍住往上弯了一下，赶紧恢复平静。

孟昀："你还笑？"

陈樾这下被她抓包了，就说："好吧。"

他将杏子放进嘴里，咬下去的第一口，眼睛就紧皱成了一条线。他一手捂住眉眼，一手撑在车壁上弓着身子。青杏极酸，他摁在车壁上的那只手背上起了青筋。

孟昀见状，忙喊："哎呀，吃一下就行了，你赶紧吐出来呀！你这个人。"

陈樾下颌紧绷着，缓和半晌就松了手，人站了起来，一双眼睛含着泪，湿漉漉地看着孟昀，全是酸出来的泪。

杏子已被他吞下去了。

孟昀见他这狼狈模样，没忍住扑哧一笑。他也有些哭笑不得，抬手抹掉了眼睛的泪。孟昀拧开矿泉水瓶给他："快点儿喝水。酸死了吧。"

陈樾仰起头，将瓶口悬在半空中，倒了水喝。孟昀意识到这瓶水她喝过，所以他没碰瓶口。

他拧上瓶盖，人缓和许多了，才醒神似的摇了下头，说："居然比小时候吃的野杏还酸。"

"你学坏了。"孟昀瞪他一眼，说，"我还以为你从来不会骗人呢。"

陈樾听言，慢慢想了一下，说："这不算骗人吧。"

"那算什么？"

"开玩笑。"

孟昀立刻道："那你也变了，我以为你从来不开玩笑。"

陈樾就接不住话了。他知道，她的伶牙俐齿，他是永远反驳不了的。

陈樾跟孟昀正在路边讲着话，路上出现一道人影，一个灰衣服的老头慢慢吞吞走来，脚在地上拖步，手拎个大麻袋，远看着像乞丐。

陈樾似乎认识他，在原地等了一会儿。老头走近了，头发剃得很短，勉强干净；衣服很旧，但不算脏。他一双眼瞳是乌白色的，雾蒙蒙的没有神采，他走到孟昀面前颤巍巍朝她伸手，喃喃地问："有空瓶吗？"

孟昀还剩半瓶水，赶忙灌了几口，喝不下了。陈樾拿过去，这回他直接对着瓶口喝光，把空瓶给老头，说着方言："莫走了，早些回家。"

"晓得呢。"老头将瓶子扔进麻袋，灰白色的眼珠一转，人晃晃悠悠往前。孟昀这才看清他有严重的白内障。

陈樾走向面包车，说："他是龙小山的爷爷。"

孟昀微愣："龙小山的爸爸不管他？"

陈樾上了车，说："早些年小山爸爸在外面打工，腿轧断了瘫在家里。他妈妈跑了。他爷爷身体不行，没法下地，就一直捡垃圾。虽然有低保，但老人非要捡，拦不住。”

孟昀系上安全带，义愤道：“腿断了不赔钱的，哪个工厂啊？”

“赔了。小山大伯家拿了。”

孟昀不吭声了。车发动，刚走几十米。路边的老头听见汽车声，颤颤地回身招手。

陈樾停了车，老头佝偻着腰慢慢走到窗边，白浊的双眼望向孟昀：“有空瓶吗？”

孟昀想说你刚问过，话到嘴边变了一下：“没有了。”

老头又望向驾驶位的陈樾，问：“有空瓶吗？”

陈樾说：“没了。你走路靠边些，莫要车撞上。”

“哦，是你呀。我没看清呢。”老头分辨出陈樾的声音，拎着麻布袋沿山路靠边了。

孟昀看着后视镜里他的身影变小而后消失，问：“他眼睛分不出人了吧？”

陈樾说：“白内障很严重，要做手术。已经跟医院联系好了，下个月会给他安排上。”

孟昀松了口气，又补一句：“要他出钱吗？”

“不用。”

孟昀开心了：“那真好。”

行至前方山路，绝壁与峡谷消失不见，路两旁是茂密森林——有树参天挺拔，有树遮天蔽日，有树缀满繁花，有树蓬松如伞。粉、白、黄、紫各色的夏季花儿在林中招摇；杜鹃、缅桂等小型灌木在树荫下肆意铺开。

山间植被丰富，空气湿润，时不时传来鸟雀鸣叫。孟昀落下车窗，呼吸着清新的空气，心情不错，手搭在车窗上打节拍，哼着小调。

陈樾认真听了会儿，问："这是什么歌？"

孟昀说："我瞎唱的。"

陈樾说："好听。"

"是吗？那我把调子记下来，回去写成短歌好啦。"她笑容开怀，重复哼唱几遍稳固记忆，说，"住在山里会延年益寿吧。这里年纪最大的老人有多少岁？"

陈樾回忆："一百零一？"

孟昀在风里轻轻摆头，很放松："这里环境好，老人身体都很好。我那天在镇上看到一个大概比我爷爷年纪还大的老人，背的谷子起码有上百斤，真厉害。"

陈樾淡笑："这倒不是因为环境好。"

"嗯？"

他说："这么大年纪，还背得动上百斤的谷子，是因为穷。"

孟昀一怔。

陈樾轻扬下巴，指指前方绿如帘洞的山路："柏树想在这块地方搞徒步路线，你觉得风景够好吗？"

孟昀挺支持的："反正在我看来，植被够丰富，比国外的森林徒步路线漂亮多了。不过，国内徒步爱好者主要是年轻人，爸爸妈妈们不喜欢。要是山里没个小瀑布，没个悬崖，就等于没景点。"

陈樾回道："是这么个道理。"

孟昀趴在车窗上吹风、赏山景，一时忘了接话。对话中断，车厢陷入安静，只有林深处几声鸟鸣。

陈樾等了半会儿，重拾话题："你在国外哪些地方徒步过？"

孟昀下巴搭在交叠的手臂上，朝他这边转了脸："不多，我不喜欢徒步。纯属'来都来了'，懂吧。"

陈樾淡笑起来："明白。"

她逆着风，捋着吹乱的头发，跟他吐槽："悉尼蓝山森林公园不错的，起码是标准的景点，有悬崖，有缆车，森林里还有很多蕨类植物，超级可爱。但斯里兰卡那个什么世界尽头，我跟你说，绝对的欺诈。我走了三个多小时就没见到任何值得记住的景色！最后冒出一个破悬崖，居然叫'世界尽头'！骗钱！而且你知道旅行这种事情最绝的是什么吗，就是大家去了个地方，明明体验感很差却不讲真话。还假惺惺地说什么真好，真美，强推哦。我就是这么被朋友圈的照片骗去的。"

车窗外有风吹，陈樾听着她噼里啪啦滔滔不绝，有种久违的放松。

放在以前，他想象不到会跟她有此刻的画面。这一刻，他很希望这林间山路能一直走下去。

"你呢？"孟昀问。

陈樾回神，说："只在美国读书的时候去过黄石。"

"啊，黄石相当不错的。你一个人去的？"

"跟当时的舍友一起，是个巴西人。"

孟昀一笑："他会不会踢足球？"

陈樾也笑了："说起来，见他第一面，我还真这么问了。"

孟昀问："他怎么说？"

陈樾道："他问我，你会功夫吗？"

孟昀笑出了声。

女孩的笑声充盈在车厢。

"不过他真的会踢球，还很不错。"陈樾唇边仍有淡笑，"圣诞节我跟他去了巴西玩，他一家四个孩子无论男女都会踢球，连爷爷都会。"

孟昀望着他，他的侧脸映在窗外的绿色山林里，很安逸的感觉，她含了笑："怎么感觉你在国外的宿舍生活比国内有意思？"

陈樾看一眼反光镜里她的笑眼，又看向前路："也不是。我……也很喜欢在国内的大学生活。"

"也对，你啊，在哪里都能过得安定充实。"孟昀说，"我的大学生活呢，算了，没什么值得留恋的，全是些虚度的光阴。"

一路聊着，那片森林被抛在车后。他们复又行驶在绕山公路上，走了没多久，陈樾将车停在路边，说："到了。"

孟昀下车，见前边一个牌子上手写着歪歪扭扭的"观景台"三字。所谓观景台不过是几块大石头，外沿围了几根木头栏杆。

孟昀差点儿爆笑，对他说："你这也太敷衍了吧，这什么……"可她人一走上那石阶就止了音。

脚下，层层梯田如蛋糕叠放山间，田畦里蓄满了水，正如陈樾所说，像撒落山间的碎镜子，一片一片交叠着倒映着蓝天、白云在水里飞。

风吹过，波光粼粼。天上云卷云舒，水镜子里随之云光流转，明明暗暗。

孟昀俯视着天地间这看似破碎却又和谐盛大的风光，不能言语。过了许久才看向陈樾，眼睛仍因惊异而微瞪着，叹："这……真的很漂亮。"

"不然呢。"陈樾慢慢说，"带你过来一趟，就为敷衍你？"

他这么一说，她轻轻咬了唇，忍笑道："你还记仇啊？刚才那句话是我说错了，行了吧？"

她这话说得轻巧，陈樾没接话，踢了下脚边的石子，抬眸："想不想去梯田下面走走？"

“好啊。”

他带她由最近的一处豁口下了田埂。田埂很窄，仅能容一人行进。两人一前一后走下梯田。较高层有几畦田刚开始种稻谷，青色的禾苗整齐地排在田里；还有几畦谷苗已茂盛，满满一片绿色在风中招摇。

孟昀突然喊：“陈樾。”

陈樾回头：“怎么？”

孟昀指着上下层梯田间的田埂，说：“这里是不是漏水了？”

田埂下破了个洞，水流正哗哗往下层灌。

陈樾一下就笑了：“这是给上层排水，给下层浇水。”

她捋捋头发，咳一下：“见识少，见笑了。”

陈樾说：“除了梯田，平原地区的农田也是由引水渠引到四面八方。缺水了疏通，水满了就堵上。”

她继续往下走，但下层田埂有个缺口，满是稀泥。她没法一步跳跃下去，又蹲又站的，不知怎么下。

陈樾见状，一跃跳去下层田埂，姿态轻松。孟昀正无语呢，他已回身，朝她伸了手。她短暂愣了下，条件反射地弓下腰，够着将右手递给他，又看了看脚下那一截淤泥地，担忧道：“我这么跳过去，不会踩到你脚上吧？”

他接住她右手，朝她伸另一只手：“没事，你跳过来的时候，我会后退。”

孟昀刚把另一只手也放他手中，顿了一下：“怎么听着像表演杂技呢？”

陈樾听她这话，莫名觉得可爱，就没忍住笑了一下。孟昀本就跟他牵着双手，望见阳光下他的笑容，一时走神盯着他多看了一眼。他脸上的笑就慢慢收了，好像他脸上的阳光被她吓得一下子都涌去了他耳朵上，红润润的。

他眼神移了一下，声音轻了，说："下来吧，不会有事。"

孟昀点头。下一秒，他紧紧握住她的手。她借着他给的力量，放开了一跳，他迅速退后一步，牵引着她跳到田埂上。她稳稳落地，惯性带着她的身子向前一倾，扑向他身上。他怔了怔，手下意识握得更紧了，她手臂上接收到他的反作用力，人扑到离他下巴不过几厘米的地方，又反弹回去站稳。

孟昀的心脏就跟在前胸后背上来回横跳似的，乱了方寸。

陈樾适时地后退一步，双手松开她的手。彼此的手心皆是一层细汗，却也分不清究竟是谁的。

他把目光移到她脚上，说："脚不疼吧？"

"不疼啊。"孟昀看看四周，一脸轻快状，"我们再往那边走走吧。"

"好。"陈樾走到分岔处，往侧方移了一步给她让路。孟昀走去他前头了，才张开口无声地做了个大大的深呼吸。

陈樾落在后边，低头搓了搓那根本就不听他使唤的发烫的耳朵。

孟昀走在前边，说："我发现，蓄水的时候远看好看，走太近不行。真要下田来，还是长了谷子的更漂亮。"

陈樾说："对。尤其田里种的作物不一样，会更有意思。"

孟昀还要往下层走，陈樾看一眼她的鞋子，说："孟昀。"

"欸？"

"就到这儿吧，前些天雨多，田埂稀了，再往深了走，怕陷里头。"

孟昀望一眼，她才下了四五个台阶，下头还有大几十层梯田呢。她立在无尽的清风和水田中央，不高兴地抖了抖腿，表示不舍得走。

陈樾就放缓了语气："你喜欢，等下次这边播种了，谷子青了，再带你走到底下去，好不好？"

孟昀不太乐意："那要什么时候啊？别等我都走了。"

陈樾说："两三个星期就长起来了。"

孟昀惊讶："那么快？"

陈樾说："对啊。"

孟昀这才满意了，转身折返："那你下次要带我来。"

陈樾说："好。"

孟昀说："真的要带我来啊，不是嘴上说说的。"

陈樾踩着田埂上她走过的脚印，发现她总是在这类问题上反复求证，跟大学那时一模一样。于是他说："答应你了，就一定会做到。"

她听见他说的话，心情很不错，脚步变得一跳一跳的，很有干劲地爬了上去。

她回到观景台，坐在石头上拿树叶擦拭鞋上的泥。陈樾站在一旁看了下时间，而后看孟昀。

她垂着脑袋，搞了一堆小树枝、枯草和树叶，非常专心地擦鞋子，连鞋帮子纹路里的泥巴都用小树枝剔出来。她一贯是个在意外在的人，干净整洁是基础。

她一会儿用树叶刷刷，一会儿用树枝抠抠，十分认真地"打磨"完她的鞋子。陈樾转眼看梯田，余光见她抬起头来了。她朝他这儿看了一眼，拍拍手上的灰，抱着腿也看梯田。

两人各自看了一分钟，没讲话。

孟昀起身伸了个懒腰，问："我们不走吗？"

陈樾说："想回家了？"

孟昀想了想："是还有什么没看吗？"

陈樾说："过会儿有晚霞。"

孟昀眼睛一亮："哦，水里有倒影，这里日出日落最好看对吗？"

"嗯。"

"那再等等！"孟昀一屁股坐在大石头上，抖了两下脚丫。

陈樾仍是站在一旁，过了几秒，孟昀仰头："你站着不累啊？"

陈樾一愣，尚未反应，孟昀已起身，腾地踮起脚，努力想跟他视线齐平："还是说你站着能看见我看不到的东西？"

她脚尖踮在碎石上，摇摇晃晃。

陈樾很轻地扶了下她的手臂："别又扭着脚了。"

孟昀脚后跟落回去，重新坐下，指了指石头："坐啊，你这个人。"

陈樾坐下，跟她隔了半个空位。两人一道望着山谷梯田。

孟昀的脚板敲啊敲，拍打地面，问："对了，你说梯田有季节性，那搞旅游怎么办？"

陈樾说："我们做了调研，想搞热气球、赛车、山谷秋千这类年轻人的娱乐项目。"

孟昀能理解赛车和山谷秋千，她知道这边有一段二十三道弯的山路，还有无数绝美的山谷，但是热气球听着像土耳其的专利。

陈樾说："这边风景很好，从高处看体验更不一样，尤其日出日落的时候。热气球基地已经在筹备了。"

孟昀叹："你好厉害。"

陈樾一愣："也没有……"

"怎么没有？又搞电力又扶贫，还当志愿者，很厉害了好吗？有个问题我一直想问的，每次都忘。"孟昀盯着他的眼睛，认真起来，"你做这些是不是很有成就感啊？"

她问得认真，陈樾也认真思索了，答道："其实没想那么多，更像是当工作来做的，就……把手头该做的事情一件件做完，这样而已。”

孟昀托着腮，蹙眉道：“有些也不是你分内的事啊。”

陈樾说：“也没想太复杂，反正喜欢这边简单的生活方式。再说，以前受过别人帮助，算是尽量还一点儿回去。”

孟昀怅然道：“也是，像你这样，做的事情很正确的时候就不会迷茫，不像我。”

她望着西方微红的天空，侧脸落寞。

陈樾看她半晌，说：“我不觉得你做了什么不正确的事情。”

孟昀扭头与他对视。

他不自觉就垂了眼，可他想让她感受到他说的每句都是真的，于是直视她眼神，说：“除开法律跟社会公序，一个人做什么选择，都谈不上对错。可以说想不想，喜不喜欢，愿不愿意，但跟正不正确没关系。不想考研，不想当公务员，不想进写字楼，想作曲，想出名，想成功，谈恋爱，分手，这又有什么说得上不正确的？”

孟昀愣住，从来没有人跟她说过这些话。妈妈说她是错的，何嘉树也说她是错的。她低头抱住双腿，眼里浮起一丝水雾，很快被山风吹散，没叫他看见。

她偷偷吸一口气，目光移向身旁的他，他望着天边，晚风吹起他额前的发，侧脸清俊而平静。她的心也就跟着平静了。

这个人啊，还是少年初见时那简单模样。

孟昀忽然一笑，说：“陈樾，在这里遇见你真好。”

陈樾心中微动。

她冲他笑：“你这辈子都没跟我讲过这么长的话。以后跟我多讲一点儿，好不好？”

陈樾没作声。

她说：“欸——”

陈樾说：“听见了。”

孟昀还要说什么，他轻抬了下巴，说：“你看。”

孟昀看过去，西边的天空晚霞似火，如泼开般晕染在深蓝的天空中。梯田一层接一层倒映着金灿灿的姹紫嫣红的晚霞。静谧的天空沉浸在水里，浓墨重彩的光线杂糅其中。

她不由自主地起身趴去栏杆边眺望，她被裹进绚烂天地中，心底感慨万千而又寂静无声。

陈樾也起了身，插兜立在她身侧。梯田上的风景随着光线千变万化，他看着她在霞光中清丽的侧脸。

没有迷茫吗？

不是的。

孟昀，你的再次出现，让我迷茫了。

窗外，夜已深。

阁楼里亮着灯，光线昏黄。落地扇呼呼转动着，孟昀怀抱吉他坐在桌旁，手机拿书本支撑着横立在桌上。她调整一会儿，找到合适的取景框，手机屏幕里她没有露脸，放松地拨弄着吉他。她手指弹出几段和弦，在夜里轻轻唱起了歌。

陈樾洗完澡走出浴室，听见她阁楼里传来歌声，心情不错的样子。原想在台阶上多站半刻，云朵从堂屋里探出猫脑袋，他担心猫叫，大步走过天井迈进门槛，弯腰将云朵捞起来抱怀里，关上堂屋门又关了灯，上了阁楼。

陈樾把云朵放在床边的小软垫子上，上床睡觉。他在黑暗中平躺了会儿，手机屏幕亮起，来提示了。他塞了耳机，果然是她的账号更新了。

他认真听完，给她评论："旋律很好听，适合夏天，听着像加了点儿民族风，很新颖。"本来想多写一点儿，云朵见他在玩手机，一下跳到床上往他肩膀上躺。陈樾把它揪下去，它又爬上来，往复几次，竟还冲他龇牙奓毛，拿猫爪挠他。陈樾只好收了手机，把它丢去床尾，它这才不闹了。

隔着一方天井，孟昀看见"阳光照在核桃树上"的新评论，微微一愣，她自己又听了一遍，发现这曲短歌真有淡淡的民族风，这倒是个有趣的创作方向，她不禁笑了，心情不错地把吉他放好准备睡觉，脑子里又忽然想起陈樾和李桐说的"音乐""精神""创造""新东西"。音乐于她是一条与自己内心交流的渠道。她怎么没早些想到呢？

很快，孟昀再次研究出了新教学方案。

她开始专注于教谱子，运用和声重新演绎歌曲。那天上课，她把《纳西篝火阿里里》改成二声部的合唱，女生唱主旋律，男生唱和声。男女声部分离而又统一，加上同学们手拍桌子打节奏，改编出来的和声效果很棒，学生们能感受到美妙和新意，唱得很开心。一首合唱学完，课堂还剩十多分钟。

孟昀说："以后我们除了学合唱，每节课还会拿出一点儿时间多学个新东西。"

杨临钊在台下喊："老师，你一节课搞两个新发明啊？"

她白他一眼，在黑板上写了个单词："rap"（说唱音乐）。

刘思城喊："拉普！"

孟昀笑："可以这么讲。rap 的诀窍呢，就是把心里想说的，不管是渴望的，开心的，还是愤恨的，讨厌的，全部说出来，唱出来。不需要多么高大上，随便瞎唱都可以。"

学生们不懂了，歌怎么能瞎唱呢？

"我做个示范。"孟昀拿手在讲台上打节奏，啪，啪，啪，啪——

拍着拍着，她即兴念唱："最近 / 我过得 / 不太——开心，初一那帮破小孩都不随我的意，这边讲小话，那边笑嘻嘻，还有个叫杨临钊的他说要我的命。"

哄堂大笑。

杨临钊笑得抱住脑袋埋在桌上，连龙小山都笑起来了。

节奏仍在打："破小孩啊破小孩一群破小孩，又说讨厌我——又追我去路西，我乖乖跟着你们回来真是没出息，现在看到你们又还是一肚子气。"

孟昀收了拍，说："这就是 rap，只要有节奏，每个人都能唱。"

教室里议论纷纷。西谷问："哪样都能拿来唱，坏事也可以？"

孟昀说："可以。"

成浩然提问："可以骂人吗？"

又是哄堂大笑。

"出了教室门不可以。"孟昀看一眼窗外，小声，"但在我的课堂上，可以。"

学生们激动着就要大叫，孟昀大声："仅限创作！！"

“好！”

“嘿！哟！”杨临钊双手一快一慢敲打桌子，就着节奏起了范儿，“昨天放学回家，路上碰到吴良那王八，我撞了他一下，他说 ×××，我哈哈哈哈，哈哈哈哈，哈哈哈哈要笑疯啦。”

杨临钊本身节奏感好，也擅长表演。他这段节奏极强，很有韵律。同学们全都拍手叫好。

孟昀刻意没去在意歌词内容，评价道：“押韵和节奏非常好。这是一种表达心情、表达情绪的方式，不管是课堂上还是课下，大家都可以试着去表达。音乐是没有门槛的，只要你们心里有话，就唱出来。但就一点，出了课堂，不许在音乐教室外面说脏话，听见没？！”

“听见啦！”

下课铃响，学生们一窝蜂涌出去。龙小山经过她身边，用 rap 的形式说唱一句：“我要变成变成一只鸟，飞到云霄叫你们谁也找不到。”

这是她第一次听到龙小山的情绪表达。

“龙小山。”

他停在教室门口，孟昀走过去：“你记不记得有堂课我让你们在纸上写音符，你写得不错，有调子的。是认真想过吧？”

龙小山微红了脸，腼腆一笑。

孟昀递给他一张纸：“这是我的课表，你看时间安排，课间、午休、放学后，都可以找我学钢琴。”

龙小山愣了，看看那黑色的琴：“学生能弹吗？”

“当然，刀校长为这台钢琴跑了多少地方拉赞助，难道就是为了做做样子？这琴本来就不是给老师弹的，是给你们学生弹的呀。”

龙小山接过她的课程表，点了点头。

孟昀回到办公室，想起一开始校长说的硬件设施有了很大改善，但精神层面的缺失难以弥补。而她能做的仅仅是让自己的音乐课给他们带去快乐，给他们一个短暂憧憬的空间，一个改编创作、表达倾诉的渠道。

她看一眼桌上的年历，离她结束教学不过七个多星期。起初那些天的度日如年，如今竟觉所剩无几。前边徐江松的桌子上堆满了学生们送的小礼物。他志愿服务期结束，马上要走了。正想着，李桐走进来："同志们，今晚的聚餐别忘了啊。为徐江松送行。"

小梅、小兰、小竹、小菊说："没忘。"

丁棉棉说："谁最后一节没课，一起去逛集买菜呗。"

李桐和孟昀举了手。

集市不大，摊位聚集在清林镇主街道旁的一条分岔小巷里。巷子是古老石砖铺就，两旁皆是老旧的当地特色小木楼，一楼单间或做门面，或做堂屋；二楼阁楼低矮，卖货的做仓库，餐饮的做堂食，自住的做卧房。木窗外吊一小盆太阳花，或挂一只鸟笼，晒几件衣裤。

巷道狭窄，山民蹲在两旁，一块花布铺开了做摊位。自种的豌豆尖、苦菜、香椿、金盏花摆在上头；卖肉类的讲究些，干巴、火腿盛在草叶芭蕉叶枝条搭成的小窝里；你要买上一块牛肉干巴，卖货人拿小杵子给你舂好，撒上柠檬、辣子、胡椒面、辣椒粉、薄荷，拌好了递过来。

李桐提着买好的牛肉，和丁棉棉继续往前走。

孟昀落在后边，忽然听见口琴声，忽远忽近，被嘈杂人声掩盖着听不太清。

在她脚边，山杨梅、蓝莓、桃子装在篮子里，卖货的妇女们蹲在篮子边聊天候客。孟昀看见一篮子青杏摞在树叶里头，她唇间一下便涌起酸味，想起陈樾给她的那颗杏子。

正想着，口琴声又来了，竟是肖斯塔科维奇的《第二圆舞曲》，她非常喜欢的曲子！这里怎么会有人吹这首？孟昀一下踮起脚尖四处张望，集市上人来人往，喧嚣如尘雾浮在空中。但那口琴声格外悠扬，像被巷子里的穿堂风吹动了似的，四面八方地飘，分不清来自何方。

李桐跟丁棉棉蹲在一个野生菌摊位前讨价还价，孟昀面前有一家米线店，几个当地人坐在里头吃米线。她钻进店里，沿着狭窄逼仄的小楼梯上了二楼。阁楼低矮，空间狭小，摆了两三张桌子。她踩着吱呀的木条地板走到小窗边，青瓦之上天空湛蓝；她俯瞰小巷，人群的衣衫，彩帽，花布，青菜，水果融成色彩斑斓的河流。

口琴声始终随风飘荡着，忽然，风停了。她瞬间辨清了它的方向，立刻回头，就见陈樾坐在一户人家的门槛上，双手捧着口琴心无旁骛地吹奏着。阳光照在他的黑发和白 T 恤上，光线笼罩着，有些朦胧虚幻的不真实感。

孟昀的心像忽然被拨动的弦，起了音乐。那一刻，她站在阁楼小窗边，清晰地意识到自己心里的某种变化。这些天慢慢聚集起来的某种心绪，在这一刻改变了。

她没去深究这种变化，但被它驱动着立刻转身跑下楼，逆着来往的人群急忙而迫切地跑向他。

她到了他身边，整张脸在放光。

陈樾仍坐在台阶上，微弓着肩专注地吹奏着，额前的黑发随着他的移动在阳光中跳跃。孟昀没打扰，她凝视着他，一脸的光芒。周围是葱姜蒜，牛羊肉，瓜果蔬，她在听她喜爱的《第二圆舞曲》。哪里还有比这更浪漫的地方？

一曲吹完，陈樾收了口琴，一抬眼看见她，愣了愣："你在这里干什么？”

“我跟李桐她们来买菜。”孟昀冲他笑，问，“你在这里干什么？”

陈樾指了下放在台阶上的水果，说：“晚上要聚餐，从山上提前下来了。”

“哦。我以为你在卖艺呢。”她举起手，“喏，专门准备了一枚硬币。”

陈樾朝她伸手。

孟昀将那枚硬币放在他手心，补上一句：“你口琴吹得真好。”

陈樾说：“特别简单。在你们玩乐器的人眼里，口琴都不算乐器。”

孟昀说：“哪有？吹得好听的就算。”

她的笑容太过灿烂，陈樾微抿唇，说：“李桐呢，你们不是在一起买菜吗？”

孟昀指了一下：“她在买菌子，有些菌子长得好奇怪，像有毒。”

“有些是真有毒。后面这山上就有很多。”他稍抬了抬手臂。

屋旁有条小巷，直通后山。

孟昀瞄一眼，脸上放光：“现在能去看吗？”

陈樾一愣，她还真是说什么来什么，他说：“好啊。”

孟昀随他钻进小巷，集市的人声消失在身后。他们沿着行人走出的小道爬上山。山林里静悄悄的，只有两人的脚步声。陈樾捡了根树枝，拨弄两旁的杂草。孟昀也跟着捡了根树枝拨弄地面：“李桐说，山里的菌子都是野生的？”

陈樾说：“在云南，只有野生的才叫菌子，其余一律叫人工菌，或蘑菇。”

孟昀一个小跳步上前，和他肩并肩了走，偏头问：“像香菇、平菇、口蘑，这都是没地位的了？”

陈樾点头：“嗯。”

孟昀笑了：“你们云南人很有意思呢。”

陈樾看别处，手里的树枝在覆满松针的地上拨弄：“哪里有意思了，你不是说我很无聊吗？”

孟昀纳闷：“我什么时候说过？”

陈樾：“大学的时候。”

孟昀皱眉：“不可能，我没说过。”

陈樾抠抠鬓角，微微笑了：“那应该是我记错了。”

“肯定是你记错了。”孟昀走去前头了，又转身面对他，退步朝后走，说，“真的，陈樾，我觉得这里很有意思。房子有意思，菌子有意思，人也有意思。”

陈樾看着她的脚：“别倒着走，过会儿摔了滚下山去，倒省了走路。”

孟昀笑出了声。

她今天好像格外喜欢笑，总冲着他笑。他不太好意思地垂眼，手里的树枝用心拨弄着地面，力度没控制好，枝条一掀，弹起来“啪”的一下打到她的树枝。孟昀嘴巴一嘟，“啪”一下打了回来。

陈樾：“……”

她转过身去，兀自唇角弯起，觉得树叶在脚下碎裂的声响格外悦耳舒适。

“这里有个蘑菇。”孟昀蹲下，朝陈樾招手，“好漂亮。”

那是一株水绿色的蘑菇，鲜艳如翡翠。

“这个肯定有毒吧？”

“嗯。剧毒。”

“不过，长得真好看。”孟昀拍了照，又多看了几眼，继续往前走。一路所遇，不少蓝的、红的、极漂亮的野生菌，全都有毒。

“果然长得漂亮的都是有毒的。”孟昀在一株红蘑菇面前站起身，思维跳跃地说，“人也一样，长得漂亮的都有毒。”她在心里骂了何嘉树跟林奕扬两声“狗崽子”。

陈樾在一旁拿树枝拨弄着腐败的落叶，问：“那你呢？”问完知错了。孟昀果然一下凑来他面前，问：“你觉得我有毒？”

陈樾别过脸去，拨弄地面：“不知道。”

“那你猜呢？”

“猜不到。”他十分认真地去转圈找菌子了。

孟昀拿树枝在空中画着圈儿，说：“不过，这个也不准，有例外的。你看，你就很安全无毒。”

陈樾不看她，阳光从树梢缝隙里漏下来，他脸微红了。

斑驳的光照进树林，孟昀仰头望：“啊，又有松鼠。”

陈樾抬头。

两三只松鼠在树枝上追逐嬉戏，一溜烟跑进茂密的树叶中。

“你们这里动物好多，真可爱。”

陈樾说：“但也有蛇。”

孟昀一顿，往他身边走近了点儿：“这里吗？”

“嗯。”他见她警惕的样子，说，“不用怕。就算有，听到动静也跑了。”

孟昀想一想，放松了：“有蛇你也不会让它咬我的。陈樾你怕蛇吗？”

“不怕。”

“蜈蚣……哦……你不怕。那蜥蜴呢？”

陈樾摇头。

“也不怕昆虫了？”

“有什么好怕的？”

"蟑螂呢？"

"蟑螂不就是昆虫吗？"

"老鼠？蝎子？"她仿佛开始了动物大讲堂，"蜘蛛？狼？灰熊？真的没有怕的吗？"

陈樾低声说："我怕了你了。"

孟昀正在前头列举着动物，她耳朵尖，回头："你说什么？"

陈樾说："没说什么。"

"我听到了。"孟昀折返，大步朝他走来。陈樾立在原地，一时不知她要来干吗。她走到他面前几步远的地方，扬起树枝，"啪"，又打了一下他的树枝。

陈樾："……"

打完，她转身走了。他微吸一口气，跟在她身后前行。

孟昀走了一路，咕哝道："看来还是有毒的菌子多，到现在都没找到一个可以吃的呢。"

"找到了也不一定能摘。"

"为什么？不是野生的吗？"

"在一些盛产野生菌的地方，有的山会被人承包。像没人管的山，比如这座，附近的菌子一般都被人认领了。"他看她，"你要真想自己摘，下次带你去别的山上。"

"认领？怎么认啊？"

陈樾走到一棵树下，在蓬松的落叶和松针间拨弄几下，说："像这样。"

枯枝烂叶中站着一小朵暗红色的菌子，矮矮的，胖嘟嘟的，伞叶还没打开，是个菌子宝宝。它腰上系了一根松松的彩绳。

孟昀问："系上一条彩绳就是认领了？"

陈樾说："嗯。它还没长大呢。等过些天，彩绳的主人会来摘的。"

孟昀道："谁先发现，谁就可以系绳子？"

"对。"

"那要是系了绳子，别人还是摘走了怎么办，会不会气死？"

陈樾一愣，笑了下："应该不会。一般看见有绳子标记，就不会摘了。"

孟昀点点头："你们这里的人还挺讲信用的。难怪你也那么讲信用。"

陈樾没接她这句话。

她扭头看他："要不，我们摘回去吧，让那个系绳子的人感受一下人心的险恶。"她笑着，一爪子就抓向菌子的根部。

陈樾条件反射地伸手："孟昀——"

后面的话没说出口，她握着菌子，却并没有摘，回头冲他一笑："逗你的，傻子。"

她哈哈大笑，仿佛逗弄他是一件天大的开心事。

陈樾："……"

孟昀笑得肚子疼："你总是这么好骗吗，陈樾？"

陈樾不作声。

她笑个不停，摸那菌子宝宝的头，说："摸着好舒服，这个居然能吃啊？我以为有毒呢。"

陈樾说："严格来说，是有毒。但炒熟就能消除毒素，所以能吃，而且很好吃。"

"这种叫什么？"

"见手青。"陈樾在她身边蹲下来，说，"这朵是红见手。"

孟昀觉得好笑："你们说菌子，用'朵'啊？"

陈樾："不然呢？"

孟昀说："不是'棵'或'株'吗？"

陈樾想了一下："我们都说'朵'。你不觉得'朵'更形象吗？"

孟昀笑："好吧，那为什么叫见手青？"

"手碰着了会变青色。"

"原来会害羞，跟你一样。"

陈樾："……"

孟昀又摸了摸它的头，等着它变色。

森林里很安静。菌子没有任何变化。

"这个菌子好像不给我面子。"

陈樾极轻地笑了一下，说："是这儿。"

他在菌伞边轻抠了一下，抠下来一小块菌伞，伞背面是明黄色的，色彩鲜艳，就在孟昀面前，那明黄色缓缓变成了青蓝色。油画般明艳。

"哇。"孟昀感叹，"这颜色好漂亮，像碱式碳酸铜。"

陈樾默了一秒，纠正："碱式碳酸铜偏水绿色。但这个颜色更偏向硝酸铜吧。"

孟昀看他一眼："嗯，你是学霸，你说的都对。"

陈樾："……"

孟昀忽然又一笑，说："我要留个字条给这个系彩绳的人。"

陈樾："写什么？"

"就写，陈樾弄坏了你的菌子！"

陈樾："……"

她爽朗地笑着起了身，树枝在草丛里打来打去，脚步轻快，继续前行。陈樾尾随着她，淡淡笑了。

待两人山里转一圈回到集市上，李桐跟丁棉棉早就不在了。

陈樾拎了留在台阶上的水果，跟孟昀回了学校，直奔位于院墙角落的老师宿舍，绕到砖瓦平房前，果然，她俩跟柏树已开始忙活晚饭。

柏树把李桐宿舍的液化气罐跟灶台搬到空地上搭了个露天厨房，李桐正炸着小黄鱼，香味扑鼻。柏树跟丁棉棉在剁排骨，切黄瓜，择芹菜，各种打下手。

空地上拿三张矮矮的小方桌拼了个长条桌，桌上放着三个土鸡火锅炉，三碗凉米线，三盘炸鸡胗。

陈樾问还有什么要帮忙，李桐说菌子还没洗，葱姜蒜没备。陈樾拿了洗菜盆坐到台阶上，拧开水龙头洗菌子。孟昀过去帮忙。

陈樾说："不用，你去吃蓝莓吧。"

孟昀说："那不行，大家都在干活，我一个人坐着吃蓝莓，太不像样子了。装也要装一下。"

陈樾弯唇："有长进啊，要是从前，你连装都懒得装。"

孟昀作势要打他，刚抬手，他看了她一眼。她又不打了，说："彼此彼此，要是从前，你不会跟我这么开玩笑。"

陈樾微笑不语，他洗着各种菌子，她蹲在一旁剥大蒜，指甲在蒜头上抠半天也没剥完一颗，撕一层蒜衣得抠一块蒜肉下来。

陈樾见了，说："你洗菌子，我来剥。"

孟昀把大蒜递给他，说："你们这里的大蒜品种跟我们那儿不一样，长得很不好剥。"

陈樾听着她的歪理，只说："洗菌子的时候多揉一揉，搓干净了。"

孟昀说："放心吧。"

她双手伸进水里，揉揉搓搓十分认真，在家干活都没这么认真过。洗了一道洗第二道，一抬眼见水泥地面上站了两排白胖胖的大蒜。

陈樾心无旁骛地剥着蒜，手指灵活，很快从蒜衣里捞出一颗摆在身旁，这一会儿的工夫，开始站第三排了。

孟昀抬眸看他一眼，陈樾正好去摆蒜，与她对视上。

他坐在台阶上，她蹲在台阶下，两人离得很近。

孟昀目光在他和那两排大蒜间挪了一遭，陈樾只好说："你手太细了，搓不动。"说话间又捻了颗大蒜出来放在台阶上。

孟昀不服，抬起手在他手边对比："哪有，你的手也不粗啊，很瘦。"

她的手白白嫩嫩的，手指匀长。陈樾看着，剥蒜的手顿了一下，说："不是说粗细，是说细腻。我手粗（糙）。"

"粗糙吗？"孟昀将手翻转，掌心向上。

陈樾也不自觉地跟着她学了这动作，摊着掌心。

孟昀凑上去，食指悬在他的食指旁，指了指："明明不粗糙。"

"还是糙的。不像你的。"陈樾说着，无意朝她手指指了一下。而孟昀说着"哪有"也恰巧伸手指过来。

两人的指尖儿碰在一起，触了一下。

孟昀："……"

陈樾："……"

他低下头，继续剥蒜；她的手也沉进水盆里，搓菌子。

两人各自安静地做事情。孟昀察觉天色暗了，仰头望见红霞满天。拐角处一阵喧闹，徐江松和梅兰竹菊来了。陈樾把洗好的葱姜蒜送到灶台前，又把几样煮鸡汤的菌子诸如鸡枞、猴头菇、金耳、鸡油菌扔进火锅。孟昀指着另一拨菌子，说："这个不丢进去煮啊？"

"这是见手青，炒着好吃。"陈樾悄悄跟她说，"过会儿多吃点儿。"

孟昀点头："好。"

很快菜摆上桌，菌菇鸡汤，炒红豆，烧排骨，炒菌子，炒豆尖儿，炸干巴，炸小鱼，炸鸡肦，焖洋芋，荞麦糕，凉米线，摞满一长桌……

徐江松拿手机各角度拍照，说："李桐你也太厉害了，这桌子菜都是你弄的？"

李桐憨憨地笑："柏树跟丁棉棉都帮忙了。"

柏树忙说："没啊，我们那叫打下手，掌厨的是李桐。"

小梅老师说："现在会做饭的女生太少了，李桐，你是宝藏。以后谁娶了你啊，幸福死了。"

小竹说："梅老师这话说的，在场的其他女同志要无地自容了。"

柏树道："别忙着说话，赶紧都坐下，开吃。"

柏树跟陈樾分坐长桌两端，孟昀坐在陈樾旁边。

今晚的主角徐江松坐在孟昀斜对面，矮桌中间的位置。孟昀按陈樾交代的先吃了炒见手青，果然又香又嫩，口感绵软却又清脆，相当奇特，是从未吃过的美味。不过虽然很喜欢，但也懂餐桌礼仪，她只舀了两勺。菌菇汤也好喝，她喝了两碗，鲜美无比。

她忍不住嘀咕："我都想娶李桐了。"

陈樾听见了，问："为什么？"

孟昀说："你不觉得她做饭很好吃吗？"

陈樾"哦"了一声。

孟昀问："你不觉得？"

陈樾说："我做饭也很好吃。"

孟昀："……"

他说完发觉这话不太对，转头去夹排骨了。

孟昀也有些心思飘浮，见徐江松正看着她这边，心虚地岔开话题："徐江松，你本来是做什么工作的？"

徐江松说："码农。前两年，日日夜夜地加班，都快崩溃了，后来就裸辞了。国内国外玩了几圈，但也没啥意思。后来机缘巧合发现了志愿者项目，就跑来参加了。”

“哦。”孟昀点头，吃了一颗红豆。

小兰问：“那你回去之后准备做什么？”

徐江松说：“换个公司继续当码农呗。只会干这个，能有什么办法。”

小菊叹气：“我们也是，换个地方当老师罢了。回去了，各种教学任务，也是很累。”

丁棉棉是考完研之后来当志愿者的，她时间充裕，9月入学，自然不能体会其他社会人的苦恼，开开心心地说：“反正我来这儿学到了很多东西，觉得特别宝贵。”

这话一落，徐江松立马说：“我也是。这里的孩子、这里的环境太单纯了。条件是差一些，可在这里生活这段时间，我精神很放松。我感觉啊，不是我帮了这里，是这里解救了我。”

孟昀听着，蓦地想起了陈樾说的话。

这段经历是很宝贵，是很纯粹，但他们不会再回来了。人总是要追求世俗的，哪怕被环境轻贱，被污染，也甘之如饴复而一头扎进去。

头顶的天空中晚霞散去，墨蓝色侵袭而来。李桐将宿舍的灯都开了，灯光透过门窗斜斜地照亮了空地。

徐江松忽然起立，敬众人一杯：“来做志愿者这段时间，承蒙大家照顾，我后天一走，以后天南地北，也不知道跟各位还有没有机会再聚。也可能这辈子，都见不着了。我就真心祝各位事事顺利，心想事成吧。”

众人起身碰了杯，喝了酒。

陈樾坐下时，看了眼孟昀的酒杯，说：“你别喝多了。”

孟昀说："放心，不会醉的。"说完想起自己不久前就醉过，心虚地看了他一下。

陈樾浅笑："没事，我忘记了。"

孟昀在桌子下踢了他的脚。

陈樾："……"

他刚夹了颗红豆，眼睛往她这边挪了一下，却止于她餐桌上的手。

大家吃到一半，小菊提议玩游戏。孟昀喝着菌菇鸡汤，在心里默念，别搞真心话大冒险……

李桐说："玩真心话大冒险吧！"

孟昀心想也行，帮李桐满足她的私心吧，于是举手："赞成。"

其他人没有意见，柏树搞来一罐村里老人自制的小米辣，据说能把人辣起火。他说："惩罚措施就是吃三根小米辣！"

孟昀不吃辣，一见就龇了下牙。

小兰用纸巾打了个蝴蝶结击鼓传花。她拿了副碗筷，背对众人，用筷子敲碗。小竹立刻将蝴蝶结传给柏树，柏树传给丁棉棉，丁棉棉传给徐江松，徐江松传给李桐。

"当！"

止了声。

李桐捧着蝴蝶结笑起来，笑完了说："大冒险。"

孟昀立刻举手帮忙："那你去把柏树抱一下。"

李桐很是利落地站起身，小梅老师起哄："抱什么抱，亲一口才算冒险！"

李桐已走到柏树身边，轻瞪小梅一眼，又冲柏树说了句不好意思，就和他拥抱了一下。小梅还在叫："不行，要亲！抱一下不算——"

正嚷着，柏树突然就亲了李桐的额头。

“哇！！！”一桌子人尖叫，大笑，拍桌，“啊啊啊！！！”

孟昀也“哇”一声，再看陈樾，他笑得眼睛弯弯，单手搓了下脸。

李桐刚才还落落大方的，这下被起哄得小碎步跑回座位，脸都红透了，笑容却是忍都忍不住的。等大家闹完了，李桐晃着蝴蝶结说：“好了好了，重新开始了！”

击鼓继续。李桐把蝴蝶结传给陈樾，陈樾稳稳当当递给孟昀，孟昀赶紧扔给小梅，小梅给小竹，没想到敲碗声迟迟不停，蝴蝶结转了整整一圈又回到李桐手里。李桐这回吓了一跳，立马扔给陈樾。

陈樾刚要递给孟昀，敲碗声止。

孟昀劫后余生地拍拍胸口，幸灾乐祸地看陈樾。他低头把玩着那个蝴蝶结，表情淡淡，倒也什么都没说。丁棉棉问：“选什么？”

陈樾说：“真心话。”

柏树拆台：“你什么事我都知道，有什么好真心话的？”

李桐也说：“就知道你不会选大冒险！”

他的基本情况别说柏树，其他人都了解，生活简单，背景简单，的确没什么可问的。

陈樾只是淡笑，说：“不问就继续传了啊。”

没想到丁棉棉突然冒出一句：“初吻什么时候？！”

徐江松立刻起身：“妹子你可以！”

丁棉棉站起来，隔着桌子跟徐江松来了个击掌。

柏树也竖拇指：“问得好！”

李桐说：“好什么好？万一没初吻，就白问了。”

大家笑闹成一团，陈樾微低着头，唇角像是弯起着，却又无太多笑意。

孟昀也很好奇有没有，等着他回答。

陈樾把蝴蝶结放桌子上，说：“大二。”

徐江松没听清：“什么？”

丁棉棉播报：“上大学！大学二年级的时候。”

柏树很惊讶，立刻问：“和谁啊？”

陈樾说：“这是第二个问题。”

一桌子人：“咦——”

孟昀很诧异，好奇得要死，凑去小声问：“谁啊，我们学院的吗？我怎么不知道你那时候谈过恋爱啊？”

陈樾只是注视着她，他听见敲碗声响，把蝴蝶结递给她。孟昀收下蝴蝶结，还盯着陈樾，等他给她一个结果。

可没想这次跟上次不一样，敲碗声极短，两声就停了。

孟昀前一秒还认真等着陈樾讲话，下一秒意识到手里的蝴蝶结，一下缓缓瞪大了眼睛。

陈樾没忍住，无声地笑了。

孟昀伸手就推了下他肩膀。他朝后晃了晃，轻轻收了笑。

徐江松说：“小兰，你这个鼓敲得很有个性嘛。”

小兰说：“那当然。”

陈樾靠近孟昀，低声说了句：“选真心话，要是大冒险你不想玩，那个辣椒你吃不了的。”

孟昀瞪他一眼，说："大冒险。"

陈樾看着她，不说话了。

李桐立马说："孟昀给我们唱首歌吧。"

小竹提出异议："唱歌算什么冒险呀？"

小兰说："徐江松是今天的主角，你抱他一下吧。"

小竹说："亲还差不多，刚才李桐他们都亲了，要玩就玩大——"

孟昀想撑她，但不愿破坏桌上气氛，也不愿让徐江松尴尬，举起手笑道："我能申请尝试云南的镇省之宝小米辣吗？"

李桐笑起来："什么镇省之宝？瞎闹。"

柏树说："孟昀你是杭州的吧？这瓶是特制的，巨辣，你别吃得哭起来。"

孟昀轻轻一拍桌："既然你这么说了，那我更要挑战！"

徐江松说："我都不敢吃，你敢吃啊？慎重啊同志。柏树这瓶真的辣，比市面上的辣多了。"

孟昀说："我这种精神，就叫明知山有虎，偏向虎山行，上小米辣！"

徐江松拍手："给你鼓掌。"

丁棉棉挑了三根比较短小的小米辣放在盘子里，端到她面前。

小竹起哄："不许吞啊，要嚼的。"

陈樾全程没说话，只是看着孟昀。

孟昀夹起其中一根刚放到嘴边，刺鼻的辣味就激得她泌口水了。她一狠心把辣椒塞进嘴里迅速嚼两口，脸部立刻皱成一团，人都坐不住了。她赶紧把辣椒吞进去，那灼烧的感觉瞬间入喉。她以为到这儿就够了，没想到刚才只是点火的信子，后头像炮仗一样炸开，火辣辣的感觉在她口腔爆炸，她整个脑袋都辣麻木了。

她慌不择路，抓起酒杯仰头喝了个干净，又灌下几口水，仍是辣得眼泪哗哗。

盘子里还剩两个。

陈樾看了柏树一眼，柏树懂了，立马说："这样吧，孟昀你是不吃辣的地区来的，你找谁帮你吃了也行。"

孟昀本想硬撑着把剩下两个吃了，可她真不行了，脑子全蒙，唇舌如火烧。她张着嘴巴拼命吸气，眼泪汪汪地看向陈樾。

小竹说："还能帮……"她话没讲完，陈樾已迅速夹起剩下两个小米辣放进嘴里嚼几口，吞了进去。

辣意来袭，陈樾表情僵硬，微张着口一下一下深呼吸。过了会儿，他手撑着桌子低下头去忍，忍得面颊通红，额头冒汗。

孟昀早已辣得满脸呆滞，露着舌头，不停地缩鼻子吸鼻涕。她心口烧得难受，捂住胸口将脑袋埋下去。

陈樾低声问："你办公室还有牛奶吗？牛奶解辣的。"

孟昀之前把牛奶都拎来学校了，赶紧点头。

两人绕过宿舍和车棚，上了操场。这个时候初中教学楼一片漆黑，高中那头灯火通明。孟昀辣得走路都不稳，深一脚浅一脚地走过月色，摸黑进了办公室。今天月光很好，孟昀顾不得开灯，飞跑到办公桌前，给盒装牛奶插了吸管咕咕喝起来。

陈樾站在办公桌的走廊里看着她，说："慢点儿喝。"

孟昀捏着吸管停住，眼神涣散，大舌头问："慢点儿喝才有效果吗？"说着抿着吸管十分缓慢地吸，仿佛在品鉴。

陈樾说："我是怕你呛到。"

本就辣成这副德行，再狂咳上一阵，喉咙不疼死了？

孟昀指着桌上另一盒，眼神示意：你也喝啊。

陈樾摇了下头，刚才那两根确实很辣，但那波反应一过，也就能忍受了。

孟昀神情呆滞地喝掉大半盒牛奶了，才喘了口气说："那个辣椒，太变态了。"

陈樾坐到李桐的椅子上，隔着走廊看她："我跟你怎么说来的？你吃不了。不听。"

"我听了。"孟昀舌头还不太顺，咕哝，"我就不想选真心话，小兰那么爱八卦，肯定问我乱七八糟的。我懒得搭理她。"

陈樾说："人家跟你又不熟，哪怕问也问不到点子上。不熟的人，选真心话最保险。"

孟昀含着吸管，眼皮一抬，问："那你有问题想问我吗？"

陈樾一愣。

室外操场上月色静凉。室内没有开灯，暗淡的光线像一层深灰色的纱布。

夜是暗的，但能看见彼此的面孔，在夜色中有种深沉的素描画的意味。与他对视的一刻，孟昀看见他眉眼英俊，五官立体，尤其是眼睛，明亮而干净。许是夜色雕琢，又许是她难得有机会直视他的双眼。

像是过了许久，他说："没有。"

孟昀吸完最后一点儿牛奶，将空盒子放在办公桌上，人往椅子背上一靠，有些失望地说："看吧，连你也没有问题想问我。"

陈樾不用去分辨她的表情，她的身体语言表达了一切。于是他说："真心话提问。"

孟昀来了点精神："问吧。"

陈樾说："这些天过得开心吗？"

孟昀无语，对这个放水的问题不太满意，翻了个白眼，但又很配合地一五一十回答："一开始不开心，前些天开心了，今天白天也很开心，现在又不开心了。"

陈樾笑了，说："你的情绪跟海浪似的。"

孟昀立刻还嘴："你的情绪是水泥地坪。"又补了一句，"踩都踩不动！"

陈樾看着她，说："你要踩了做什么？"

孟昀说："我是打比方。笨蛋。"

陈樾说："那一两个人跟你相处不好，你没必要为这个不开心。有时候人跟人相处全靠气场，没对也没错。"

孟昀不吭气。

陈樾说："你跟他们，离开了这里，这辈子都不会再碰到。没什么大不了的。"

孟昀手指搭在办公桌上，戳了戳空掉的牛奶盒子，问："等我走了，我们这辈子还会再碰到吗？"

彼时，陈樾手里玩着一支批改作业的钢笔，听见这话，他的手顿了一下。

他看着孟昀，孟昀也看着他。光线昏暗，彼此的轮廓仍在，却看不清眼睛背后的情绪。

陈樾转着手里的笔，说："如果同学聚会，我会去。"

孟昀说："那也是毕业十年，二十年的时候了吧。"

陈樾略略失了神："好像是的。"

孟昀估算："那还要等很久。"

陈樾不讲话了，不知在想什么，随意从李桐桌上抽了张空白纸，无意义地在纸上写起了字。

灯仍是不开，人也都不走。

孟昀趴在办公桌上玩空牛奶盒，戳过来，戳过去。牛奶果然有用，嗓子里火烧火燎的痛感已烟消云散，取而代之的是某种如薄雾般的不爽利感，如此刻夜色般不清不楚。

旁边的人在写字，笔尖沙沙作响。

孟昀扭头："你看得清楚啊？"

陈樾说："看得清楚。"

孟昀看看自己面前的一摞书，的确，书脊上的书名看得清，但作者和出版社就比较模糊了。

她又玩了会儿牛奶盒子，忽然轻声说："我怎么觉得这个场景有点儿似曾相识？"

陈樾手中的笔停住了。

孟昀侧头枕在手臂上，问他："你有没有遇到过这种情况，明明某件事是第一次发生，但你会觉得好像曾经发生过。"

陈樾说："遇到过。"

"我们大学的时候肯定当过同桌。"孟昀说，"我很确定，你在我的右手边坐过，好像不止一次呢。就像现在这样，感觉好熟悉。"

但具体的细节她记不起来了，她又趴在桌上继续戳牛奶盒子了。陈樾看一眼面前的白纸，全是些无意义的来自李桐教案里的文字。

孟昀突然想到什么，坐直了身子："对了，你大学时候的女朋友是谁啊？我们院的还是外院的？"

陈樾的笔在纸上画，说："没有女朋友。"

“你刚才说的真心话是假的？”

“不是假的。”

“又不是女朋友又亲了，怎么回事？”

陈樾转了一下笔：“她喝醉了，不清醒。”

孟昀嘴巴张大，很兴奋：“我去，这么狂野，谁啊？我认不认识？”

陈樾看着她，说：“不知道你认不认识。”

“那就不是我们院的了。”孟昀认真排查，问，“你们谁主动的？”

他没回答，她却立刻给出答案：“一定是她主动的。你看着不像会主动去占人家便宜的人。”

陈樾隔着夜色看她，哪怕天光朦胧，她的脸依然很生动。

“或许她醉酒是为了接近你呢，很可能她那时候就喜欢你。哎呀，你这个木头脑袋，错过了吧。”孟昀话这么说，人却很高兴的样子，脚板敲踏了两下地面。

陈樾说：“她不喜欢我。”

孟昀反驳：“你怎么知道她不喜欢？万一她喜欢呢。”

“你是写故事的吧？”陈樾朝她伸手，“笔给你。”

孟昀大笑起来，陈樾亦淡淡一笑，收回手。钢笔盖子合上又抽开，抽开又合上，却不继续写字了。

夜色更浓。

孟昀继续问：“她长得好看吗？”

陈樾没有回答。

“是性格温柔那种吗，还是可爱那种？你喜欢她吗？”

陈樾说：“你怎么这么多问题？”

孟昀理所当然："好奇啊！"

陈樾看向她："又是好奇。对我就有这么多好奇吗？"

月西落，室内似比刚才更幽暗，书本桌椅隐匿在夜幕后，不知名的虫儿在窗外鸣叫。

孟昀看见他眼睛很黑，瞳中有细碎的光。她的心莫名不稳当了，磕磕绊绊的，说："因为你这个人对什么都不太在意，正常人都会好奇嘛。"

陈樾说："你刚才那些问题，我可以回答一个。"

他说完就后悔一时心软，但孟昀已迅速问出口："你现在还喜欢她吗？"

他手中的钢笔盖拔了出来，又紧紧摁回去，他答："长得很好看，性格不温柔，人很可爱。"

"你答非所问！"孟昀一下坐直身子，刚要说什么，陈樾手机响了，屏幕照亮了他的侧脸。他没接，摁掉了起身，说："柏树催了，走吧。"

孟昀将瘪掉的牛奶纸盒扔在桌上，尾随他出去。

一出门，月光亮了，他的脸忽在她眼前清晰了一度。她和他一起走下教学楼台阶，走过操场。操场上的草过了脚踝，搔在皮肤上有点儿痒。

夜风吹着，孟昀想说点儿什么，就慢慢地说："哦，对了，谢谢你帮我吃辣椒。"

陈樾隔了几秒，答："本来就能吃辣，没什么。"

她停一下，很快笑道："既然你能吃辣，那过会儿我要是又被罚，你还帮我吃喽？"

她一句玩笑话，或许半分吧，他落在她身后，应了一个字："好。"

夜黑风清，孟昀踩过操场上的碎石，脚步乱了。

第9章 他的初吻

2010年，冬。

很多时候，男生的喜欢是藏不住的。当他喜欢上一个人时，他身边的朋友会迅速知晓。

何嘉树喜欢孟昀，全宿舍都知道了，很快同楼层全院的男生也知道了。

很多时候，男生表达义气的方式是一边帮朋友藏起暗恋的秘密，一边帮朋友出各种主意去追女孩。从此宿舍熄灯后夜聊，所有话题都围绕孟昀，讨论她喜欢什么类型的男生。

杨谦说："你这种。"

何嘉树说："不一定。"

李斯齐说："怎么不一定？你跟她很配。绝配！"

何嘉树问："那我直接去表白？"

宿舍安静了几秒，杨谦说："我怎么感觉，照她的性格大概率会翻个白眼？”

李斯齐：“有道理。”

何嘉树叹气：“其实，我昨天买了芝士蛋糕给她。”

“然后呢？”

“她不吃，说减肥，为了腿好看。我就说，很好吃的。你不用减肥，腿已经很好看了。她说，之所以好看，就是因为不吃芝士蛋糕。”

李斯齐跟杨谦笑得床抖。杨谦一个枕头砸过来：“难怪你昨天请我们吃蛋糕，原来是她不要的！”

李斯齐说：“孟昀吧，我觉得她很难搞，总是出乎意料。你完全不知道她在想什么，也不知道她下一秒会干什么。我跟你们讲过吧，上次公选课，老师还在上课呢，她一脚把旁边的男同学踹课桌底下去了。要是换成别的女生，可能就会挪开，或者警告一下。”

何嘉树知道这事，道：“那男的活该。骚扰人，不踢他踢谁？”

“知道。我的意思是，她跟我们平常认识的女生不太一样，说她脾气不好吧，还行；说她爱搭不理吧，也还行。哎呀总之没法形容，男追女，隔座山；追孟昀，隔座泰山。”

何嘉树瘫在床上，绝望地叹气：“我要这张帅气的脸有何用？”

杨谦：“呕！”

何嘉树脸埋进枕头，脚踢床板：“她要是看脸就好了。”

陈樾不说话，想起有一天在图书馆，孟昀忽然问他：“你喜欢哪个歌手？”

陈樾想了一下，说：“××。”

孟昀点点头，说：“他很有才，歌也好听。”说完遗憾道，“就是长得不好看。唉——”

陈樾说："你喜欢哪个？"

孟昀说了个国外歌手的名字。

那段时间，陈樾找了很多歌听，知道那个歌手是谁，他说："嗯，他很有才华。"

孟昀很骄傲："是的！"

陈樾问："你看才华？"

"看脸。"孟昀眼睛发亮，"你不觉得他很帅吗？"

何嘉树长吁短叹，手摸到床头，伸过去抓了抓陈樾的头发。

陈樾一个激灵："走开。"

何嘉树扯扯他枕头："给我想办法啊朋友。"

陈樾说："你先跟她熟悉起来吧。"

何嘉树道："我倒是想，关键是怎么熟起来？"

陈樾沉默了十几秒，终于说："好像，她会去图书馆上自习。"

何嘉树颇觉意外："她不像是爱学习的人。"

陈樾说："一般都是翻些与音乐相关的书。"

"对啊！"杨谦一拍床板，"她吉他和钢琴都弹得很好，玩乐器，喜欢音乐，这是个切入点哪，何嘉树。"

"我明天就去听肖邦和贝多芬。"何嘉树跳起来，人越过床头，伸手要抱陈樾，"我爱死你了陈樾。"

陈樾躲进被子："别烦。"

陈樾开始在左手边放两本书，占两个位置。何嘉树会先来，坐在陈樾左手边第一个位置。那天孟昀来，坐在何嘉树左边。右手边的同桌从陈樾变成了何嘉树，她对此好像不太在意，照例睡她的觉，听她的音乐，翻她的杂书。

不同的是何嘉树跟孟昀一天讲的话比陈樾跟孟昀几个月讲的都多。

她并不拒绝同学的主动聊天，也不排斥跟人做朋友。

后来，何嘉树自然得知了孟昀的生日是1月23号，刚好是这学期期末考试最后一天。何嘉树不想做得太明显，所以没准备帮孟昀庆生，但想以朋友的名义送她一份礼物。送什么，成了难题。

杨谦说："贵重的东西，你送得起，但不能送。"

何嘉树明白："她会立刻发现我图谋不轨，然后拒收。"

李斯齐说："就买个两三百块的吧，多了就不适合了，贼心昭昭。"

何嘉树问："关键是买什么。"

众人觉得棘手。

"她家条件好，普通的也看不上。何嘉树，你追个女朋友伤了你舍友多少脑细胞？"杨谦从椅子上跳起来，"我告诉你，你俩要是真成了，请哥儿几个吃一个星期！"

何嘉树："没问题。"

李斯齐研究："孟昀居然是水瓶座，水瓶座的女的很神经，变化多端。"

何嘉树拍他脑袋："滚！你这什么鬼形容词？别这么说我未来女朋友。"

李斯齐："行行行，她喜欢吃水果吗？要不买一斤草莓回来，我们帮你拿竹签插一束草莓花？"

何嘉树无语至极："你怎么不说插一束玫瑰，直接表白算了？"

杨谦提议："手工呢？"

何嘉树摇头。

"闪啊闪的灯？"

何嘉树生无可恋，再次摇头，找陈樾："你给我想想办法。"

陈樾说："没给人送过礼物，不知道。"

话这么说，他上自习的时候在电脑上搜索，拿笔记本记下了几个地址。

1 月末的上海阴雨绵绵，寒风彻骨。

陈樾站在拥挤的公交车内，心里安静得出奇。

他有时觉得自己不太正常，疯得够可以，一天天地浪费着期末复习时间，挤着一两个小时的公交，寻访遍布于上海各个小巷的唱片小屋音像小店。一个星期，他找了十几家店，没有寻到他满意的唱片。

有时候，他又觉得自己没疯，很清醒。公交车走走停停，行人上上下下，窗外雨水潺潺。天光昏暗，路灯昏黄，他内心始终平静，安定。

终于在 21 号那天，陈樾找到一家可以定刻胶片的店，把他收集的曲子交给了对方。他看过她所有借阅过的书，听过她曾听过的曲子，选了十首他最喜欢的，莫名认为也会是她喜欢的，店家说 23 号上午能刻好，中午过去拿就行。

那天回学校的路上，陈樾无意间看向公交车内的后视镜，看见自己唇角有很浅的笑容。

他缓缓收了笑，意识到那份礼物他没有合理的送出去的理由。他决定收到之后藏起来，不送了。

22 号晚上，何嘉树把他准备送给孟昀的礼物带回宿舍了，一个复古的地球仪夜灯，精致漂亮。但何嘉树很抓狂。

当时宿舍只有他跟陈樾在，何嘉树紧张到有些崩溃，说："我觉得她不会特别喜欢，然后觉得我是个没有趣味的人。干脆别送了，真的，不如不送。"

他为礼物的事想了一个月，临了说："陈樾，我要疯了。你能不能帮我出个主意？你现在随便说一个，我觉得你随便说一个礼物都能比我想的好。”

陈樾想，喜欢一个人，是一件神奇的事，能让何嘉树这样的天之骄子，内心都生出怀疑和自卑。何况是他。

陈樾坐在桌前，盯着书桌上摊开的教学课本，问：“何嘉树，你有那么喜欢她啊？”

何嘉树很焦灼：“喜欢死了。我服了。”

陈樾莫名其妙冒了一句：“你会跟她结婚吗？”

何嘉树一下跳起来，像只狂躁的猴子：“我还真想过。你不觉得我跟她很配吗，长相身高，性格，家庭条件，各种，就绝配啊。简直天生一对好不好？”

陈樾兀自点了一下头，扭头看他，说：“我刚刚想到一个礼物，她收到应该会喜欢。”

第二天中午考完物理，陈樾在校园小卖部买了面包跟牛奶，上了公交车。

拿到那张黑胶唱片时，陈樾一颗心落了地，那正是他心里完美的模样。唱片低调而内敛，装在厚牛皮纸的套子里。原始色的古旧牛皮纸上，用工整的钢笔斜体书写了一串英文目录。第一首是肖斯塔科维奇的《第二圆舞曲》。

这么好的礼物，他藏起来就可惜了，就应该送给她的。

陈樾说：“谢谢，这就是我想要的样子。”

店家微笑：“这么用心，是送给喜欢的人吧？”

陈樾没有正面回答，只是又说了一遍谢谢。

他赶回学校，下午的考试快进行了。他只得把唱片放在何嘉树桌子上，去了考场。他踩着上课铃赶进考场。孟昀坐在第一排，低头看着卷子，没注意到他。

何嘉树跟他对了个眼神，得知事情办妥，冲他笑了下。

这是他们期末考的最后一场。还有二十分钟的时候，孟昀提前交卷走了。

考完试，何嘉树回到宿舍，看到黑胶唱片，惊喜得抱住陈樾狂亲一口："你怎么想到的？"

陈樾推开他的脸，说："瞎想的。"

何嘉树看着封面的目录，问："这歌选得有讲究吗？"

陈樾说："没有。找了家最近的店，进去转一圈，这张包装看上去最好看，就选了。"

何嘉树说："没事，内容不会差。等一下，她家有黑胶唱机？"

陈樾不好说。孟昀发过QQ照片，她家一角的照片。装修风格复古典雅，松绿色的丝绒椅子旁有古檀色的木柜，上头摆着旧铜色的胶片机。

他说："音乐发烧友，应该会收集这个吧。万一没有，就没办法了。你再找别人帮你想吧。"

李斯齐道："哪怕没有，摆着当装饰也好看。"

杨谦举手："比那灯强。"

何嘉树给孟昀发短信，说有东西给她。

孟昀短信过来："我回家了，下学期给吧。"

何嘉树一愣，冲杨谦道："你不是说班上同学买的火车票都是明后天的吗？"

杨谦说："孟昀家就在杭州，那么近，她又不用集体抢春运票。"

何嘉树："我去！"

李斯齐叹："她也走得太快了，一晚上都不留。"

陈樾反应过来："她今天生日，回家过生日了吧。"

何嘉树觉得自己蠢得可以，居然没想到这一层。

杨谦拍拍何嘉树的肩膀："等下学期吧，兄弟。"

何嘉树站在原地，没反应。

陈樾平静地说："或者，打车去火车站。她只比我们早出发了二十分钟。"

何嘉树抓着陈樾的袖子就走："跟我一起去！"

陈樾吓一跳："你扯上我干什么？"

何嘉树明显处于昏头的癫狂状态，叫："我一个人追去不是有病啊？"说着把地球仪塞陈樾手里，"你也带上礼物。"

陈樾："我不——"

"是不是兄弟，就问你是不是！"何嘉树一顿死缠烂打，强行把陈樾拖走。

上了出租车，何嘉树一边给孟昀发短信，一边催促司机开快点儿，他要去追人。司机是一名忠实的狗血剧爱好者，想象着电视剧的追爱戏码，把出租车开得飞快，成功将他们和孟昀到达火车站的时差缩短为十分钟。

两人狂奔至安检口，孟昀扶着个黑色行李箱立在警戒线外。

何嘉树跟陈樾及时放慢脚步，以一种不慌不忙的姿态走过去。

何嘉树低声问："怎么说啊？"

陈樾："什么怎么说？"

何嘉树："我们跑过来，总要有个理由吧。这会不会太明显了？"

陈樾："你现在问是不是太迟了？她都看到我们了。"

两人走近了，孟昀说：“你们也是，还专程跑一趟。”

何嘉树迅速编出一套理由：“陈樾他票想改签，学校里改签不了，要来这边改。”

孟昀看陈樾：“你什么时候走啊？”

陈樾说：“明天。我本来买的……大后天的票，改一下。”

孟昀点头：“嗯，早点儿回家好。”

“刚好顺路，知道你生日，好歹送个生日礼物。”何嘉树说着回头看陈樾，“对吧。”

孟昀看向陈樾，陈樾一言不发，将礼物递给她。

孟昀说：“谢谢。”

陈樾说：“不客气。”

何嘉树把黑胶唱片递给她，说：“生日快乐。”

孟昀接过来看了一眼，细眉微抬，笑了下：“你怎么会买这个，万一我家没胶片机呢？”

何嘉树脑子转得很快，道：“你不是音乐发烧友吗，怎么会没有？”

“那算你猜对了。”孟昀笑容放大，扬了扬手中的胶片，说，“谢谢了。何嘉树。”

何嘉树也不多耽误她，做出潇洒而无所谓的姿态，摆摆手：“我跟陈樾改签去了，你进去吧，下学期见。”

“下学期见。”孟昀冲他和陈樾挥了挥手，转身走了。

两人站在原地看她走远。

陈樾说：“你要站这儿等她进站？万一她回头发现了怎么办？”

何嘉树问：“她会回头吗？”

陈樾说："我觉得不会。"
何嘉树说："我也觉得。"

但是，两人谁都不敢冒险，同时转身快步走开。

一路上谁都没有说话。直到上了出租车，行至半路，何嘉树忽然一捂胸口，幸福地说："她刚叫我何嘉树了，你听到了没？"
"你现在像个白痴。"陈樾扭头看窗外。

何嘉树凑过来，搂住了他的肩膀，下巴搭在他肩上，跟他一起看窗外，说："谢谢你，陈樾。"
他有点儿激动，说："要是我跟她结婚了，你一定是首席伴郎。"
陈樾说："那我谢谢你。"

何嘉树又道："你喜欢什么样的女生，我帮你去找，温柔安静的？"
陈樾说："我谁都不喜欢，就想一个人。"

2011 年除夕，零点时分，陈樾手机嘀嘀直响，几十条同学的群发短信里没有孟昀的。陈樾没给任何人回复。
阖家团圆。他家里只有他一个人，有什么可团圆的。
他洗漱完毕，盖被躺下。
若阳的冬天并不冷。陈樾在床上躺了一会儿，不甘心就这么睡着，拿出手机看，零点八分。他闭上眼，把头埋进被子。过了一会儿，腾地坐起来，摸到床头的手机，在黑暗中给孟昀发了条短信：
"孟昀，祝新年快乐，梦想成真。陈樾。"

他把手机塞到枕头底下，闭眼睡觉。过了不知多久，枕头底下震了一震。孟昀：“谢谢。也祝你新年大吉，万事如意。”

黑暗中，手机屏幕泛着如豆般的蓝光。他无声微笑，睡得一夜安稳。

开学后，陈樾提前两天到了学校。图书馆人不多，无须占座。但孟昀再也没来过图书馆。

听何嘉树说，她借了艺术生的音乐活动教室，课余时间多半泡在那边。何嘉树还说，他除夕那晚发了条恭祝新春的短信。孟昀只回了句“谢谢，你也好运”。很官方。

他推测，孟昀现阶段对他并没有男女方面的喜欢，决定暂不表白，慢慢对她好，潜移默化地追。

陈樾再也不在左边的座位上放书了。从此那个位置每天都有不同的人坐过来，考研的师兄，上自习的师姐。

偶尔在学累了的间隙，很安静的时候，他看着桌面上斑驳的阳光，会想起孟昀手里握着 iPod 的画面，线的这一端塞在他耳朵里。那时，他听得见自己的心跳在耳朵上弹动。

他们班专业课是小班上课，三个女生大部分时间坐在最前排。多数时候陈樾只能看见孟昀的后脑勺。她现在网球也打得勉强过关，不需要他教了。只剩那堂地缘经济学的公选课。

陈樾总是早早去占最后一排的座位。而不愿跟老师混脸熟的孟昀总会选择最后一排，通常会坐在他左边，与他隔着一个空位。

但有一次她来迟了。最后一排桌上扔了一整排占座的书，只剩紧挨着陈樾左手的那个位置。

当时陈樾正在背单词，孟昀叫他：“陈樾，你不嫌挤的吧？”

陈樾抬头，她挑下巴指了指他身边。

陈樾坐在靠走廊的位置，站起身给她让位，说："你坐吧。"

孟昀进去坐下，说："我以为你不喜欢跟人挤。"

的确不喜欢，但你例外。

上课铃响，孟昀翻了本小说看，看到一半合上书，压低了身子和声音，说："陈樾。"

陈樾正在写高数题，一扭头就怔了怔——他俩隔得太近了，手肘挨着手肘。

她微低着头，抬眸直视着他，漂亮的双眼皮上压出一道深褶，睫毛又黑又长，像乌黑的软扇。

陈樾心跳很快，匆匆垂眼："嗯？"

"我要睡觉了，过会儿老师点名，你把我推醒。"

陈樾："嗯。"

她脑袋往手臂上一歪，不动了。

陈樾的手肘还挨着她的手肘，哪怕隔着两层衣袖，他也觉得麻麻的。

书上的数字符号公式开始拆分、飞旋、打转，他不动声色瞥了眼身边的女孩，光线洒在她白皙的脸颊上，透亮得似乎能看到极细的绒毛。

他一看她，阶梯大教室就静了音，讲台上老师的讲课声、粉笔划过黑板的声音、学生们的窃窃私语、翻书声、座椅响动声都消失了。他就那么静静看着她，眼神胶在她侧脸上，挪不开，也不想挪开。

她是多么美好，像梦中的云朵。

那天他和她离得很近，是最近的一次。那一节课的特殊意味让这个场景在他心里镌刻，连阳光都镀上了老胶片一般薄薄的金色。

老师没点名，如他所愿，他不想叫醒她。

直到下课铃响，她才醒来，神思还没回到躯壳里，问：“没点名啊？”

陈樾：“没有。”

孟昀脸上印着衣服印子，耷拉着眼皮，哼一声：“这老头儿学精了。”

公选课连上两节，常常第一节课点了名，第二节课学生数量便锐减。孟昀捋了捋头发，又从包里翻出 iPod，说：“陈樾，再给你听首歌。”

陈樾刚要伸手接耳机，孟昀手一收，问：“你想听吗？”

陈樾尚未回答，她轻轻一抛，耳机丢到他手心。

他微偏头，戴上。

没有前奏，音乐一开始，歌词就滚动出来，一段快速而节奏律动起伏的女声念词——

“忘恩负义不服管教，给你一切不知恩图报，癫狂撕裂乖戾暴躁，碎碎念念又叨叨，痛斥责骂和吼叫……”女声疯狂发泄着。

一段急速的鼓声弦乐，歌曲转入高潮唱腔——

“我让你失望让你伤悲，让你人生灰暗让你昼夜后悔——”

重金属音乐从左耳贯穿至右耳，在陈樾脑中盘旋，他被音乐中那强烈的情绪裹挟，在激越中轻轻颤抖。他听出了她对母亲的愤怒。那一瞬，他很想知道她身后的故事。

孟昀眼睛一眨不眨盯着他，而他不与她对视，一曲听完，他缓了十几秒才把耳机摘下来。

孟昀从他的反应里知道了结果，把耳机线卷起来。

陈樾说：“你可以去参加比赛。”

孟昀沉默了半刻，说：“现在的选秀都是内定、砸钱、走关系，我才不去充数，给那些不知道是什么的角色当垫脚石。”

陈樾不语，知道她太骄傲，以至于不能承受半点儿失败。他问：“这歌起名字了吗？”

孟昀摇头：“叫《母亲》太矫情了，你有没有什么想法？”

陈樾说：“《天使》。”

孟昀一愣，立即道：“这个名字好，有反讽的意思。”

陈樾倒没有想那么多，他只是……

孟昀琢磨着名字，眼神放空，盯着桌子出神，说：“嗯，我有了新想法，有几个地方要改改。”她刚要起身，上课铃响，她复而坐下。

老师开始讲话，她一句也听不进去了，有些不耐烦的样子，在椅子上左挪右挪，很不安稳。

“我想再改一改。”她手指敲打着桌子，很急促，陈樾并不觉得烦。她却皱了眉，“这老头儿真是，都第二节课了，还不点名。”

陈樾问：“你想逃课了？”

孟昀很直接：“对啊。”

陈樾：“哦。”

孟昀压低声音：“欸，要是过会儿老师点名，你就给我发短信。如果点到我了我还没赶来，你就说我拉肚子溜去厕所了。”

陈樾注视着她的眼睛，轻声：“老师不会相信吧？”

孟昀把书包塞抽屉里，道：“不信你就把我书包给他看。”

陈樾说：“好吧。你过会儿还回来吗？”

“万一我没回来，你帮我把书包收走。明天上英语课给我。”

陈樾说：“好。”

孟昀说：“谢谢，下次请你喝奶茶。”她钻到下课桌底下，蹲在地上看陈樾，挑挑眉，示意他把腿拿开。

陈樾坐在靠走廊的位置，正在上课也不好站起来，只能贴着座椅靠背往后缩，双腿尽量往侧面移。桌下空间狭窄，孟昀低着头蹲在地上往外挪，像一只小动物。小动物没站稳，忙乱中找平衡，一手抓在陈樾大腿上。

陈樾浑身一个激灵，僵硬，一动不动。

孟昀拿口型说了句“不好意思”，忙松开手，抓住椅子扶手一点一点挪出去，手臂从陈樾的小腿上擦过。

周围几个同学投来一瞥，但都见惯了，不以为奇。孟昀终于从他的腿和前排椅子间挤了出去，蹲在地上猫身走。她穿着低腰牛仔裤，隐隐露出一段雪白带着阴影的浅沟。陈樾心一突，弹开眼神。她溜到后门的台阶处，下了台阶消失不见了。

教室这一角落的隐秘举动很快平息下去，陈樾剧烈跳动的心却没有。

下课了，老师没点名。孟昀也没回来。

陈樾把她书包带回了宿舍。

何嘉树见了，问明缘由后说：“过会儿打篮球，要经过女生宿舍，我带去给她吧。”

陈樾说：“好。”

宿舍四个人去篮球场的途中把书包还给了孟昀。杨谦为了帮何嘉树，借机邀请孟昀去看他们打篮球，她同意了。

上了球场，何嘉树看看场边的孟昀，对舍友们说：“知道怎么办吧？”

杨谦说：“废话。”

“孔雀。”李斯齐说，“先说好了，怎么报答？”

何嘉树：“明天请你们吃海底捞。”

“好嘞。”

那场球成了何嘉树的个人秀。

杨谦、李斯齐、徐文礼都把球给何嘉树。陈樾弹跳能力最佳，也一次次把球分给何嘉树。后者表现突出，引得场边女生们一阵阵鼓掌。

陈樾好几次看孟昀的方向，观赛的她也是饶有兴致的样子。

他也不知自己怎么想的，当球再一次传到他手里时，他没再传给何嘉树，而是背身拿球，过人，起跳，高高跃起，篮球精准入筐。

他从半空中落下，心跟着一落——孟昀接了个电话，走向人群外边，背对球场。

他突然就不想打了。

他以落地时脚不舒服为由下了球场。何嘉树以为他脚受伤了，也退下了场，坐在场边观察他的脚，还给他揉了几圈。陈樾无言。

而孟昀已不见踪影。

何嘉树在人群里寻了一圈，失落地说："她走了。"

陈樾说："可能临时有事吧。"

两个男生都是一身的汗，额发湿透。

何嘉树说："陈樾，你要是我，现在还能怎么办？"

陈樾没作声。他想起上次无意在报刊亭某本杂志背面看到最近有个全国校花海选，据说选上的人能接触到一些唱歌演戏的资源。他买了那本杂志，随手扔在宿舍里。李斯齐跟杨谦没注意，但何嘉树看到后去找了孟昀。

陈樾说："你上次不是去找过她吗，好像是什么海选？"

何嘉树叹气："对啊，但她没反应。上海站投票只有一个月就截止了，她也不报名。"

陈樾说："可能……她脸皮薄，怕输吧。"

"我猜也是。那怎么办？"

“不知道。鼓励？”

何嘉树若有所思。

陈樾不知道何嘉树用了什么方法，但一个星期后的计算机课上，孟昀群发给了他一个链接，说：“同学，帮忙投个票，谢谢。”

那时孟昀刚好坐在陈樾旁边的机位上。陈樾点开链接，密密麻麻排满了女孩头像。他用搜索功能很快找到孟昀，只有一百多票，排在第五百多名。

他问：“多少名参加初选？”

孟昀说：“前五十名。”

第一名已经有两三万票了。陈樾质疑：“真的有两三万人给这个人投票？”

“不知道。”孟昀说，“本来不想搞的，何嘉树说试一下也不吃亏。不过照现在看来，我就算拉上全校投票也凑不到两万票。”

陈樾盯着页面上下翻了几下，说：“我能刷票，很简单。”

“我去！”孟昀瞪眼。

陈樾垂了垂眼睫，说：“哦。这么做不对吧？”

孟昀忙摆手：“也不是，不是不可以……我是奇怪，你，会做这个？”

陈樾说：“会啊，很简单。”

“不是这意思。我是说我很意外你‘会’做这个。”

陈樾问：“怎么就不‘会’？”

孟昀说：“我觉得你是那种很守规则的人，打死也不会破坏规则的。”

陈樾一时无言，忽然极淡地笑了一下：“没让你翻墙，又掐了你的烟吗？”

孟昀哼笑一声，说：“是啊。我那时候就想，你这人一点儿也不会通融，真是少年楷模呢。”

陈樾没在这个话题上多停留，因为他不知道下一句该如何接话了。他在她面前总是有些紧张窘迫，无法自如地开玩笑。他说：“你不用拉票了，我给你刷吧。”拉下脸去拉票，也够她受的。

孟昀思索了一下，问：“会不会很明显啊？”

“不会。”陈樾说，“打个比方，几万张票，不会一两天刷完，可以把它们分散在很多天，很多个时间段。”

孟昀愣了，说：“这工作量也太大了吧？”

陈樾发觉失言，糊弄说：“不会。我本来就常用电脑。”

孟昀说：“那我还是要请你吃一顿大餐。”

陈樾一时间没回应，他想了下那个场景。他很想，甚至有点儿激动，但他也很恐惧，他拒绝了：“不用。”

孟昀打量他，眼神要变得奇怪时，他及时挽回：“何嘉树也会刷，好几个男生都会。我们人多，分配出去，很简单。”

他不看她了，对着电脑加了一句：“你先前说，开演唱会了送我第一排的票。”

孟昀这才笑了，说：“好吧。”隔了几秒又认真地问：“你真觉得我的歌，以后能开演唱会？”

陈樾意味不明地“嗯”了一声。

他并不确定。

从某种程度上说，他甚至认为那是很虚幻的。

但正因如此，孟昀欠他的一张演唱会门票就变得犹如薛定谔的猫，永远不会兑现，却也永远不会违约。

他要的，只不过是介于这两者中间的状态。

陈樾不能做得太明显，于是旁敲侧击地提醒了何嘉树票数这件事。何嘉树意识到后，立刻给陈樾和班上几个男生分配了刷票任务，还在网上请了专业刷票团队。但男生们帮了一阵便没再坚持。而专业刷票的太密集又常被清理。

只有陈樾，自习时间永远开着电脑，隔一会儿就给她刷票。在报名日期截止的时候，她以网络票前十的成绩顺利进入了初选。何嘉树很开心，请所有帮忙的男生吃了饭。

可惜参赛前两天，孟昀忽然皮肤过敏，脸上脖子上全是红疹，根本无法登台露脸，错失资格。

那天在课堂上，陈樾见她整个人散发着低气压，因为过敏症在课桌上趴了整整一上午。

陈樾很难过。

回宿舍后，他做了一件大胆的事。他用孟昀的信息报名了北京站的海选，并重头开始一个人给她刷票。

北京站是海选最后一站，竞争激烈，之前的五万张票已无法位于前列。页面上每张照片列表背后都是一个又一个的刷票团队。

但他一个人，又用了一个多月的时间，为孟昀刷了十三万票。

他不知道如何对孟昀讲，也没办法给她解释这个行为背后合理化的动机，所以他什么都没有讲。

孟昀根本不知道自己是北京站网络投票榜的第二十九位，直到组委会打电话通知她，她还一头雾水，以为是何嘉树买的票。

现场预选赛和总决赛在暑假进行，选手在台上回答一些常识问题，随便表演一下才艺——选美嘛，主要还是看形体、气质和外貌。除了一百位专业评审，还有五六位由知名导演、制片人、歌手、音乐制作人组成的主嘉宾评审席。

陈樾不知道具体结果如何，他暑假去若阳县下属的清林镇支教了。

只是时不时，他手机里会有何嘉树发来的短信：

“进 100 了。”

“进 50 了。”

“进决赛了。”

“孟昀妈妈不让她参赛，晕。孟昀犟着，不肯退。”

又有一天下午，他刚下课，发现手机里有一条短信，来自何嘉树：“孟昀拿了第一！”

2011 年，夏秋冬。

陈樾不太清楚暑假发生了什么，只知道孟昀拿了第一名。他替她开心，她的美好终于得到了大家的认可。

然而这比赛并不是全渠道大圈子的比赛，除了拿个奖杯，并无影响力，也没有后续的资源支持，很快就销声匿迹。

孟昀的确认识了几个导演和制作人，却也无甚助益。尤其是那个所谓的音乐制作人，她起初还兴冲冲地拿着样片给对方，可对方只想带她参加酒局，有次甚至隐晦地告诉她想进圈子得找个靠山。孟昀倍感失落，加上母亲对她的“胡闹”已忍无可忍，暑假一过，她梦想的热情被连连泼冷水，反而在吐槽母亲这件事上跟何嘉树开启了共同话题。

这一年快过去的时候，何嘉树履行诺言，请宿舍吃了一星期的饭——追了一年，孟昀终于成为他女朋友了。

他宣布消息那天正好是立冬，陈樾离开宿舍去图书馆，一路北风吹，到图书馆时，他冻得手指都麻木了。

何嘉树沉浸在爱河里，成天开心得像个二百五。“孟昀”这名字从此就住在了他嘴上。

“周末？不行，我要跟孟昀去人民广场。”

“我去，这也太可爱了，给孟昀买一个。”

“我们在一起一个月纪念，你们说我给她个什么惊喜好？”

“看，孟昀送我的手工，看不出来吧，心灵手巧。”

甚至包括他俩的吵架。

“我问你们，这件事我错了吗？她就没问题？”

“我就没见过哪个女的有她脾气那么差的！”

“我真的不知道我要做到哪种份上她才觉得有安全感，才觉得我对她是真心的。”

杨谦跟李斯齐两个单身狗还回回充当恋爱大师，跟何嘉树传授经验。

何嘉树一会儿说和她谈恋爱很热烈，要幸福死；一会儿说疼疯了，要被她气死。

陈樾不知道什么是热烈的爱情，但他能看到何嘉树因为孟昀在宿舍里傻笑狂笑，上蹿下跳；看到他同样因为孟昀焦躁伤心，买醉痛哭。

何嘉树说，她在他面前和在外人面前是两个人。

陈樾知道自己是外人。他很沉默谨慎地当着那个外人，不去窥探。

只是有一天晚上，何嘉树跟孟昀看电影去了，另外两个室友在上自习。

陈樾提前从图书馆回来洗衣服。他盆里装着洗完的湿衣服，推门进宿舍时，无意间看到了何嘉树的桌子。

桌上放了一张照片，男孩搂着女孩的肩，冲镜头灿烂大笑，阳光洒在他们脸上，说不尽的美好。

那一刻，陈樾的心像被什么细而尖锐的东西刺穿，撕裂。

冰凉，无声。

他看着照片里女孩的笑脸，她笑得眯起的眼睛像弯弯的月牙。

他不由自主地上前一步，看着那半张照片——他不曾有一次坦荡地直视她的脸，以至于他对她的样貌竟有些不真实的困惑。

可看久了，又笃定这就是她。

很清楚，很清晰。

和他心里想的一模一样。

他很快看到书架上何嘉树极为珍视的那个手工，是孟昀做的小房子模型，写了一行小字："我们未来的家。"

陈樾只看一眼，便拔脚离开，仿佛那会刺痛他的眼。

大二这年，孟昀体育课选上了健美操，公选课也不再和陈樾同班。陈樾很少再在课堂以外的地点碰见孟昀了。他有时觉得这样挺好，有时又懋闷地期待点儿什么。

他像一个在大热天出门的人，渴望下雨，又害怕下暴雨。

有了女朋友后，何嘉树不跟陈樾一起去食堂了。陈樾也不在意，他从不惧独来独往。倒是何嘉树很有歉意，总拿吃的弥补他。要是在食堂碰上了，也绝对会凑过来。

快期末的一天，陈樾正在食堂吃饭。何嘉树端着餐盘往他身旁一坐，肩膀杵了杵他。陈樾正要说什么，孟昀坐到他斜对面，何嘉树的正对面。

她冲他淡笑一下，陈樾抿了下唇，算是招呼。

何嘉树问："你怎么这时候来吃饭？"

陈樾说："嫌挤，在教室里自习了一会儿。"

孟昀不吃肥肉，时不时拣几块放到何嘉树餐盘里，动作自然。

何嘉树说："我们过会儿去淮海路玩，你去不去？"

陈樾说："下午不是有英语课吗？"

何嘉树笑："逃课呀，叫李斯齐答到。"

孟昀开口："你别把陈樾带坏了。"

何嘉树放下筷子，伸手拧孟昀的脸蛋："你好意思说，我是被谁带坏的？"

孟昀笑着打开他的手："滚开！"

何嘉树闹完了，问："去不去？"

陈樾说："不去。你们玩吧。"

"你就不能享受享受生活？"何嘉树忽然说，"想喝可乐了，你要不要？"

陈樾说："不要。"

孟昀也摇头。

何嘉树放下筷子去买可乐了。

陈樾跟孟昀斜对坐着，各吃各的。

陈樾忽然问："你写新歌了没有？"

孟昀稍愣了一下，说："没有完整的。"

陈樾说："哦。"

孟昀拿筷子在餐盘里戳啊戳，隔了几秒说："我嗓子不行，上不了高音也下不来低音，跟专业歌手比不了的。"

陈樾说："但你曲子写得很好，可以做词曲人。"

"我认识的制作人，好像不喜欢我的风格。"

陈樾知道她说的是哪个，道："那个人只能代表他自己的品位。我要是你，会一家家去投稿。"

孟昀又一愣，说："其实我也投过一两个，但也没有……"正说着，何嘉树拿着可乐回来了。她不说了。

陈樾也没再多问。他先吃完饭，没有等他们俩，简短打了招呼就先走了。

走出食堂，1 月的冷风刮过来，北风瑟瑟，天空乌云密布。陈樾老家没有冬天，上海的冷空气冰冷刺骨。他裹紧围巾，快步闯进寒风中。

他独自行走在从食堂去往图书馆，从宿舍去往教室的路上，走过萧瑟的冬，走过发芽的春。

夏日透过树梢在他身上洒了星星光点。陈樾从班主任那儿得到消息，他获得了下学年公费去美国 × 大交换学习的机会，为期一年半。

杨谦说："陈樾，请吃饭啊。"

李斯齐说："必须得请。"

何嘉树说："我带上我老婆。"

陈樾选了学校附近一家新开的杭州餐馆。他跟杨谦、李斯齐先到，没一会儿何嘉树也来了，一个人。

几个人翻着菜单，七嘴八舌讲了堆闲话后，陈樾问了句："孟昀不来？"

何嘉树说："哦。来的，她去洗头了，等会儿。"

陈樾说："你们想喝奶茶吗？"

三个男生同时抬头："想。谢谢老板。"

陈樾起身出餐厅，不久，拎回来五杯。

何嘉树接过，说："孟昀特别喜欢喝这个牌子。"

陈樾说："是吗，随便买的。"

三人点了菜，杨谦说："陈樾你也点一个。"

陈樾加了个龙井虾仁。

刚下单，何嘉树朝陈樾背后招手。

陈樾回头，孟昀进来了。她穿着简单的白T恤、牛仔短裤，一双腿纤细匀长。乌发蓬松披散在肩后。她过来拉开椅子，坐在何嘉树和陈樾中间。

头顶上有空调出风口，吹着她的头发，是淡淡的玫瑰洗发水香味。陈樾将菜单递给她，说："看看想吃什么？"

孟昀说："你们都点过了吧，我加个龙井虾仁就行。"

何嘉树说："陈樾点了。"

孟昀合上菜单："那先吃着，不够再加。"她拿了吸管喝奶茶。

何嘉树说："今天奶茶陈樾请的。"

孟昀偏头看陈樾，笑了下："谢谢。"

陈樾摇了下头。

孟昀又问："吃饭谁请？"

何嘉树说："还是陈樾。"

孟昀说："陈樾有什么喜事吗？"

杨谦说："大喜事，你猜。"

孟昀想了想，说："不会有女朋友了吧？"

陈樾差点儿被奶茶呛到。几个男生都笑起来，却不急着解释。

孟昀以为真的，忙问："谁啊？"

李斯齐逗她："你觉得是谁呢，咱们院里的。"

他们院同级的有二十多个女生，不好猜。孟昀自言自语："之前在普陀山，何嘉树说陈樾喜欢温柔小仙女，我们院谁温柔啊？"

陈樾咳得脸都红了，打断："他们闹你的。"还想再说句什么，何嘉树没忍住笑，抬手揉了揉孟昀的脑袋，说："陈樾要出国做交换生，是不是大喜事？"

孟昀微微睁大眼睛，直视陈樾道："厉害哦。"

陈樾迎视她的目光，微笑一下。

孟昀问："去哪个学校？"

陈樾说了。

孟昀点点头，又问："去多久？"

陈樾说："一年半。"

孟昀竟有些遗憾："啊？等你回来，就快毕业了。"

陈樾说："嗯。"

桌上安静了一瞬。李斯齐不舍了，难过地笑了笑："我还没跟你住够呢。"

何嘉树也道："没想到大学两年，这么快就过去了。"

杨谦说："别搞这么伤感行不行？陈樾出去是好事。加四瓶啤酒吧！"

五只玻璃杯倒满晶亮的液体。陈樾握着冰沁的杯子，郑重朝杨谦抬手，说："敬你。谢谢你这两年的照顾。"

"说什么呢。"杨谦跟陈樾碰了下杯，大哥哥一样叮嘱，"出去了，多交朋友，别在外头被人欺负了。"

陈樾淡笑："放心。"再跟李斯齐碰杯，李斯齐说："常联系啊。我们四个，一辈子的兄弟。"

陈樾说："一定。"

看向何嘉树，何嘉树早已举起杯子，一倾身，杯子碰上他的："陈樾，我俩就什么都别说了。"

陈樾点一下头，喝了酒。

酒杯在手心转一转，转向孟昀。

孟昀正吃着虾仁，旁观着男生宿舍情，没料到会轮上自己，摸到酒杯，匆忙道："我？你敬我什么？"

她随口一问，倒把陈樾问住了。

"管他呢，敬吧。"

陈樾拿着杯子，和她的碰了一下。"咚"一声清脆。

他们什么也没说，连一声祝词也没有，陈樾将杯中酒喝了个干净。

桌上谈笑阵阵，他没再跟孟昀讲一句话。

一顿饭吃完，几人往学校走。他们三个回宿舍，何嘉树送孟昀回女生宿舍，到岔路口，何嘉树招了下手，说："你们先走，我过会儿回去。"

这时候，孟昀探了头，透过杨谦和李斯齐阻挡的身影望了陈樾一眼，冲他招招手，说："陈樾，祝你学业有成，加油哦！"

陈樾抿出笑容，也招了招手："谢谢。"

一周后，大二下学期期末考试结束。眼看暑假开始，陈樾去隔壁几个宿舍跟班上男生打了招呼。他第二天要回云南，在家里待上一段时间就去美国。

陈樾去超市买了点儿东西，回宿舍见何嘉树还没回家，不知从哪儿搞了几瓶啤酒，坐在椅子上吹瓶。

陈樾知道考试周期间何嘉树跟孟昀在吵架，没想到现在还没和好。只是很小的事，但两人脾气都倔，嘴巴又狠，互相跟捅刀子似的闹得不可开交。

过去这两人也吵，但通常不会超过一周。杨谦把他酒瓶子抢走，李斯齐趁机把所有的酒瓶不管空的满的全抱出去扔了。

杨谦道：“要喝回你家大别墅喝去，老子刚把宿舍搞干净，你别吐啊！”

何嘉树并没醉，人很清醒，眼圈红红的，说：“我跟孟昀分手了。”

李斯齐根本不信：“你们都分了多少次了？”

何嘉树说：“这次是真的。”

杨谦道：“真个屁！回回都是真的。”

“我服了她了，”何嘉树说，“这次明明就是她的错！”

杨谦给他倒了杯冷水，说：“要我说，你也有问题。你们俩都有问题。你先喝水。”

何嘉树叫：“我怎么就有问题了，我……”

正说着，陈樾电话响了，竟是姜岩。

姜岩说：“孟昀不准我们给何嘉树打电话，说打了就绝交，打给你不算哦。”

陈樾走到阳台：“怎么了？”

“不是要放假了吗，我们宿舍吃火锅聚餐，孟昀一瓶瓶喝酒拦都拦不住，醉得稀烂。又不敢带她回学校，怕影响不好，我们几个女的实在拖不动，现在火锅店旁边的新月酒店，0703，陈樾，要不要跟何嘉树说一声啊。他回家了没？”

陈樾放下电话，何嘉树还在细数自己的委屈和孟昀的不对。

陈樾说："孟昀喝多了，在新月 0703。"

何嘉树一愣，打住了，抓起钱包手机就往外跑。

杨谦正填班级调查表，说："你俩跟上吧，都不知道他喝了多少，别出门给车撞上了！"

陈樾跟李斯齐追出去，陪何嘉树赶到酒店，孟昀倒在床上，很痛苦地哼哼，姜岩跟朱小曼在一旁照顾。

何嘉树心疼，过去摸她的脸，轻轻唤她。

孟昀睁开眼睛一见是他，立刻就把他推开，哭起来："你滚！我不想看见你！"

何嘉树也一下子火了，说："孟昀，这是你先说的。在场的都听见了，我现在滚了，下次再来找你我就不姓……"

李斯齐一把将他扯开，拍了下他的脸："你有毛病啊，跟一个喝醉了的生气？"

何嘉树嚷嚷："那我也醉了……"却被李斯齐捂住了嘴。

孟昀已坐起身，东倒西歪的，抓东西砸何嘉树："你听清楚了……"

姜岩跟朱小曼去拉孟昀，陈樾跟李斯齐不由分说把何嘉树扯去走廊。

李斯齐说这俩人疯了，暂时不能碰面，在隔壁开了个房间。没过一会儿，姜岩来了，跟李斯齐一起劝和。

姜岩说："何嘉树，她有不对，你就很有道理吗？我作为女生有些话要说的……"

陈樾坐在一旁看着落地窗外夜幕降临的上海，不知听没听。

两人不知劝到什么时候，何嘉树说："陈樾，你过去看看她在干吗，要是醒着，帮我劝一下。"

陈樾去了隔壁房间。朱小曼正在洗毛巾，说："你别讲话，让她睡吧。

她现在酒劲上来了，认不清人。”

她洗了两块湿毛巾放在床头，孟昀躺在床上，乌发散乱，脸颊潮红，眼睛涣散却固执地睁着，不知道在看哪里。

朱小曼拿毛巾擦擦她的脸，说：“孟昀，睡会儿好不好？”

孟昀皱了皱眉，呼吸沉沉，很难受的样子。她打开朱小曼的手，不说话，也不闭眼睛，眼珠子骨碌一转，落到陈樾脸上，说：“你又来干什么，走开。”

朱小曼说：“他不是何嘉树，是陈樾。”

“哦。”孟昀呆滞地看着他，说，“你不去美国了？”

陈樾说：“下个月去。”

孟昀抠抠脑袋，头一歪，大舌头地问：“× 大在哪个州？”

陈樾说：“马萨诸塞州。”

朱小曼小声跟他说：“你不用这么认真答，她醉了，搞不清楚的。”

朱小曼手机响了，是她男朋友打来的。她跟陈樾打了个招呼，溜出去接电话。

厚重的房门在身后关上，“砰”的一声。

房间里一点儿声音都没有，孟昀歪头躺在床上，床头灯柔和，照在她白皙莹润的面颊上。她的黑眼睛直勾勾地看着他，乌溜溜的，纯粹，干净，像婴儿。

陈樾听见自己呼吸很沉，心在胸腔里剧烈跳动。

几小时前，他在收拾行李时，想到甚至不能和她告别，几乎有些绝望。而此刻，他可以在这里站一晚上。

就这样对视许久，陈樾看见她面颊越来越红，拿起桌上的湿毛巾，问：“热吗？”

孟昀盯着他，重重地点了一下头：“唔。”

陈樾拿毛巾沾了沾她的额头、脸颊，孟昀的眼睛锁在他脸上，陈樾被她看得心乱，明知她搞不清楚，却仍低声问：“你看我干什么？”

孟昀咕哝：“陈樾。”

陈樾：“嗯。”

孟昀说：“你喜不喜欢我？”

陈樾心底巨震，额头一刹出了汗，他又慌又乱，手握着毛巾悬在半空中，不知如何开口。

孟昀眯眼一笑，口齿不清地说：“喜欢吧，那我们在一起，气死何嘉树好不好？”

陈樾悬着的心落下，确定她是喝醉了，道：“你闭上眼睛睡觉，好不好？”

话音未落，孟昀突然扑上来，光露的手臂紧搂住他的脖子，柔软的面颊扑上前来，吻住他的嘴唇。

陈樾浑身紧绷，所有的血液在一瞬间沸腾。

她的嘴唇炙热，潮湿，柔软，带着酒气，紧贴在他唇间，发泄式地野蛮地用力吮了一下。

陈樾心脏狂颤，回过神来想将她推开，可身体在那一刻背叛了理智。

他动不了，他无法推开她。哪怕知道这是假的，这是错的。可她滚烫的香软的脸颊和嘴唇是真的，紧密的拥抱，急促的呼吸，交缠的唇舌，狂热的心跳，都是真的。

那一刻，陈樾觉得自己完全疯了，紧张，罪恶，恐惧，贪婪——一切戛然而止。

孟昀突然失了力，滑倒在床上，像被抽走了灵魂的娃娃，没了半点儿动静。只有她猩红的脸颊和剧烈起伏的胸脯证明她还活着，只是睡着了。

陈樾坐在床边，从脸到脖子一片血红，怔怔看着床上的孟昀。

房间里静得可怕。

刚才好像什么都没有发生。只有他的心跳狂乱到失了控制。

他看了她许久，唤了声："孟昀。"

她沉睡着，没有回应。

"我喜欢你。"陈樾听见自己声音很轻，在发颤，说，"比何嘉树喜欢你。"

2014年，春夏。

陈樾的交换生生活过得很忙碌，和国内的联系仅限于班级群和宿舍群。孟昀很少在班级群里讲话，她的消息只在宿舍群里由何嘉树提及。

她跟何嘉树的关系看上去很稳定。那次吵架醉酒后，舍友们陪了他们一晚，第二天醒来他们就和好了。何嘉树还请两边舍友都吃了饭。陈樾以赶火车为由，没等孟昀醒来就走了。

陈樾有时想起，觉得他们毕业了就会在上海结婚，组建幸福家庭。而他决定毕业后先回云南。

然而在大四的第一个学年，陈樾见到了何嘉树——他来美国了。

何嘉树申请了自费交换，如果一切顺利，会在这边读研。他学校在隔壁市，离得不远。头一个星期，他来陈樾学校找他玩。两人见了面，还跟以前在国内一样亲。仍是何嘉树说得多，陈樾听得多，两人一贯是这种相处模式。何嘉树给陈樾讲了一路过去一年在年级里、宿舍内发生的搞笑事件，却只字不提孟昀。陈樾也不问。

两人去中国超市买了一堆吃的，陈樾在宿舍给他做饭。何嘉树这富家公子自然是什么都不会，坐在一旁看陈樾做饭，等他端上来三菜一汤，他说："陈樾，你喜不喜欢男的，我把你娶回家算了。"

陈樾说："滚。"

何嘉树往嘴里塞牛肉，说："真的，还是跟兄弟待一起舒服。以后我每个星期来找你。"

已经聊到这儿了，陈樾终于问："孟昀呢？"

何嘉树说："在国内啊。"

陈樾说："我问你跟她的关系。"

何嘉树咬着辣椒，语焉不详："分了。"

陈樾一时没接话，过了好一会儿，问："和平分手？"

何嘉树想了想，说："应该，和平吧？"

陈樾察觉不对，追问："怎么分的？"

何嘉树说："我给她发了条短信。"

陈樾愣了一下，以孟昀的性格，被一条短信分手，怕是会疯。他几近哑口，喉咙很涩："什么时候？"

"暑假前。"

陈樾说："何嘉树，你这么做不合适吧。你们谈了一年多，感情不是假的，怎么也要当面谈。她又不是你路上随便认识的一个女的。"

何嘉树吃着西红柿，含混道："我当她面分不了。她这个人，我看见就心软。"

陈樾无语至极，突然冒出一句："你别吃了。"

何嘉树理亏，挣扎两下放下筷子，道："反正她也在电话里把我骂得狗血淋头了。不过还好，我们爸妈都管得严，住在学校里也没发展到那一步，不算我占她便宜。"

陈樾："这么说，感情是假的？"

何嘉树没讲话。

"你不是很喜欢她吗？"

"我是真喜欢她，喜欢得要命。但后来问题越来越多，她真的很没有安全感……"何嘉树叹口气道，"我跟她不可能。她妈是个控制狂，我妈也是个控制狂，然后她还要控制我。我妈让我出国深造，你也知道，她心思不在学业上，总要搞什么音乐，那是正经事情吗？我爸妈不可能接受的。再说了，她自己跟她妈还一堆不服，真要往以后发展，我家里绝对不会同意。"

陈樾盯着他看了半天，盯得何嘉树心里发毛："陈樾，你想骂我就骂吧。"

"没什么好骂的。"陈樾说，"我就是没想到，你会这样。"

何嘉树委屈道："我也不想好不好，快毕业了，总是为未来的不同规划吵架，人是会累的好吗？"

陈樾说："我知道。我就是觉得有点儿奇怪，她心思不在学业上，她脾气不好，你是今天才知道？我以为你认识她、追她的时候就知道了。"

何嘉树被他抨得哑口无言，点着头，指了指自己胸口："我是渣男，行了吧。你多骂我几句，真的，你多骂几句，骂得狠一点儿，我心里还舒服点儿。把她没骂我的话全都骂干净了。"

陈樾却闭了嘴，不讲话了。他已无话可说，只是有些惘然："我以为你会一直对她好，拿她当宝贝一样。"

那晚陈樾登录了 QQ 空间。

他以往很少去踩孟昀的空间。按理说同学之间时不时看下更新也没什么，可心虚的人对自己总是格外严苛。但现在孟昀的空间清空了，相册、日志和状态都删得干干净净，他坐在电脑前，心跟那页面一样空白。

后来陈樾跟杨谦聊天的过程中，想方设法故作无意地引导他提及班上的三个女生。讲到孟昀时，陈樾问了句她情况怎么样，听说跟何嘉树分手了。

杨谦说："不怎么样啊，看着跟以前没什么不同，挺正常的。"

陈樾问不出多的东西，也就不再提了。

2014 年春，陈樾完成交换回了国。

重回校园，物是人非。大四下学期，他们除了一两门补学分的公选课，再无课程。同学们忙着写论文、找工作、投简历、考公务员，都是一副各奔东西的样子。别说班级同学聚不到一起，宿舍里白天都见不着人。没有了共同的课程，陈樾再也没在课堂上碰见过孟昀。

不过他跟姜岩的毕业论文分配给同一个老师指导，他有次听姜岩提起，说孟昀进了家大型娱乐公司做幕后，给音乐制作人当助理。

陈樾想，也好，她本来就喜欢搞这些。

但姜岩又说，孟昀妈妈极其生气，说孟昀不务正业，要跟她断绝关系。且孟昀妈妈很喜欢何嘉树，认为两人分手全是孟昀的错。陈樾无言，想起了孟昀写的那首歌。

姜岩还说，何嘉树做事不体面，居然一条短信分手。那天孟昀跟疯了一样冲手机哭号："你什么意思？你当我是什么，你是个人就当我面说！！"

姜岩只是简单说了几句，但陈樾想象得到。她一直都是个倔强到自伤的人。

他很想见她，真的很想见她，哪怕就一面。看看她现在好不好。可她一直没再出现。直到有次他去校外见一个师兄，回来时很晚了。

那是3月中旬，上海的冬天还没走，夜里很冷。他下了公交车，快步走向学校小东门，无意一抬头，他毫无准备就看见了孟昀。

冬末春初，天气寒凉，她穿得很少，长靴短裙，裹一件薄外套，立在冷风中抽烟。路灯照在她肩膀上，和树荫一道将她的身体切成了明暗两截。

那是陈樾回国后第一次见到她。时隔一年零九个月。

她似乎没什么变化，却又明显有什么不一样了。陈樾向她走过去的时候，孟昀朝这头张望，眼睛一定，定在了他身上，露出些许惊讶。

陈樾主动冲她笑了一下。

孟昀亦极淡地笑了笑，说："你什么时候回来的？"

陈樾说："一个多月了，没碰见过你。"

孟昀手垂在身侧，轻轻转了下烟，说："哦。我最近很忙。"

陈樾点了下头，他的手插在兜里，攥成拳，眼睛挪去路边的花坛，又挪到她脸上，说："姜岩说你现在作词作曲了。"

孟昀一愣，弯了弯唇："听她瞎说，哪有那么简单，实习打杂呢。"

陈樾说："是喜欢做的事吗？"

孟昀点了下头："嗯。"

陈樾说："那就好，我觉得你会成功。"

孟昀眼睛失焦了一下，说："谁知道呢。"

两人对视着，无话。风又吹来了，冰冰凉。

陈樾低头，把脖子上缠着的灰色围巾解下来递给她："你衣服穿太少了。”

孟昀愣了愣，说：“不用，车……马上就到了。”

陈樾不收手，轻声说：“拿着吧，别感冒了。”

孟昀盯着他手中的围巾看了几秒，把烟丢进垃圾桶，接过围巾缠在脖子上，笑了，是很单纯快乐的笑容，哪怕那开心只有短短一瞬。她说：“好厚啊。”

陈樾也笑了笑，站在原地看着她夜色中有些苍白的脸。明明化了浓妆，却很单薄的感觉。可他不能再多看了，也没有多留的理由，于是缓缓招了招手，说：“我先走了。”

孟昀点头。

他又多说了两个字：“再见。”

“再见。”

陈樾走向校门，半路回头望。一辆黑色的车停在路边，孟昀拉开车门上了副驾驶。车载着她远去，只剩红色尾灯飘浮在霓虹里。

在那之后直至毕业，陈樾再没见过孟昀。她甚至没来参加毕业典礼，也没来拍毕业照，说是公司派去国外短期进修了。陈樾站在学校大礼堂门口的台阶上跟同学们一起拍毕业照时，坐在毕业晚宴的圆桌前望见宴会厅觥筹交错时，觉得自己的大学生活不该以这种方式画上句号——画面里没有她。

7 月毕业季，喧闹过后一切回归平寂。

杨谦问，谁最后一个离校。孟昀的毕业证书、学位证书还在他手上。

陈樾想也不想，说：“我。”

宿舍很快清空，只剩下陈樾这一角，桌子清理得差不多了，孟昀的证书端正地摆在桌上。陈樾打开看，孟昀的证件照贴在上头，蓝底的背景墙，白衬衣的女孩微笑地看着他，很美好。

陈樾拿手机拍下她的证件照，调整几次光线，留下了最满意的一张。

那天陈樾给孟昀打电话，让她来拿毕业证书和学位证书。

孟昀在电话那头说："我这几天没空回学校，要不你放我宿舍吧。"

陈樾说："宿舍都没人了，弄丢了怎么办？"

孟昀没作声。

陈樾说："你忙的话，抽时间经过就行。我在小东门路边等你。"

孟昀说："那样太麻烦你了。"

陈樾说："不麻烦。"

孟昀沉默了一会儿，说："谢谢你。"

约好了晚上九点。

陈樾提前十分钟等在路边，他用牛皮纸袋把她的两份证书装好，站在一棵梧桐树下。一辆车打了转向灯朝他减速而来，他深吸一口气，走上前去。

后座的黑色玻璃窗落下来，孟昀抬头望他，说："等久了吗？"

陈樾说没有，把袋子递给她。

孟昀接过去，并没有拆开看，对他说了句："谢谢。"

陈樾摇了下头，想说什么，却什么都说不出来了。他只是静静看着她，像要把她记清楚似的。

可孟昀忽然打开车门，往里面挪了个位置。

陈樾坐上车去。

司机坐在驾驶位上无动于衷。车内只有转向灯嘀嘀打动的声音。

孟昀一直没讲话。陈樾扭头看她，她眼神虚幻，侧脸相当寂寞。

陈樾猜想，她让他上车是不是想问他什么，或者想和他说什么。可能关于何嘉树。可她不问，也不说。

最终，她说：“陈樾，祝你有个好前程。”她扭头，冲他弯唇。

陈樾的心顿时像被捅了一刀。他脑子一片空白，说：“祝你开心。”

孟昀不答，眼神魂不守舍的，说：“对不起，你的围巾我弄丢了。”

陈樾摇头：“没事。”

她又笑了一下，有些勉强。

陈樾听见脑子里有一个声音在说，你喜欢她。

你喜欢她!

他张不了口。

说啊，不该这样画上句号的。

一股猛烈的窒息感卡在他喉咙里，死死攫着他。他不知道自己是怎么推门下的车。车窗升上去，她的脸被他映在玻璃上的倒影吞没。

7 月的夜，他看着她的车远去，心痛得剧烈，痛得一行泪无声滑落下来。

他忽然害怕，怕这辈子都不会有机会再见到她了。

他转身往学校走，走着走着，呼吸越来越重，视线越来越模糊，他一次次抬手抹掉脸上源源不断的泪水。可再怎么抹都没用了，他不知道自己身上哪里在疼，但他的的确确疼得一步也走不了了，人一蹲下去就哭了起来。

2015年—2017年。

孟昀的QQ从此成了黑色，那时微信很流行了。陈樾回国后加了很多同学的微信，但没有孟昀。偶尔男生在群里聊天，似乎其他人也没她的微信。只有她的电话号码在手机通讯录里永远保存，却永远不会拨通。

陈樾读研期间，隔段时间会搜一下孟昀和她的公司，看看那家公司出了什么新歌或者新歌手。

他第一次搜到孟昀的消息是在2015年夏天，一个小歌手有张单曲是孟昀作词作曲的。那小歌手本就没什么名气，单曲也就更没落了。

陈樾听了那首歌，实话实说，是首伤痛情歌，中规中矩并不惊艳，完全不如她大学时写的那些风格诡异又多变的歌曲。但陈樾把那首歌添进歌单，还写了点评。那时，他在听歌软件上的网名是一串系统自动分配的字符。

那年冬天，陈樾再次搜到孟昀的消息，她在某视频网站上开了账号，只有一个音乐视频，没有露脸，她抱着吉他弹唱自创的歌曲。孟昀的声音是好听的，适合吉他清唱。但视频播放量是两位数，没人留言关注她。

找到她的时候，陈樾远在川西，跟导师在山林野外勘查。晚上他塞着耳机，听她的音乐视频，还注册了账号，起名“阳光照在核桃树上”。选择性别时，他思考之后选了粉色。

他给她的第一条留言很谨慎，简短地打了两个字：“好听。”他原本想加一句“我很喜欢”，但隔着网络，竟也来回编辑了几次，终于——“好听。喜欢。”

他看见留言出现在她空白的评论区里，想给她鼓励，就多写了一条：

“期待新作品。”留完言，他去做了些任务，攒了硬币全部投给了她。

第二天手机冒出一条提示，陈樾点开看，是系统消息。孟昀并没有回复他的评论。

一个星期后，系统又提醒他，关注的博主有更新了。

照例是吉他弹唱。

陈樾很认真地听完，很认真地给她写评价，夸奖和建议都写了。他说：“这首歌像海浪刮过沙滩的感觉。旋律好听，但差点儿起伏……”

孟昀依然没有回复。

陈樾不在意，继续做日常任务，攒硬币。

她十天半月会出一个视频，起初写的歌皆是带着淡淡的愁绪，唱爱情，唱梦想，唱生活，每首都不长，有的甚至没有主歌，或者没有副歌，更像是一些创作练习的碎片。

她渐渐有了关注者，但不多。陈樾有时会从她的歌里推测她的状态。

有次她歌里出现一句歌词：“没有开车，却走进了隧道。前方后方都有光，但黑暗在身旁。”

陈樾听了，给她留言：“希望你开心。你的才华会被更多人发现。我很喜欢这首歌，比你之前的几首好。”

孟昀依然没有回复。

她的粉丝已有几千，留言数也近百条。陈樾不知她是否看得见他的评论，但没关系，支持她、鼓励她、喜欢她的人很多，足够给她安慰。

可不是所有评论都好，有的人会说：“不好听。”

孟昀不搭理。

有的人会找碴，说：“露个脸看看嘛，露个脸哥哥给你投硬币。”

孟昀就会回：“投你妈。”

她会直接在评论区骂人，还会编了歌曲唱出来骂人，但因为这样反而涨了一拨粉丝。

陈樾不管这些，照例做任务，攒了硬币全投给她。他坐在图书馆，戴着耳机回头看窗外，夏天的梧桐树遮天蔽日，光芒点点。

夏天一过，秋天就来了。

新学期开学前三天，陈樾结束了在甘肃的支教，坐火车回学校。路上手机又有了提示。他以为孟昀又发新视频了，戴了耳机躺在卧铺上点开，却见到一条私信消息，是孟昀发过来的。

陈樾一下坐起身，点开对话框。

孟昀："那个，朋友，我给林奕扬写了首专辑主打歌，希望你去听一下。（微笑）"

陈樾看着那个表情，仿佛看到了她的笑脸。他很确定她是开心的。且没想到她记住了他的ID。

他打开软件，还没搜索，热搜框里就出现了林奕扬的《张狂》。他点开来听，开头一段重金属音乐，熟悉的感觉回来了。那首歌和它的歌名一样，节奏快，音律强，摇滚风格极富冲击力，尤其高潮部分，男声嘶喊："别当过来人教我东南西北你的方向，我自扬帆起航，前路跌跌撞撞，我要我张狂。"

林奕扬是个好歌手，声音表现力极强，能低至山谷，能冲上天际，一首歌唱得荡气回肠。

陈樾觉得很震撼，点开评论区想写评论时发现早已上万条。林奕扬虽然是去年才出道的新人歌手，但因长相优越，粉丝很多。热评全是各种角度的夸赞，夸歌手演绎得如何完美。

陈樾写了一条："词曲人厉害。"淹没在评论中。

他回到视频平台那边，给了她一段很长很认真的反馈，详细写了他听这首歌每个部分时心里的直观感受，一大段文字发过去，又加一条："真的很好听。这次没有任何意见。希望你继续加油。"

陈樾那天回到学校，去食堂的路上听到广播站播放着《张狂》，在校园里格外有气氛。

陈樾心情不错，吃饭的时候玩手机，没想到孟昀居然又给他回消息了，而且是即时消息。

"哇，你听得这么认真，谢谢。"

陈樾回复："因为很好。"

那边没动静，陈樾心想她或许只是回应一下，可又来了一条信息："我一直觉得你的网名很有画面感。阳光照在核桃树上。好像风在吹，树荫在晃动一样。"

她又说："我们认识有一年了吧。"

陈樾捧着手机，不知该回复什么。

他想多跟她说几句话，于是说："随便取的名字。你的作品，我会一直关注，加油。"

她说："谢谢，希望你一切都好。"

陈樾说："你也是，希望你每天开心。"

她没有回复了。

在那之后她没再找他私聊。粉丝十几万，但更新渐慢了，一个多月才出个新视频。陈樾想，她的工作似乎走上了正轨，她应该找到了创作状态，也找到了机会。这样挺好。

她开始出新歌了，大部分是小歌手，再后来她又给林奕扬写了好几首歌，反响都不错。那首《天使》也出现在了林奕扬的专辑里。

他还是去给她投硬币，尽管这件事没什么太大的意义。

2017 年年初，林奕扬开了演唱会。

陈樾抢了张看台票，虽然那钱来自奖学金，但他还是有种负疚感，仿佛不该去做这种奢侈而无意义的事情。

但是……就放任一次吧。

他的位置在舞台侧面。去现场的大部分是结伴的年轻女孩或情侣，他恐怕是这几万个人里唯一一个独自前来的男性，也是唯一一个为了词曲人而来的“粉丝”。

陈樾检票进场时，想起孟昀跟他说如果她的歌开演唱会了，会请他坐在第一排。她没有请他。但他并不介意。他一点儿也不会生她的气。

陈樾的位置在看台靠近舞台那一侧，只能望见一小截舞台，无所谓，他只是来听那几首歌的。

主角登场，全场沸腾。灯光闪烁中，陈樾无意间一望，忽然看见了孟昀。

她坐在第一排正中间的位置，她身旁的女孩们都很激动，但她要淡定许多，只是抱着手望着舞台。看得出来，她十分开心。唱到嗨歌时，她跟着所有人一起站起来又跳又叫。她蹦蹦跳跳，快乐得像个三岁的小孩。

那场演唱会于陈樾来说是一场混乱的体验。狂欢的人声和寂静的自己仿佛旋转成一团，时而清晰，时而模糊。如星般的灯光里，只有她是最灿烂的。

演唱会结束，观众散场。孟昀起身离开，陈樾冲下看台朝她跑去，那一刻他只想跑向她，哪怕打声招呼，说好巧在这里碰见。可密集退散的人潮挡住去路，她的背影消失在舞台内侧再也不见了。

陈樾走出梅赛德斯中心，夜里的风很凉。

他绕行到半路，前方有粉丝群围着一辆车，似乎是林奕扬在车里。经纪人说他要回去休息了，粉丝也都很乖，说着“辛苦了”“早点儿休息”“再见”之类的话。

车开动的一瞬，车后方两三辆工作人员的车也同时启动。

陈樾再次看见了孟昀。她和另外一个女生坐在第二辆车后座，车开到半路，从陈樾面前驶过。陈樾只看到她半张脸，来不及看清，车已驶入主干道扬长而去。

那之后的生活好像就没有什么变化了。陈樾研究生毕业后进入中 × 集团，很快被外派到云南。他跟孟昀的联系仅限于“阳光照在核桃树上”。

直到三个月前，他给她发了一条私信：

“你好像状态不好。在网上看到音乐教师的志愿者项目，不知道你有没有兴趣。云南的风景很好，希望能治愈你。”

八千里路

Eight thousand miles

玖月晞 著

（全2册）

㊦

江苏凤凰文艺出版社
JIANGSU PHOENIX LITERATURE AND ART PUBLISHING

他和她相隔大半个中国，
从上海到云南，来回八千里路。

阳光沿着青瓦洒落，一层层铺就在陈樾的阁楼上。

小狸猫云朵趴在瓦片上伸了个懒腰，山竹般的爪子在阳光中挠了挠。

暗恋，于一些人来说，是一场兵荒马乱；

于另一些人来说，却是一卷春暖花开。

Contents

目　录

第 10 章 心跳 / 281

第 11 章 山竹花儿 / 316

第 12 章 梯田与月光 / 346

第 13 章 海上繁华 / 374

第 14 章 花开夏夜 / 404

第 15 章 阳光照在核桃树上 / 440

第 16 章 云上的你 / 488

第 17 章 起风了 / 513

番外一 / 530

番外二 / 539

后记 / 547

第10章 心跳

2018年，夏。

孟昀一夜无梦。清早醒来，云朵在天井里喵喵叫，她边穿内衣边凑到窗口，见陈樾正坐在天井旁的台阶上烤饵块。她下了楼，开门便问："是上次李桐烤的那个吗？"

"嗯。"陈樾把烤好的饵块铺进盘子，放上海带丝、火腿肠和油条，刷上酱裹起来递给她。

孟昀坐在台阶上吃，陈樾收拾烤架，扔一小块火腿肠给云朵。云朵趴在孟昀旁边跟她一起吃早餐。

陈樾进了屋，半刻后出来，在她身旁放了盒插了吸管的牛奶，孟昀满嘴的饵块卷，含糊地说了声"谢谢"。

她望一望青瓦之上的蓝天，心情爽朗。云朵仍在她脚边专心啃着火腿肠。孟昀决定撸它一下，她正要抓抓云朵的后脖颈，云朵一下奓了毛，叼着小半截火腿肠溜去石榴树下。

孟昀说："嘁，你就是团雷电云。"

云朵："喵嗷！！！"

陈樾的声音从屋内传来："你确定一大早要跟只猫吵架？"

"谁跟它吵了，我才懒得搭理它。"孟昀吃完最后一口饵块，起身走到门边，见他在收拾桌子，问，"你什么时候走？"

"七点半。"

"搭个顺风车。"

"好。"

两人出门时，柏树屋子的门开了，李桐走了出来。她碰见他俩，笑着打招呼。

孟昀出了角门，熟练地爬上三轮车坐好，表情严肃。

陈樾问："怎么了？"他当时站在车边，孟昀俯身凑近他，小声说："为什么昨天晚上我什么都没听到？"

陈樾看着她近在咫尺的脸，低声问："你想听到什么？"

孟昀坐直了身子，微笑："听听他们聊了什么人生哲学，看能不能给我启发。"

陈樾没忍住弯了下唇，说："你这个人——"

孟昀说："我这个人怎么了？这是我的台词，你学我说话呢。"

他讲不赢她，骑着三轮车沿山路下行。5月的阳光分外灿烂。孟昀在他身后说："今天周五，你周末去城里吗？"

陈樾问："怎么了？"

孟昀说："我想去城里玩，逛街喝奶茶，看电影买衣服。每个周末都待在这儿，要憋疯了。你要是刚好要回家，就带我一起去。要是加班就算了。"

陈樾说："带你去。"

"真的？"孟昀探出脑袋，路旁的桦树叶子打在她额头上，她缩了回去。

“嗯。你想什么时候走？”

“下午下课，去城里吃晚饭怎么样？听说若阳烧烤特别好吃，是不是？”

他笑了一下：“夜市也有很多好吃的。”

“那太好了！你几点下班？”

“我可以五点过来。”

“那就约五点了？”

“嗯。”

孟昀是音乐老师，通常早上前两节不会有音乐课。上课铃响，梅兰竹菊都去上课了，丁婉婉也下了村。她一个人在办公室待着无聊，准备去音乐教室弹钢琴。雅玲打来电话，说听了她新创作的练习曲，觉得很好听，问能不能抽时间给女团 Fanta-six 写首歌，说找了好几个词曲人，都不太满意。孟昀说：“我都不认识她们，不知道她们的特点。”雅玲一分钟内就发来了她们在录音室录的歌。

孟昀塞了耳机听完，六个女孩里有两个嗓子不错，有两个也就她这水平，另外两个纯属打酱油，或许是什么舞蹈担当。

她拉开抽屉，想拿本子记一下，看见了一张稿纸。那是聚餐那夜陈樾坐在李桐桌子上写过的稿纸，孟昀也不知出于什么心思，将那张纸偷偷收了起来。此刻，仿佛仍能看到那夜陈樾坐在她旁边写东西的样子。

稿纸上的钢笔字潇洒有力，写着“高三（2）班教学任务”之类的，纯属没事干抄写李桐的教案。写了一半，到下头是毫无意义的画线，一条条的。

她淡笑，正要将稿纸放到一旁，却注意到之前没注意的一个点——那些毫无规则的画线下边，有个绕了无数圈的墨团。

孟昀赶紧拿起来仔细看，分辨出那字的上半截是个“子”，下半截一竖一横，接着是胡乱画去的痕迹。一个没写完的“孟”字。

她心里霎时有了欢喜。

上午第二节课时李桐才来，办公室只有孟昀。

李桐美滋滋地告诉她说：“我跟柏树在一起了。”

孟昀笑：“那恭喜了。”

她上午第三堂课要上课，此时却没听见操场上课间操的广播声，可今天并没下雨。

李桐说今天有个企业家给学校捐款，要搞个小型的捐款仪式。孟昀走到窗边，见高中部教学楼外墙上挂了条红色横幅，写着“广东省深圳市 ×× 公司对口清林镇中学捐助仪式”。

墙边放了两个简单的花篮，几个西装革履的生意人跟教师们交谈着什么。很快有人拿来一个书写着十万元的支票纸牌，由正装的中年男人和刀校长共同拿着，冲镜头微笑。

拍完照，那人跟刀校长再次握了手，由校长领着进教学楼去参观了。

孟昀问李桐：“学校收到的捐助多吗？”

“不算多。”李桐说，“有些企业家有社会责任心，想回馈社会，但僧多粥少。再说了，大部分企业家只会回报自己家乡，我们本省的大企业、大公司本来就不多。”

孟昀见有学生在操场上嬉闹，忽然问：“学生是什么感受啊？”

李桐没明白：“啊？”

“学生们知道自己是被捐助的，会怎么想？”

李桐说：“像今天这种捐给学校，再由学校以助学金形式发放下去呢，就觉得应该感谢吧。要是一对一的私人捐助呢，心里会更感激些。”

孟昀说："除了感谢，会不会觉得命运不公什么的？"

李桐摇头："还是娃娃，年纪太小啦，心思单纯。我碰上好多受助的娃娃都会感恩呢，想努力学习回报社会。不过，有些也有心理压力，有些一对一捐助是有成绩要求的。我去年就遇上一个贫困生，生怕落后了就没有捐助了。"她又说，"你想知道哪样感受？陈樾就是被资助的学生。"

孟昀张了张口，说："这怎么好问呢？！"

"是的。"李桐翻开教案，补上一句，"他就一对一资助了七八个学生呢，有四个下月要高考了。"

孟昀诧异："我们学校的？"

"嗯。好多年了，从陈樾读研究生时就开始了。具体是哪些娃娃，就不晓得了。校长没讲过，我也是前些天听柏树说的。"

孟昀小声问："做了好事不能讲啊？"

李桐说："分人嘛。有的捐助人想让娃娃晓得他是谁，有的不想。陈樾就是这样。"

孟昀不说话了。

上课铃响，她收拾了教案去上课。

如今她教学已是得心应手，学生们学得开心，她也教得快乐。连续两节课时间过得飞快。中午吃过午饭，龙小山来音乐教室学钢琴。小山话仍不多，但学得非常认真。等他去上正课，孟昀又把这段时间记录的学生们的声音特点分析了一遍，为之后的合唱做准备。

她一整天过得很充实，不知不觉已经是下午四点三刻。她赶紧喝水、上厕所，还飞速补了个妆。

五点钟孟昀出校门，陈樾已等在路对面。她跑过去说："我要去家里拿换洗衣服。”

孟昀回家迅速收拾好背包，陈樾给猫盆换水，小狸猫伸着脖子张望，扒拉一下他的裤脚。

孟昀问：“留它在家没事吧？”

“没事。”陈樾弯腰，摸了摸猫脑袋。

孟昀在一旁看着，不自觉想起白纸上那个没写完的“孟”字。为什么不写完啊你，她心想。

出了门，陈樾走到电三轮前，说：“不好意思，柏树要下村，车被他开走了。我想顺便买点儿工具过来，也不好骑摩托。”

孟昀没反应过来，问：“有什么不好意思的？”

陈樾看她一眼，说：“没什么。上来吧。”

孟昀上了三轮后座，坐在木板条上。车驶过清林镇中心街道，碰上正放学的学生。她突然就明白了，在乡下坐三轮车还正常，等过会儿进了城……孟昀笑了一下，这要是放在一个多月前，自己是要觉得丢死人的。

三轮车穿过一路的晚霞，天快黑的时候到了若阳县城，车道开阔起来，绿化带整洁美观，一栋栋高楼住宅排列在路边。

陈樾说：“直接去夜市？”

孟昀肚子饿了：“好啊，我也这么想。”

进了城，车流密集。三轮车夹杂在自行车、电动车、小轿车中滚滚向前。孟昀坐在车上，看着行驶而过的轿车，心情些许微妙。

在她过往的生活里，三轮车是另一个世界的产物。曾经她开车上路瞥见三轮，理所当然地认为骑车坐车的男女和她是不同世界的。她从未思考或想象过他们的人生，就随意打上一个“农民工”“底层”的傲慢标签。

如今她也坐在三轮车上，周遭的小轿车里也有司机看向她。她的衣着妆容与三轮车格格不入。她不自觉地看一眼陈樾，因为要右转弯了，他正看着右侧。

他的人、他的脸也是跟三轮车格格不入的，却又不那么违和，他出现在任何环境做任何事情，神情都自如而自然。他总是能做到如此平静。

靠近夜市街，车流越发密集，堵了车。三轮发挥了它先天的优势，一路畅通无阻，夜市所在的街道边挤满了摩托车、自行车，三轮车找了个空钻进去。孟昀跳下车刚要拿背包，陈樾就给她提过去了。

夜市里人头攒动，摊位密集，果汁奶茶、甜品果捞、烧烤米线应有尽有。孟昀看得眼花缭乱，什么都想吃。陈樾带她将整个夜市转一圈，买了奶茶、捞鸡蛋仔，煮了米线又烤了烧烤。孟昀刚坐下，见不远处有个豆腐摊，摊主坐在桌边烤豆腐，矮桌四周围了食客，蘸着各种各样的蘸料专门吃豆腐。

孟昀没见过，好奇地问："他们只吃豆腐啊？"

陈樾说："这里的豆腐很出名，你想吃吗？"

孟昀看一眼桌上满满的食物，摇头："明天吃吧。别浪费了。"

陈樾说："那明天带你去吃更正宗的一家店，好不好？"

"好。"孟昀应着，兀自一笑。

陈樾见了，问："笑什么？"

"好不好是你的口头禅吗？"孟昀笑盈盈的，"你知不知道，你每次跟我说好不好的时候……"她含着笑，停住了。

陈樾垂了下眼又抬起："怎么？"

"特别傻。"

陈樾一笑："好吧。烧烤我说了不加辣，但这边烧烤还是会带一点儿辣味。你注意点儿。"

"没事，一般的辣我受得了。上次那个小米辣太变态了。我一直以为只有湖南和川渝地区能吃辣，没想到云南也这么狠。"

陈樾淡笑着抽了筷子正要吃米线，见孟昀偷看了他的碗，问："你想吃？"

孟昀摇头："算了，好大一碗，吃不完。"

陈樾放下筷子起身走了。没过一会儿，拿来一个小碗和汤勺，分了一小碗米线出来，浇了汤，又放了几片牛肉在上头。

"谢谢。"孟昀喝一口汤，"嗯！好喝。"

这边餐桌都很矮，小凳子更矮，坐在桌前跟蹲在地上差不多。长条的桌子也不宽，两人面对着面，一低头便离得很近。孟昀吃得脸发热，坐直身子伸了下脚，一不小心踩在他脚上。

两人桌上对视一眼，眼神跟脚板同时慢慢收了回去。

孟昀吃着烤鸡脚，问："你好像也不经常回家哦，一直都待在乡下。"

"懒得来回跑，也忙。"

孟昀故作随意："你会一直待在这边吗？"

陈樾说："到明年夏天吧，之后会去其他地方。"

"哪些地方？"

"可能还是云南，也可能是贵州、宁夏、甘肃、新疆，大概这些地方。"

"你们总部是不是在上海？"

"嗯。"

"但你没在上海上几天班吧。"

陈樾极淡一笑："搞工程的，基本不坐办公室，要么出差，要么外派。"

孟昀若有所思："做这行还挺累的。"

"拖家带口的比较累。"陈樾说，"我还好。"

他语气平和，孟昀却莫名生出一丝说不清的愁绪，问："难道你以后一直不会拖家带口呀？"

陈樾抬眸看她，孟昀迎着他的目光，没有回避。

但就在这时，一个年轻男人经过，手落在陈樾肩头，笑问："你哪时回来的？"

陈樾回神，抬头见了对方，冲他一笑："刚才。"

那人牵着个女孩，女孩也认识陈樾，笑得很开心："好久不见了，明天聚一个嘛。"

陈樾迟疑，看了下孟昀。

那男的也看向了孟昀，陈樾解释："镇中学的志愿者。"

对方邀请："都是朋友，一起玩嘛。"

孟昀大方一笑："好啊。"

两个男人约了明天吃晚饭，又说叫上谁谁一起。

等人走了，陈樾没来由地说了一句："他们两个是我高中同学，没有你上次遇到的那几个。"

孟昀说："知道。我看得出来，他们是你朋友吧。"

陈樾说："嗯。不多，就这几个。"

孟昀吃完米线，想起正经事，问："你家有地方给我住吗？"

陈樾并没太意外，说："有的。"

孟昀放了心，说："那这几天我请你吃饭吧。"

陈樾说："不用。"

孟昀说："要的。"

陈樾说：“你不用跟我这么客气。”

她看他半晌，说：“那我不客气了。明天我喝奶茶，吃豆腐，看电影，你都给我买喽？”

他笑了一下：“可以啊。”

孟昀就问：“为什么可以啊？”

陈樾被问住，隔了会儿，说：“你来我这儿玩，不就该我请吗？”

孟昀挑了下眉：“也是哦，你说话好有道理。”

陈樾：“……”

出了夜市是夜里九点多。若阳绿化好，树高而茂盛，路灯隐匿于枝叶中，照得道路黑一块黄一块的。

三轮车行至老城区，车轮碾在青石砖路上，两旁是翻新过的旧民居，奶茶店、炸鸡店仍在营业。三轮车转了个弯绕进小巷，民居次第铺开。车到尽头，停了。

开门进去是两间木房一围墙一照壁，在夜里有种古朴的味道。陈樾摸开走廊的灯，天井里种了株葡萄。正值季节，葡萄爬满藤，吊着一串串小花儿。

孟昀小心翼翼，低声说：“我第一次看见葡萄树。”

陈樾觉得好笑：“你不用小声，家里没人。”

孟昀一愣，虽然听说他是一个人，但总以为还有亲属。她想，也难怪他不回家了。

陈樾家是垂直分布的两房，堂屋和堂屋之间是连通的，阁楼和阁楼之间也有走廊连接。因为是一个人住，家中摆设十分简单，家具极具年代感，但收拾得干净整洁。地板、墙壁、柜子看得出常有修补的痕迹。

陈樾的卧室在北阁楼，东边阁楼空置着，是孟昀落脚的住处。房间里一个三开门的木衣柜，一个五斗柜，外加一张传统老式的木床，让人有种回到上世纪九十年代的错觉。

孟昀洗漱完，清理着明天要穿的衣服，陈樾敲门进来了。他给她倒来一杯水，顺便点蚊香。

“来迟了。”孟昀朝他伸手，告状似的说，“我已经被蚊子咬了。你看。”

她手腕处一个小小的蚊子包，粉粉的。

陈樾看着，不知怎的就笑了一下，说：“看来你挺招蚊子。”

“你还笑？在你家咬的。你赔。”她仍伸着手。

陈樾刚好站在五斗柜旁，见柜子上有一瓶花露水，拧开了倒一点儿在食指上，而后在她的蚊子包上摸了两下。凉丝丝的。

他说：“喏，赔了。”

孟昀不吭声，偷笑着收了手。

他转过头去，似乎心情也不错，在地板上洒了些花露水，而后点了蚊香。蚊香味道有些重，孟昀轻咳了两声，说：“臭蚊香。”

陈樾出了门，过会儿又来给她铺床。

藕粉色的床单上印着牡丹状的花纹，他伸手展开，用力一抖，床单铺上床面。孟昀笑起来：“这个床单我小时候也用过，是不是全国统一的那个？”

“网上很多人晒过这种床单，说都是小时候用的。”陈樾脱了鞋，爬上床，将床单抚平，边角掖进被褥里。他低垂的眉眼异常认真，仿佛在铺一件艺术品。

孟昀盯着他看，他做事时一贯是这种神情。她还看着，他铺完了，一回眸对上她的眼神。阁楼的白炽灯昏黄，照得彼此的脸色都有些柔白。

孟昀立刻说："一起装被套吧，一个人弄好麻烦的。"

两人站在床边，各自捏住薄被一角钻进被套，两个角套好了，陈樾递给她，说："你捏着就行。"

孟昀捏着被子的两个角，陈樾将剩下的被子装进被套，捏住另外两个角，抖了一下被子。

孟昀没握住，哗地松掉了一个角。

"不好意思。"她笑了起来。

陈樾也笑，说："晚上没吃饱？"

孟昀瞪他一眼，等重新握住了，突然用力一抖，被子扇起的大风扑了陈樾一脸。他闭紧眼睛又睁开，见她站在被子那头笑得直不起腰。

陈樾也用力抖一下被子，扇得孟昀眯眼皱眉，头发乱飞。她"啊啊"地叫着，眯着眼，两只手揪着被子狂扇。两人闹成一团，陈樾忽然用力一拉，一股力道扯着孟昀往前一扑，她撞进薄被里，隔着淡淡洗衣粉的香味，那边是他的胸膛。她一愣，紧接着被子绕住她，将她裹着缠着，整个人轻轻摔倒在床上。

薄被如茧将她罩住，灯光透过来，朦胧一片如隔着白纸的阳光。

他的身影在那片光线里晃了一下，靠近，放大，降临在她面前。她心里一颤，听见他拍了拍她的"茧"，轻声说："早点儿休息。"

影子离开了，只留下脚步声、关门声。

孟昀在香香的薄被里躺了好一会儿，才扒拉着钻出来，呆了一呆，脸颊上一片绯红。

周六那日，天气极佳。天空湛蓝无云。

陈樾带孟昀在老城区里走了一圈，木排窗、竹门帘、花圃、青石板路，处处皆是风景。老城区不大，几步路便到尽头。外头有步行街和商场，正值周末，车水马龙。

孟昀难得逛一次街，碰上好吃的零食皆要一试。陈樾也随她，烤鱿鱼、烤肠、木瓜水、酸鸡脚，一一给她买了尝。

途经陈樾说的那家正宗烧豆腐店，两人进去围坐烤炉小桌前，桌对面的老婆婆一面烤着，两人一面吃，光是蘸料就有五六种，装在小小的金属蘸碟里摆了一排。

孟昀一口气吃了二十多个烧豆腐，问陈樾："这老婆婆记得数吗，她要是记错了怎么办？我们白吃了她的。"

陈樾微朝她偏头，说："你看她手旁边的盘子。"

老人身侧一个小铁盘里装了许多玉米粒，孟昀还没看出蹊跷，陈樾从烤架上夹了两块豆腐，老婆婆便放了两粒干玉米粒进盘子。

原来如此。

孟昀笑了，说："你们这里的人真有意思。"

她吃了早午餐，又捧了奶茶，打算逛街买衣服，但两条街从头走到尾，从尾走到头，全走完了也没有她看得上的。

走到最后，她不怎么讲话了，陈樾看出她不太开心，说："前头还有个商场。就在那儿。"

孟昀一副忧愁的样子，说："算了吧，再走你脚都断了。"

陈樾道："这么点儿路，不算什么。"

孟昀说："那我的脚要断了。"

他没忍住笑了一下，孟昀就噘了嘴巴。

路边刚好有人扔了辆共享单车，陈樾抬抬下巴，说："骑车去吧。"

"走了一上午，你还有力气骑车啊。"孟昀嘴上这么说，人倒是很快乐地坐上后座。

陈樾载着她穿过林荫道，夏天的风鼓起他的T恤，孟昀又闻到了他身上淡淡的荷尔蒙的气息。她含着奶茶吸管，有些心不在焉了。

有行人横穿马路，陈樾突然刹车，孟昀猛地扑到他后背上，脸颊撞上他的背脊，火辣辣的。他身上有种什么味道呢，有点儿像松木。

陈樾回头，说："不好意思，刚才有人……"

孟昀红着脸，吓唬他说："我奶茶全泼你身上了。"

陈樾笑说："孟昀，衣服湿没湿，我能感觉到的。"

孟昀觉得自己是个傻子，"恼羞成怒"就轻拍了下他的背，说："骑你的车。"

骑行不过五六分钟就到了商场，乘扶梯而上，孟昀很快看到一家不错的店，装修雅致，衣服按不同色系与搭配悬挂店内。

她进了店，见大部分衣服款式都不错，但她率先找到沙发处，指给陈樾，说："你坐这里等我。"

陈樾坐上沙发，看她在衣架前走来转去，很快就给自己搭配了三四套行头，说试一试。店员一面夸着她欣赏水准高，一面引她入更衣室。

陈樾在外头等，店员端来两杯水。

"谢谢。"他才喝一口，试衣间门开了。孟昀穿了套樱花粉的轻薄小西装搭同色短裤。她在镜子前转了一圈，问陈樾："好看吗？"

水粉色衬得她皮肤越发白皙了，他点头，说："好看。"

"我觉得也不错。"她满意地进了更衣室，陈樾喝了两口水，她很快又出来了，这次是件白色无袖垂质双层米纱裙。

她问："好看吗？"

陈樾说："好看。"

她问：“跟刚才那件比呢？”

陈樾说：“都好看。”

孟昀瞪他一眼，说：“敷衍！”

陈樾困窘一笑，解释说：“是真的都好看。”

店员笑了起来：“在男朋友眼里，肯定穿什么都好看的。”

两个人一时都没吭声。孟昀转身看镜子，陈樾低眸看她的裙摆。

孟昀一句话不说进了试衣间，过会儿又穿了套休闲装出来，仍是问陈樾：“这个呢？”

陈樾有预感，没好意思地捂眼笑了。

孟昀轻嗔：“你笑什么？说话呀。”

陈樾说：“就……好看。”自然又被她瞪了一眼。

陈樾收了笑，认真道：“那好看我也不能说丑啊。”

孟昀不吭声了，板着脸的样子，眼里却有笑意，她对着镜子照照，再次抛出死亡问题：“哪件最好看？”

陈樾说：“都——”他看着孟昀瞬变的眼神，改口，“第一件。”

孟昀追问：“为什么？”

陈樾张了下唇，最终实话实说：“腿好看。”

他声音不大，她稍瞪圆了眼，上前拿起抱枕轻砸进他怀里，说：“你这个人，也有不正经的时候哦。”

陈樾接住抱枕，无奈：“你非要问，答了你又不满意。”

孟昀微红着脸，笑：“我也最喜欢第一件，英雄所见略同。”

陈樾说：“你已经做决定了，还要问我。”

孟昀道：“让你有参与感嘛，免得你等我等得睡着了。”

店员又笑起来：“不会睡着的，你男朋友很是专心呢，等你的时候都不玩手机呢。”

孟昀还是没解释，陈樾也没讲话，气氛有些微妙时，他手机响了，去门口接电话。孟昀迅速换下衣服，买了第一件，走出店门，他刚好回来，问：“弄好了？”

“嗯。”她扬了扬纸袋。

陈樾问：“还要去其他店看看吗？”

“不去了。”孟昀笑起来，“陈樾，你走累了没有？”

陈樾说：“没有。这点儿路不算什么。”

“不算吗？”孟昀拿出手机，“今天走了两万步呢，怎么样，女生逛街很烦吧？”

陈樾摇头：“不烦。”

那么简单的两个字，听得孟昀唇角开心地弯起。

她一步跨上了下行的扶梯，转身面对他：“陈樾，你怎么对人这么有耐心，你对谁都这么有耐心吗？”

陈樾低头看着她，说：“这个问题你问过。”

孟昀望着他：“你没答过呀。”

扶梯往下移，商场天井里漏下来的光在她眼里流转。

“我不知道。”他握紧手机，岔开话题说，“我有三四个朋友要来家里玩，其中两个你昨天见过。”

“好啊。”孟昀问，“现在要回去吗？”

“嗯，顺便买点儿菜。”

若阳不大，骑单车去菜市场不过五分钟。两人去的时候并非高峰期，市场人不多。

孟昀从蔬菜摊位旁走过，说：“你们这里的菜真新鲜，大城市的至少都放了两天。”

陈樾问：“想吃什么？”

孟昀说：“你不问问你朋友？”

陈樾说：“他们什么都吃。”

孟昀就笑了，点菜：“豌豆尖，洋丝瓜尖儿，荷兰豆。”

陈樾按她说的买了，又拿了两个板栗南瓜。

孟昀纳闷：“这南瓜怎么这么小？”

“到时候你就知道多好吃了。”

经过水果摊，孟昀更是大开眼界，很多热带水果她都觉得新奇，有的虽见过但没吃过。

“陈樾，这是什么？”

“莲雾。”

“这呢？”

“释迦。”

“这呢？”

“番石榴。”

“这……我知道，人参果，但没吃过。”

孟昀问了一圈，站在摊位前琢磨吃哪个，陈樾说：“都买吧，都尝尝味道。”说着就去拿塑料袋。

“别。”孟昀拦住了，“我怕有的我不喜欢吃，一样买一个可不可以？”

陈樾用方言跟摊主交流，而后一样一个称了重。孟昀抱着装了彩色水果的袋子，心满意足，说：“都是我一个人的。”

“都是你的，没人跟你抢。”陈樾觉得好笑，又买了几斤葡萄和杧果给客人。

到了肉类和水产区，陈樾问："想吃虾吗？"

孟昀立刻点头："要清蒸的。"

陈樾买了海虾，又买了鸡肉和羊排，满载而归。

回到家，朋友们还没到。陈樾看看时间，说还有东西要买，先出去一趟。

孟昀独自坐在台阶上，拧开水龙头冲洗她的专属水果。清风吹着葡萄藤，阳光点点，她先尝了莲雾，很清新，但没什么味道，像水一样；人参果有奶香味，又糯又甜；番石榴和莲雾一样寡淡，硬硬的却水分充足。

孟昀正吃着，陈樾回来了，手里拎了个黑色塑料袋，孟昀问："什么东西啊，专门跑出去买一趟？"

他还没回答，照壁外有人进来了："陈樾！"

"欸！"陈樾进堂屋，把塑料袋塞进抽屉。孟昀也把剩下的最后一个释迦放在柜子上。

来人两男两女，其中一对是昨晚在夜市碰上的，男生叫轩子，女生叫阿丘。另外一个男生文质彬彬的，陈樾叫他杨三，两人看上去关系不错，剩下那女孩叫苗盈，很是清秀纤细，皮肤也好，冲陈樾直笑，说："有这么忙？好久都不回来。"

杨三说："他不回来，你可以去找他玩嘛。"

苗盈白了杨三一眼，而后看见站在一旁的孟昀。许是来之前轩子跟他们提起过她，这两人并未对孟昀的存在表示讶异。但苗盈打量了孟昀许久。

离晚饭还有段时间，轩子说想玩斗地主，好久没玩了。

陈樾把家中椅子搜罗过来，阿丘看见放在藤椅上的衣服袋子，说："哇，这家衣服好好看的，谁买的啊？"

孟昀说：“刚好碰上适合的，就买了。”

“他家好贵的。”阿丘说。

轩子亲亲她的脸：“这月发工资了给你买。”

阿丘憨笑：“好呢。”

孟昀见他俩那甜蜜样儿，笑了一下。

陈樾上楼去找扑克牌，找了一副下楼来，见苗盈蹲在天井旁剥着释迦吃。他看一眼堂屋内，孟昀留在五斗柜上的释迦不见了。他停在那儿，苗盈见了，朝他伸手，笑：“你要吃吗？”她才剥了一小块，还剩大半呢。

“吃的。”陈樾过去拿走了剩下的释迦。苗盈笑起来：“你怎么全拿走了？”

陈樾说：“杧果好吃的，吃杧果吧。”他望了眼东头堂屋里的几道身影，转身去了北屋，就见孟昀独自坐在角落的藤椅上玩手机，表情不好。

陈樾过去问：“怎么了？”

孟昀打着游戏，眼皮都不抬，说：“她把我的释迦吃掉了。”补一句，“哼，跟你真熟啊，问都不用问就拿了吃掉。”

陈樾朝她伸手，手心放着浅绿色的释迦。

孟昀惊讶，一把夺过来，小声：“你抢来的？”

陈樾说：“她给我的。”

孟昀看上头剥掉了一小块，明白了，重新扔给他，赌气说：“人家给你的，你吃吧。”

陈樾手仍伸着，她不接，盯着游戏屏幕。他将果子剥开了些，露出雪白清香的果肉，再递给她，轻声：“不是说没吃过，想尝尝味道吗？”

孟昀手指在手机屏幕上飞，哼唧道：“不吃了。莲雾就不好吃，浪费我的感情。”

陈樾撕了片果肉放进嘴里尝了，说：“甜的。”

孟昀眼皮子抬起来了，他抬了抬手，盯着她看。

她这回放了手机，把果子捧手里，撕出一块咬一口，清甜，水滋滋的很好吃。她连吃了两三片。陈樾淡笑：“还行吧？”

她还不满足，“哼”了一声。

“不好吃？”陈樾伸手去捞，“那我拿走了。”

“走开。”孟昀抱着果子一扭身，一扬手打在他手背上，“啪”的一响。

屋里屋外忽然很安静，仿佛院子四面八方的耳朵都听着这处角落的声音。

孟昀心里一颤，咬着释迦没吭声。

陈樾也没说什么。

朋友们在东边堂屋，两人在北边，两间堂屋相连的门大敞着。轩子、阿丘跟杨三就在隔壁，没有半点儿动静。

苗盈从天井外走来，跨过隔壁堂屋的门槛，问：“牌呢？”

陈樾手里拿着牌正要走，问孟昀：“过来玩？”孟昀尚未开口，他说，“别一个人待这儿。过来。”

他走向隔壁堂屋，孟昀起身跟过去。

轩子和杨三正吃葡萄，阿丘黏在轩子身边。几个朋友围在一起斗地主。陈樾坐下时，拉了把椅子在左手边，看孟昀一眼。孟昀坐下，吃着释迦，看他们打牌。

苗盈坐在桌子斜对面，看杨三的牌，问：“孟昀你是上海人呀？”

孟昀说：“杭州的。”

苗盈问："杭州很美吧，我有同学去杭州玩，说在那里生活很舒服呢。"

"还不错。"她说，"我觉得若阳也挺好的。"

苗盈摇头："好什么呀。破破烂烂的小地方，想逛逛，就那么一两条街，来来回回地走。"

阿丘正给轩子剥葡萄吃，说："我觉得小地方好呢，上下班方便，吃的多，朋友又多，还没什么压力。开开心心的怎么不好了？"

苗盈说："我知道好嘛，我是说从大城市来这里肯定不习惯。吃喝玩乐都比不上。要是我，肯定受不了。"

孟昀不接话，只当跟自己没关系。她看了陈樾一眼，他正专心于手中的扑克牌，不知道听了没听。

她将释迦剥到底，只剩一片果肉了。恰巧一局完毕，孟昀拿手碰了碰陈樾的手臂，陈樾回头，她摊手，手心躺着一块白色的果肉。

陈樾拿了放嘴里，清甜多汁。

孟昀说："最后一颗最甜，留给你了。"

"谢谢你。"陈樾没忍住弯了唇，明知道她说的是鬼话。

轩子输了一局，被换下场。苗盈上场打牌，问孟昀："你跟陈樾是大学同学啊？"

"嗯。"

"你也跟他做一样的工作？"

"我作曲的。"

对方用最简单的理解："写歌？"

"嗯。"

"有什么歌我们听过的呀？"

孟昀："没那么厉害。"

苗盈还要问，陈樾跟杨三说："你们学校高三的学生摸底考怎么样？"

话题岔开，只剩了两个男人讲话。

阿丘拉上轩子一道去洗葡萄、杧果，葡萄装进漏篓，杧果全部切片后端上桌。

杨三道："阿丘你好勤快啊。"

阿丘道："轩子跟我一道弄的。"

杨三看着牌，说："我现在啊，什么都不羡慕，就羡慕小两口感情好。"转头道："苗盈——"

苗盈："打住。别提我，陈樾不也没谈吗？"

她这话与其说是转移话题，不如说是试探。

这话一出，其他朋友都有意无意看了下孟昀和陈樾，但陈樾在看他手里的牌，孟昀坐在一旁吃葡萄，也在看他手里的牌，还很自然地伸手指了两张，给他支着儿。

于是陈樾出了一对J。

坐在下手的苗盈要不起，过了牌，有些烦闷。陈樾没否认她的话，说明这个叫孟昀的不是他女朋友。但陈樾这种性格，居然也没承认她的话，且还让她住在家里。

苗盈很快有了推断，这个女的喜欢陈樾，在追他。而陈樾显然不反感她。两人如今应是这种状态。

苗盈初中就认识陈樾了。

初中头一年，她对陈樾没什么印象，他坐在最后一排，上课看黑板，下课看书，不怎么讲话，也没什么朋友。直到有一天，后排有男生弓着腰，一步一步模仿着老人捡垃圾的样子走过他身边。他跟人打了一架。

苗盈想，他完了，校规那么严，他居然敢打架。但老师并没有处罚他，反而处罚了被打的同学。老师在课堂上说，陈樾是孤儿，与奶奶相依为命，侮辱同学长辈的行为是极其可耻、没有教养的。

苗盈跟着全班同学一起回头看陈樾，他们第一次听说有人是孤儿。最后排的陈樾低着头，碎发遮住眼睛，看不清任何表情，但露出的鼻梁十分高挺，紧抿的唇线也莫名吸引人注意。

那之后，苗盈总偷偷关注他，有同学言语欺负他，他充耳不闻，只是埋头看书。他很瘦弱，但个子高，长得不错，加上有老师保护，整体来说没有遭受太过分的校园暴力。如果他矮一些或者丑一些，可能就是另外一种结果了。

苗盈曾以为他会是那种戾气极重的阴冷个性，但有次她给他发作业本，不小心掉在地上，地上刚好有水。她生怕他以为她是故意的。可他弯腰捡起，平淡地说了句："没事。"

那是苗盈第一次近距离看陈樾，她意外发现，他并不是一个看着会让人感到悲伤或怜悯的人，他非常平静。

初二那年暑假，苗盈在街上碰见陈樾，见他袖子上挂了黑纱。她鼓足勇气跟他说了句："节哀。"

陈樾说："谢谢。"

苗盈说："你可能对我没印象，但我跟你同班。"

陈樾说："我知道。你叫苗盈。"

苗盈那一晚就没睡着。可她跟他的对话也仅仅于此了。

中考之后，陈樾去了县城最好高中的重点班，苗盈读了中专。有一年她意外发现邻居阿丘跟陈樾是高中同学，且阿丘的早恋男友轩子是陈樾同桌。苗盈便想让阿丘引荐。但阿丘说：“算了吧，陈樾根本没有这种想法，他只想好好读书考大学。我也不想你去打扰他。”

苗盈说：“这样啊。”

“轩子说了，陈樾没家，也没靠山，只能靠自己。”

果然他考上了名牌大学。

他没什么朋友，只跟轩子、杨三亲近。苗盈蹭着阿丘朋友的身份混进了这个小圈子，看着陈樾读大学，读研，外派来云南。一两年才见上一次面。

苗盈是若阳中医院的护士，照理说找男朋友不难，可看进眼里的没有。她不是没想过追陈樾。陈樾驻扎清林镇，她借口去镇上看出嫁的姐姐，顺道看过他几回，甚至想好了如果和他在一起，哪怕他以后天南地北哪儿穷就往哪儿派遣，她也跟着。横竖那些苦地方也缺护士。

她借着开玩笑说：“陈樾，你这憨憨样儿，晓不晓得自己喜欢哪样的女生哟？”

陈樾说：“晓得。”

她愣了一下，问：“哪样的？”

陈樾不答。

苗盈还开玩笑呢，说：“不会是像我这样的吧？”

陈樾看着她，很确定地摇了一下头，说：“不是。”

苗盈回过神，身旁座位上换成了阿丘，杨三坐在对面吃葡萄。孟昀跟陈樾不知什么时候出去了，两人蹲在天井边洗菜备菜。

孟昀在水盆里清洗着豌豆尖，忽然抬手弹了滴水在陈樾脸上，他闭眼侧头，歪着脑袋在肩膀上擦了擦，却没报复回去。

苗盈想起那个她只吃了一片的释迦。她不明白陈樾喜欢的女孩会是孟昀这样的，明明看着很娇气的样子。

杨三也看见那两人私下在小打闹了，问轩子：“你不是说，不是女朋友吗？”

轩子无辜道：“他这么说的嘛。”

阿丘小声：“看样子在暧昧期呢。”

苗盈说：“还在暧昧，就住进人家里，外面又不是没酒店，大城市的人可真豪放。”

阿丘立刻瞪了她一眼。

轩子说：“只是暧昧？我看陈樾已经很喜欢她了。”

另外三人齐齐看他：“哪里看出来的？他们都没讲几句话。”

苗盈说：“陈樾也没看她几眼。”

轩子摇头：“你们不懂透过现象看本质？陈樾最不喜欢去人多的地方，他生在若阳一次都没去过夜市，却陪她去了。他同学没一个晓得他家在哪里，却把这个带回来了。还有，气场，他今天很开心，表面上你们都看不出来，我懂。”

阿丘一听，忙问：“那她最好喜欢陈樾，一定要喜欢，不然陈樾太惨了。”

“我觉得她很肤浅。”苗盈说，“陈樾真心喜欢的不该是这种女的。”

孟昀蹲在台阶上洗菜，洗到一半了双手浮出水面，举着看：“我忘了买护手霜，洗脸巾也用完了，都忘买了。”

陈樾说：“明天带你去买。”

孟昀酸酸地说："才不要你带呢。你这地方邪门，走哪儿都碰到同学，万一明天又碰上你初中同学了呢。"

陈樾淡笑："明天碰上谁，都不管他们了，好不好？"

孟昀就不说话了。

陈樾又说："我在老家朋友就这俩，没别人。"

孟昀心里又不太舒服，想他一个本地生活的人，识者竟寥寥，忙岔开话题："你跟李斯齐、杨谦他们还有联系呢吧？"

陈樾说："有联系，和你说过。读研的时候经常见，工作后没那么方便了，偶尔打个电话。"

孟昀洗着南瓜，问："何嘉树呢？"

陈樾看她一眼，说："也有联系。"

"我一直很好奇，你们俩怎么会成为那么好的朋友的？性格一点儿都不像。"

陈樾撕着平菇，说："当朋友不需要性格像，感情够真就行。"

"行吧。"孟昀不多聊那人了，也跟着他撕平菇，偷偷一问，"欸，苗盈是不是喜欢你啊？"

"不知道。"陈樾看着菜篮子，把她两三下就撕开的大块平菇重新再撕一遍。孟昀瞧见了，学着他撕小片的，她琢磨半刻，找了个轻松的语气："陈樾你谈过恋爱没有？"

陈樾把洗好的南瓜放到架子上，转身时，目光落在她脸上，说："你改名叫孟好奇吧。"

孟昀说："这不是好奇，这叫关心。"

陈樾说："怎么关心？我说没有，你跟我……"目光对视上，玩笑话就拐了个弯儿，"找一个？"

孟昀不讲话，心跳咚咚，觉得他本来要说的不是这句。

陈樾低头剥豌豆，这会儿不见得有多沉稳了。

孟昀刚要说什么，那几个人从堂屋里出来了。

陈樾说：“不再玩会儿？”

苗盈说：“我跟阿丘商量了，做饭费神呢，不能让你跟客人来弄，大家一起做嘛。”

作为“客人”的孟昀麻利起了身，把洗菜的位置让给两个女生；另外两个男生也开始准备肉类。

孟昀落得清闲，回到堂屋里洗了扑克牌，自己跟自己玩儿。陈樾却不知什么时候跟她一起进屋了，见她一个人玩牌，说：“你想打牌，我再找个人。”

“别。”孟昀伸手拦，食指不小心碰到他扶在桌沿的小手指。两人目光一对，同时挪开手指。

“我不喜欢打牌。不过你来了，两个人就够玩游戏了。”

陈樾在她对面坐下，问：“什么游戏？”

孟昀洗了牌，抽出一张，说：“该你了！”

陈樾随便抽一张翻开，是红桃10。

孟昀开始笑。

陈樾没明白，问：“怎么了？”

孟昀手里的牌转过来，是方片J。

“我比你大！伸手！”

陈樾无语一笑，说：“这什么低智游戏！”话这么说，还是愿赌服输地伸了手，摊在桌上，孟昀“啪”的一下打他手板。下了力气，还真有点儿疼。

孟昀打完了立刻抽牌，偷看一眼又没忍住笑。陈樾见状，这次认真选了一张，抽出一看就无语了，是梅花 3。拿到红桃 K 的孟昀快笑疯了，又是“啪”的一下狠打了陈樾的手板心。

往复几次，她抽的数字总是比他大，跟中了彩似的。她乐得不行了，趴在桌上笑得肚子疼，桌子都跟着晃。他也在笑，伸着手被她打，却觉得很好笑。

孟昀一直赢，就不舍得罢手，再次抽牌又抽到了方片 A，她一声尖叫，朝陈樾勾勾手，示意他接受惩罚。

陈樾手伸过来，手心一翻转，出现一张黑桃 A。

孟昀脸上的喜悦光芒以肉眼可见的速度消失。

这回轮到陈樾趴在桌上，笑得肩膀抖。他清了清嗓子，说：“你刚才打了我几下？”

孟昀说：“就……四五下。我下手很轻的。”

陈樾说：“好，我也下手轻点儿。”

“我怎么觉得你要报复，把我打瘪呢？”孟昀伸了手，陈樾抿紧唇，扬起手时仿佛带了风，吓得孟昀人一缩，但他的手掌落在她手心，很轻，两个掌心合了一下，拿走了。

孟昀心跳不稳了，说：“你放水了。”

陈樾抠抠额头，说：“怕把你打哭了。”

孟昀说：“那你再打，看我会不会哭。”

陈樾看着她摊开的手掌，只是笑。

轩子在厨房里喊陈樾：“蚝油在哪儿啊？”

陈樾先过去，起身离开时又在她手心轻轻拍打一下，算是打过了。

他走了，堂屋里静悄悄的，夕阳刻在雕花的木窗上。孟昀还伸着手，摊在一堆扑克牌上，手心有阳光雕花的影子。

晚上七点左右，家常菜做好了。除了孟昀，其他人都贡献了一两道拿手菜。孟昀爱吃的蒸虾、豌豆尖儿汤、煎包浆豆腐都是陈樾做的。苗盈做了老奶腌菜洋芋和香草炸排骨，孟昀觉得还不如清林镇路边的大妈做得好吃。好在阿丘的红烧羊排跟杂菜鸡都很美味。

轩子跟杨三都是大方不拘小节的人，一顿饭谈天说地，吃得十分欢畅。轩子是民警，杨三是高中老师，两人在饭桌上讲了半天工作中遇到的奇葩。孟昀听得津津有味，发现陈樾也听得认真，但他仍是话不多。轩子和杨三时不时讲起同学，陈樾也不参与，似乎和其他同学活在平行世界里。但孟昀看得出他心情不错，哪怕他只是偶尔接一两句话，哪怕大部分时候都是别人在讲。

众人玩到晚上十点才散，轩子酒喝多了，被杨三和阿丘架出去。陈樾帮着出去找车。

孟昀独自留在家中，恰巧父亲打来电话问她近况。她走去后院角门，一一回答爸爸的问话。通话时间不长，电话挂断后，夜忽然变得寂静。

孟昀走回天井，就见陈樾刚好送了朋友回来。他站在堂屋门槛外的走廊上，天井里青色的月光落在他肩头，堂屋内空无一人，杯盘狼藉。白炽灯散着橙黄的光，覆盖在他脸上。

孟昀站在天井这头葡萄树的黑暗处，看见他侧脸上闪过一丝寂寞，转瞬即逝，刺人心扉。

“陈樾！”孟昀朗声唤他，朝他走去。

他扭头见了她，眼神一时定在她的脸上，没有移开。

不知是不是夜的作用，孟昀仰望着他，觉得他眼中有很深的情绪，沉默地吸引着她。她移不开眼睛，轻声问：“他们都走了？”

他垂下眼，说：“走了。”

他走进屋收拾餐桌。孟昀跟着跳进门槛去找扫帚，陈樾说：“不用，你去休息吧。”

“我才不要。”孟昀说，“我最讨厌聚会完了，什么东西都要一个人收拾，太孤独了。一想就难过。”

陈樾听着她的话，将椅子搬回去。孟昀拿来塑料袋，把桌上的厨余垃圾倒进袋子打包好，随后拿扫帚扫地。

陈樾把碗盘杯碟端去天井，餐盘太多，他搬了两回。孟昀扫完地，桌子也擦干净了。陈樾已往水盆里挤了洗洁精开始洗碗。孟昀刚蹲下要把手伸进洗碗水，他拦住了，说：“我洗你冲。”

“好吧。”孟昀换了个方向跟他并排坐，拧开水龙头往盆里放清水。他洗完一只递给她，她在清水盆里洗一遭，放上青石台阶。

他拿起一捆筷子，在泡沫水里搓滚几遍，递给她；她有样学样，在清水里边搓滚几圈，放在盘里。

他脸上闪过淡淡笑意。

孟昀歪头，捉住了他的表情：“你笑什么？”

陈樾说：“你没洗过碗吧？”

孟昀抓起那把筷子，盯着琢磨：“没冲干净吗？”

“不是。”陈樾说，“随便问一下。”

“洗过的。我妈还站在旁边，一边盯着，一边训斥我，洗洁精倒多啦，碗边没擦，背面没擦，碗屁股没擦，没冲干净。哎哟，你洗个碗都洗不好……”

陈樾想着那个画面，想象不出。

夜风拂动葡萄藤，叶片窸窣，青葡萄一串串挂在夜色中，轻轻摆动。

孟昀说：“要是云朵住在这里，这些葡萄就遭殃了。”

陈樾说：“前几天它上树咬了石榴果，咬不动，就不咬了。”

孟昀扭头看他：“我看石榴都长大了，什么时候能摘啊。”

“早着呢，还得等一两个月。”他递给她一个洗好的盘子，她冲了一道，说：“轩子跟阿丘是校园恋爱啊？”

“从高中开始，结婚也有四年了，还跟以前一样。”

“真好。”孟昀发自肺腑地说。

水流哗哗沿着天井台阶下的小沟流淌而去。

孟昀说：“我有个问题想问，憋不住。没有别的意思，你不要多想。”

陈樾似乎知道她想问什么，淡笑：“没事。问吧。”

“一个人长大……是不是很孤独啊。”孟昀低头拨弄着清水里的细小泡沫，“还是说，是我想多了，其实是种别的感受呢？”

陈樾双手摁在满是泡沫的水盆里，认真思索了，说：“有时还挺自由的，自由到可怕的程度。对很多事情不期待，不强求，也不害怕。不过，因为这样，反而会希望自己能去强求什么，能去害怕什么。”

孟昀怔了怔，试着揣摩他说的那种感觉，虽然有点儿难。

“你记不记得读书那会儿，老师总问一个哲学问题，两条火车道，一条上面有五个小孩，另一条只有一个。能不能为了救那五个小孩，将岔道扳去另一个方向。”

“对啊，哲学老师总讲这样的假设。”

“我每次听到就会想，如果需要死一个人，那我可以顶上去。反正我一个人，也没人舍不得我。”

孟昀难受了：“别这么说，你不是有朋友吗？刚才那些，还有大学同学，还有我呢。”

“只是打个比方。”陈樾笑了下，“你不是想问我真实感受吗，大部分时候其实没什么，习惯了。反正一个人，一门心思把手头事情做好就行。这算感受吧。”

陈樾洗完最后一个汤碗，把盆中污水倒掉，拧开水龙头清洗水盆，

“那我还不如你呢，”孟昀说，“我有父母，以前有男朋友，有想做的事，但有什么用呢，明明好像什么都有，却又什么都抓不住。父母给压力，男朋友会分手，工作也会遭遇瓶颈，好烦哪。”她接过汤碗冲干净了放台阶上，又说，“想想就觉得失败烦躁。唉，我要有你那么好的心态就好了。”

陈樾看着她低垂的头，忽然很想摸摸她的头，但他只是蹲下来，在水龙头下搓洗着手，说：“孟昀，我倒觉得，有些牵绊和烦恼，也不是什么坏事。”

孟昀抬头。

他说：“酸甜苦辣，不能只尝一种。再说了，你是搞创作的，经历丰富一些，不是更好吗？”

孟昀愣一愣，就笑起来：“我怎么不知道你这么会安慰人啊，还总讲到点子上。以后叫你陈老师好了。”她的手也伸进水流里冲洗。他蹲着，人比她高一点儿，她手里接着从他指缝里流出来的水。

她说：“对了，我上周写了首歌的，回去了给你听下。”

陈樾说：“好。”

流水哗哗，孟昀后知后觉道：“你为什么在我上游？我洗的都是你的废水。”她打了那水流一巴掌，水花飞出去，溅了陈樾半个下巴。

她轻快地笑起来，他亦笑着起身，端起洗好的碗碟走了，还剩一些碗盘和筷子带不走。孟昀拧紧水龙头，将剩下的抱进厨房。

时间不早了，孟昀洗了澡回到阁楼，见地板上一卷没点燃的蚊香。她想到这蚊香气味重，熏得她嗓子疼，便不打算点。

她刚爬上床，有人敲门。陈樾开门进来，拿着先前那个黑色塑料袋，他从里面掏出一兜白色的东西，撕掉了包装纸，竟是蚊帐。

孟昀穿上拖鞋："你下午出去买的这个啊？"

陈樾自然地说："你不是不喜欢蚊香味吗？"

孟昀盯着他瞧："可我就住这一晚上。"

陈樾："……"

孟昀轻笑。

陈樾接不住话了，站在床边认真整理蚊帐，很快找出四个角。

孟昀问："要我帮忙吗？"

"不用。"他把四个角理出来了，依次将顶角的绳子系到床架的木棱上。孟昀脱了鞋爬上床，一屁股坐在一旁看他做事。陈樾见她上床来了，有点儿不自然，眼睛一转不转盯着手里的活儿，半点儿不看她。

孟昀倒是十分大方坦荡地观察着他，眼神切切。

他洗过澡了，换了宽松的白T恤，手臂肌肉瘦而匀长；灰色睡裤刚到膝盖，露出精干的小腿。

他系好两个角，见孟昀还坐在床上一动不动，居然也没赶她下去，拉着蚊帐把另外两头系好。白纱的帐子从孟昀头上飞过，把她笼进了帐子里。

陈樾跟她一道锁在密闭的帐子里边，他低着头，将帐子边缘塞进床褥，他稍稍别着脸，连余光都不看她了。

夏夜寂静，灯光洒进白纱帐，有些朦胧暧昧的意味。

陈樾仍一丝不苟地塞着蚊帐，到她这边了，无声指一下，示意她坐到了帐子。孟昀一边挪开屁股，一边就那么直勾勾地盯着他看。

帐子成了一团夏季里闷热的云，里头浮起一抹令人心跳加速的隐隐燥热的诡静。

陈樾终于塞好蚊帐时，脸发红了，许是夏夜的热气作用吧。他仍是没看她，抬头望向帐中四处，目光搜索检查一遍，以视线完美避开她的方式确定没有蚊子了，低头移到出口处，正要掀帐而出。孟昀突然开口：“陈樾。”

他双手刚分开蚊帐，又无意识地拉掩上：“嗯？”他从未像此刻这般觉得老式架子床的空间那样私密而狭小，挂上的纱帐更是笼了一层幽谧。

孟昀朝他面前挪一点儿，逼近了他，问：“你为什么要给我买蚊帐啊？”

纱帐将光线变得朦胧，映得她脸颊白皙如梦。

陈樾动了动嘴唇，说：“家里旧蚊帐坏了，换个新的。”

孟昀一下就蹲在了床上，竟有些生气：“真的？”她推了他肩膀一把，力气不大，他轻轻晃了晃，说：“怎么了？”

“你说怎么了？”孟昀一下站起来，俯视着他，他抬眸。她想一想，忽又蹲下来，他目光跟着落下，和她对视。她又变成笑脸了，像奓了毛的猫咪忽然又莫名伸出山竹般的小爪，“明明只住一夜，你干吗非要给我买蚊帐呢？”她眼神纯净，移得离他更近了，到他眼前，问出的话却有点儿小阴险，“陈樾，你是不是对每个来学校的音乐老师都这么好呀？”

她像一只狡猾的小猫，连语气都娇柔：“你给每个音乐老师都送蚊帐了吗？”

帐内的空气开始蒸腾，陈樾知道他再不说点儿什么，事态会推向不可控制的方向。他不清楚这个点火的人是真想好了还是纯属即兴。他应该说点儿什么，可嘴上没来得及讲出话，身体先有了反应——从脸颊到脖子到耳朵尖全红透了。

孟昀见状，顿时没忍住，笑得坐倒在床上。

陈樾掀了帐子，双脚找到拖鞋起了身，孟昀见他要走，条件反射地弹起身抓住他手臂，脱口而出：“你是不是喜欢我啊——”

她手一滑，手指隔着薄纱抓摁在他手腕处，男人的脉搏急速而有力，炙热而猛烈地在她指尖疯狂跳动。

怦怦怦！

孟昀愣住了。

陈樾立在白纱外，也愣住了。

他知道她听见他心跳了。瞒不住，也骗不过的。

他没想过会是这种时候，如此突然且毫无准备，他原以为会再等些天，但她本就是不可控的，把一切都打乱。而面对如此珍视甚至珍藏的问题，他怎么可能撒谎否认？

心仍在狂烈跳动，脑子却从刚才的混沌中找回了些许理智。那句早就该说的话，迟到那么多年，该说出口了。明明只是最简单的几个字，怎么却跨越了那样漫长的岁月。

“是。”

“我喜欢你。”他说，“很喜欢你。”

第11章 山竹花儿

古旧的木床上，白帐如轻纱，孟昀仍抓着陈樾的手腕，他背对着白炽灯光，阴影让他的脸看上去更立体了，眉骨微隆，鼻梁挺拔，眼睛一眨不眨地盯着她，嘴唇已抿成一条线。

夜太安静了，孟昀听见自己的心跳在不断加速，像是被他跳动的脉搏传染了。她很混乱，不知该继续抓着他还是该松手；怎么会有人心跳得那样快；她以为他会否认……就听他低低问了句：“孟昀，你——”

陈樾觉得脑子里有声音在轰鸣，紧张得嗓子干涩，心跳的速度快到要承受不住，但终于，他问出了那句话：“你喜不喜欢我？”

他的声音那样低沉，孟昀心尖儿一颤，松了他的手。纱帐扑落她额前，她没躲，直视着他，说：“喜欢啊。”

陈樾微张了下口，就深深地呼吸了一口气。人不自觉移动了下僵硬的脚步，地板吱呀的声音在夜里十分刺耳，将两人都惊扰了一下。

寂静夏夜，几只细小的虫儿围着白炽灯飞舞。

他看着她，她也看着他，谁都没讲话，好像对这突如其来的身份和关系转化都没有准备，很是措手不及；好像都没想到互相给出的答案竟是肯定的。

连孟昀都坐在帐子里发了会儿愣，陈樾见蚊帐口被牵扯开，怕蚊子飞进去，上前把帐口捏放几下，说：“今天不会有蚊香味熏你了。”

“你早点儿休息。”他抬眸匆匆看她一眼，走出去关上了门。

孟昀面红耳热地待了会儿，醒悟过来觉得哪里不太对，赶紧找拖鞋要下床去寻他，他却敲门了：“孟昀？”

孟昀立马又坐回去：“啊？”

陈樾进来，随后关上了门。安静古朴的小阁楼里，他的每一步都踩出了声响。他到帐外站定，有好几秒静在原地，也不掀帘进来，就那么隔着层纱与她对视着。他的脸很红，还有点儿窘，说：“我，就进来跟你说一声晚安。”

孟昀才不信：“哼，假话。”

陈樾：“……”

孟昀：“说啊。”

他张了张口，终于问：“你是我女朋友了？”

孟昀一下笑出声：“你说呢？”

陈樾说：“哦。”然后就笑了，笑得单手捂住一边眼睛，有些不好意思。

他又说了一遍：“你早点儿休息。晚安。”这回走了就没再来敲门。只是，走廊上很快传来急速又轻快的脚步声，只有几声便戛然而止。然而，几声已足够暴露一切。

孟昀忍着笑躺下，心跳剧烈，脑子里却有种反差的安宁。她想起他立在帐外郑重其事说那句话时的样子，男孩子的耳朵红红的，声音里藏不住些许紧张，她心里一下甜得翻了天，低呜一声，一头扎进床上蜷成一团。

孟昀早晨醒来，睁眼就见夏风吹拂白纱，梦境般清凉。她舒服地伸了懒腰，掀帐下床，木窗外是一幅画，一半雪白照壁，一半青色葡萄藤。

陈樾家比清林镇那处院落小很多，二楼走廊极窄，长不过三四米。她走到他门口，发现他竟还没起床。

已是上午九点半。她轻推房门溜进去，陈樾侧身蜷在床上睡着，一半的脸压进枕头里，露出的一半脸，睡颜十分安详。

她过去坐下，瞧了他好一会儿，没忍住拿食指尖儿戳戳他的脸。他醒了，慢慢睁开眼睛，含糊地说："你起这么早？"

"早什么呀，九点半了，我还以为你生病了呢，半天没醒来。"

"九点半了啊。"他喃喃说着，头又往里头一扭，垂着眼皮昏昏欲睡。

孟昀没见过他这般偷懒的模样，心软了，趴在他身边，指头又戳戳他肩膀，问："昨天睡得很晚吗？"

岂止很晚，他太兴奋了，怎么都睡不着，在床上打滚，天都快亮了才睡去。

陈樾缓缓睁眼，这下看清了孟昀，人彻底就醒了。孟昀趴在他床头，离他很近，是"女朋友"的距离。

他下意识就抹了下睡杂乱的头发，但孟昀并没在意，她很自在地踢了拖鞋爬上架子床，坐在他脚那头，伸着脖子望："你这个床和那边房间里的是一对吗，好像木头花纹都是一样的。"

陈樾说："应该是同一批生产的吧。"

孟昀摸摸靠墙那头和床头的围栏，说："我小时候在外婆家就睡这种床，我特别喜欢这种三面都有围栏的床，晚上睡觉很安全，怎么滚都不会掉下去。”

陈樾目光追着她走，说：“我小时候也喜欢在床上滚，觉得床很大。”

孟昀说：“对，小时候觉得特别大。”

她躺下来一滚，滚到最里头；然后反向一滚，朝他滚过来，只滚了一圈半，人就趴在他肩头了。

陈樾盯着她看，像是在适应和感受与她这般的距离。

孟昀挤了挤他，说：“你再往外面睡一点儿，挡着我了。”

陈樾就往外平移了一点儿，孟昀又来回滚了一圈，说：“好了，你睡回来吧。”

陈樾挪回来，孟昀就挨在他身边，手臂若有似无地和他蹭到，但没有主动碰他。她的睡裙覆在他手边，他手指轻触她的裙摆，试探着扯了一下，问：“饿了没有？”

孟昀点头：“嗯。”

“那去吃早餐。”

“好啊，今天去哪里玩？”

陈樾说：“你不是要买护手霜，还要看电影吗？奶茶也可以再喝几杯。”

两人出门，在附近巷子里找了家看上去不怎么卫生的米线店。招牌十分油腻，却写着“二十年老店”。陈樾说这是他从小最爱吃的一家。店面不大，在两条巷子的转角处，巷道沿边摆了小餐桌和矮板凳，就是食客吃饭的地儿。本地人还不少呢，孟昀一看就知道这家店必定好吃。

陈樾问：“你想吃卷粉还是米线？”

孟昀拿不准：“米线吧……卷粉……”

陈樾两样各点一碗。

孟昀走过地上的纸团、筷子袋，到一张桌子前。凳子是干净的，桌上摆着前头顾客吃剩的碗，服务员麻利地收走了碗，抹布往桌上一捞，完事。

孟昀抓着裙摆拘谨地坐下，陈樾拿了纸把靠近她的桌子这边仔仔细细擦了几道，擦干净了，几团纸扔进垃圾桶，人再坐回来。

孟昀问："为什么你们这里的桌子、椅子这么矮，像给幼儿园的小朋友坐的。"

陈樾说："有人说因为以前山民都坐在草地上或者垫子上，不用椅子，用也只用矮椅子。有这么个说法，不知道真的假的。"

孟昀说："还蛮有特色的。"

老板娘端来两碗滚烫的砂锅米线和砂锅卷粉，香气四溢。

孟昀一见就来了胃口，说："我先吃卷粉，然后跟你换。好不好？"

陈樾说："好。"

孟昀夹起卷粉，刚张口，陈樾说："你慢点儿，很烫的。"

孟昀又吹了几口才吃，果然好味道，她一口气吃了半碗，跟他对换。陈樾推去自己的米线碗，刚要接过她的卷粉，她却伸手一拦，狡黠一笑："我吃过的欸，你不嫌弃我呀。"

陈樾："……"

孟昀笑不停，差点儿呛到。陈樾怕她辣，又给她加了杯冰木瓜水。

"是我来云南吃过的最好吃的米线和卷粉了。"孟昀拿纸擦了嘴巴，大口喝着木瓜水，起身。

陈樾也起了身，走在她身侧，走着走着总不自觉去看她的手。

经过奶茶店，孟昀说买奶茶，看电影时喝，店员递过来打包好的奶茶，孟昀刚接到手里，陈樾就拎了过去，她下意识地伸手去送，手指就伸进了他掌心。他顺其自然就抓住时机，牵紧了她的手，而后一路都不放开了。孟昀落后他半步，眯眼一笑。

两人到了商场，直奔屈臣氏。护手霜那段货架上琳琅满目。导购正要过来，孟昀说：“不好意思，我自己选。”她很快选中一支，拿了份新的，又从试用品里挤一团出来，对陈樾说，“手。”

陈樾抬手，她把护手霜抹在他手背上，画了几圈。他任她在他手上画，只是手一垂下来，又不动声色追去捉了她的手牵住。

孟昀就故意逗弄他：“陈樾同学，我手上有磁铁吗？”

陈樾见她那得意样儿，不答这问题，眼神移开看别处，手却是不肯松的。

买完护手霜，来到电影院，最近却没什么在上映的好电影。

“不对呀。”孟昀翻手机，说，“我朋友圈里都说，最近有个《完美陌生人》很好看的。全世界都看了，就我没看。”

陈樾在手机上查了一下，这部电影在这边没有排片。对小县城来说，这样的外国悬疑类的非爆米花电影太小众了。

孟昀不太高兴，说：“我好想看那个。”

陈樾说：“但这里没有，我们看 ×××× 好不好？”

孟昀说：“不要。一看就是烂片，骗钱的。”

陈樾说：“那 ××× 和 ×× 呢？”

孟昀说：“不要。都不要。”

陈樾说：“那我们坐火车去 × 市看，好不好？”× 市是若阳所处地区的州首府。

孟昀一愣：“火车？要一个小时吧。算了，不看了，回家吧。”

陈樾说：“有快车的，四十五分钟。”

孟昀小声说：“你愿意去啊？”

陈樾很理所当然，说：“你不是很想看吗？”

孟昀仍发着怔，陈樾却已迅速开始计算，说：“一去一回，大概四五个小时，晚上六点回若阳，吃顿烧烤再回清林。八九点能到家。刚好。”

孟昀不讲话，盯着他看，他正专注翻着手机里的购票软件、地图、电影院排期等。他微蹙眉，似乎在心算着火车时刻和电影放映的时间。

孟昀也不知道怎么想的，不自觉走上去搂住他的腰身，脑袋歪靠在他手臂上。他身子僵了下，但一瞬就放松下去，放下手机，说：“弄好了。我们坐这班快车过去，四十五分钟，到那边打车去这家电影院，刚好可以赶到这场排期，看完再坐五点的火车回来，一个小时到若阳。怎么样？”

孟昀脸颊往他肩上一贴，甜甜道：“都听你的呀。”

陈樾不再说话了，但耳朵在发痒，就偏了下头，蹭了蹭她脑袋。

检票进站，上车坐好了，孟昀才说：“我刚才有点儿犹豫。”

陈樾问：“不想看了？这次进城不就是想喝奶茶、买衣服、看电影吗？”

孟昀说：“不是说这个。我是说来来去去坐火车，一两个小时呢，怕你觉得无聊。”

陈樾很平常地说：“不无聊啊。”

孟昀扬起脸：“不是哄我的？”

陈樾说：“真的。”

跟她在一起，干什么都不无聊。何止是干什么都不无聊，简直是什么都不用干，只要在一起就很开心。

火车到站，两人直奔电影院。陈樾的时间计划得很准，到电影院取了票，刚好进场。电影非常精彩，剧情来回反转，节奏推进很快，结尾更是叫人大呼过瘾。

出了电影院，孟昀满脸都写着开心满意，说：“真好看！”她还特地发了条朋友圈。

回程的火车只有站票，两人站在车厢连接处，伴着窗外流动的景色讨论剧情。

孟昀说：“这部电影好像不适合情侣看。”

陈樾听到“情侣”二字，稍稍走了神。

孟昀又说：“人在一起久了，真的会互相嫌弃对方吗？”

陈樾说：“因人而异吧。”

孟昀问：“怎么说？”

陈樾说：“世上的人那么多，什么样的都有。如果有人对待爱情无耻下作，我不奇怪有这样的人存在；如果有人对待爱情随波逐流，我也不奇怪；如果有人对待爱情认真忠诚，我还是不奇怪。”

他靠在火车窗旁，窗外的夕阳斜射在他眼睛里，散着细碎的光。孟昀忽而一笑，拉住他的手，问：“你是哪种？”

陈樾垂眸，说：“不知道，你是客户，评价该你来讲。”

孟昀笑出了声，说：“陈樾，我以前不知道你口才这么好哦。”

陈樾并不觉得这是口才，他认真说：“是心里话。”

她心里头一软，轻声说：“那你以后要多跟我讲心里话好不好？”

“好。”

孟昀说：“站不动了，要抱。”

陈樾伸手，揽她入怀。他轻搂着她，许是因为她太纤细，叫他觉得怀抱都不太真切，像怀揣一片羽毛般小心翼翼。

孟昀倒是舒服自在地靠在他肩头，看见窗外田地与群山在飞驰，夕阳西下。

两人回到若阳又找了家本地人常去的烧烤店，比之前在夜市吃到的还要好吃些。孟昀胃口很好，吃了不少，人辣得不行了还非得一口冰木瓜水一口烧烤地吃，吃完后嘴唇红肿，整个人呆滞了十分钟。陈樾牵着她走夜路回家，闷笑个不停，被她挠了好几下。

他就不笑了，慢慢走着，一下两下地回头，不经意地看路灯，看树叶，看她红嘟嘟的嘴唇。渐渐地，路灯树叶都不管了，眼睛偷偷只往她嘴唇上瞄。

回家收拾行李，孟昀往床上爬，一把抱住蚊帐，说："我要把它带回去。"

陈樾把她从床上捞了放下来，说："再买一个就行。"

孟昀说："不行，这个是我们的定情信物。"

陈樾只好去拆蚊帐。

孟昀眼珠一转，又爬上床，说："还是再买一个吧，你房间也挂上。"

"好。"陈樾说着，解下系着蚊帐的最后一根绳，只听"啊呀"一声，孟昀不知为什么坐在床中间，被落下的纱帐埋起来了。她两只手乱挥，找不到出口，陈樾帮她掀开头上层层纱帐，她觉得好玩，自个儿笑成一团。

他的眼神渐渐凝在她脸上，最后一层白纱掀开，她的目光笑盈盈地与他的对上，不自觉就被他吸引着安静了下去。

陈樾抿了唇，几不可察地深呼吸，说："孟昀。"

"嗯？"

他说："我可以亲你一下吗？"

孟昀一愣，继而眼睛弯成月牙："几下都可以啊！"话音未落，她手伸过来钻进他手中。陈樾紧张得手心全是汗，正要收回来擦擦，却碰到她的手心同样温热潮湿。

"喏。"她仰着脖子，朝他努起嘴。

陈樾微微前倾，靠近她的下巴，嗅到她身上清甜的玫瑰香味。他凝滞少许，按捺着心跳，微吸了口气。她被他闻得有点儿痒，轻笑着缩了缩脖子，歪了下脸蛋。他鼻尖轻擦过她柔软细腻的脸颊，嗅了嗅，香香的。

她缩起来："痒呀。"

他的脸很烫，低低地嗯了一声。

许是他太过认真，孟昀不自觉收了笑容，噘起的嘴巴也落了回去。

陈樾一点点靠近她，炙热的呼吸撩到她唇上，她的心便融化掉了，呼吸绵绵，微微启开了唇，迎接他的到来。他嘴唇亦是微启，温热而柔软，贴含住她的上唇瓣，她轻含住他的下唇，严丝合缝，像齿轮刚好卡到了正确的位置。

孟昀的心在胸腔里颤，她闭着眼，深深呼吸着，感受着他唇间每一丝温柔的轻吮，摩挲，像小孩吃他最心爱的糖果，像男孩悉心呵护他最珍爱的玫瑰。她被他吻得软化掉了，启了齿，伸了舌头来迎合他。

他滚烫的呼吸撩在她脸上，他身体也贴上来了，手伸到她背后将她往身前带，她坐进他怀里，两人紧紧贴合在一起。他的手掌伸进她脖颈后，握住她后脑勺，对她的亲吻依旧温柔，唇瓣含吸，舌尖挑弄，像在宠爱他最心爱的宝贝。

孟昀被他吻得意乱神迷，手扶在他胸口，他的心脏在她掌心剧烈搏动。她又欢喜又满意，更觉安全熨帖，竟想与他一直痴缠下去。人也不觉双手搂住他脖子，搂紧了。他感受到了，吻变得进攻起来，缠着她的，用力含吮。

孟昀哪里料想过他会如此热忱，一下就被攻陷，心都轻飘飘地不知飞去哪儿了。

夜风微撩白纱。

陈樾静静看孟昀，还觉得不太真实。她正坐在他腿上，搂着他脖子，嘟着红红的嘴唇，盯着他看。她身材细匀，他轻松就能将她腰身圈住，他下巴搭在她肩头，和她交颈而对，拿脸蹭了蹭她肩膀，又吻了下她的脖子，不够，再吻了她的下颌，她的脸颊。

他再度吻上她的唇，轻舔慢磨，鼻息沉沉。

孟昀不禁轻声哼哼，迎合着他，吸咬着他，仿佛有某种魔力，让她轻易就被吸引，直到某一刻，他松开她，只是将她抱在怀里，轻轻抱着，说了句："孟昀。"

"嗯？"

"我好喜欢你。"

她立刻就说："我也好喜欢你。"

陈樾想，现在的她并不完全理解他那句"我好喜欢你"里准确的情感浓度，但他并不介意。

这一刻他心跳很快，全身发热，仿佛身体里涌动着某种陌生的很温暖的潮水般的情绪，或许那种情绪是开心，是幸福。

他感受到了。

收拾好帐子再下楼的时候，孟昀挽着陈樾的手臂，几乎是两台阶一蹦，开心都写在脸上。

陈樾锁上了那个原本孤寂的家，骑着三轮车载着孟昀去小市场买了蚊帐，出发回清林镇。路上遇到水果摊，孟昀指挥，陈樾挑选。

"西瓜。"

“鹰嘴桃。”

“玫瑰葡萄！”

“石榴！”

陈樾买了一堆，拿三只纸箱装好放在车上。孟昀看着半车水果，心满意足，脚丫子在凉拖鞋里跷。

经过城市广场，大妈在跳广场舞，小伙子在玩滑板，小孩子满地跑，有人站在场边卖氢气球。

孟昀说：“我要气球。”

陈樾把车开到卖气球的人跟前停下，孟昀就站在三轮车上左看右看，选中一只哆啦A梦，说：“我要拿这个回去逗云朵。让它看看别的猫多有本事，气死它。”

“你就不能对它高抬贵手？”陈樾拿气球绳在她手腕上打结。

孟昀说：“你干吗护着它，我跟它谁才是你女朋友？”

陈樾没说话，正好轻捧着她的手，便将大拇指挪去她掌心，摩挲着画了个圈圈。跟拿拇指揉猫爪垫一样。孟昀笑着打了下他的手。

三轮车起步，几对年轻人经过，有个女孩奇怪地看了眼他们的三轮车。孟昀浑然不觉，三轮车多自在，不晕车、不堵车，还能兜风呢。

城市霓虹抛诸脑后。行到城乡接合部，黑漆漆的路边停了辆货车，挂了个灯泡，在摆摊卖植物花卉。

陈樾说：“买花回去好不好？”

孟昀说：“好呀。”

陈樾说：“想要什么花？”

孟昀说：“那个粉的月季，茉莉，还有蓝雪花。”

几盆茉莉月季和蓝雪花搬上三轮车，满满当当随车摇晃。氢气球悬在半空。

孟昀把木板条往前挪一下，跪在上头从后边搂住陈樾的脖子。

她下巴趴在他肩头，和他一起吹着晚风，看着山头晚霞似火，近处荷叶摇曳，荷花清香；又看天边星点渐起，稻田青黄，一束车灯光下，车轮滚滚向前方。

孟昀洗完澡，揉着吹得半干的头发进屋，就见蚊帐已经挂好。她的床不大，也没有床柱，陈樾在天花板上贴了几个固定挂钩做支点。蓝色的哆啦A梦飘在蚊帐旁。

茉莉、月季和蓝雪花的花盆已清洗干净，灰瓷红陶齐排排站在窗台上。

孟昀过去将三盆花看一遭，回头见桌上一个大瓷碗，葡萄、青枣和石榴洗干净了，沾着水珠。

她塞颗葡萄进嘴，抱着大瓷碗下楼，听见陈樾在浴室里开花洒的声响。小狸猫自暴自弃了，抹布一样挂在门槛上。孟昀经过时，它看都不看她一眼。

孟昀对它说："看吧，你们猫就没有狗有用。我把陈樾的东西全部偷走你也不知道。"

小狸猫耳朵都不动一下。

孟昀吃了颗青枣，看看四周，她早已熟悉他堂屋的摆设，想一想，沿着小楼梯上了楼去。

陈樾的阁楼和孟昀那边相同大小，配置也相似，只不过他房间更有生活气息些，屋里有淡淡的他身上的味道。书桌上摆满稿纸和笔筒；书架上放了些在野外捡的漂亮石头。

孟昀看见架子上有一只蜘蛛侠公仔，想起何嘉树有类似的，应该是他送的；还有些美国的手办，应该也是何嘉树送的。

他书桌前墙壁上挂了些明信片，年份、风景、寄信人不一。孟昀看一圈，多半是她认识的同班同学。没想到他话这么少一人，毕业后竟有那么多同学记着他。她甚至看到了姜岩和朱小曼的明信片，朱小曼是从丽江寄来的，写了些祝福的话。那时陈樾的收信地址还在研究生宿舍。

姜岩也给他写过。孟昀粗略一找就见了四张。有从西藏寄来的，有从鼓浪屿寄来的，有从周庄寄来的，有从泰山寄来的，密密麻麻讲着旅途上发生的故事。

这些年，孟昀国内外去过很多地方，也会在经过邮筒时片刻驻足，但她没有能写明信片的人。

她放下水果碗，见陈樾的蚊帐还没挂，挂钩倒是贴好了。她脱了鞋，抱了蚊帐站在床上，踮脚伸手去够，恰巧陈樾推门进来，见状忙踢了鞋子，一大步跨上床，说：“你放手，我来弄。”

他把绳子系在挂钩上，孟昀捧着帐子跟着他。他刚洗完澡，黑发一簇簇的，穿了T恤和短裤，一身的薄荷香皂香味。

陈樾系好三个角了，孟昀递给他第四个角，人往后一退，没站稳，床垫一凹，她猛地往后倒。陈樾立刻上前，单手捞住她的后背，把她带了回来。

孟昀趴在他怀里，心脏狂跳。

陈樾轻拍她后背，安抚说：“没扭到脚吧？”

“没有。”孟昀下了床，说，“吓死我了，我以为脑袋要撞墙上了。”

陈樾系好第四个角，说：“木头的，真撞到了，木头比你惨。”

孟昀伸手打了一下他的小腿，啪！

陈樾就不吭声了。

她拿起水果碗，说："本来要请你一起吃水果的，不给你吃了，走了。"

陈樾跳下床，拉住她的手，把她带回来。

她说："干吗？"

他轻声："再坐会儿。"

她挑着眉梢，说："那你要给我剥石榴。"

陈樾说："原来是不想自己剥。"

孟昀说："我想啊，但我不会。某些人说的，我非常不心灵手巧。"

陈樾笑了，拉了个凳子和藤椅过来，凳子上头摆水果，他坐藤椅里给她剥石榴。

她坐在床角吃枣子，说："我长这么大就没怎么正经吃过完整的石榴，主要太难剥了，让人烦躁。怎么会有水果长得这么不友好，身为水果，它应该反思它自己。"

陈樾拿小刀在石榴上划了三刀，刀尖一撬，石榴盖子掀开，露出了果衣和鲜红的籽。他听她说完，问："什么水果才友好？"

孟昀说："香蕉、橘子就是很让人省心、性格很好的水果，石榴就是性格不好的。"

陈樾又在石榴皮上划了几道竖线，说："那你跟石榴还挺像的。外表像，性格也像。"

孟昀脚伸过来，踢了下他的膝盖。女孩的腿又细又白，脚板心软软的，凉凉的。

陈樾双手一掰石榴，分成三块，再一掰，成了五块，去掉果衣，如同五座红钻石小矿山。孟昀忙推他："你刚才怎么剥的，我没看清楚！"

陈樾笑："谁让你不看的，下次。"他起身下楼去了，再上来时拿了个碗和小勺。他很快把石榴籽齐排剥落下来放进碗里，宝石般闪闪的一满碗，插上勺子递给她。

孟昀舀了勺石榴嚼，果质饱满清甜，满口留香。

她幸福得眯眼笑，说："好好吃。"舀一勺给陈樾，陈樾也吃了一口，很是清甜。

"我们院里的石榴能吃吗？"她伸头望，石榴树枝茂盛，红色的果儿垂在木窗边，"好像还不够大。"

"这树没人管，天养的，味道好不好，估计就云朵知道。"

孟昀笑起来："你进门的时候看见云朵挂在门槛上没有？"

"没有。"陈樾说，"你又跟它吵架了？"

"我给了它一些职业方面的建议。"孟昀说，转眼见木窗上一只壁虎，道，"你看，云朵就不会抓壁虎。"

"为什么要抓壁虎，壁虎吃蚊子的。"

孟昀"哦"一声，吃完一整碗石榴了，后知后觉地说："完了，我今天吃太多了。"

陈樾说："水果而已，不要紧。"

"哪有，晚上烧烤就吃了很多，肯定长胖了。"孟昀说，"来的时候没带秤，在这里天天吃，肯定重了。"

陈樾看她半刻，忽然起了身，过去将她打横抱起来，掂了掂，说："轻的。"

孟昀低笑："你又没抱过我，怎么比较？"

陈樾说："那次醉酒抱过的。"

孟昀说："那你以后每天都抱一下，看重了还是轻了。"

"好。"

陈樾将她放到床上，要起身，她却不松手了。她手腕搭在他脖子上，闻见他身上的气息，不禁朝他仰头。他呼吸就乱了，低头迎上她的唇，她顺势往后倒，他被她牵引着沉进了帐子里。

纱帘在额间摩擦，白花花的朦胧的世界。他的鼻息炙热而潮湿，抚过她的唇角，她的耳朵，她的脖颈。

陈樾将她搂在怀中，手掌轻摁在她后背，像捧着易碎的玻璃般悉心。指尖隔着衣料，顺着她的蝴蝶骨触到肩头。她就势缩了下肩，西瓜红的肩带松落下去。

陈樾一下子就不知道手该放哪儿了。

孟昀正吻着他的脸颊，鬓角碰着他发烫的耳朵，轻轻笑了，一颗心贴近了他的手心。就听他呼吸凝滞，吸气声明显重了下去。

帐帘沙沙作响，缠着她宽松的裙摆，在床单上搅成一团。触摸，爱抚。她脚丫子伸出蚊帐，又拉进去。帐子滑过皮肤，质地有种磨砂的粗糙感，像他手掌抚的感觉，像他的黑发滑过的感觉。他的吻，便是山中夏夜的感觉，潮湿，赤诚，热烈，直穿心间。

那晚孟昀在陈樾怀中睡得格外安稳，来这里那么久，终于有了一个美梦。归根结底，她是个讨厌寂寞的人。

第二天出门时，又碰上了李桐。

孟昀扶着陈樾的肩膀，爬上摩托车坐好后，凑到他耳边说："我知道了。"

陈樾踢了支架，问："知道什么？"

孟昀说："知道为什么那天晚上没有听到声音。"

陈樾没答话，耳朵在清晨的阳光照射下，泛着粉粉的红。孟昀没忍住伸手揉了他一把。

上午孟昀给初一（3）班的学生上课。她按学生们的声音特点将他们分成四个声部，男高音、女高音、男低音和女低音。她教了他们《瑶族舞曲》，分声部进行合唱。学生从没唱过四声部，学得很认真。四声部的和声比双声部更加立体高级，层次也更丰富悠远。

和声从教室窗户荡开去，把李桐吸引过来了，她录了个小视频上传到学校的短视频账号上，笑道："孟老师，你这是要搞个大山里的合唱团了呀。"

成浩然说："我们不只有合唱团，还有说唱天王！"

李桐举着手机问："哪个是说唱天王？"

杨临钊双手拍桌，随口就唱："我们的音乐老师她又美又靓，她每节课都换新衣还不带重样，她脾气不好，个性又强，她还好意思说她心地很善良，你们信不信，反正我是不敢想……"

孟昀说："李桐你还真录啊？给我删了。"

教室里头笑成一团。

那天中午，孟昀和李桐都不想去食堂吃饭，便去校外吃米线。李桐提起上午的事，说："我们这里的娃娃，就是太不会表达情绪和感受了。谢谢你啊噶孟昀。"

孟昀说："谢谢是担不起的。我要不做点儿什么，这趟过来就纯属划水了。"两人穿梭在小巷中，她说："这个老房子修好了？之前都快塌了。"

"在修呢。"李桐说，"柏树说了，小村镇呢，要保留本地的建筑风格和民俗习惯，还说大城市的人喜欢来村寨走走。"

"那倒是。"孟昀放眼四周，皆是古旧木楼，掩映在绿树繁花之中，层层叠叠，弯弯曲曲。镇子依山而建，处处斜坡砖梯，处处可见峡谷青山。若是来旅游，在小巷子里走走转转，瞧瞧当地人的生活样貌和自然风光，是很有意思的。

两人吃完米粉，路过一户人家正在卖烧豆腐，禾场正对着山崖，天高地阔。烧烤桌露天摆着，老妈妈在桌后烧豆腐，食客围坐着吃。

孟昀觉得这处风景太棒，拍了张照片发给陈樾，说："下次来这里吃。"

他那边很快回了："好。"

收起手机，李桐说："陈樾今天去接新体育老师了。"

"我知道啊。"孟昀心一紧，以为她发消息被看见了。好在李桐并未察觉，期盼地说："要是新老师跟徐江松一样热情就好了。"

孟昀就说："我不热情咧。"

李桐哈哈大笑，打了她肩膀一下，说："这不影响我喜欢你呢。"

孟昀也笑："我也喜欢你。"

天气太热，两人又去吃了冰稀饭，喝了木瓜水，在外头晃荡了一个中午。李桐要去趟镇小学，孟昀独自回校。刚进学校，见一大群人聚在操场上。

全是初中的学生，大概有三个班，整整齐齐站成三个方阵。场地中央，一个年轻男子身着时髦新潮的运动服和运动鞋，带着一帮衣衫暗淡的学生打球，摄像师搬着机器正在拍摄。

孟昀见有学生是下午第一堂课要上音乐课的班级的，问："这是在干什么？"

学生说："录像呢。"

孟昀回办公室一问，小兰老师说："不知道哪里的小明星，不认识，反正给学校捐了三万块钱。拍点儿爱心视频做纪念。"

孟昀隔着窗户瞥一眼，球打完了。陪打的学生坐在地上抹汗，那小明星由助理打着伞，看着摄像师手里的镜头回放，跟他商量着什么。

很快小明星回到球场上，再次跟学生们一起打篮球，搞出一副如火如荼的样子。打了一半他又下场了，钻进伞里看视频素材。

学生们满头的汗，坐在大太阳底下等。

头顶电风扇呼呼转着，孟昀唇上起了汗，手里的笔在桌子上啄木似的敲了一阵。

小竹说："哪个惹了孟老师了，敲桌子搞噪声？"

孟昀不讲话，丢了笔就出去了。

"来来来，同学们，都起来！咱们再拍一遍啊！"经纪人让坐在地上的学生们站起来，小明星跟他们再次投入比赛，摄像师开始拍摄。

孟昀在办公室里搜索过这个人，说是网红吧，也可以说是小明星。他时不时参演一些叫不出名字的戏，演一些让人记不住的角儿，很会拍炫酷短视频，账号粉丝众多，偶尔会插播慈善，跟那种专门拍扶贫来吸粉的网红还不一样。

她走到一排学生旁边，找了个自己认识的，问："你们怎么还在这儿？"

学生说："有球赛，我们当观众。在录像呢。"

孟昀问："那个班的学生呢？过会儿没课？"

"他们是体育课。"

新来的体育老师飞机延误，还没到呢。

孟昀望向场边，那小明星休息处好大阵仗，遮阳伞、沙滩椅、冰桶饮料汽水，他的经纪人是个精英女性，戴着墨镜，站在伞底下喝着冷饮，举着电动小风扇。连几个助理样的姑娘都瘫在椅子上玩手机。

学校这边只有个去年毕业入职还不到一年的语文教师小茉，她是若阳人，又瘦又小又胆怯，站在太阳底下不敢吱声。

孟昀过去问小茉：“拍这个，校长知道吗？”

小茉说：“校长出差了，王主任也去城里了。这本来不是大事情……本来，也就十几分钟的事。”

孟昀说：“拍多久了？”

小茉说：“十二点开始的。”

现在下午一点四十五分了。

许是孟昀脸色很差，小茉说：“我催过好几次，但他们不听我的，说要把效果拍好。”

孟昀说：“你别死心眼站这儿了，去休息吧，脸都晒出油了。”

小茉立在原地不动，说：“学生都没走。”

那头球赛停了，小明星满头大汗跑进遮阳伞里，接过助理递过来的冰水，大口喝着，招来摄影师回看视频。助理拿毛巾帮他擦汗，化妆师又过来补妆。

小明星指着镜头，说：“这个角度明明很帅，但你只停留了半秒……”

当“观众”的学生们仍站在烈日下，打球的那几个坐在地上，低着头喘气。

孟昀说：“初二（3）班的，去音乐教室；初二（2）班的，你们这节课体育老师没来，换成音乐课了，都去（3）班教室，两人坐一个位置。”

学生们起先愣了一下，但既然老师发话了，有人转身就往教学楼走，三三两两，队伍一下散开了。

“欸欸欸欸，怎么回事儿啊，这都没拍完呢怎么回事啊？”经纪人手指着学生们，走上前来。

有些学生停在原地，踟蹰不前。

孟昀说："听我的，都回教室去。"

余光里就见那小明星起了身要过来看情况，但孟昀扭头看了他一眼，只一眼，他又坐回去了。孟昀长得太漂亮，很多时候只靠脸就能避免男人跟她起冲突。

倒是经纪人一转头，怒道："你谁啊？叫你们——"

她上下打量孟昀，孟昀恰巧穿了件很时尚的香奈儿黑底白花连衣裙，手腕上的镯子也价格不菲。加上她的脸太白皙，明显不是当地人，经纪人又问了一遍："你谁啊？"

孟昀说："志愿者。"

经纪人一听就横起来了，说："叫你们领导来！"

"领导不在。再说我一个志愿者，又没工钱，怕什么领导？"孟昀说，"我劝你们见好就收。"

"学生们全都回来！没拍完！"女经纪人喊了一声，墨镜下，她横肉直抖，"我们给学校捐了钱的！"

孟昀见有些学生真停下了，对她说："你给我闭嘴。"转身吼："全都给我回教室！"

再看经纪人，压低了声音，问："捐了钱就当自己是祖宗了？这么热的天，你晓得打伞、喝冰水、扇风扇，学生被你们丢在大太阳下头暴晒，你们有没有半点儿良心？"

"你叫谁闭嘴啊？"女经纪人往前一步，对上孟昀，喊，"你他妈叫谁闭嘴呢？年轻人晒一晒怎么了？三万块钱是那么好赚的？知道我们家粉丝多少吗，随便一个集资捐款能买你十几个学校。我奉劝你现在把学生全都给我叫回来！不然你别后悔。”

孟昀哂笑一声：“自己篮球技术烂，拍一百条也没用。”

明星小助理腾地站起来，走过来指她：“你说什么呢？！”

经纪人也怒道：“你他妈的会不会说话？”

“你们搞慈善是装的还是真的，我不管，但你们也该适可而止！”孟昀冷了脸，“一条视频而已，至于让你们拉着上百个学生在这儿暴晒吗？！一个破明星一个破经纪人，真以为自己高人一等了？”

经纪人话赶话，什么都说出来了：“老子就是给了钱，就是比这边的人都高人一等了，怎么着吧？”

孟昀说：“那钱可是你们主动给的，不是我们求的，看看现在，又是谁求谁啊？”

经纪人怒极：“你他妈——”

孟昀：“闭嘴吧你。你刚问谁他妈叫你闭嘴？我叫你闭嘴呢。张口闭口说话他妈他妈的，你是自己没妈啊逮着我叫他妈？”

经纪人：“你妈！”

孟昀笑了一声，说：“你倒是想，可你没这个功能啊。”

女经纪人上前就将孟昀猛地一推，孟昀哪里能让自己吃亏，一巴掌挥在对方脸上，两人掰扯到了一起，助理上前来帮忙，要打孟昀的头，孟昀还没挨上，就感觉自己被人揽进怀里，一只手臂有力地将那两个女人从她面前撕扯开去。

孟昀抬头，陈樾下颌咬得紧紧的，看着对方两个女人，用力说了句：“谢谢你们的捐款。”

女经纪人刚才挨了一巴掌，不服气，还要上前，陈樾迅速挡在孟昀前头，经纪人一只手刚抓在陈樾脖子上，被赶过来的摄影师拉回去稳住了。

女经纪人道："你是这学校的负责人？"

"志愿者。"

"呵呵，这学校稀奇了，全是志愿者，就没有个管事的？敢这么对捐款人，我让你们把钱还回来信不信？"

陈樾说："不还。"

"你……"经纪人想骂人，但陈樾很平静，分明参与此事，却又有种周身脱离此事的疏离感，她质问，"你凭什么不还？"

陈樾说："你可以去查法规。"仿佛跟她多讲一句话都是费口舌。

经纪人被他堵死，找不到由头骂人，点点头，嬉笑起来："算了，送给你们了，无所谓，反正我们 ××× 随便一个戏里客串都几十万元，这三万就当喂狗了。"

孟昀登时就恼火了，要上前骂人，陈樾握紧她的手，将她稳稳牵摁在身后，说："女士，我建议你说话不要太过分，对自己不好。说自己的同类是狗，这对你有什么好处？"

他越是从容淡定，经纪人越是气急败坏："我说话过分，还有更过分的呢。"她手往周围一指："一群二货，天生下贱的东西！"

四周寂静。尚未走散的学生们无声盯着她看。摄影师立刻打圆场："都和气点儿和气点儿。"

陈樾看了看附近的学生们，又看了看经纪人，才扭头，问："小茉老师，都拍下来了？"

小茉垂着的手里拿着手机，她点点头："从中午就一直录着。"

经纪人一下傻了眼，反应过来就要扑向小茉，但陈樾早于她之前拿到手机，装进裤兜。经纪人这下不顾自己的高贵脸面了，竟要往陈樾裤子里捞抢，孟昀拦上前去一推："往哪儿摸呢死变态，要流氓啊你？！"孟昀拿手指她，"你再靠近他一下，信不信我撕了你！"

这下，连助理也过来拉经纪人了。

那女的气得浑身直抖，但一句脏话、侮辱人的话都不讲了。她在原地站了会儿，那边几个人商量一下，助理回来跟她讲了几句悄悄话。经纪人说："行了，我们不拍了。现在就走，行了吧。"

陈樾说："不行。"

摄影师觉着他是个斯文好说话的，上来相劝，说经纪人最近工作不顺、烦躁了些，是她不对，又夸陈樾有风度不跟小人计较，各种话都说了。

陈樾耐耐心心听完了，还是那两个字："不行。"

他看向经纪人，说："你刚才骂人，操场上这些孩子都听到了。你一个个去鞠躬道歉。"

"你别得寸进尺啊——"

"你该感谢她。"陈樾下巴朝孟昀偏了一下，说，"她把学生都赶回教室了。不然，您今天鞠躬会鞠得有些辛苦。"

经纪人气得脸颊涨红，倒是那个小明星走上前来，说："我们本意不坏，是事情没做好。看在我们千里迢迢跑来宣传慈善的分儿上，就各退一步吧。"

"我退了。"陈樾看向他，说，"我第一句话就说了，感谢你们的捐助。她刚才骂的话，我没往心里去，她不用跟我道歉。但有学生被骂了，我不能代表他们退一步，她必须跟他们道歉。"

小明星看他半刻，又看看周围的学生——有站了一中午晒得满头大汗的，有陪他打了一中午的球浑身湿透的，孩子们的眼神沉默而漆黑。

小明星低了头，转身时跟经纪人说："你知错就改吧。"

"就没见过这样的人。"新来的体育老师严林跟丁棉棉一般年纪，是刚毕了业搞间隔年的小年轻。他倒了杯水，一屁股跳上办公桌坐着，说，"还好陈樾厉害，她拽得二五八万，还不是一个个鞠躬道歉了。呵呵，傻了吧。"

陈樾没说话，倒了杯水给孟昀。

午休结束铃响了，孟昀说："严林，你去音乐教室吧。学生们都在，累了一中午，你带他们休息会儿，讲讲闲话。"

严林立刻跳下桌，敬了个礼："正好！去跟他们培养感情！"

人一走，办公室里只剩下了孟昀和陈樾。

孟昀说："李桐想要个活泼的，这个够活泼了。"

陈樾淡笑："一路开车回来，我已经知道他前女友的二姑妈是干什么的了。"

孟昀问："小茉怎么会录视频的？"

陈樾说："没录，骗他们的。"

陈樾当时接了严林过来，见孟昀跟人吵架，一过去便让小茉开手机录像，教她说全程都录了。

孟昀大笑，打了他一下："看不出你这么坏，这么损的招儿你都想得出来！"

陈樾认真看她，问：“坏吗？”

孟昀心头一痒，趴在桌上和他对视，小声说：“不坏，特别好。”说完眼皮一垂，问：“我是不是很凶啊……”

陈樾：“嗯？”

孟昀说：“刚才。”

陈樾抿唇笑，低声：“很可爱。”

“胡说！”

“真的。”他弯唇，有些腼腆。

很可爱，尤其是护在他身前，说“信不信我撕了你”的时候。

“嘁。”孟昀还不满意，“现在觉得可爱，以后就会说我凶，还有脾气不好，又娇气。”

“我不觉得。”陈樾说。

“刚谈恋爱，你当然不觉得了。以后就会给我减分的。”

陈樾意识到这似乎是她心里的一个疙瘩，一个死结，于是很认真地说：“我很早就知道你脾气不好，急躁，会骂人，还娇气。我都知道的。”

孟昀瞪圆了眼睛：“欸，你说什么呢？”她一巴掌狠狠打在他手背上，霎时红了一片。

陈樾慢慢道：“我话还没讲完，意思是，不会再减分了。”

“哼。谁知道真的假的！”她话这么说，却伸手把他被打的手背揉了一下。

陈樾从背包里拿出一袋山竹，说：“刚在路上看到有人卖山竹，很新鲜，给你买了点儿。”

孟昀扒拉开塑料袋，山竹个儿大又饱满，蒂把新鲜翠绿。她又往桌上一趴，说：“不想剥，手会疼的。”

陈樾拿了矿泉水瓶，去室外洗了手，回来给她剥山竹。他一只手握住山竹，一只手捏住蒂把一扯，果蒂落下，再一挤，厚厚的山竹壳裂成两半，白色的果肉全露出来了。孟昀觉得，好像什么事情到他手里都变得很简单。

剥好的果子递过来，她低头就咬，干干净净不沾手。酸甜又清凉，美味极了。孟昀说：“在乡下最大的好处就是蔬菜水果都太新鲜了。”

电风扇在头顶呼呼转着，室外知了鸣叫。

孟昀趴在桌上一边吃果肉，一边看陈樾剥山竹，紫红色的汁液沾了他的手，她说：“刚才那帮人太恶心了。”

陈樾平淡地说：“慈善这块，缺口太大了，没资格去挑三拣四。”

他把剥好的山竹递给孟昀。孟昀接过，说：“你自己也吃啊。我只是受不了他们那种嘴脸。”

“嘴不嘴脸的，不管他们。”陈樾说，“你猜这个山竹里边有几瓣？”

孟昀掂了掂，说：“五瓣！”

陈樾说：“六瓣。”

孟昀说：“我就猜五瓣。我们赌点儿什么，你输了就给我洗鞋子！”

陈樾看她：“你输了呢？”

孟昀说：“任君处置。你要什么？”

陈樾想了想：“好像也没什么要的。”

孟昀瞪他。

陈樾说：“输了就亲我一下。”

孟昀说：“就这个啊。”

陈樾说：“就这个。”

孟昀说："好。开吧。"

陈樾捏开山竹，孟昀凑上去数："一、二、三、四、五……六。你居然猜对了？"

陈樾把果肉递给她，怕在办公室影响不好，说："先欠着。"

孟昀低笑："回去补上。"

午休铃刚响没一会儿，学生们还没从宿舍过来。办公室窗明几净，外头阳光热烈，两人都笑得无声。

孟昀又拿了一个，说："这次我猜六瓣，绝对不会错。"

陈樾看一眼，说："八瓣。"

孟昀："怎么可能那么多？"

陈樾拿手背蹭蹭鼻子，眼里含了笑意，说："我就要猜八瓣。"

孟昀说："那你等着给我洗鞋子吧。"

山竹剥开，居然真有八瓣，孟昀纳闷："你怎么又猜对了？"陈樾剥了果肉递到她嘴边，她嘴唇软软的，贴着他的手指将山竹含进去。孟昀忽然醒悟："一定有鬼。"

陈樾低下了头，手掌遮住笑意。

"你告诉我。"她拉着他的手摇啊摇，陈樾只好说："山竹屁股这有朵花，这个花几瓣，果肉就几瓣。"

孟昀拿眼尾瞪他。陈樾被她看得不好意思，想笑又得忍着，躲又躲不开她的目光，说："早知道不告诉你了。"

孟昀打他的手，说："你出老千，你赔！"

这时，上课铃响了。

陈樾把最后一团果肉递给她，站起身，说："好，赔给你。"

他迅速瞥一眼窗外，趁着没有人影，拿食指在她额前眉间画了朵四瓣的小花儿。孟昀一愣，心里软塌塌地来不及反应，他拎上背包跑走了。

门框外是阳光灿烂的夏天，学生们的身影风一样闪过。她摸摸眉间，好像那里真的留了一朵山竹花儿。

第12章 梯田与月光

上课铃响，初三（1）班的学生涌进音乐教室。人刚坐满，一个活泼的男生就笑哈哈地发问："孟老师，你那天又发飙喽？"

小明星的事情已过去好些天，可毕竟引起过巨大风波，每次给新班级上课，同学们都要提一回。孟昀说："发什么飙？我是在讲道理。"

"你还打人了。"

孟昀说："她先打的我，我不还手啊？谁打你们，你们也得还手，知道吗？"

"孟老师，我们准备下去帮你咧，见操场上别的男生跑去了，樾哥也去了，就没下楼。"

孟昀一愣，原来当时学生们在她身后要护她。

"她比你壮一圈，都没讨到便宜，孟老师你厉害呀！"

哄堂大笑。

孟昀拿黑板擦拍拍黑板："好了，别讲闲话了，都给我规规矩矩上课啊。"

初三的学生比低年级的懂事些，笑闹声很快消散，孟昀在黑板上抄写《瑶族舞曲》的简谱。其他班都学过了，那天李桐录的视频放到网上居然火了，五十多万个赞，账号吸了十万粉丝，把李桐吓一大跳。孟昀倒没太在意。

她正写谱子，身后有人发问："孟老师，你很有钱吗？"

孟昀一愣，回身见全班同学注视着她。

她意识到，那经纪人骂的话不说伤到他们，也至少让他们困惑了。只是此刻他们很平静，仿佛置身事外。她收了粉笔走到钢琴边，思考一下，说："我也有很多没有的东西。"

"没有什么？"

"你看，你们那么开心快乐，坦荡豁达，我就没有啊。"孟昀说，"我特别俗气的，什么都想要，很贪心，最好一把抱住一大堆东西，结果什么都得不到。就像那个秃秃的山顶。"她指了下窗外，"那个经纪人啊，比我就更不如了。你们以后书读出来了，可别学她那样子。不然我拿巴掌扇你们。"

学生们有的笑了，但气氛依然低沉。

孟昀见状，语调轻松地说："都抬起头来，我跟那个经纪人，谁漂亮？"

学生们立刻回答："当然是孟老师，比她漂亮一万倍。"

"知道为什么我漂亮吗？"孟昀手摸胸口，"因为我心灵美。"

全班一阵哇啦啦的"呕吐"声，同学们无语了，也笑疯了，东倒西歪地捶胸口、捂肚子，各种呕吐状，爆笑成一团。

孟昀也笑，等笑闹声停了一阵，说："有时候啊，这个社会对成功的狭隘定义，绑架了很多人。你看，大家都说，你要长成一棵参天大树，最好是花梨木，还不能是没用又讨厌的桉树。可我想当一朵蘑菇呀，我好好长，就是超级好吃的菌子对不对？"

大家就笑了。

有人喊："孟老师，菌子就是菌子，不是蘑菇！"

"意思到了就行，别为难我一个外地人。"她拍拍手，说，"好了，上课吧。我们今天学的是四声部合唱。"

孟昀掀开琴盖，学生早学会了简谱，加上钢琴伴奏，很顺利地唱了出来："啦咪咪啦来——哆西来哆西啦嗦咪——"

高年级的学生感情充沛，将这曲子唱得百转千回，民族风的曲调里蕴含着来自大山的无限深情。孟昀听着，听到了每个人的疑惑、哀伤、憧憬和向往。

好的音乐会像一双手、一束光，激荡出困境者心中的斗志，牵引他们奋力奔向前方。她被感动了，也知他们亦被自己感动着。她忽然就透彻地懂得了陈樾说的希望是什么意思。她想，如果能给这些学生一些希望、一丝力量，她的志愿者之行就不算愧对他们了。

孟昀回到办公室，严林刚好上完体育课回来。年轻人满身蒸腾的热气，一屁股坐在孟昀前边的办公椅里，一身汗味。他浑身湿透了，拎着衣领不停地扇。小竹小菊看了他好几眼，运动型的男孩总是养眼些的。

丁棉棉拆开一包纸巾丢给他，说："擦擦汗吧。"又给他倒了杯水，"你也太能出汗了，再上一节体育课，要变成鱼干了。"

严林一只手擦着汗，一只手拿起水杯，笑说："我要变成鱼干了，你再给我泡回来呗。"

丁棉棉一团纸砸在他脸上。

这两人都是外向的性格，很合得来，又是一个城市的，几天就混熟了，成天有说有笑。

孟昀对外人的事情一贯没看法，小竹却说："又打情骂俏了？"

丁棉棉只当没听见，不搭理她。

恰巧李桐进来找孟昀，说国内很火的综艺节目《再出发吧》看到了那个合唱的短视频，他们刚好有期节目计划来云南录制，想来清林镇中学做做公益，顺道拍摄大山里的合唱团。

孟昀说：“我听学校安排，一切配合你们。”

到了下一周，李桐给了孟昀《再出发吧》的行程表，拍摄时间在6月中旬左右，摄制组在清林只有一天的行程，包括采访校长、公办教师，带学生上体育课，学生跟嘉宾明星比赛，这些项目由学校老师负责，孟昀只管带学生合唱就行。

下午放学后，陈樾照例来学校门口接她。自那次小明星事件后，同事对他俩关系有所猜测，两人不主动说，但也不遮掩了。

孟昀出校门时，陈樾已在门口等她。她春风满面地跑过去，扶着他肩膀跨坐上摩托车后座。陈樾启动了车，问：“今天学生很听话？”

“你怎么知道？”

“笑得那么开心。”

“那也可能是因为见到了你呀。”

陈樾就弯了唇。

“不过你说对了。”孟昀搂紧他的腰，说，“学生跟我越来越好。他们喜欢我，我也喜欢他们。”

陈樾说：“非得让别人先喜欢你。”

“我就要！”孟昀说完，颇有不满，“你就没有先喜欢我。”

陈樾没吭声，以为她要生气。但她很快自己一笑，说：“没关系，我们是一起喜欢的。”

今天有市集，陈樾载着孟昀去买些她喜欢吃的回去做晚饭。集市仍在小巷里，青石板两旁随地摆满小花布摊，人来人往，陈樾推着摩托车，孟昀懒得走，骑在摩托上荡脚丫，心情很不错，干脆趴在摩托上，托着腮看货物从眼前经过。

陈樾见状，说：“别磕到下巴。”

“哦。那个是什么？”孟昀指，“也是菌子吗？我没吃过。”

陈樾停了脚步，放下摩托车支架。

路边坐了位老人，拿芭蕉叶铺地做摊位，摆了不少菌子，有一丛形状好似珊瑚，又似小灵芝又似松塔，黑黢黢地镶着白边。

“是干巴菌。5月底了，差不多要上市了。”

陈樾蹲下挑了一大朵，问了价格。老人口齿不清，跟他比画。他没有还价，点了头。老人拿秤杆子称了斤两，摸索个皱巴巴的塑料袋给装上，递给陈樾。

陈樾给了他两百块。

孟昀趴在摩托上，一下坐起身：“这么点儿，这么贵呀？”

陈樾说：“已经很便宜了。这菌子少，没法人工栽培，都是进山采的。在城里一斤要五六百，雨水少的年份更贵。”

陈樾推了摩托继续往前走，孟昀说：“它长得奇奇怪怪，不过有点儿诡异得好看，挺漂亮的，要是长得丑，我都不想吃它。”

陈樾只是含笑，又买了小黄鱼跟西红柿。

孟昀骑在摩托上，忽见严林和丁棉棉进了一家米线店，她正想着要不要打个招呼，见那两人挨得很近，丁棉棉几乎贴在严林身上。严林的手扶在她腰上，往下一滑，落到她屁股上。

孟昀移开眼神装没看见，看这两人的肢体语言，绝对已经睡过。孟昀有些吃惊于他俩的速度，不知是真在热火朝天谈恋爱，还是几夜情。横竖跟她没关系。

陈樾上了车，孟昀搂住他的腰，想着那两人的背影，不禁心事重重。

她跟陈樾在一起半个月了，几乎夜夜一处。她倒是没什么可心急，但陈樾完全没有表现出来半点儿心急的迹象，这反而叫她有些介怀了。

男人要是很喜欢一个女的，哪怕只是一般喜欢，也不会如此按捺得住。

她努力让自己不去多想，风一吹便抛去脑后。

回到家做饭，那干巴菌很难处理，陈樾拿了小刀，细细刮去表面尘土，按纹路撕成细条，一条条清洗。孟昀早就洗完了小黄鱼、西红柿跟葱、姜、蒜，抱着半个西瓜坐旁边，自己吃一口喂陈樾一口。云朵走过来，喵呜一声。

孟昀问："它能吃西瓜吗？"

陈樾说："一块应该没问题。"

孟昀舀一勺放在石地板上，云朵凑上来舔舔，嫌弃，走掉了。

"你这臭猫！"

照壁前，石榴果儿红彤彤的，长大了些。青瓦之外，西边的天空姹紫嫣红。

晚霞一丝丝消散，天空一度墨蓝，四方院落东屋和堂屋亮了灯。柏树今天进城了，不回来。陈樾和孟昀两人吃饭，没多做，一盘炸小黄鱼，一碗西红柿鸡蛋汤，一盘青椒炒干巴菌。

孟昀坐下："这菌子太香了！"她夹起来吃一口，稍稍瞪大眼，果然是从未吃过的美味，仿佛整个森林的香气藏在里头，"这也太好吃了吧。以前有人跟我说云南的菌子多好吃，我还不信。"

陈樾说："拌饭更好吃。"

孟昀拿了勺子就要舀，陈樾拦住，说："你先吃个小黄鱼。"

他拿了小碗，菌子一个个往里头拣，避开所有辣椒和辣椒籽。他解释："这个要想好吃，炒的时候一定得放辣椒，不然提不出味。"

孟昀啃着小黄鱼，说："你可以给我放一点点辣椒。"

陈樾夹了几个辣椒圈，又继续拣菌子。菌子是细碎的，他挑拣着，耐心而无声。孟昀看着他的脸，忽然很久都挪不开眼。她其实没有认真想过他哪里好，可又像空气一样，每一天都能细微地感受到。

他拣了大半碗菌子，米饭倒进去，舀了勺餐盘里的菜油浇上，和米饭拌好，插上勺子递给她。

香喷喷，色、香、味俱全。孟昀舀一口油亮的菌子拌饭，说："太好吃了！！！"

陈樾笑："下次还做，好不好？"

孟昀点头。

三道菜，两个人吃完正好，不撑食也不浪费。

陈樾收了餐盘清洗，孟昀去洗头、洗澡、吹头发。等她折腾半天出来，院子里安安静静的。灯光铺在天井里，小狸猫在地上打滚，孟昀探头一看，陈樾坐在书桌前对着电脑，好像在工作的样子。

孟昀往自己屋里走，低头见她的鞋子洗干净了，晾在台阶上。因是白鞋子，外头还裹了层卫生纸。这是他帮她第三次洗鞋子。

那一回，她明明赌输了，他却还是让她赢了。

孟昀上了楼，心情很好，开着落地扇吹了会儿风。她拿出吉他，试着谱曲弹唱。如果顺利，她想这两天再录一首短歌。她拨弄吉他，唱着随意的歌词，转头见电风扇在吹自己，还凑过去对着它"哇啊啊啊啦啦啦——"了一下。

她心情愉悦，突发奇想，觉得可以在歌曲里加上一段玩闹的"哇啊啊啊啦啦啦——"于是一只手扶吉他，另一只手拿笔在本子上记录。

到了不知什么时间，桌上手机响了。

是陈樾的消息："怎么不过来？"

孟昀打字："你不是在工作吗？我怕吵到你。"

陈樾："不会吵到我。"

孟昀："是是是，你是好学生，你最专注。"

陈樾："过来。西瓜还没吃完。"

孟昀收了手机，抱着吉他和纸笔下了楼，穿过天井去对面。

一进陈樾堂屋，他书桌已收拾一半出来，给她放本子和笔，藤椅也摆在一旁。

孟昀抱着吉他，坐到他身旁的藤椅里，说："奇了怪了，隔这么近你真不会觉得吵？过会儿你要是嫌了，想赶我走，可没那么容易了。同学，别怪我没事先提醒你，请神容易送神难。"

陈樾只是笑笑，眼睛看着电脑屏幕里的资料。

孟昀摸着吉他，静了静神，思绪回到刚才的曲调上去，重新哼唱起来，拨弄吉他弦。

陈樾看着电脑屏幕，时而看文献，时而查资料，时而写数据，竟真的毫不受她干扰。倒是偶尔松懈下来，会听一听她在身边轻轻地哼歌声，而后又将注意力放回工作中。

孟昀专心谱着曲，时不时伸手拿笔在桌上记录，便瞥他一眼，见他专注的侧脸有种干净的性感。

吊扇在屋顶转动，鼓着她的睡裙、他的衣衫，云朵又变成了一只液体猫挂在门槛上。

夏夜，静而美妙。

孟昀望着这一切，思绪有些恍惚，仿佛旧日安宁的时光。

某一刻，陈樾手机响了，是轩子。问他周末回不回若阳玩，陈樾说不回。轩子又说，乡下有早摘的菌子没有，阿丘想吃菌，周末他们要是过来玩，他有没有空一起。

陈樾说：“你们自己玩吧，我周末有事。”

正说着，孟昀脑子里想着音乐，无意识哼唱一声，拨了下吉他。

已近夜里十一点半。

轩子在电话那头听到了，小声问：“孟昀？”

陈樾说：“嗯。”

轩子说：“这么晚还在一起，谈工作？”

陈樾说：“女朋友。”

孟昀正找调儿呢，扭过头来，不太在状态地奇怪地看了陈樾一眼。但陈樾表情很淡然，她也不当回事，搞自己的事情去了。

电话那头，轩子没多说，道：“行吧，下次聊。”

陈樾挂了电话。

孟昀问：“轩子？”

陈樾说：“嗯。”

“他问我干吗？”

“听见声音了。”

孟昀哼唧：“怎么，怪我不小心发出声音，让你藏不住了吗？”

陈樾笑说：“你这个人，自己瞎想，还给我安罪名。谁要藏你了？”他牵了牵她的手。孟昀缩回，反手轻打他一下，他的手追上来又牵住她。她这回不挣脱了，乖乖让他握着。

陈樾一只手拉着她，眼睛又看向电脑了。孟昀瞧着他那认真模样，忽然放下吉他，人往他椅子里一挤，坐进了他怀里。

陈樾正看电脑，另一只手还握着鼠标，定了两秒之后，眼神挪到她脸上。她温热的双唇就贴了上来。呼吸交缠，她嗅到他唇间西瓜的清新香味，或许是她自己的，她不禁深深呼吸了一下。陈樾因担心她摔下，紧扶着她的腰，手掌炙热。许是大开的堂屋门让她心里刺激，她搂着他的脖子，吻得格外用力。陈樾亦动了情，回应得更霸道些，手掌沿着脊骨扶到她后脑，紧紧托着，唇瓣吻舔，吮得她舌根都发疼了。

她多喜欢他的亲吻啊，好像那些不会说的爱都藏在里面；她恍惚记得有次他说他手指粗糙，当时不觉，如今却深有体会。像极了纱帐拂过肌肤，一阵阵地磨进心底。她多喜欢他的手指从她肌肤上滑过的触感，每一寸。

“喵！”云朵在门槛上极轻地一叫。

孟昀的心像突然被雨水击打了的芭蕉叶，颤颤抖抖，她牵着他的手带他向更深处探寻，他还不太适应，呼吸如烧热的铁。人有些僵硬，但并没有抵触，随着她的手指往下。

陈樾极沉地喘了一口气，嘴唇干了。孟昀的手滑上他手腕处，轻轻摁着，有些无力地抠了他一下，松开了。陈樾已是面红如烧，手指轻颤着，往那湿润温热之处缓缓沉下去。她仿佛被羽毛撩动一般，痒得难耐，什么也不管了，低声呢喃：“北屋没有人的。”人往他手心贴坐过去。

他眉心紧皱起来，有些难受地一低头，干热的嘴唇擦过她的耳朵，低低地沙哑地唤：“孟昀……”

“嗯——”她娇娇地轻哼一声，趴在他肩头，用力闭紧了眼睛。孟昀重重喘着气，手掌焦灼地摁在他胸口，他心跳像疯了般在她掌心弹动，她的手突然转了方向，落到下面去，碰了他一下。就听他发出一丝急促的吸气声。他猛地就抓了一下她的手腕，却终又松开，人已是无法坐直，一头埋进她脖颈间。

门外，夜色沉沉。

又是一个周六，天气晴好。

陈樾早起煮了白粥，今天要带孟昀去看上次的梯田，顺带野餐。他准备了白切牛肉配蘸酱、傣味春鸡丝；煮熟的玉米、红薯、小芋头、糯米饭；新鲜的松茸、青瓜、小西红柿；外加黄桃、草莓、杨梅和葡萄，分门别类拿保鲜盒装好。

孟昀洗漱完，走过天井，碰见柏树出门，问："这么早？"

柏树说："周末去若阳玩两天。"

孟昀问："李桐在外边？"

"嗯。"

陈樾余光看见孟昀的身影跑开，在角门那儿唤："李桐，明天回来的时候给我买奶茶，加燕麦和红豆。微信转钱给你。"

"一杯奶茶要什么钱呀。"

"那好吧，下次请你吃烧洋芋。"

她的拖鞋声靠近，云朵趴在门槛上喵呜一叫。灿烂的阳光被遮挡一下，孟昀走进来了，陈樾刚把野餐准备好。

"好丰盛啊，现在能吃吗？"她嗓音轻快。

陈樾下巴指了桌上的清粥、榨菜和煮鸡蛋，说："早餐在那儿。"

孟昀舀了清粥，见那码得整齐的两摞保鲜盒，说："你还跟以前一样有点儿强迫症。"

陈樾说："你知道我以前？"

孟昀原是随口说，被他一问，张了口，却忆不起具体的例子，说："反正就是，好像有那感觉，读书的时候。"

陈樾喝着粥，说："读书的时候，你应该对我没印象。"

孟昀说："有的。"

陈樾看向她，眼神认真，是想听她讲的。

孟昀在脑子里搜刮一圈，慢慢回忆：“就觉得你很安静，不爱说话，不给人添麻烦，也不招惹是非。长得好看，学习好就不说了。哦，不知道为什么，你那时候就给我一种很讲原则的感觉了，但为什么，我忘了。反正是个好人。还有，有次看到你的眼睛，眼神很干净。我还想，哇，果然眼睛是心灵的窗户。”

陈樾说：“哪一次？”

孟昀说：“就是你给我搬书那次，我给你递纸巾，你就看了我一眼。我记得很清楚。”

陈樾唇角微弯，原来自己在她心里也有过美好的画面。

“就那一眼，你之前全程不理我的。”

他解释：“那时年纪小，刚去新地方，不会跟人打交道，容易紧张。”

“现在还不是一样，上次我拉你手，你干吗紧张成那样？怕我吃了你啊？”她说的是隔着蚊帐的那次牵手，又狡黠道，“再说，就算我要吃了你，你又能怎么样呢，陈樾同学？”

陈樾不讲话，想到些别的画面，笑容就赧然了，扭过头去，见庭院里阳光灿烂了些。

两人吃完早餐，喂了猫，出发时孟昀说：“我要带吉他。”

陈樾把吉他盒绑在摩托后座上，上车前，他从兜里拿出个彩色的东西夹在她头发上。

“什么呀？”孟昀伸手摸。

他怕她扯到头发，又帮忙拿下来，是个彩色的小风车，立在发夹上，风一吹便轻轻转动。

孟昀觉得可爱：“你在哪里买的？”

“地摊上看见的，想起你，就买了。”他把风车夹在她肩头，说，“路上风大，会扯头发，先让它站你肩上。”

“好。”

摩托在山间飞驰，她肩头的小风车呼啦啦转，她搂着他的腰，和他贴在一起，像弓在一起的两只虾米。行到某处拐弯儿，陈樾放慢车速，渐渐停下，孟昀肩上的小风车也停止了转动。她头还贴着他后背，他说：“孟昀你看。”

孟昀这才抬头，前方一辆货车正缓缓过弯道，货车上拉着一扇极长的风车叶片，巨大，洁白，像山林里一只飞翔的白鸽。摩托停在货车百米外，但那叶片伸展过来，浩大地展现在山路上。

陈樾侧头说：“看见没，那是专门运送叶片上山的货车。”

那货车玩具一样灵活，风车叶片并非固定在货装箱里，而是定在可调节方向的转盘上，前后好几个司机同时操控。车头慢慢转弯，前进，后退，调整角度，车尾那叶片也跟着调整角度，前前后后花了十来分钟，货车终于过了弯道，继续前行。

陈樾加速了，摩托经过车边，孟昀仰头望着近在咫尺的白色巨物，在阳光下散着耀眼的金属光泽。很快，他们将它甩在身后。摩托下了公路，在小路上继续行驶，上午十点多的时候，到了上次那片梯田。

风光已大变，水镜子一片也找不着了，全披了青衣，漫山遍野，层层叠叠的绿。各家谷物种植时间有先后，种类又有不同，那些绿色在阳光下呈现出深浅不一的情态，加上浮云低垂，遮掩了阳光，明明暗暗，无数种绿色颜料铺撒天地。孟昀站在山巅的清风里，心情开阔。

陈樾问：“现在要吉他吗？”

孟昀说：“好啊。”

她坐在树荫下的大石头上，抱了吉他。陈樾坐在她身边，看着阳光云影下的梯田，任她后背斜靠着他侧肩，她心情不错，唱着歌。

山上的雨停了，我们去晒稻谷吧，

晒在禾场里，晒在屋顶上，

风儿你放肆吹，全部刮走也无所谓，

我只留一颗，种在花盆里，

你在高高的阁楼上，说前方天气晴，船长我们继续航行。

哇啊啊啊啦啦啦啦……

我们去晒稻谷吧。

那曲子可爱又迷人，满满夏天的气息，带着青草的香味。

她唱完了，问："好听吗？"

"好听。"

"要奖励。"她冲他嘟嘴巴。

陈樾便凑近来，轻轻含吻她的唇。孟昀闭上眼，在山风里深吸一口气，闻见他的气息和稻田的香味。

孟昀说："我就在这里录视频。"

陈樾帮她举手机，镜头仍是自拍模式。孟昀伸手指屏幕，教他："我不露脸的，这里，屏幕最上头，碰到我的下巴边边就可以。"

陈樾说："我知道。"说完心里一紧，以为要露馅。孟昀却未多疑，笑说："是，你聪明，你什么都知道。"

陈樾抿唇："你自己看，这取景框对不对？"

镜头里孟昀未露脸，抱着吉他坐在石头上，身后一侧是斑驳树荫，一侧是阳光梯田。她很满意，说："你太懂了吧，取景框完美，就是我想要的感觉。"

陈樾点了录像，她就着轻抚的山风唱起歌，唱完一拍吉他，笑着伸手摁了暂停。她拿手机时不小心撞了陈樾的手，镜头一歪，照了陈樾半边肩膀进去。而她的一抹笑容也被捕捉到，只露出半边嘴角，看不出什么，孟昀不在意，发送了视频。

两人收了吉他，下了梯田。这个时节，田里长满稻谷，一丛丛谷子干净挺拔，青若碧玉，在风里扬起阵阵稻浪，像青色的海洋。

最近天气好，草木茂盛，田埂也牢靠，横七竖八曲折上下。两人一层层往下走进青色海洋深处，如没入其中的小舟。

走到一块田前，那片地里居然结了细细的果。

孟昀道："这里结果了！"

"可能比别家种得早。"

她还从未见过米粒长在禾苗上的样子，蹲下观察半刻，剥开包衣，里头一排未成熟的米粒，十分可爱："没想到米饭是这么长出来的。"

陈樾也跟着蹲下，说，"你可以尝一粒。"

孟昀惊讶道："能直接吃？"

陈樾觉得好笑："尝一下不要紧。"

孟昀伸长脖子朝四周望："不会被逮到吧？"

"没事，人家不会跟你计较。"

孟昀揪了一小粒嚼，很嫩，软软的还有甜味："吃上去一点儿都不像米饭。像小果粒。"

她站起身，扬起手一指："这就是稻谷！以后我妈再也不能说我五谷不分了，我分的！"

陈樾跟在她后头，随口一问："另外四谷是什么？"

孟昀转身就打了下他的手臂，而后继续往前，说："我分那么清楚做什么，反正你知道。你知道就等于我知道。"

陈樾听着她的歪理，莞尔一笑。

走到梯田底下朝上望，像站在绿色绝壁之中，又是另一番风景。只是，回去就没那么容易了。上去的路比下来累，且气温上升，越来越热。孟昀走到半路，兴致消退，只剩疲累，说："我走不动了。"

陈樾说："我背你。"

孟昀不舍得，说："不要。"

陈樾说："没事。"

孟昀说："我心疼你的。"

陈樾微弯唇，说："坐下来休息会儿？"他看到上层梯田有棵大树。孟昀一看，说："好吧，那你把我背到树下去。"

陈樾笑了："好。"

树离得不远，但田埂窄，不好走。陈樾怕摔到她，走得相当谨慎，还是费了番力气的。倒是孟昀趴在他背上，安稳快乐得很。到了树下，他脸上、身上都汗湿了。

两人在树下坐了会儿，孟昀往陈樾怀里一靠，天地间只有他们两人，田间微风吹着，她舒适惬意开去，眼皮沉沉，直往下耷拉。她困了，咕哝："早知道，不走到最底下去了。"

陈樾低头看她："那你睡一会儿？"

"你呢？"

"我吹会儿风。"

"是不是想偷看我睡觉？可以偷亲我哟。"孟昀懒懒一笑，搂着他的腰，脑袋在他肩上找了个舒服的位置，闭了眼。清风吹着，他的脖颈上全是夏天的味道，她觉得好闻，人昏昏沉沉的。

陈樾静静地坐在那儿，垂眸看着她笔挺的鼻子，微微启开的红唇，突然有点儿想碰碰她，但怕把她弄醒。她的鼻息撩在他脖子上，湿而热，很痒。他伸了一根指头，小心地挠挠痒。

风吹过树梢，阳光像被打碎了，光芒四散，在树荫底下满地跑。

她肩上的小风车时不时转转，呼啦啦啦……

陈樾抬头望，蓦地一愣，他们竟坐在一株高高的野生山核桃树下。风吹过，叶子簌簌作响，漫天的细碎阳光像星斗。蓝的天、白的光在树冠上闪烁。

他仰望了好一会儿，心底十分宁静。

这份静悄悄，却又和以前一个人时有所不同。

或许说，是安宁。

他低下头，看着手心孟昀的手，小小的，紧紧抓着他。

时光变得悠扬，一点儿都不漫长。

他可以承托着她的梦境，从夏天坐到秋天。

等孟昀睡醒，他肩膀有些酸了。

她脸蛋上压着红印，伸了个懒腰，精神又抖擞了，说："上去吧，我肚子饿瘪了。"

陈樾淡淡说："睡醒了就吃，你真像某种动物。"

孟昀立刻就说："我们是一对，我是什么，你就是什么。"

陈樾："嗯，说不赢你。"

他落在她身后。孟昀在前头怡然自得地走了会儿，发觉不对，刚要回头，他忽然从背后轻搂住她，一小束由狗尾巴草、稻穗、桔梗、铁线莲、枸杞花组成的小花束用青草捆成一小把，塞在她怀里。

孟昀惊喜："好漂亮。"扭头就在他下巴上亲了一口。

陈樾说："山上还有野玫瑰，下次摘一把给你。"

"好呀。"

两人回到观景台，坐在大石头上，保鲜盒一一打开。孟昀先蘸酱吃了牛肉，又吃了傣味春鸡丝，对美味很满意，便看着梯田晃荡脚丫。运动一遭，两人胃口都好，牛肉、鸡丝、玉米、红薯、糯米饭、青瓜，很快一扫而光。

孟昀吃完正餐吃葡萄，人往陈樾身上靠，手指扒拉手机屏幕："咦？"

陈樾垂眸："怎么了？"

她歪靠在他肩头，说："有个关注我的妹子，每条视频都前排留言的。今天好像没来。"

陈樾的手机在兜里，和她在一起这一天，他没碰过手机。

他轻声问："你会记得你的关注者？"

孟昀说："嗯，再说，她不一样。"

陈樾问："哪里不一样？"

孟昀放下手机，想了想："怎么说呢，虽然完全不认识，天各一方，但好像有种说不清的心灵牵绊，啧，牵绊也算不上，就是很奇特的感觉。"她停了一会儿，找不出语言形容，便说："想起来的时候，会觉得温暖。尤其是我很难的那段时间。"

陈樾起初没说话，过了许久，才说："她可能今天在忙，没看手机。晚上就会给你评论了。"

孟昀说："我才没担心呢，她对我是真爱，不会走的。"

她点开相机，靠在他怀里自拍。陈樾不太好意思，但很配合她，挨头、贴脸、亲脸、吻唇，都让她拍了。

下午四五点，两人启程回家。

孟昀突发奇想，背对背反坐在摩托上，说是要看风景。陈樾任她由她，只是把吉他盒绑得更紧了，说："扶稳了。"

山景在孟昀面前飞速后退，她绑紧了头发，逆着风唱着歌。半路跳出一只小松鼠，摩托车一个急扭，孟昀整个人被带着晃荡了一下。陈樾以为她会吓到，她却大笑起来："太好玩了！再来一次！"

陈樾晃动车头，让摩托扭着走，孟昀在后头被甩得身子乱扭，双脚乱飞，哈哈直笑。

一路笑回镇上，两人去悬崖边那家店吃了烧豆腐跟米线，日落西山，红霞满天。待吃完时，山谷里家家灯火、星星点点。

两人回了家，摩托停在门口，石阶上坐着个人，是苗盈。她拎着一兜鹰嘴桃站起身，见孟昀坐在陈樾车后搂着他的腰。苗盈有些怔愣。

陈樾也有些意外，问："你怎么来了？"

苗盈笑笑，说："我下来吃同学喜酒，姐夫家桃子收了，想着你在附近，给你带一点儿。"

陈樾说："谢谢。"

他开了院门，孟昀直接进去了，他接过那兜桃子，苗盈却没有要走的意思，跟着陈樾进了屋。

陈樾开了灯，给她倒了杯水，说："你今天不回去？"

苗盈说："周六啊，我住姐姐家。"

陈樾点头表示了解，云朵走过来，跳到他腿上，他低着头撸猫，没有主动和她讲话的意思。

苗盈习惯他的性格了，直接问："你跟孟昀谈恋爱了？"

陈樾正搔着云朵的下巴，这下抬头看她了，问："嗯，怎么了？"

苗盈说："其实，是朋友们知道了，都有些想说，但不好说。我想了想，作为朋友，还是要说。”

陈樾问：“说什么？”

苗盈说：“你不觉得你们很不合适吗？她是来这边玩的，以后走了你怎么办？本来镇子就小，还搞得所有人都知道了。她拍拍屁股走了，你一个人多不好呀。”

正说着，对面楼里传来哐哐的下楼声，苗盈住了嘴。

孟昀走过天井，出去了。陈樾的目光追着她移动了一下。

没动静了，苗盈又说：“陈樾，我们几个朋友都觉得，她这种大城市的娇小姐不会认真跟你处的。杨三先前的女朋友不就是吗，来若阳高中支教，那半年好得不行，人一走就把他甩了。”

陈樾摸着云朵的脑袋，忽然说：“你走吧。天晚了，你待在这里不好。”

苗盈脸一红，忙道：“我是真的关心你，那个女的一看就很肤浅玩心很重的——”

“苗盈，我高中老师教过我一句话，切忌交浅言深。”陈樾打断了，看向她，“你现在的行为就是。”

他说：“我跟你不熟。”

镇子上各家各户的灯光像星子掉进山林里。

孟昀站在路边玩打火机，噼里啪啦蹭燃了好几回。

院里不隔音，刚才那女的说话声不小，孟昀再听下去要炸，索性出来耳根清净。没冷静上几分钟，角门吱呀，苗盈出来了。两个女人对视一眼，互相面无表情。

这么短时间出来，孟昀就知道她是被赶出来的了，心里舒服了点儿，也不搭理她，直接往院里走。擦肩而过的一瞬，苗盈停下来：“你这种条件的人，明明能找到更好的。我也不是说陈樾不好，但他不是你这种人，你别玩弄人家感情。”

孟昀奚落地问：“这话他跟你讲的？”

苗盈哑口。

孟昀说：“你是他谁呀，替他张罗这么多？他同意了吗，要你来这儿指挥？”

孟昀撑人一贯只走自己的逻辑，死活不踏入对方的坑里。苗盈憋了会儿，又说：“你们读书时在一起那么久，要谈恋爱早谈了，会等到现在？要不是来这里环境特殊，你也不会看上他。等真的离开这里了，还一样吗？你扪心想想，你对他的喜欢纯不纯粹！”

孟昀说：“你纯粹，有什么用呢？”

苗盈的脸涨红了，想说什么，正组织语言，但孟昀吵架从不给对手留任何机会，一个白眼翻过进了屋，动静很大地锁了院门。至于对方会不会气死，她才不管。

何况，她也生气了，生陈樾的气。

她刚走到他堂屋门口，撞见他大步出来，两人迎面碰上。

孟昀瞧出他是要去寻自己，更有理由发挥了，一身的底气：“她跟你什么关系啊管这么多？那么心疼你，生怕我怎么你了。”突然灵光一闪，“你说的初吻该不会是她吧？你怎么会亲她这么个人！”

陈樾愣了一下，立刻说：“不是。她是阿丘的朋友，但我跟她不熟。”

他语气太过诚恳，甚至有丝急切，孟昀没法得寸进尺了，但她想了一下，又重新来气了，问：“她说的就是你心里想的吗？”

陈樾答：“不是。”

孟昀跺脚：“以后不准她跑来了。”

陈樾说：“好。”

孟昀发现她想跟他吵架都找不到口子。她戳在灯光和夜色的交接处，红着脸瞪他。

“喵——”云朵慢慢走过，伸爪子搭了搭孟昀的脚背。孟昀冲猫咪发脾气：“她再来你就咬她，你天天吃猫粮要管点儿事情的。”云朵拿脑袋蹭蹭她脚脖子。

陈樾握了握她的手，说：“今天你也玩累了，早点儿休息吧。”

孟昀起先不动，他牵了她去浴室。温水冲去一日游玩之乏，人清爽许多，心情总算开解一点儿。

洗漱完毕，孟昀爬上陈樾的床，在他被子里伸手伸脚地各种舒展，自己跟自己宣示主权。

等陈樾一上床，她身子就贴过去，手臂揽上他的腰，娇娇地唤：“陈樾……”

陈樾覆上来吻她，呼吸、唇齿、人儿交缠在一起，她又心软了，一丁点儿气恼都没有了。

她手指伸进他头发，听见他急促的呼吸在耳边，她很满意，开心得像飘在云端——她能感受到的。她能感受到他的爱意，藏在所有的深深的、炙热的、柔软的亲吻和抚摩里。

她想要得到他，她知道他一定也想。

可，心里的笃定再次被撕裂，转瞬即逝。

他和往常一样没进到那一步，她陡然生了满腹懊恼，生气地推开他，一下子坐起来，差点儿没将帐子掀掉。

陈樾有些惊怔，跟着起身，问：“怎么了？”

孟昀盯着他恨恨看了半刻，突然说：“你是不是介意何嘉树！我告诉你陈樾，我跟他没睡过。但你要是再介意别的，那我也没办法了。”

陈樾愣了愣，懂了她的意思，垂眸说：“不是。”

孟昀说：“那就跟苗盈说的一样，你觉得我在跟你闹着玩，在耍你呢？”

陈樾再次怔了怔。孟昀知道他不擅长跟她吵架，反应总会慢上许多，可她性子急，低叫着踢了下他的脚：“你说话呀！”

“我没有。”陈樾忽然低头，用力朝上搓了下头发，额发散落回来，张牙舞爪，他眼神有些茫然，说，“我有些事情还没想清楚。”

“什么事没想清楚？”

陈樾试着组织语言，可面对她明显的怒气，他竟找不清条理：“我在想，过段时间你走了，异地的时候该怎么办更好。在想能做什么，再等等……”

孟昀误解了他的意思，觉得简直不可思议：“什么怎么办，你想那么多干什么？异地就等异地了再说啊，现在就只是谈恋爱啊。”

陈樾跟她不在一个吵架节奏，蒙了蒙，说：“如果只是谈恋爱，什么都不想，那是准备异地之后就随着时间分开？”

孟昀顿了一下，她没想过这个问题，她说：“你又不会一直在这儿。”

陈樾有些痛苦地皱了下眉，说：“这边项目还有一年多。我是担心这种工作性质。未来不在这儿，也会在别的异地。这是还没解决的问题，我在想办……”

但孟昀看着他，眼神涣散了，忽然就陷入自己的逻辑旋涡里，根本没听进去他的话，冒出一句：“你是怕对我负责吧？都什么时代了，我不用你负责的。”

她奚落地说完，又暗淡下去：“其实，你根本就是没那么喜欢我，所以不想碰我。”她说，“你这种性格死板的人，应该是不够喜欢的人，都不愿意睡吧。”

她话音一落，眼里就含了泪，漾漾地看着他。

陈樾心口撕裂地疼，用力说了句："不是！"

但，他不知该如何对她说，这种话要怎么说。

毫无疑问，他爱她，深爱她。

爱到时至今日，有时将她抱在怀里仍觉得不太真实，好像对着夜空望了许久的星星终于落入怀中；爱到害怕她对他的喜欢只是昙花一现，是身处穷乡僻壤因孤独生出的寂寞幻觉；爱到害怕她回去霓虹之都清醒过来，觉得他不过如此，放在其他地方她根本看不上，后悔在最脆弱的时候，在这寂寞之地被他吃干抹净占尽便宜。到那时候，他不知道她会不会生气，暴怒，对他厌恶。

他努力慢慢地说："孟昀，我只是……因为你来了，打乱了我原来的生活计划，我在想怎么调整。我不愿意如果有些事做不到，对你有伤害。但我在尽力。"

"你不用包装得那么好听，你就是不够喜欢我！"孟昀脑子里的逻辑已形成闭环，说，"说什么不知道怎么处理异地。你就是觉得我什么都不想，跟你闹着玩。你是不是觉得我是空虚寂寞了才喜欢上你的，你是不是觉得要是放在上海，我就不会喜欢你了？"

陈樾动了下嘴唇，没讲话。孟昀气得要死，抓起枕头狠狠打在他肩上，连打了三下。陈樾一动不动，任她打。显然他已混乱，不知该如何处理这种局面。

"我现在就只想好好谈恋爱怎么了？跟你说实话，我一开始是喜欢你，但没有现在这么喜欢你，可你一直停在那里。只是恋爱怎么了，我就喜欢。我不知道你想怎么谈，但我谈恋爱很投入，我很喜欢你那你也必须很喜欢我！没那么喜欢就不要跟我谈。以后会发生什么，以后再说，你现在想东想西，还有所保留，万一真的异地分开了，就这么分开你不后悔吗？”

最后这句话刺痛了陈樾，而孟昀瞬间捕捉到他眼里的剧痛，心里顿时涌起一阵变态的畅快，她只想气他，让他痛：“那我现在就告诉你，我跟你分手了。现在，分手了。你满意了吧？”

陈樾几乎是震惊地要拉她的手，但她掀开帐子，落下睡裙就跑掉了，忘了内裤还留在他床头。

她哐当当跑下楼梯了还不解气，冲上头喊：“你哪里不会谈恋爱了，我看你会得很！欲擒故纵玩得那么溜，比我还厉害！”

云朵吓得奓了毛，嗖地从门槛蹿上房梁。

孟昀冲回自家阁楼，扑到床上，脑子都是蒙的。她呆了几秒，听院子里很安静，他并没有尾随。她又后悔了。她是气他恨他，但不是真要分手，万一他那木头当真了……

她意识到自己这不争气的潜意识，忽然又很伤心。她发现自己好像要被他抓住了，所有的愤怒一下变成委屈，酸得她眼泪哗哗直冒。

她怎么都没想过，自己竟会这么倒贴一个男人，送上门了他都不要。

她蜷缩在黑暗里，眼泪无声，却听楼下大门被推开又合上的声响，她心头一惊，赶紧擦擦眼睛竖起耳朵听。男人的脚步声走过堂屋，上了吱呀的楼梯，来到她门口。

没有停留。

她不吭声了，揪紧床单。他推门进来，径自走到床前，掀开纱帐上了床，俯身侧卧而下。夜色昏暗，他眼睛清亮，看着她的脸，低头直接吻她。

孟昀这下不委屈了，全转换成斗志，气哄哄地说：“我们刚分手了！”

似乎是“分手”那两个字让陈樾深受刺激，他下颌紧绷，一字一句说：“没有。”

孟昀听出了他的情绪，她难得抓住他泄露而出的痛楚，更要气死他：“有！分了！”

“没有。”

“我说了！”

“我没听见。”

“你听见了！”

“听不见。”

“那我说和好了，你听不听得……”

“好。”陈樾吻她。

孟昀气得扭头，拿手推他，陈樾一偏脸，追上去吻她的唇，她还要打他，手腕被捉住摁在枕头上。她又拿脚踢他，被他拿腿压住，动弹不得。

她报复地咬他嘴唇，只咬了一口就没舍得再咬。她气咻咻地吮他的唇，吸他的舌头，格外用力；他亦是如此，唇舌交缠，鼻息交融，孟昀舌根发疼，呜咽一声。他这次却不停了，深深地用力地吻她，像是要把她吸进身体里去。他的呼吸从未像此刻这般火热，喷在她脸上，将她脸上烧起了火。

那火渐渐燎原，炽烫着她的脖颈，心尖，灼烧到手指尖脚指头。她蹬了下薄被，纱帘缠住了她的脚，磨砂的质感像他粗粝的手心。

孟昀羞于自己的不争气，以往是非得别人来追她的，她也不知道自己是怎么了，或许是疯了，她无法解释此刻疯了般的渴望，好像被他前所未有的炙热感充满了，仿佛有源源不断的坚定的安全感。她有些想哭，可又更想得到他。他的人，他的心，都要归她所有。

陈樾嘴唇微干，只晓得本能地吻她的脸颊、她的脖颈，像是被一种难以描述的力量驱动着想要钻进去搞清楚她身上的气息究竟出自哪里。他初次与人亲密，并不太会，由她的手牵引着。她像花儿一样完全朝他绽放，小小的手抓着他，带着他一点点找到通往她心里的路。

原来这就是她啊，柔软温热得像梦中的云朵般，叫他只想沉溺进去。他的手覆在她心房，他的眼睛漆黑而湿漉，竟那样干净，执着地盯着她的眼。

他还是一句话也没说，但他的吻，他的爱抚，他的一切，温柔而又热忱，激烈而又霸道，攻陷了她的内心。她分明生着气不肯轻易相信，可又明明白白、切切实实感受到了。

他的爱意，她是能感受到的啊。两种互斗的情绪将她撕裂。

那一刻，她哭叫出声："陈樾——"

她希望他爱她，渴望他爱她，用任何一切世俗的欲望的方式。

"我在。"他亲吻她泪湿的眼睛。

枕头在身下，月光挂在纱帐上，一下一下地晃动着，像朦胧的梦境。

他拿双手捧垫着她的后脑勺，当她的枕头。

她感觉自己被他温柔地捧在手心，他吻着她，一下又一下，她终于感受到了一点点积攒而来的悸动和快乐。

她从未被人如此温柔对待过，无尽的温存，仿佛她是他极度珍爱的宝贝。

他的爱毫不掩饰，他的吻是那样深情，那样坚定炙热。吵架的时候，她说很喜欢他。所以他也不管了，他只知道他想要她，现在就要和她在一起，想把所有的爱和真心都捧着送给她。他汹涌的爱意传递到了她内心，化作不受控制溢出来的喜爱，终于，她满足了。

他忽然轻轻唤她："孟孟——"

她的心早已软塌，完全向他敞开。

“嗯？”

“我爱你。”陈樾说，嗓音沙哑，“真的。你要相信。”

她一下呜咽出声：“我也爱你。”

纱帐上，月光莹白，静静悄悄。

第13章 海上繁华

清晨，山雾朦胧，鸟儿飞落石榴树枝头，果子坠坠摇晃。小狸猫从照壁顶上悄声走过，一跃跳上树枝，惊鸟展翅。

晨光溢进阁楼，木色古香。

白纱帐像一团细白的烟雾，那雾气一颤，女人纤细的脚伸出帐子外，绷直了脚尖。

折腾一夜，孟昀又累又舒服地睡了个安稳觉，清早就被他给弄醒。

她像躺在云端，放松而舒展，抛上高空，又坠入棉花糖般的云朵里。细碎的吟声穿过纱帐，落在古旧的窗台上，被山雾悄悄吸去。

一缕阳光金灿灿的，斜射进来，光线稀薄。

孟昀眯眼看着帐子上的光芒，温暖得像不真实的梦。

但他炙热的身体却实实在在在她怀中。她脸上尚残留着适才一场欢好的红晕，忽然自顾自憨笑起来，一脚轻踢他，说：“你厉害呀，别碰我呀。”

陈樾不理会她的嘚瑟，握着她粉粉的手腕玩儿。孟昀笑着想打他，可腕子被他捉着，挥了下，像招财猫。

孟昀一下下点着猫猫拳，霸道地说：“陈樾同学，以后你就是我的人了，知道吗？”她往他怀里贴，又问，“你怎么会叫我孟孟？从来没人这么叫过我，还蛮好听。”她仍记得他念出这两个字时的嗓音，呢喃中满是深情。

陈樾说：“早就想到了。”

孟昀说：“我喜欢的。”

她以为他说的“早就”是指在一起后。她不知道他说的“早就”是很早很早了。

大一那次，女生来宿舍里借电脑选课，姜岩唤她“昀昀”，很亲昵的称呼。陈樾听见了，在心里念了下“昀昀”，又念了下“孟孟”。他觉得，“孟孟”比较好听。

孟昀在他怀里偎了会儿，仰脸问：“你说你第一次谈恋爱。”

陈樾说：“嗯。”

孟昀轻咬他耳朵，娇娆道：“那，为什么那么厉害呀？”

陈樾耳朵发烫，过了半刻，低声：“意思是表现不错？”

“超级棒。”她咯咯笑，“厉害哦陈樾同学。”

她不知道，那是因为足够深的爱。性、爱于女人，多半是一场情感交流，被捧在手心里宠爱着，自然满心柔软欢喜。

而性、爱于陈樾，与其说是一种体验，更像是一种渠道。能将他说得出的说不出的所有的爱意——珍惜，忐忑，回忆，憧憬——都倾泻在她身上，真真切切，毫无保留。

陈樾仍下意识地抚玩着她的手腕，忽然说："我下月五号要去上海。"

孟昀："啊？"

"一星期后。回去开几个会。"

孟昀说："睡完就跑，渣男。"

陈樾愣了愣，轻声说："还回来的。"

孟昀见他不经逗，就闷笑，刚想说我倒希望你不回来，话到嘴边了变成："去多久啊？"

"两周左右。"

孟昀瞪了眼："那么久？等你回来我就要走了。"她翻了个身，拿背对他。光溜溜得像个小泥鳅。

陈樾搂住她腰，说："你可以跟我一起去。"

孟昀说："怎么可能？"

陈樾说："七号、八号高考，前两天要布置考场，九号、十号刚好是周末。有六天空闲时间。"

孟昀一下翻转回头，眼睛亮得像进了阳光。她带着一个大大的笑容，扑进他怀里。陈樾顿时就感觉像有一个夏季的阳光倾倒进他心间。

傍晚，柏树跟李桐从若阳回来，给孟昀带了奶茶。两对小情侣在各自屋里做晚饭，水流声，锅碗瓢盆响，猫叫声，袅袅融进夜色。

待暮色沉下，柏树跟陈樾谈事情，孟昀跑去找李桐，说下月要回趟上海。李桐说："好呀，我还说你待在这里怕是要闷坏了。严林跟丁棉棉打算去大理丽江耍了。"她是公办教师，要布置考场的，走不了。

孟昀说："我从上海给你带好吃的来。"

李桐说好，忽然冒出一句："你跟陈樾……"

孟昀瞧她那眼神，明白了，笑着点头："对呀。你怎么知道的？"

李桐白她一眼："你洗个菜呀，手在他身上到处摸，"伸手打一下孟昀的胯部，"我都看不下去了。"

孟昀一点儿不害臊，说："那我下次注意点儿。"

李桐过了一会儿，说："陈樾人蛮好的。"

孟昀说："你的意思是我不好呀？"

"没有。就是吧，你这个人，心里有一分，嘴上要说十分的。他那个人呢，心里有十分，嘴上也不见得说一分。你对他好点儿哦。"

孟昀冤枉："我哪里一分说十分了，我是十分说十分。"

"哎呀，这个是对比和夸张的手法嘛，重点是他，做得多，说得少。你别在意耳朵，相信眼睛嘛。"

孟昀一愣，继而微笑，认真道："知道啦。"

接下来一周，孟昀过得快乐充实。教学工作进展顺利，还抽空写了首气氛活跃的女团歌曲 *Poping Candy*《街舞糖果》，发给雅玲交差。

《再出发吧》节目组的日程也完全定了下来。节目组下月中旬去若阳拍摄，其中一天半来国家级贫困镇清林镇中学做公益。节目组和参演明星会给予学校五十万元的大额捐赠，还有明星学生互动环节。孟昀只用负责"大山中的合唱团"这一部分。

孟昀原想带大家排练《小河淌水》，但节目组说在网络上走红的是《瑶族舞曲》，希望保留原曲目，便于宣传推广。孟昀觉得有道理，听从了节目组的安排，选了合唱填词版的《瑶山夜歌》。

6 月的第二天就是周末，孟昀约了学生来四方小院排练。

学生们清早来了，她才刚醒。陈樾去开的门，拉开角门，一群学生在外头叫："陈樾哥哥好！"

学生们陆陆续续进屋，杨临钊欢乐地叫："孟昀！——姐姐你这么懒的呀！太阳都晒屁股了！"

孟昀正好迈出堂屋门槛，准备去厕所，说："杨临钊你找揍吗？就是因为你们这帮破娃不省心，我才每天焦虑，睡眠不足的。"

陈樾站在天井那头，很轻地弯了下唇。
孟昀眼尖，隔着满天井的学生用力瞪了他一下。
他收了笑，面容安静。
“我去洗漱，你们先自己玩会儿。”孟昀进了厕所。
杨临钊站在石榴树下，说：“樾哥，石榴能吃吗？”
陈樾说：“你可以尝尝。”
杨临钊跳起来摘了颗石榴，树枝狂颤。

孟昀出来时，学生们三三两两席地而坐，院子里都是青石板，也不怕脏。几个女孩子在逗小狸猫，男孩在讲小话，有的拿了口琴在吹，有的拿了铁丝敲不同的玻璃瓶子，有的在吃石榴，酸得挤眉弄眼。

孟昀坐上天井台阶，学生们按分好的声部四散坐着，跟着孟昀的指挥开始唱起了歌。孟昀听着歌，不时给意见：“西谷声音往下压一点儿。”

“杨临钊刚才慢了半拍啊。”

“龙小山你嗓音大一点儿，好听的啊。”

唱完两遍中途休息，孟昀给每个人讲着他们要改进的地方，学生们认真听着，试唱着。零碎的歌声起起伏伏，小狸猫趴在石榴树上伸懒腰。

知道周末学生要来，周五陈樾就买了六七个大西瓜放家里。孟昀带着学生们唱歌的时候，他洗了西瓜，全部切好放盆里。等孟昀说休息了，可以吃西瓜了，学生们一窝蜂涌去，拿了西瓜坐在青石板上啃。

孟昀还在做笔记，陈樾拿了块西瓜过去给她。几个学生见了，突然凑在一起捂唇偷笑。

孟昀俨然一副老教师的语气，说：“笑什么呀，说出来让我也笑笑。”

白叶问：“孟老师，陈樾哥哥真是你男朋友吗？”

孟昀正无语呢，陈樾开口：“要不然呢？”

女孩们抱着西瓜又开始缩脖子偷笑。男生也都挤在一起笑。

杨临钊突然问："你们会亲嘴吗？"

话音未落，一群孩子笑得东倒西歪，还有几个就差在地上滚。

孟昀："……"

陈樾在她身边坐下，说："会亲。因为我们是成年人，在正常地谈恋爱。但你们不行，尤其是女生。没长大之前，不准亲别人，更不准别人亲你们。"陈樾说，"李老师、丁老师都教过你们的。"

笑闹的学生们这下规矩了些："晓得了。"

陈樾起身时，拍拍孟昀的肩膀，说："你们继续。"

他回屋看书去了。

孟昀目光追他半刻，见他身影落在书桌边门框上，兀自一笑。转眼见龙小山也在一旁偷笑，就说："龙小山，你要好好学习晓得吧，以后你要是像陈樾哥哥这么厉害，就会有像我这样聪明可爱有才华的大美女喜欢你的。还有你们几个，都一样，听见了吧？"

一群男生炸了窝，全部拿曲谱捂了脸。龙小山羞得脸红透了，倒在青石板上打了个滚。

坐在屋子里的陈樾没忍住，捂了下眼睛，遮去了笑意。

屋外闹了一阵，很快回归秩序。

陈樾看书到半路，扭头就见满院子的小小少年，还有她。

她轻挥着手臂，少年们歌声飞扬。风吹着一张张乐谱，像展翅的白鸽。

木屋青瓦，天空高蓝，阳光照着，是镶嵌在门框里的一幅画。

周末一过，陈樾就回上海了。孟昀收拾了行李，跟他一道踏上旅程。

面包车、绿皮火车、高铁、飞机……孟昀在陈樾身旁，肩不背手不提，只管喝奶茶，随时随地人一坐下就往他身上靠，当他是个人形靠枕。回上海的路途于她而言异常轻松愉快。她全然忘了两个月前独自前来时的惨状。当初是无穷无尽的漫长孤独旅途，如今有他在身边，舟车劳顿都变得像出游。

飞机上，她又把脑袋埋在他的脖颈间睡着了。

陈樾感觉得到，她很黏他。就像她说的，她谈恋爱很投入。

他喜欢她这种黏，这种投入和依赖。他很想把自己所能回应的一切都给她，唯一的心虚，在于害怕配不上。

回首成长路，他孑然一身，无牵无挂，心底仿佛从来都是寂静无声的，连山风都刮不起半点儿波纹。

和世界的微弱牵绊，是奶奶，是资助他的那对夫妇。他们都一一从他生命中淡去。剩下他孤身一人，直到后来，多了一个她。

大学啊——

读大学之前，陈樾没想过人生会冒出无数种意外，比如他对她的动心。

毫无预兆地，在一棵山核桃树下，她撞进他心里。

那时的他，甚至不知爱情为何物，就稀里糊涂地默默喜欢上她了。

暗恋是一件吊诡的事。他对她的暗恋，将她一点点打磨、抛光、奉上神坛，她做的任何事情都很可爱，都在闪光；也是同样的暗恋，将他一点点磨损、碾压、撕裂，褪去光泽。

曾经，陈樾从未觉得自己可怜，只是偶尔觉得孤独，中性词的孤独，仅此而已。他坦然、自尊、从容、不卑不亢，这也是他能跟与自己家境悬殊的何嘉树做最好的朋友的原因。

他不可怜，只不过有那唯一的心酸，是不敢对喜欢的女孩表白。

陈樾望着窗外的夜上海，看看肩头的她，一时竟觉有些恍惚，觉得仍不太真实，仿佛天降的礼物。他低头，拿下颌贴了贴她温热的额头，又没忍住拿嘴唇碰了下她的眼睛。

孟昀有些醒了，眯着眼在他肩上蹭蹭，咕哝：“还有多久？”

陈樾说：“要落地了。”

陈樾住公司宿舍，一室一厅的单间使用权，条件不错。而孟昀爸爸很早给她买了房。家在静安区，小区高档，门禁森严，大厅明亮辉煌，配有专门管家，管家见到孟昀回来，殷勤地向她打招呼。

孟昀家住 29 层，巨大的落地窗可以俯瞰璀璨夜景。

三个房间，她一个做卧室，一个专门挂衣服，哪怕主卧已有衣帽间，还有一个做工作室，摆着钢琴、吉他、数台电脑和话筒线材等录音设备。

孟昀一到家就洗了澡，换上真丝睡衣趴倒在沙发上，腿杆幸福地蹭蹭沙发，说：“妈呀，我终于回家了，感觉像过了一整年！”

陈樾拿浴巾搓着湿发，刚要说什么，可视电话响了，是外卖小哥。送来了清炒虾仁，炒鸡杂、蒜蓉油麦菜，外加奶茶。

陈樾将外卖放上餐桌，一个个拆开，揭盖，摆整齐，奶茶插上吸管，回头见孟昀趴在沙发上望着落地窗外的夜色发呆。

陈樾走过去蹲下，看她的侧脸，说：“怎么了？”

孟昀翻了个身，侧躺着面对他，表情茫然：“突然有点儿不适应，好像有种割裂的感觉。今天早上还在小镇上呢，现在就回来了。”

都市的繁华，盛大地抵在窗前。

“不知道怎么形容，就感觉在云南那段日子好像做梦一样，不太真实，像是两个世界。”

陈樾沉默半刻，说：“那我是你梦里的人了？不真实。”

她一愣，继而一笑，摸摸他的脸，说：“才不是。就算是，我也把你从梦里带回家了。”

她这话说的，陈樾倏然一笑。

她爬坐起身，朝他伸手：“抱我去床上。”

“外卖不吃了？”他这么问着，却依言托住她，抱她起身。

她正面搂着他，圈在他腰上，说：“飞机上刚吃过没多久，外卖留着消夜。过会儿吃。”她凑近他耳边，娇娇道，“先吃我吧。”

陈樾抿着笑，抱她进了卧室。

孟昀的床很宽很大，床垫松软。当陈樾覆在她身上时，她有种被埋进云朵的感觉，柔软的，温热的。肌肤的摩挲，干燥，炙热，手脚向任何一处伸展都是熨帖舒适的棉花般的亲昵感。

早起温存一番，陈樾要去工作了。他洗了澡回来，又钻进空调被抱了她一会儿，她睡得迷迷糊糊。他在她耳旁轻声：“我先走了。”

她皱眉，搂着他脖子，竟跟小孩子一样耍赖：“不许走。”

陈樾轻言：“要上班呢。”

孟昀闭着眼睛：“哼。”

于是他又抱了她十分钟，这才离开。孟昀在半醒之间，听见他的关门声，很轻，仿佛怕扰她梦境。

孟昀一个回笼觉睡到十点半才醒，一小束光从厚窗帘顶端的缝隙里漫射进来。她在床上舒服地伸了个懒腰，嗅见被子里他身上的味道和欢好的气息，心情欢愉。她不是个爱赖床的人，却又在床里蹭了蹭才起来。

餐桌上放了个便利贴，陈樾的字迹："起床了先吃粥，鸡杂在蒸箱里，你蒸一下。"

孟昀闻到电饭煲里清淡的米香，摁开，米粥里头有个煮鸡蛋。她舀了粥，点开蒸箱，剥了鸡蛋，等蒸箱嘀嘀叫了，取出小碗，发现他竟把鸡杂一粒粒全拣了出来，方便她吃。

她不禁就笑了，看看门口，昨晚夜宵的厨余垃圾都收出去丢了。

下午孟昀去了趟公司。

她上周写的歌迅速通过。估计是效果很不错，让公司看到了她曾经的实力。雅玲专门给她打电话，说想拿这首做专辑主打歌，又问她能不能提前回来，试试负责整张专辑。

可孟昀白天跟学生玩耍，晚上跟陈樾玩耍，哪有工夫搭理她。她十几个电话没接，好不容易回了，贱兮兮地说："你以为我是来这边玩的呀，怎么可能提前回来呢。"

不过到了周末，孟昀还是实话告诉雅玲，她要回趟上海："待六天。周末没空。"

雅玲立刻安排好了女团的日程，约了试歌。

孟昀把自己收拾一番，到地下停车场开车出门，很快到了公司。在电梯里，她碰见几个面熟的同事。孟昀知道他们在打量她，她目不斜视。

她跟林奕扬的事情能瞒得了大众，瞒不过内部员工，互相一打听就清清楚楚了。好在公司任职有保密协议，如今"虚假绯闻"风波早已淡去。她在他们眼里不过就是个被公司扔出去躲风头的人罢了。

孟昀进入工作区，跟同事们简短地打了招呼。她跟公司的合约是经纪约，她写歌，音乐经纪人给她找买家。不过公司有自身的艺人歌手业务，所以她写的歌绝大部分还是给本公司艺人，极少给其他歌手写。

她坐了没一会儿，助理过来说可以去录音棚了。

孟昀走到录音棚，正好碰上新晋女团 Fanta-six，六个二十岁左右的年轻女孩，青春靓丽。她们做练习生时，孟昀只在电梯和她们打过照面，并没互相认识。但她们似乎知道她是谁，队长带头打招呼："孟昀姐姐好。"

孟昀笑了下："你们好。"

录音师都到了，进了录音棚，开始工作。

今天只是初步识曲试曲，孟昀把印好的曲谱歌词交给她们。但她们居然一个都不识谱，孟昀只好弹着钢琴先唱一遍，再一句句教她们。

她一边教，一边跟录音师细聊她的编曲，谈及她想用的乐器混响效果。那是一首比较动感的歌曲，副歌分了和声，有高音吊嗓，还有律动节奏，要求极高。

孟昀正跟录音师讨论着，女团里排行第五的唱了几句，说："姐姐，我觉得这句结尾要改一下，'冲撞'，这个撞是啦的音，换成高一阶哆的音更好。"

孟昀歪头想了几秒，说："不好。"接着跟录音师讲话。

小五是个骄纵的，跟队友小四嘀咕："明明哆比较好，不听意见，她怎么这样的？"

刚好没人讲话，录音棚里都听到了。

孟昀看向她，解释说："这句词虽然整体都是高声调，但撞是四声，在这一整句里用哆的音，韵律不对，会有突然撕扯的感觉。"

"反差效果也不错啊，这歌本来就是动感的。"

"对。"孟昀说，"是动感，不是喊麦。"

小五毕竟是新晋明星，不高兴了，说："我们是表演者，有舞台经验，也知道怎样才能达到最好的效果。你只是理论，应该配合我们的实际经验！"

小六拉了她一下。

长期跟孟昀、林奕扬合作的两个录音师眉梢抬了抬，互相微妙地对视一眼，稍稍坐直身子，一副按照常理推断今天工作要到此为止了的姿态。

队长察言观色，也扯了小五一下。

但孟昀最近心情好，居然没生气，说："那这样吧，都试一试，对比一下好坏。"

小五见她退步，竟以为是自己的明星光环让她示弱了，得寸进尺道："主观的东西，哪怕好，你也不一定会承认。"

孟昀这下看了她一眼。

门推开，雅玲进来了，笑眯眯的："亲爱的，进行得怎么样了？"

她过来揽孟昀的肩。孟昀说："我主观。让你们经纪人听一下吧。"

雅玲这人精，做出一脸蒙的模样："哟，怎么了？"

录音师上了音乐，让她们唱副歌，她们按照原版和改掉的唱了两遍，只是改了一个音，但区别巨大。雅玲一锤定音，说："原版好。"

小五不讲话了。

"听见了吧，是噪声。"孟昀淡淡说了句，"什么玩意儿。"也不知是说歌还是说人。

孟昀放下文件夹，说："今天到这儿吧，你们自己练。"

雅玲拉她的手，作好姐妹状："过会儿一起吃饭。"

孟昀说："再看。"人出去了。录音师们也都走了。

录音棚里安静了几秒。

小三斟酌着说："孟昀姐姐……真有个性。"

雅玲最是听得懂的，笑："你想说她脾气吧。她就这样，不喜欢别人对她的作品指指点点。以前给林奕扬写歌的时候，两人吵得录音师不敢进门的。"

小四出道前是林奕扬粉丝，怔道："林奕扬那么冷酷，怎么会喜欢这种脾气的女生。"

"这你就不懂了，她脾气是有，但很会谈恋爱。"雅玲及时打住，犯不着跟这帮小屁孩多讲。想想林奕扬这种性格的人能跟她谈恋爱谈得柔肠百转，也是她的本事了。

小五误解了雅玲的意思，酸酸地说："这么说，就是那种对女生很高冷对男生特别会发嗲的女的吧？男的都吃这套。心机真深，她哪里配得上林奕扬？"

雅玲笑容收了，盯着她看。队长杵了小五一下。

"不然你配呀，"雅玲说，"上次给人签名，祝福的福字都不会写，我找了多少营销号把这事糊弄过去。"

小五不吭声。

"不服气去网上搜搜，看看人家热歌榜上过几首。嫌人态度不好，人家有本事的，家里又不差钱。换了你要起飞。"雅玲笑了下，"她那外形，想出道也没你们什么事了。好好掂量掂量自己，声乐课上了多少节了，到现在都不会看谱，还要人教，丢不丢人啊？好意思提林奕扬，林奕扬三百六十五天学声乐舞蹈乐器，你们呢，不是玩手机就是泡吧，我真是……早个十年，你们连出道的门都摸不着。"

其他小姑娘都不吭声，小五气道："玲姐你干吗这么打击我们？"

雅玲说："不是打击你们，是让你们别飘。尤其是你，队内人气最高不得了了是吗？刚出道尾巴就敢往天上翘，这才哪儿到哪儿啊，在公司内部跟自家同事都敢摆谱，在外头还得了？以后不管在任何场合对任何人，把你们那点儿虚架子都给我收起来。想成功，全给我先学会什么叫低调。”

“是——”

陈樾回到总部，跟直系上级领导杜航宇汇报了在云南基站工作的情况，之后又给集团扶贫专项组做汇报。汇报完毕，马不停蹄参加部门的年中会议，总结上半年工作进展，铺设下半年工作目标。

有几个风能发电组工作滞后，下半年任务较紧；有的组进展顺利，完成度尚有空余。陈樾所在的云南一组，山地多，运输安装条件较其他组困难很多，但仍跟在年初既定的进度范围内。领导提到时，考虑到实地条件给出了表扬。

散会之后，陈樾再次敲了杜航宇办公室的门。

杜航宇正好有事情找他交代，热络地招呼他坐，说：“小陈啊，清洁能源交流贸易会的演讲稿我看了，写得很好。这次演讲你代表我们部门，得好好表现啊。我以前跟你讲过，工作呢，不能只闷头做事，要会表现。我是你直系，知道你做了些什么，可出了部门，再往上级又有几个知道你是谁？”

陈樾点了下头：“我知道。”

杜航宇又笑说：“不过当初其他人怕苦，都不愿去，只有你主动申请常驻，吴总跟蒋总都听说了，但对大领导来说，印象还是不够深。”

陈樾觉得受之有愧，说：“有部分原因也是因为我家在云南。能在工作的同时参与扶贫项目，挺愿意的。”

“你呀，还是太谦虚。”杜航宇说，“哪怕是之后派你去青海、宁夏，你也不会有怨言。我看人很准。”

陈樾这下没接话了。

杜航宇瞧出端倪：“你来找我，是有事？”

陈樾说：“杜总，等明年清林镇项目完工了，我想往研究部方向转岗。”

“转岗？”杜航宇顿了顿，遮掩住一丝意外，说：“你不是说很喜欢工程部吗？我记得当初面试，问你对常年驻西部出差怎么看，你说你喜欢乡村，不喜欢城市，甘肃、新疆都没问题。还说，喜欢看到风车拔地而起的成就感。后来部门被指派扶贫任务，都不愿意去，就你愿意，你说就喜欢干这些。”

“我现在还是一样，但是……”陈樾斟酌一下，说，“希望出差时间能短些，一个月出一周，哪怕十天半月都行。”

杜航宇回过味来，道：“有女朋友了。”

陈樾不多说：“嗯。”

杜航宇叹了口气，说：“搞基建工程，的确，苦啊。干我们这一行，工程师都是拿生活在换工作。”

陈樾垂了下眼，杜航宇语气一转，说：“你千万别觉得自己对不起这队伍，你做得很好。不过呢，内部转岗需要专业考试，当然了，你肯定是没问题的。但主要还需要适时的岗位空缺。说实话，咱们这部门脏活累活多，年轻人熬不住的都想转岗，竞争很大。研发部那边呢，空职又少，我只能说，帮你盯着岗位，如果有，到时我给你内部推荐。但成不成，什么时候能成，现在都说不好。小王不也想转岗去政策部吗，两三年了没等到机会。而且啊，我们部门，当老大的不止我一个，你是我们部门最优秀最能吃苦的年轻人，其他领导舍不舍得放你走，那就不知道了。他们要有人不同意，你也转不成。这也不是我一个人能拍板说了算的。”

当领导的人，说话滴水不漏，只是后边这话越说越跟陈樾刚进办公室听到的那些不在一个频道上。哪些真，哪些假，陈樾心如明镜，脸上却没半点儿表现，淡然说："我知道。转岗要等机会。只是有了想法，及时跟你反馈，不想让部门内部措手不及。"

杜航宇笑眯眯地说："我懂。你也别急，我们慢慢等机会啊。你先好好做好手头的工作。"

陈樾从领导办公室出来，微垂着眼，紧绷的肩膀许久都没松泛下去。他走进电梯间，从梯壁的金属反光里看见自己脸色微绷，他松缓了下，拿出手机，发现何嘉树发了条消息："回上海了？"

他这才想起，早上转发了部门公众号发布的本周在上海举办的清洁能源交易交流大会的新闻。他说："回了。"

何嘉树说："刚好在你公司附近，一起吃个饭。"

陈樾打过去一个字："好。"

两人约在陈樾公司楼下的川菜馆，何嘉树一见到他，就笑着上前给了他一个拥抱，又搂着他的肩打量了一下，说："怎么感觉没晒黑？"

陈樾说："够黑了。免疫了。"

何嘉树哈哈大笑。

上次见面，还是春节前陈樾回上海参加年会。

何嘉树看他的脸，问："你是不是比冬天瘦了？"

陈樾说："没有吧。"

何嘉树握了握他的肩膀，说："捏着倒是结实了。"

两人落座，各自谈了下近况。何嘉树说公司扩张遇到了些技术瓶颈，正想办法解决；陈樾讲云南工作进展顺利，后期按部就班完成；何嘉树说开公司烦人，成天一堆破事；陈樾讲做志愿者给小孩做心理疏导。

何嘉树就笑："就你这张嘴巴，还给别人做疏导？"

陈樾也笑了："小孩子不一样。"

何嘉树夹起一片水煮鱼，想了下，说："孟昀在那边干什么？"

陈樾心里紧了下，说："群里说过吧，音乐老师。"

何嘉树语气随意，笑道："她那性格，有耐心教小孩？"

陈樾实话实说："确实跟学生吵过架，差点儿打起来。"

何嘉树狂笑，被辣椒呛着了，赶紧拿了水杯灌水。

陈樾适时地问："你跟顾文思怎么样？"

"一切正常啊。五一见了父母。"何嘉树挑了下眉。

陈樾太熟悉他的微表情了，说："你爸妈不同意？"

"没有。蛮同意的。就是我妈有点儿遗憾，说顾文思不够漂亮。"

陈樾说："她蛮清秀的。"

何嘉树说："我妈想要大美女。"

陈樾忆了下顾文思的样子，眉眼其实有点儿像孟昀，但容貌又相差许多，只能说是个普通女孩。

陈樾说："你也这么想？"

"没。我妈有毛病。她要求特别高，在她心里，世上没人配得上我。"何嘉树真心地说，"我觉得顾文思挺好看的。"

陈樾说："重要的是她跟你三观契合，人生目标也契合。"

"那是。"何嘉树得意地笑了一下，笑容留在嘴角，又有些淡淡的。

"又怎么了？"

何嘉树忽然放下筷子，往背后一靠："我也不知道，我这算是订婚前的恐惧症，还是我有问题。我跟她什么都好，真的，想法一致、观念契合、话题无数、从来不吵架。就是，差了那么点儿激情，她要是更活泼、有趣点儿就好了。”

陈樾手中的筷子顿了一下，想起他大学恋爱期间，在宿舍里各种狂笑，发疯，痛苦，哀怨，大喜大悲，他说：“你想要哪种激情？”

何嘉树叹了口气：“随便讲讲。可能公司走上正轨了，生活里也总是工作工作，没有新的事情，有点儿没意思。没事，下月出去旅个游就好了。”

陈樾没讲话。

何嘉树又问：“你跟孟昀在那边相处得怎么样？”

陈樾含着米饭，说：“不错。”

“也是。你这性格，她也不能把你怎么样。”何嘉树问，“她还在跟林奕扬谈恋爱吧？”

陈樾愣了下。这件事关注娱乐圈的都极少知道，何况何嘉树这个不关注娱乐圈的。他问：“你怎么知道的？”

何嘉树说：“我有次无意刷到她的视频专栏，刚好看到评论问一个微博号是不是她，说什么恋爱小号。后来澄清说不是。但我告诉你，绝对是她。我一看那微博，说话的语气，干的事儿，就是她。夜里分手白天和好，骂男朋友是狗，让人家赶夜班飞机来陪，也就她做得出来。再看林奕扬的小号，八九不离十，状态跟我当年一模一样。她谈个恋爱，能把男的给折磨死。”

说到这儿，他笑了一下，敞快地说：“爱就往死里爱，恨就往死里整。孟姑娘活得潇洒多了。”

对面，陈樾缓缓放下筷子：“有件事要跟你讲。”

“什么？”何嘉树舀着汤。

陈樾说：“我跟孟昀在一起了。”

何嘉树拿汤勺的手悬在半空，愣了一下：“什么在一起？哪种在一起？”

陈樾说：“男女朋友。”

何嘉树慢慢放下勺子，像是在处理这个信息，人倒算平静，问了句：“她追的你，还是你追的她？”

陈樾想起她隔着蚊帐拉住他的手，白纱罩在她脸上。他说：“我追的她。”

何嘉树点了下头，人忽然变得很安静，过了足足十秒钟，他低头搓了下脸。

陈樾看得懂他的肢体语言，问：“你介意？”

何嘉树眼神落在桌面上，没承认，但也没否认。他突然冲陈樾笑了一下，抬手，说：“你等下，我想想。我就是……有点儿意外。”

陈樾清楚，孟昀是何嘉树的初恋，他真心爱过的第一个女孩。而好像有人说过，兄弟的女人，不管现任前任都不能沾。

陈樾认识何嘉树八年。朋友八年，没吵过架，没斗过气。陈樾宽容，何嘉树也大度，两人对朋友都足够真诚。一起住宿舍那几年哪怕偶有摩擦，双方也都不记怀地挥手而过。

陈樾不知道，这件事是否性质会不一样。

何嘉树又笑了下，但很难说是笑容，他问了句：“我以后怎么跟你一起面对同学，同学聚会、宿舍聚会还要不要了？你让别人怎么看孟昀，怎么看你，怎么看我？兄弟俩，跟同一个女的？”

陈樾说：“我可以退群，可以不参加同学聚会。”

何嘉树怔了半刻，又是一笑：“陈樾，她给你下蛊了？你跟她才谈多久，你至于吗？”

陈樾一字一句：“我喜欢她很久了。”

何嘉树听到这句，笑容有些消散，缓缓问：“很久是多久？可别告诉我我跟她谈恋爱的时候你就喜欢她了……”

“军训。”陈樾说。

这回，何嘉树一愣：“什么军训？”

“大一开学前，军训，我就确定喜欢她了。”陈樾看着他的眼睛，说，“动心可能更早。你记不记得刚开学杨谦跟我说，让我认真看她一眼。”

“我认真看了。”

或许是她的纸巾，或许是那一眼，或许是她的可爱多。不知道。无所谓，朦朦胧胧，一切都在军训时拉练的山核桃树下变得明晰。

“那年冬天去普陀山，你夜里跟我说，你对她动心了，要追她。那个时候我就已经喜欢她很久了。”

何嘉树怔住。他不知道竟有这段。

陈樾说：“喜欢到我无数次后悔。那晚，明明是我担心她会迷路，想去找她。为什么我不敢去，一定要拉上你。”他说到此处，压不住内心的激动情绪，眼眶微红，牙齿也打了个战，“我甚至想，她从你这儿受到的伤害，后来经历的痛苦，都是我害的。如果是我，我绝对不会像你这样伤她。”

何嘉树静默了，直至许久。

“我去——”他摇了摇头，一下靠进了椅背里。

孟昀中午跟同事们一道吃饭，雅玲在附近一家有名的海鲜辣蟹店定了包厢。

Fanta-six 的六个团员也来了，大家坐了一大桌。光是珍宝蟹就点了五份，帝王蟹、波士顿大龙虾不一而足。餐厅装修高档，服务员轻纱旗袍，发梳成髻，婀娜地送上热毛巾。

包厢有一面玻璃，上挂赭红色纱帘。大堂内热热闹闹，觥筹交错，每个人都体面光鲜，兴致盎然地品尝美食，交谈人生。不知怎的，孟昀想起西谷。这时候，那小丫头应该在山上帮奶奶放羊。龙小山应该也帮着爷爷在地里栽秧。

“想什么呢？来，吃螃蟹。”雅玲拣了个大蟹钳给她。

孟昀吃着鲜嫩的蟹肉，心里又想着不知陈樾吃过没有。她下次可以带他来。可这里人均消费一两千元，是该她买单还是他买？孟昀第一次意识到这个问题，不愿深思，觉得打包一份回去比较省心。

吃到半路，小五朝孟昀举起红酒杯：“昀姐，之前是我不懂事，我的错，你别往心里去。”

孟昀一贯吃软不吃硬，举杯与她一碰，说：“没事。我有时也不好说话，难为你们了。”

小五热络地问：“昀姐，你支教什么时候结束？”

孟昀说：“这月底。”

“那还挺快的。”

小四问：“支教好玩吗？能帮助到那边的孩子，是不是很有成就感？”

孟昀说：“与其说是帮助他们，献爱心，不如说是帮助自己，让内心得到满足。”

桌上有的人能理解她的意思，有的不能，她也不在意。

队长说：“我听朋友说，《再出发吧》要去云南录节目了，不知道离孟昀姐姐近不近？”

孟昀说：“在若阳，中途有一天会去我们学校。”

雅玲听言一愣，顿时明白了为何一贯不热衷综艺的林奕扬那天突然跟她说想去《再出发吧》，还指定要6月中旬录制的那期。

小五问：“雅玲姐，我们能上吗？好想上一次，露个脸。”

雅玲说：“现在知道自己咖位不够了？”

小五撒娇：“玲姐——”

雅玲心里有谱，嘴上却道：“不好弄，尽量找机会。以后给我乖点儿。”

“知道啦。”

吃完饭回公司，孟昀给李桐打了个电话，说要买文具寄去学校，让她记得收货。她下完单，去了趟洗手间，在隔间里听见了外头的同事聊天。

“林奕扬来公司了，好想去要签名啊！”

“咦？他好久不来一趟，今天怎么突然跑来了？”

“谁知道呢，不管了，希望能碰上面。嗷，我偶像。”

孟昀出来洗了手，拿纸巾擦干，去了工作室。

她抱着吉他坐在键盘前，一会儿拨弦，一会儿摁琴键，试着给six写首舒缓的新曲子。不知什么时候，门被推开，有人进来了。孟昀以为是同事，过了会儿发现来人没动静，回头一看，林奕扬坐在两三米开外的高脚凳上，冷而静地看着她。

孟昀脑子里的旋律断了，心情也不太爽快，说："有事？"

林奕扬问："什么时候回来的？"

孟昀说："昨天。"

林奕扬说："提前结束了？"

孟昀说："周末回去。"

林奕扬不说话了。

孟昀想无视他，可吉他拨出一个音便戛然而止，她不想让他听，于是说："你还有事吗？"

林奕扬也是很公事公办的样子，淡淡地说："能给我下张专辑写首歌吗，你比较懂我。"

孟昀盯着他看了半刻，推测他想搞什么鬼，最后她很爽快，说："行。"

林奕扬这下稍稍变了脸色，问："你不跟我生气了？"

孟昀也抬头看他，眼神有些奇怪，接着平静地说："不生气了。我有新男朋友了。"

林奕扬像是不太意外，问："什么时候的事？"

孟昀说："上个月。"

林奕扬说："真像你说的，你孟昀不缺男人。"

这话让孟昀炸了："不然呢？林奕扬，那段时间你不敢在除公司以外的任何地方见我。"末了，补上一句，"现在也一样。你就是个㞞货。"

林奕扬脸色分毫不变，他清楚她这张嘴有多毒，说："我情况特殊，你就不能体谅？"

"你就不能不回应，让这事过去，非得把我撇得干干净净，一点儿余地不留？你事做这么绝，让我体谅？"孟昀说，"怎么体谅，你在公司楼下挖个地下室把我藏一辈子？”

林奕扬哑口半刻，说：“我只是想等站得更稳些……”

孟昀打断：“那你站得更稳了再来找我吧，如果那时候我有空的话。”

林奕扬盯着她看了好一会儿，眼神冷冽，最后却一笑：“那真说不准，要是你手头这男的配不上你，是你寂寞难耐随便找了个扶贫，分手也是分分钟的事，对吧。”他没意识到，分了手，以往能讲的话，如今已不合适。

孟昀扭头怒瞪他：“林奕扬你嘴巴怎么这么贱！”

“呵，不都是你教的？”林奕扬起身，踢了椅子走人。

孟昀冲他背影骂：“你个傻 ×。”

“彼此彼此。”他头也不回，关了门。

孟昀忍怒拨吉他，拨了几下仍是恼火，猛地把吉他一拍，嗡一声轰鸣。

下班开车回家，碰上堵车，水泥路上一片焦躁。夏天的太阳猛烈而刺眼，照射在大厦玻璃窗上，从四面八方折射过来，令人无端烦躁。

孟昀费解了，同样的光线照在森林湖泊里，波光粼粼，就叫人身心愉悦，仿佛泡在光之河流。而此刻，她像泡在满是玻璃碴的游泳池里，来自城市钢筋混凝土的玻璃碴。

她想，刚回来不适应，很快就会过去。可她不知道在城市另一端的陈樾作何感受，他的适应过程恐怕不会这么容易。她知道他一贯喜欢山野。

车载电话响了。

孟昀一看备注的“余帆女士”就头大，深吸了一口气：“喂，妈妈。”

余帆说：“你在哪儿呢？”

孟昀汗毛一竖，她这话问得蹊跷，内心正判断，余帆问：“听不见我说话？”

孟昀低声，实话实说：“上海。”说完赶紧把来龙去脉讲一遍，“我很忙，周末要回去，就没跟你们讲。”她还想周末跟陈樾去玩儿呢。

余帆下令：“找个时间回家一趟。”

孟昀说：“我很忙呀……”

余帆说：“那我去上海。”

孟昀忍着没跟她吵，说：“好吧。”

她挂了电话，隐隐觉得不对，思索许久，想起上次发布的视频，难道被父母看见了？

孟昀越想越心慌，她不敢回杭州了。可她不去，余帆绝对会来上海。现在这关口并不是让母亲跟陈樾碰面的好时机。她不知是该去杭州对母亲扯谎，还是把陈樾支走让母亲来上海检查。

她望着前头无尽的车流，感到了虚脱。

她好不容易回到家，立刻钻进浴室冲了个澡，心情平复点儿了。她是不可能把陈樾支走的，于是决定兵来将挡，水来土掩，明天就回趟杭州。

陈樾没加班，回来的时候赶上晚高峰。他挤在地铁里，见身边的同龄人表情空茫，全部低头刷着手机，像罐头里一排排的鱼。他出了地铁，快到小区门口时，正好碰上孟昀趿拉着人字拖从便利店买虾条出来。

两人碰上，都有些惊喜。

陈樾挎着电脑包，张开一只手臂，孟昀就蹦到他怀里搂了他的腰，仰头问：“有没有想我？”

陈樾嘴唇贴了下她耳朵，说：“想。”

孟昀笑：“这还差不多。我们晚上吃什么？”她指向对街一排餐馆，“你选吧。”

陈樾却说：“想自己做。”

孟昀说："那也行。这些店我都吃腻了。"

步行去超市买了菜。回锅肉、烧茄子、白菜猪肝汤，两人仍是刚好吃完，不多不少。厨余垃圾打包好，碗碟盘筷放进洗碗机。

孟昀从没做过饭，也没用过洗碗机，看了眼按钮，扭头："我懒得看，你来弄。"

陈樾站在洗碗机前，短暂研究一下，选了洗碗模式，启动。机器里传来滋滋的喷水声。孟昀站在一旁，忽然说："你有没有觉得，今天特别长？明明只有一天，却像过了好几天。"

陈樾也有相同感受，说："正常啊。换了个环境，刚开始都会有这种感觉。"

"也对。像我出去旅游也是，前几天总觉得特别慢。"她说，"像你这样经常出差换地方，感觉也格外明显吗？"

陈樾"嗯"了一声，洗着葡萄，却想起白天和领导的对话。杜航宇明显在拖延推诿，看样子，部门内部是不会轻易放他转岗的。

而孟昀联想到他的工作性质，又想到下午妈妈那通电话，忽然有一丝突如其来的茫然。她撇去这丝想法，瘫进沙发里打开电视，尽量用轻快的语气说："我明天要回趟杭州看爸妈，可能后天才回来。"

"好。"陈樾把洗好的葡萄放在茶几上，坐上沙发。孟昀凑过来靠进他怀里："我周日就要回云南了，周六去玩吧。你有没有特别想去的地方？周庄、乌镇、迪士尼，还是逛街？"

"普陀山。"陈樾说。

孟昀稍稍讶异，抬头："那得周五下午就出发吧？"

陈樾说："我可以请半天假。"

孟昀想一想，笑道："那去吧。"她又倒进他怀里，说，"还是大学的时候去过呢。我记得，烧烤，把别墅烤得全是烧烤味，熏死人了。杨谦那个神经病。"

陈樾笑了，拿下颌贴住她的鬓角，轻轻蹭了蹭。

孟昀回忆着，说："我还记得，我不知道晚上出去干什么，迷了路，吓死我了。然后你跟何嘉树也走错路了，刚好跟我碰上。你不知道，我长这么大，就那次真吓到了，鬼打墙一样。就是那次，搞得我对何嘉树有了一点点好感。喊！"

陈樾一时没作声。

她却抬起脸，离他咫尺之近，轻声说："还有你。"

陈樾没反应过来："我什么？"

"其实，那一晚，对你也有了一点点好感。"孟昀凝视着他，眼睛弯弯的，闪着小小的幸福光芒，"你先说的，'那是孟昀吧'，我听见了。我耳朵特别尖呢。"

陈樾的心跳一刹那不稳了，问："后来就没有了？"

"没有了。"她往他脖颈里一靠，说，"感觉我不是你喜欢的类型。"说完忽然扭头，不爽地瞪了陈樾一眼，凑上来啊呜咬了口他的嘴唇，劲劲儿地说："现在我就是。我不管。我就是你最喜欢的类型。"

陈樾说："本来就是。"

但不知孟昀听还是没听，信还是不信。她塞了颗草莓进嘴里，看着电影跷了跷脚丫子。

陈樾不经意将她搂得更紧了些，说："我今天见到何嘉树了。"

孟昀"哦"了一声，似乎想问什么，但迟疑之后没问。

陈樾知道她心里所想，说："我跟他讲了。"

孟昀有些明知故问："讲什么？"

陈樾说："讲我们在一起了。"

孟昀心情愉悦地偷笑了下。她清楚陈樾跟何嘉树的关系有多深，他能跟他一次挑明，心里是看重她的。她又吃了几颗草莓，才想起来问：“他怎么讲，没说你吧。”

陈樾不好讲太细，就说：“还好。”

孟昀却不太乐意了，负气地说了句：“我就知道。他当初没那么喜欢我。”

陈樾觉得可能是自己歪曲了事实，解释：“不是。他以前很喜欢你，是真心的，我们都看得出来。”

这话一出，孟昀脑子里不知怎的来了个急转弯，问：“你是不是心里又觉得别扭了？”她心里的结并没完全解开，仍害怕他对她的喜欢不够纯粹，还顾忌着何嘉树。

陈樾有些无辜，怎么来了个“又”字，他说：“一开始就没有觉得别扭。”

孟昀听不进，她想着和他在一起要面对的一切，想着自己都要硬着头皮见妈妈了，顿觉委屈，坐起身问：“我跟何嘉树，你选哪个？”

这类题目对于毫无恋爱经验的陈樾来说，显然超纲。

他脑子短路了一瞬，就是这一瞬，孟昀将问题的严重程度瞬间拔高了无数等级，问：“要是我这辈子都不想见到他，一次都不想见，你还跟不跟他做朋友了？”

陈樾怔然问：“真的？”

孟昀气死：“你先别管真不真，回答我的问题。”

陈樾无法对这个问题给出答案，张了张口：“孟昀——”

她已了然，打开他的手，说：“你就是没那么喜欢我。我讨厌死你了！”

她跳下沙发，冲进卧室，把门摔得哐当响。

孟昀蜷在床上生闷气，理智有那么一丝知道自己无理取闹，但情感上就是生气。她气这一整天的遭遇，气林奕扬，气她妈妈，偏偏一样都不能跟他讲。本来想懂事点儿，自己消化，结果他还偏袒何嘉树。她怎么能不气。

不足半分钟，陈樾推门进来。他上了床，睡在她身后，搂住她的腰。她挣了两下，尖声："别碰我。"

他把她搂得更紧，她翻过身来要挣脱，他却一头深埋进她脖颈和前胸处，低低唤了声："孟孟——"

孟昀从未见过他这般柔弱的一面，心在一瞬间就不由自主软塌掉了。

陈樾没有多的动作，只是那样埋首在她怀中，好像累了一天，回家便沉睡在她胸口了。而孟昀竟就十分受用地被安抚了，手臂环抱住他，摸摸他的头。

孟昀曾想过，她之所以在这段关系里不可思议地迅速深陷，主要归责于陈樾"擅长"温存。

以往，他的吻从来深情，有时温柔有时激烈，有浓得化不开的爱意，湿润，滚烫，直抵心间。所有的真情流露，偏偏她都能准确接收。

恰巧，她是喜欢爱情、热爱爱情的女生。能感受到爱，就能被融化。而如今，甚至只需一个无声地求拥抱，她便感觉到他的依恋，人就乖了。孟昀轻轻抱着他的头，嘴唇贴在他额上，许久许久，仿佛相拥而眠。

陈樾闭眼睡在她怀里，像是忘了一切，脑子里空空的什么烦扰都没有了。有那么一瞬，他几乎要睡去，又深吸气让自己清醒。他其实能理解孟昀今天的反常和焦躁，正如他清楚从领导办公室走出来后自己内心深处隐匿的不安。他更知道，她要的其实不是非此即彼，而是一个排序。

陈樾开口了，声音很平静："大一刚开学，何嘉树知道我没钱，他想给我买电脑，又怕我心里敏感，结果就让他爸妈给全宿舍都买了电脑。

他还以为我不知道。是后来他手机数据出问题，我帮他修的时候才发现的。何嘉树以后会有他的家庭和人生，会很幸福。我真心希望他好。”

孟昀立时就后悔了，脸颊贴着他的黑发：“陈樾你别说了。”

他仍闷在她怀中：“这个世上，没有一个人跟我有关系了。我的世界里面，没有。”

孟昀都懂，急忙道：“我知道了，我刚才是乱说的，你别往心里去——”

“你先听我说。轩子他们，因为环境不同，有些事情有些话，聊不上。我能说说话的也就何嘉树。”他藏住了丝心酸，又释然道，“不过，现在有你了。”

孟昀的心又软又疼，亲亲他的眼睛，小声说：“我真的知道了，你不用解释了。”

于是他不说了，从她怀中抬起头，落到枕头上，直视她的眼睛，说：“我选你。”

整个世界，我只选你。

第14章 花开夏夜

周四下午，孟昀独自回了趟杭州。

余帆下班回来见了她，打量一下，说："没怎么晒黑。"

孟昀听了开心，说："遗传基因好，天生晒不黑。"

余帆淡淡说："我看是你工作不认真，天天躲在宿舍里玩儿。"

孟昀无语，正要反驳，余帆下一句已经过来了："高考才休息几天，你就中途跑回来，不会去走走家访？"

孟昀早已习惯她各种挑刺，说："我一个音乐老师走家访，越俎代庖。人家有专门的老师。"

余帆说："心里又念着回来写歌了吧？"

孟昀说："这是我的工作，能不念着吗？"

余帆说："我始终觉得，这行吃青春饭，没个正经意义。你现在还年轻，回学校读书考个研，再考公务员还来得及。"

孟昀不吭气。在余帆眼里，她就是个不务正业的。

父亲孟书桦叫两人吃饭，暂时缓解了母女间紧绷的气氛。

饭桌上，孟书桦跟女儿聊天，丝毫不提她回上海写歌的事，只聊支教期间各种细节。孟昀讲得开心，爸爸听得高兴，妈妈在一旁听着，表情也还不错。

半路，余帆问："之前听你说，有个大学同学在那边？"

孟昀低头喝汤，嗯了一声。

"他做什么工作，怎么跑山区去了？"

孟昀说："风能发电。"

余帆挑了下眉，评价道："又苦又累，常年在野外，不是个好工作。不过男孩嘛，无所谓了。"

孟昀胸闷郁结，余帆又说："何嘉树公司开得挺好的吧？"

"妈妈，"孟昀觉得她没有认清现实，"何嘉树跟她女朋友一起开公司，他们关系很好，要订婚了。"

余帆正要发作，孟书桦给她舀了碗汤，说："何嘉树好，我们昀昀也好啊。孩子难得回家一趟，开心吃饭。"

丈夫开口，余帆不提这茬了，过会儿却说："你是不是跟林奕扬还没断，我告诉你，我绝对不会同意。"

孟昀皱了眉："你控制欲怎么这么强啊？"

孟书桦见状，拉了下妻子的手示意她别说话，好声问："昀昀，你告诉爸爸，你跟林奕扬是不是没断？"

孟昀躁了："我什么性格她不清楚你还不清楚啊，早就断了！"

"行行行，你别激动。"孟书桦安抚说，"断了好。先不说你妈妈不喜欢他，我呢，虽然不想家里出这么高调的人物，但先前也不反对。可他后来的行为就不是个男人。断了好。"他轻轻拍了拍余帆的手，后者却仍是不悦的样子。孟昀便知他们俩绝对看过那个视频，误以为露出来的肩膀是林奕扬。

孟昀想起陈樾，胸口闷得慌。她憋不住，直接就说："我有男朋友了，之前跟你们提过的大学同学，陈樾。"

饭桌上安静了。连孟书桦都一时无法接受这突如其来的转折。

余帆放下筷子，脸色极差："我就知道你那支教都是些花架子，原来是跑去谈恋爱了。陈樾就是那个孤儿？"

孟书桦听到最后这句，摁了下妻子的手臂，但余帆正在情绪上，话全倒出来了："你不是说他是何嘉树最好的朋友吗，怎么又跟你在一起了？人品这么差，趁着山高皇帝远地蛊惑你，这要放在我们那时候，他是要被同学孤立的。什么人品？！"

孟昀没跟她大声，话却很硬："他什么人品不用你讲。我就是告诉你一声，不是来征求你同意的。你同不同意也就这样了。"

余帆怒极："孟昀你是学厉害了啊，独当一面？那男孩什么样子我们人都没见到，要你单枪匹马来打预防针？他教你的，啊？给你灌了什么迷魂汤？爸妈把你当宝贝一样宠大，要什么给什么，当公主养了是让你去倒贴的？怎么就把你养成了这么个东西，你是不是没了男的会死——"

"余帆！"孟书桦打断她。余帆也知过火，没继续讲。

漂亮的大餐厅里静悄悄。

孟昀看着母亲，眼眶红了，余帆别过脸去。

但孟昀并没有哭，她说："你跟爸爸重新再生一个吧。我说认真的。"她说完起身，孟书桦说："昀昀。"

"我明早有工作，晚上要回上海。先走了。"

余帆还是不讲话，孟书桦说："急什么，不是说了在家过一夜吗？"

孟昀见到余帆沉默的表情，心里很畅快，恶劣地说："这又不是我家，是女王她家。"

孟昀挎上包出门，没跟余帆打招呼，孟书桦开车送她去高铁站，半路等她稍微平复了，才说：“你妈妈就这个暴脾气，明明很想你。知道你回来，还推掉了同学聚会。”

妈妈什么脾气，孟昀会不知道？外公是军官，外婆是书香门第小姐，人到中年才得了余帆一个独生女，宠成掌上明珠。偏偏她也受得了宠，优秀能干有本事，又碰上德才兼备的老公，事业有成，仍把她宠得跟公主似的。人生唯一美中不足是孟昀这女儿同样傲娇，不服管，行事从不合她心意。

当年孟昀想考艺术院校，余帆要砸了她的钢琴、吉他、贝斯，让她还钱。家里吵翻了天，以孟昀认输告终。孟昀高考没考上余帆的母校，余帆就差把“失望透顶”四个字写在脸上。

孟昀望着窗外暮色，哼一声：“她什么脾气我不知道？我太知道了。她这辈子的脾气全给我一个人了。”

孟书桦说：“你妈妈呢，的确有她的问题，对你要求是苛刻了些。但她出发点是好的，就是啊，还是把你当孩子，总觉得她的想法是最好的，最正确的。我们要慢慢跟她沟通。”

孟昀说：“有个屁用。”

孟书桦伸手，轻拍了下她的嘴巴。

孟昀不讲话了，孟书桦见状，说：“要不你给爸爸讲讲陈樾，怎么样？”

孟昀：“不讲！”

孟书桦说：“那我先说好，你不跟我讲，我就不好跟你妈妈吹枕边风了啊。”

孟昀咕哝一声：“他超级好。”过了会儿，好像愿意讲了，便加上一句，“是我见过的最好的男生。”

孟书桦说：“你确定看到他所有面了？人不是只有一面，万一他只把好的一面给你看呢？”

“不是的。”这下，孟昀把他在那边的各项工作跟众人对他的评价一股脑儿全讲了一遍。

孟书桦笑道：“听着还真是优秀啊。不过，你有没有想过，你们是异地，他来上海之后还能这么闪光吗？听你的描述，他很喜欢西部，也更适合西部吧。”

孟昀沉默了会儿，道：“我只跟你说，你不许跟任何人讲。”

“说吧。”

“我最近在想，像我这样搞创作的，不能一直待在一个地方，对吧？到处跑跑挺好的，会有好多灵感。你不知道，西部的民歌很好听，我以后也想去青海、甘肃什么的，多去看看。”

孟书桦吃惊于女儿的让步或者说是改变，脸上却没表现，只是沉默。

孟昀也惊讶于一时冲动的内心流露，这个想法她还没深思过，临时一想就脱口而出了，忙挽回地说：“我就随便想想，不一定的。你也知道，我想法一天一变。”

孟书桦却说：“既然是随便想的，就先藏在心里，暂时不要跟他说。”

孟昀一揣摩，就明白了他的意思，莫名低落了，问：“你不看好啊？”

孟书桦说：“你也说了，是到处跑跑。不是一年四季都在那儿，你是要找灵感，但你的生活和工作也是必然要回归都市的。至少得有一半时间在上海吧？不然你整年在外，可能吗？那也还是异地，你这性格受得了？”

孟昀头疼，眼神也涣散，说：“你就是不看好。”

孟书桦道：“也不是不看好。”

孟昀微愣：“所以你不反对？”

孟书桦淡笑：“再看吧，你们要是到了暑假还没分手，再说。”

孟昀吐槽：“那你还假惺惺跟我聊半天。”

孟书桦说：“爸爸这是真心实意，哪里假惺惺了。”

孟昀不吭声。

"昀昀，你妈妈给你看男朋友，挑东挑西；你爸爸没有多的，基本一条，要很爱你，拿真心待你。不然不行。"孟书桦说，"你先看看他能为你做什么吧。"

孟昀听言，又起了愁绪。

回上海的高铁上，孟昀发了会儿呆，把情绪调整好了，给陈樾发消息："我回上海了。"

陈樾："不是明天回吗？"

孟昀想说我想你了。可不知怎的一琢磨，换成官方理由："明早有工作。"

孟昀："你在哪儿？"

陈樾："宿舍。"又一条："我现在去你那儿。"

孟昀说好。

过了没几秒，又有一条消息，来自陈樾："我去车站接你，赶过去时间刚好。"

孟昀一见这行字，心情就舒朗了，发了个可爱的托腮点头表情。

她一出站就看见了陈樾，他隔着一段距离站在接车的人群后头，一手插兜斜挎着工作包，一手拎着奶茶。俊朗的脸上原本神情有些寂静，却在见到她的一瞬眼睛里亮了光，唇角微弯起来。

孟昀咬唇笑着，小碎步朝他跑去。他朝她伸手，她蹦进他怀里，搂紧他脖子。他单手揽住她的腰，抱着她小转半圈，碰下她的唇角。她却将脸一偏，对准他的唇印上一吻，说："有没有想我？"

陈樾轻笑："想了。"

“有多想？”

陈樾竟真在心里计算了一下，说：“十次吧。”

孟昀笑容放大，踮起脚吻他的下巴，满意地说：“这还差不多。”

孟昀喝着奶茶，挽着他出车站，说：“告诉你，我这次回家发现了一件事。”

“什么？”他们刚好走到一处短楼梯，碰到一个女生提着很重的大箱子，正对着楼梯发愁。陈樾说：“我帮你吧。”

陌生女孩：“啊，谢谢。”

孟昀松开挽着陈樾的手，等他拎起箱子了，跟他一起上楼梯，说：“你给我送过生日礼物，你记不记得？”

陈樾说：“大一那年吧？”

“而且就在这个车站，跟何嘉树一起。”

聊天中，三人已走到台阶顶端，陈樾放下箱子，陌生女孩说了声谢谢，他点了下头，跟孟昀一道走向出租车排队处。

孟昀说：“你还记得给我送的什么吗？”

陈樾发现，好像因为在一起，她脑海中的记忆碎片会时不时露出一角，像每隔一段时间冒出的小彩蛋。

“那个小台灯我还用过呢，但是后来阿姨打扫的时候不小心摔坏了。”她有些遗憾，“早知道是这样，我当初应该好好收起来的。”

陈樾问：“何嘉树送你的礼物呢？”

“那个还在。他送的别的都扔了，就那张黑胶我好喜欢，收在抽屉里。”孟昀说完，笑容变得有点儿嘚瑟，问，“你吃醋了吗？”

陈樾笑了下，说：“不吃醋。”

孟昀不高兴了，踢了他小腿一脚。

陈樾：“……”

不过出租车一到，孟昀赶紧拉他的手，这事就自然飘去脑后了。

周五下午，两人出发去舟山。这个季节天高海蓝，海风舒爽。只可惜碰上旅游季，车船上、山路上、酒店里随处挤满了游客。

孟昀想起大学时那次“冬游”，虽冷风飕飕、人烟稀少，只有他们一班人和当地居民，却也别有一番清幽韵味。

孟昀不想跟游客一起挤，于是跟陈樾商量了早些出行。结果周六一大早，闹钟响了孟昀还不肯醒，让陈樾亲了好一会儿才肯起床。两人行动迅速，吃完早餐出发爬山。

七点不到，山中空气清新湿润，树木翠绿水灵。时候尚早，上山的人不多。空山鸟鸣，虫雀啁啾。

爬到半路，孟昀说：“我走不动了。”

她朝陈樾伸手，陈樾拉住她。她落后他一个身位，被他拖着往上爬。

又走了一会儿，孟昀喘气：“都是你！”

陈樾问：“怎么了？”

“都是你，搞得我昨晚没睡饱。”

“那过会儿下山了补上好不好？”

孟昀只好继续走，可实在脚软，走了几步咕哝：“我真的走不动了。”

陈樾说：“我背你。”

孟昀说：“不要。”

她站在山间石阶上，微微鼓着脸颊，气自己爬不动。

陈樾看着她，等她自己缓了会儿，轻笑着提议：“要不要玩石头剪刀布？谁赢了谁走。”

孟昀来了兴趣，抬眉：“好呀。”

"石头——剪刀——布！"

陈樾赢了，他上了一个台阶，俯视着她。

"石头——剪刀——布！"

他又赢了，又上了一个台阶。

孟昀后来也赢了几次，但她输得多。很快两人相差了十几个台阶。孟昀站在下头，仰望着他，跺了一下脚："哼！"

陈樾一只手背在身后，浅笑："我可以告诉你我出什么。"

孟昀眉心微展，半信半疑："真的？"

陈樾说："嗯。"

孟昀也把手背在身后，想了想，问："你出什么？"

陈樾说："我出布。"

孟昀说："那我出剪刀了哦。"

陈樾说："好。"

"石头——剪刀——布！"

陈樾出了布，孟昀出了剪刀。她赢了，喜滋滋地爬上一个台阶，嚣张地问："这下你又出什么？"

陈樾含笑："石头。"

"石头——剪刀——布！"

他果然出了石头，孟昀又兴奋地上了一个台阶。渐渐地，她一步一步朝他靠近。很快，两人就站在了同一层阶梯上。

孟昀乐得不行，还不知足，继续得寸进尺："你出什么？"

陈樾看着她的笑脸，说："剪刀。"

孟昀出了石头，再上一个台阶，反超陈樾。她视线和他齐平，人笑得东倒西歪。上山的游客见状，不知所为何事。

陈樾看着她笑，也跟着笑。

她捂着笑疼了的肚子，问："再出什么？"

陈樾望着她，说："还是剪刀。"

孟昀再次出了石头。但这次，陈樾出了布。男人宽大的手掌一把包裹住她细细的小拳头，牵拉着，他向上一步，和她站在同一台阶上，低头亲了下她正在笑着扬起的嘴角。她哈哈笑。陈樾忽然下蹲，搂住她的双腿将她扛起，快步跑上台阶去。

孟昀反趴在他肩头，望着陡峭的一泻而下的台阶，被他扛着在石梯上奔跑，只觉惊险又刺激，心都快跳出来。

两人一路笑闹着上了山，到了寺院门口才消停。

寺庙里没什么人，安安静静。

早晨阳光稀薄，普照庙宇，有种静谧的肃穆恢宏感。空气中弥漫着檀香的味道，凝神静气。

孟昀放慢步伐，缓缓走过古钟、长廊、老树、庙门，见庙宇之中，佛祖眉目低垂。她站在门槛外，隔着一段距离望着佛像，心底无声。

她想起多年前爬山，在这儿许过愿，希望她写的歌能被更多人听到，被更多人喜欢。从某种程度上说，这个愿望算是在慢慢实现。她小声说了句："谢谢哦。"又偷偷许了个新愿望：我要和陈樾好好的，要他很爱我。请一定要听到啊！

转头看，陈樾不在身边。不知什么时候，他走到偏殿去了。孟昀过去找他，镂空的木窗雕花在眼前移动，她见他站在空寂的殿中，仰望着一尊佛像。

正好有阳光斜射进雕花窗，金灿灿的，尘灰飘浮其中，光线照在他侧脸上，他乌黑的头发上笼了层金光，睫毛上亦有光芒流转。因为阳光，他的脸显得越发立体深刻了。

他只是站在那里，静望着佛像，或许在祈愿，或许在讲述，或许只是在虚度，寻一个心静。

尘世静寂无言。

孟昀的脚步凝滞，有一些好像忘记了的画面，缓缓浮现出来。

她见过这一幕，在多年前。

那个冬天，还是大一新生的她，随全班出游来普陀山。前一晚她嘴上说不去，第二天爬山却很勤快。一上山，同学们四散不见了。孟昀随便找了间人少的寺庙溜进去，一进去人就规规矩矩，在大殿里拜了佛。

冬天很冷，几乎没什么香客。

待孟昀走出大殿，目光所及之处，庙宇，古树，竟无人烟。四周静得叫她有丝害怕，她边走边张望，忽见了侧殿中的男孩。

啊，有人。

她跑过去准备叫他，还未靠近就不自觉放慢脚步，那一天，似乎和今晨一样，稀薄的阳光，淡金色，笼在他身上。

不同的是，那时的他单薄许多，青涩许多。

少年独自立于殿中，望着慈眉垂目的佛祖。佛香的烟雾飘在日光里，浅浅的青蓝色，他侧脸静寥，眼中有深深的虔诚和刺骨的寂寞。

空山寂静，孟昀心里忽生一丝牵动，难过？动容？形容不出。

她隔着木窗偷看了他好一会儿，不想打扰，便偷偷溜走。刚出庙门，碰上从另一座庙逛完了走过来的何嘉树。

何嘉树问："你看见陈樾没？"

孟昀小幅地抬了抬手臂，说："偏殿。"

何嘉树正要过去，孟昀说："好像在许愿，你别去了。"

何嘉树停在门口，问："你许了什么愿？"

孟昀说："这怎么能告诉你。"

何嘉树说："也是。"

孟昀手指一下下戳着院墙上的墙砖，说："陈樾也会许愿望哦。"

何嘉树问："怎么他就不能许愿了？"

"他看着无欲无求的。"孟昀趁机说，"那你说他会许什么愿望？"

何嘉树说："能有什么愿望，十有八九是考试拿好成绩呗。不然许愿谈恋爱啊？"

孟昀赶紧问："好奇一下，他要谈恋爱的话，喜欢什么类型的女生啊？"

何嘉树说："温柔安静小仙女，跟他一样静悄悄，不找事惹事的。"

孟昀呆了呆，说："哦。"

何嘉树往里头瞄一眼："为什么说他许愿，就让我别去？"

孟昀说："他看上去好像有点儿……难过？不是难过，反正好像很孤独，嗯，很寂寞的样子。"

何嘉树叹了口气："唉……平时没什么，到了这种地方，心里还是会有些难受的。让他待会儿吧，我就在这儿等他。"

孟昀没料到会忽然记起曾经的事，像是头一次忆起。

如今，那时的单薄少年硬朗英挺了许多，站在当初相同的位置，仍是同样的虔诚神情，却没了落寞。

孟昀悄悄迈进门槛，从背后搂住他的腰。

陈樾回神，握了她的手。

她小声："许什么愿呢？"

陈樾实话实说："想跟你好好的。"

孟昀笑："那我帮菩萨回答，你的愿望，我可以实现。"

陈樾笑了，握紧她的手，再次抬头看庙宇。

她在身后，佛像在面前。屋外风吹树摇，光影轻晃。

陈樾想起多年前他站在这儿许下的愿望——

希望孟昀有一点儿喜欢我。哪怕只是同学的喜欢。

如今想来，他跟何嘉树的许愿，上天都听到了。若要这么讲，他又很庆幸，给他的应允虽来得迟了些，却恰恰好。

周日上午，孟昀独自飞回昆明。陈樾因工作需在上海多待一周。

陈樾送她到机场时，她不太高兴，说："讨厌，要我一个人回去。早知道就不来了。"

事实是来之前陈樾就说了他要待两周，可能她得单独回来。当时孟昀一心只想跟他来玩，说："没关系呀。这有什么要紧的。"

陈樾记得清楚，但他没提，说："我尽量早些把工作安排完，周五就赶回去，好不好？"

孟昀这才道："好吧。"

飞机落地后，她乘高铁去州首府，再转若阳。出了火车站，轩子跟阿丘已经在等她了。从若阳去清林镇那段路，需要换乘小巴车、马车和三轮车，麻烦得很。陈樾叫了轩子来接她。

轩子跟阿丘见了孟昀很热情，轩子帮她拿行李，阿丘递给她刚买的奶茶。

孟昀见了他们，一路的疲乏孤独也消解不少。她注意到阿丘穿了件上次她买过的那个牌子的漂亮衣服，看来轩子发工资后兑现了承诺。

小夫妻和她吃了晚饭，热络地跟她聊天，活泼又恰如其分，不似苗盈那般扒东问西、酸不溜秋。吃完饭，两人开车送她去清林镇，路上还买了一堆水果。孟昀起先不要，轩子笑道："没事，陈樾给钱了的。"她这才接了。

这边天黑得迟，七点多了仍是蓝天白云。孟昀坐在后座，有一搭没一搭地跟前头两人聊天。

"轩子，陈樾读书的时候，有没有人欺负他？"

"我跟他高中才认识。学校管得严，大的欺负是没有的。"

孟昀说："有小的啊？"

轩子笑笑："有的时候，有人会讲些废话，年纪小嘛，说话没轻重呢。"

孟昀心想，她要跟他是高中同学，她要揍人。

轩子透过后视镜看她一眼，说："陈樾嘛，还是不容易呢。"

话音未落，阿丘跟憋不住了似的，回头望她："孟昀，我希望你俩好好的。"

轩子盯了她一下，阿丘咧嘴笑笑，不继续说了。

孟昀推测，陈樾应该交代过他俩，不许说些会让她有压力的话。她低头，手机瘫在手心，屏幕亮着，是跟陈樾的微信对话框。

“落地了吗？”

“到啦，过会儿去坐高铁。”

“出机场了买瓶水喝。”

“好。”

“到哪儿了？”

“刚下高铁，在火车站等着，过会儿去若阳。”

“我叫了轩子来接你，他会在出站口等你。我把你电话给他了。看不见你他会给你打电话。”

“会不会麻烦啊？”

“不麻烦。”

“接到了吗？”

“嗯，碰面了。”

“好好吃饭。”

“好哒。”

“出发了？”

“嗯呢。”

“要是不想讲话，就在车上睡觉休息，没事的。不用怕尴尬。”

“知道了。”

孟昀抬头，说：“陈樾高中没谈过恋爱，也没喜欢过谁吗？”

“没有啊，怎么了？”

孟昀说没事。她想知道那个初吻怎么回事，倒不是介意，纯属好奇。没事，她迟早能从他嘴巴里撬出来。

轩子跟阿丘把孟昀送到家，给她把行李拎上楼了才告别。

孟昀跟陈樾说到家了，洗头洗澡后回到阁楼，见手机里一个未接来电。

她回拨过去，陈樾说：“喂？”

孟昀一听他声音，心就舒服了。人躺在床上，跷起脚来，迎着落地电风扇的风拨弄着鼓动的蚊帐，说：“你在干吗呢？”

陈樾说：“刚上床，准备给你打电话。”

孟昀软声说：“我也刚洗漱完，到床上啦。”

陈樾淡笑：“今天累不累？”

“有一点点，但也还好。你今天忙吗？”

“也有一点点，但也还好。”

“哼，学我说话。”

他在电话那头轻轻地笑，忽然冒出一句：“好好工作，不要太想我。”

孟昀说：“嘁，鬼才想你，我不想你。”又说，“你也好好工作，而且必须想我。”

陈樾说：“哪有这样的？不公平吧。”

孟昀说：“我不管。”

陈樾说：“好吧，你说了算。”

孟昀很受哄，心里软嘟嘟的，翻一下身，拿手指戳着风鼓起的蚊帐，又说：“我还好啦，下周会有点儿忙。刚才李桐说，周三摄制组就来了，我得赶紧带学生排练了。”

陈樾说：“李桐在柏树家？”

孟昀说：“对啊。我们不在这几天，他们住过来了。但我回来了，感觉他们又会搬去李桐宿舍。”

两人一来一去地闲聊，风扇轻转，蚊帐慢摇。手机里男人的声音清瓷一般，孟昀渐渐来了睡意，迷迷糊糊互道晚安，入了梦。

接下来两天，孟昀白天上课，带学生排练，也算过得充实。她担心学生面对镜头紧张，特地支了手机拍摄。大家起初不习惯，很快就适应了。

到了周三上午，早课之前孟昀又带学生在操场上唱了一遍。梅兰竹菊几位老师经过，纷纷夸赞好听。连校长也说没听过这么棒的合唱。

孟昀给学生们打气："听到夸奖了吧，你们特别棒。等下让他们见识见识。能行吗？"

"能！"

上午十点钟，摄制组到学校了。负责对接的是李桐，上午的行程是采访校长、几位本地教师跟一位公办支教教师。

合唱环节在下午录制，孟昀上午的课程不受影响。

第三节课上课铃响，孟昀去音乐教室时看见几辆保姆车、设备车和商务车开进学校。她并未在意，进教室上课。她刚在黑板上把谱子写完，教室里一阵喧闹，学生们全凑到窗边往外望。

"王羽西来啦！"

"还有崔淼！"

孩子们见了明星，很激动；有的哪怕不认识也好奇地张望。

孟昀让他们看了一会儿，才说："都坐回座位上去。"

学生们乖乖坐回去。

今天孟昀教他们《小河淌水》的合唱，学生们分声部唱着：

"月亮——"

“月亮出来亮汪汪——”

“亮汪汪——”

忽然，扛着摄像机的摄影师直接走进教室。学生们毫无准备，声音降了下去。

摄影师忙跟孟昀打招呼，说：“老师不好意思，歌声太好听，就进来拍摄了。”

孟昀说没关系，抬手示意学生们继续唱。

歌声又升了上来。

“想起——”

“想起我的阿哥——”

“阿哥——”

“在深山——”

孟昀不想出镜，退去摄影师身后几步，干脆出了教室站在门口。

身后有人小碎步跑来：“姐姐。”

孟昀扭头，愣了下，竟是 Fanta-six 的一五六。三个女孩看见孟昀，挺开心的样子：“居然真的在这里碰到了。”

孟昀说：“你们怎么来了？”

队长说：“我们是这期的嘉宾，还有林奕扬，他也来了。”

孟昀又愣了愣。林奕扬性子比较冷，不太喜欢参加综艺节目。这次估计是节目组请他出山，打包了同公司的这仨。她下意识地望向操场，几辆车停在对面。工作人员在蓝天下忙碌，没见林奕扬。

小五给她指了一下：“他在那个办公室。我们都在那边。”正是孟昀他们支教老师和志愿者的办公室。

教室里，学生们合唱到了尾声：“一阵清风吹上坡……”

孟昀说："我还在上课，先进去了。"

三个人摆摆手："姐姐过会儿见！"

一首歌唱完，摄影师谢过孟昀，出了教室。

学生立刻朝窗外望，三个漂亮白皙的年轻女孩走过。他们不认识新出道的 Fanta-six，但不妨碍欣赏她们散发的时尚美好。

孟昀坐下来弹钢琴，让孩子们收了心，说："老师给你们伴奏，再唱一遍吧。"

她弹起旋律，学生们再次唱起。黑色的钢琴漆面上映着教室明亮的窗户，窗外蓝天开阔，一个男人的剪影出现在窗棂边。

孟昀只瞥了一眼，没有回头。

下课后她没回办公室，一直待在音乐教室里。操场上一群明星跟学生们在打篮球，做游戏。孟昀也不看。

李桐今天很忙，不能一起去吃午饭。孟昀干脆跟学生们挤食堂。她极少去食堂，学生见到她都纷纷让出位置，搞得她哭笑不得。心想本来座位就少，她果然不该来打扰。

她匆匆吃完了出去，碰上导演。导演说想要合唱团学生的全部名单，到时打在节目片尾的字幕里。孟昀听了很高兴，说立刻去拿。

他们办公室在紧挨着教学楼的一排矮平房的边角处，她从食堂过去，得从办公室后方绕去前门。

刚走到后窗外，听见里头传来小五的声音："这地方好穷啊，居然还要住一晚，宿舍好恶心，怎么住得下。我想回若阳住。"

"全组都住这儿，王羽西和崔淼也住得，就你一个人住不得？"这是队长的声音，"你是想让工作人员爆料你耍大牌吗？"

小五狠踢了下椅子，换了话题："猜我打听到什么？"

“什么？”接话的是小六。

“孟昀居然在这边谈恋爱了。”

“不是吧？”

“真的。我问了学生，都这么说。”

“是那个体育老师吗，还挺帅的。”

“不是。听说是搞什么发电什么扶贫的，兼职什么基金会志愿者，经常跟学校打交道。你知道最神奇的是什么吗，那个男的是孟昀大学同学，在这儿碰上了。”

“哇，很有缘分欸。”

“什么缘分，孟昀就是在这边无聊玩玩而已吧？”小五不屑地说，“A大毕业的又怎样，名校了不起，居然也只能在山沟沟里混成这个样子哦。听说还是本地人，家境应该蛮差的。”

队长有些忍无可忍：“小五你那张嘴巴不会说话，能不能闭嘴啊？”

孟昀面色微青，绕过拐角走到办公室侧边，灌木丛挡住了视线。

小五：“我又没说错。”

队长：“没错？要是导演、制片在这儿，你敢这么说话？”

小六也说：“对啊，你别这么说。刚才导演采访校长，感动得快哭了。我觉得能在这里工作的人，都很伟大的。”

小五笑起来：“伟大？我几百年没听过这个词了，你是小学生吗，还伟大？说得那么高尚好听，都是些在大城市里混不下去了的来做做慈善，满足点儿成就感。”

队长：“叫你别说了！”

孟昀绕到正门前，一上台阶，见林奕扬站在办公室门口，进不得退不得的样子。两人对视一眼，神色皆差。

屋里头，小五还在说：“林奕扬来这儿就是为了——”

砰！

孟昀不轻不重地一脚踢开了门。

屋内三人脸色骤变。

片刻前，她们正等着其他明星来了吃饭。学校专程为他们准备的午饭，炒干巴菌，牛肝菌，香茅排骨，柠檬鱼，菌菇鸡，炸干巴，炒蚕豆，腌菜洋芋，炸红豆，苦菜汤，凉米线，豌豆尖，摆了一桌子。

办公室陷入死寂；外头，蝉鸣撕裂天空。

窗外有学生来来往往。孟昀并没有发火，跟没看见她们三个似的，径自走到自己办公桌前翻找东西。

一五六各自站在原地，几乎不敢动。林奕扬看了眼孟昀，也进了办公室，坐到那桌菜前，往碗里添了米饭，也不招呼另外三个师妹，拿起筷子镇定自若地开吃。

一五六拿不准形势，刚对视一下眼神，听见孟昀“哗”地把抽屉拉开，哐当一响。她拿出份文件夹，手指唰唰滑动纸张，检阅着资料，说：“这个社会上，有很多事情是不公平的。天生的不公平。比如你生在富庶的地区，别人生在贫困的地区。”

那不是她要找的文件夹，她将它扔进抽屉，“砰”一声将抽屉关上。

一五六同时抖了一下。

林奕扬拣了块牛肉放进嘴里嚼，一副两耳不听身边事的模样。

孟昀打开斜边柜，说：“这个国家，有很多事情，脏活累活，总要有人去做的。不然你以为你能有安稳日子过？”

她又翻出一份文件夹，纸张翻得哗啦啦响：“做不了也无所谓，毕竟都是俗人，泡在灯红酒绿里，没那么高尚，可尊重一下很难？”

“得了便宜还卖乖，嘴脸就太丑陋了。”孟昀找到初一几个班级的花名册复印件，将那几张纸从文件夹里抽出来。这下，她抬眸直视小五了，说，“拿世俗的成功标榜自己高人一等前，先好好想想你的起点在哪里。你要是在他那位置，绝对比他不如。他要是在你这位置，也绝对不会像你这么寡廉鲜耻抱着区区虚名沾沾自喜。更何况，你现在就不如他，一根脚指头都比不上。”

她摔上侧边柜门，拿着张纸头也不回出去了。

林奕扬往嘴里送了口米饭，恍若未见。

孟昀出了办公室，仍觉心爱之人受了侮辱，恼火地骂了句：“傻×！”

这一声清晰地传进办公室众人耳朵里。小五面红如血。

林奕扬喝了口苦菜汤，真苦。

孟昀脚步声远了，一五六各自缓缓坐下来。好半天了，队长终于发火：“跟你说了多少次，你能不能管住你那张贱嘴？回回都是你惹事，你是不是要把我们团害死！”

“谁嘴贱啊？”小五质问，“她刚才骂人你没听见啊，骂我傻×，她跑这儿谈恋爱来了，她才傻——”

“要吵滚出去吵。”林奕扬打断。

安静。

小五抿紧嘴巴，坐在原地一动不动。

队长和小六同时说了句：“师哥对不起。”

林奕扬说：“吃饭。人家费心做的，别浪费了。”

一和六对视一眼，没动筷子。林奕扬刚夹了块排骨，才想起节目的常驻嘉宾和另外几个明星还没到场。他一个人莫名其妙先开吃了。

他缓缓咽下嘴里最后一点儿苦菜，放下筷子跟碗，扭头看窗外，绿树在风中招摇。

这里的天，怎么会这么高，这么蓝。

孟昀始终气不顺，一个人待在音乐教室，到了下午两点还绷着个脸。

教室门口的阳光晃了下，西谷和白叶的笑脸露出来。两个小姑娘很兴奋：“梦梦老师，我们要去唱歌啦！”

孟昀这才缓和脸色，微笑起身，摸摸她俩毛茸茸的头，说：“走吧。”

正是太阳最晒的时候。

导演组特地让合唱队伍站在树荫下，一帮工作人员则迎着烈日。明星们站在树荫和阳光的交接之处，跟学生们互动了会儿，导演说可以开始唱歌了。

孟昀见龙小山和西谷他们比较紧张，上前拍拍他们的手臂，又捏捏他们的肩膀，说：“谁再紧张，老师来给你们按摩了啊。”

合唱队伍里响起了小小的笑声。

孟昀又说：“怕什么，一遍唱不好，我们就多来几遍。大家今天都好好学学杨临钊不怕丢脸的气势啊。”

杨临钊说：“都跟着我一起死皮赖脸吧！孟老师盖章了！”

又是一阵笑，众人放松不少。

孟昀退到摄像机后，扬起手臂，用口型做了个“1，2，3，起——”她手臂一挥，女孩们声音清扬：

灿灿明月，淡淡清风，
瑶家山寨沉浸在浓浓月色中。
田野上，飘来阵阵稻谷清香……

孩子们的嗓音干净、纯粹，没有过多的技巧或雕琢，全由心底而起。风吹树动，阳光的斑点洒在他们身上，像荡漾的星河。

天地间一片寂静，只有孩子的歌声，飘向太阳。仿佛山是青色的波浪，他们在云的另一端，向往海洋。

“夜短情长，夜短情长，夜短情长歌更长。”

那歌声空灵，没有喜悦也没有悲伤，像山风，像溪流，像来自自然的一切美好，美好得叫人落泪。

如果你只看西谷那可爱的笑脸，你不会想到她家那破破烂烂的床；如果你只看龙小山那清澈的眼睛，你不会想到他爷爷眼球布满白翳，哪怕碰上树影也要去问一句有空瓶吗。

孟昀忽然就红了眼眶，忍着指挥到一曲歌完，她捂住眼睛转过身去，脸已泪湿。

摄制组被震撼，久久不能回神。不知谁带头鼓掌，掌声四起。

学生们表现太棒，一遍就过。工作人员买来水和冰激凌，分给大家。学生们坐在树下吃吃喝喝，开心聊天。导演跟制片则连连点头，对这段素材极其满意。

孟昀却没多待，快步离开了。

下午，节目组还需拍摄其他项目，与孟昀无关。她上完课就到点下班了。

她在铺子里买了一块钱的米线，回家煮了当晚餐，又给云朵喂了吃的。

她坐在台阶上给月季和蓝雪花浇水。回上海那段时间，为方便柏树浇水，花盆搬到了天井里。

正值夏天，花儿开得灿烂。云朵从花丛里钻出来，沾了一身的蓝雪花，变成了一只蓝花猫。它跳到孟昀身上，竟在她脖子上亲昵地蹭了蹭。孟昀猜想，是不是她身上有陈樾的味道，所以一人一猫才变得亲近。

想起陈樾，她情绪微落。

她能懂事地、深有感触地认识到他的工作很有意义。于情于理，她都没法要求他做出改变。她不知该如何面对即将到来的长期异地，所以潜意识里找到了一个出口。但就像父亲指出来的，那只是缓解，不能解决问题。她不知道自己能否面对异地，更不知道他心里是如何考虑这个问题的。

回清林镇才三天，她像和他分开了很久。他不在的这段时间，镇子也失去了以往的光彩。尤其在夜里，柏树和李桐也不在，她一个人住在四方小院，只有一只小狸猫陪伴。哪怕陈樾跟她打视频电话，孟昀兴致也不高，每晚都蔫蔫儿地问一句："你什么时候回来呀？"

孟昀想，她终究是都市人，害怕寂寞孤独的普通人，甚至俗人。要是她能把陈樾装进兜里天天带着就好啦。

她轻揉着猫脖颈，云朵在她怀里发出咕噜咕噜的舒服声。

孟昀摸摸它的头，拣着猫毛上的蓝雪花，说："他也不会把你丢掉的。他舍不得山里呢。"

云朵喵呜叫。

角门突然传来敲门声，猫咪一惊，立刻从她怀里站起，跳到地上去。

孟昀以为是柏树或李桐回来拿东西却没带钥匙，过去拉开门。

林奕扬站在夜色里。

天色已晚。

林奕扬没戴帽子和口罩，这地方不需要。有老翁牵着耕地一天的牛儿经过，并未多看他们一眼。

孟昀说：“你来干什么？”

林奕扬说：“不让我进去吗？”

孟昀没讲话。

林奕扬问：“家里有人，不方便？”

孟昀不客气地看他一眼。他能找来这儿，肯定也打听到陈樾近期不在清林。她不想引人注意，侧了身。

林奕扬迈过门槛，小狸猫站在天井拐角处，冲他“喵嗷”一龇牙，极凶。林奕扬停了一下。

“它又不咬人。”孟昀的语气很难说不是奚落，上前捞起小狸猫抱进怀里摸摸头，猫咪乖觉了。

林奕扬跟在她身后，绕过走廊进了天井。

山里的夜，天空是墨蓝色的。照壁上方，云月相牵。

照壁两旁的堂屋都亮着灯，灯光交叉铺在天井里，石榴树的影子画在壁上。

林奕扬看了看景，说：“你不是不喜欢养猫吗？”话一出，发觉自己给自己找不痛快，这猫必然——

孟昀说：“不是我养的。”

她走进西边那屋，林奕扬跟进去，环顾四周，木墙木窗木楼梯，还有方桌和藤椅。吉他挂在墙上。

很干净，但也简陋。

林奕扬难以想象孟昀这种娇生惯养的人竟能在这种地方生活数月。他扭头看天井对面，那头的堂屋也亮着灯，没人，屋内很有生活气息，桌上堆满资料，书架上满满当当。楼梯台阶上摆了几双男士运动鞋，藤椅背上搭着一件男人的T恤。

孟昀坐在藤椅里撸猫，抬眼见他侧脸落寞，心里不太是滋味，语气缓了："要喝水吗？"

林奕扬摇了下头，目光落在她脸上。

孟昀将眼神移开，说："坐吧，站着干什么？"

林奕扬却到墙边取下吉他，坐到桌边的藤椅里弹了两下和弦。

孟昀忽然想起曾在一起的日子。两人抱着吉他，能坐一天。

他们也曾有过说不完的话。他性格冷，跟着她学会了骂人，学会了刻薄，学会了偶尔地发泄，却只在她面前表露。他是有过真心的。

但今时不同往日，再弹吉他又有什么用呢。

她把他看得透透的，不太爽快，说："雅玲说你最近在写歌？"

"写得不好。"他简短说完，直接问，"你喜欢他什么？"

孟昀不想答他这问题，摸着猫耳朵，随口找了理由搪塞："朝夕相处，自然就生了感情喽。"

林奕扬抬眸："你是跟人朝夕相处就能生感情的人？"

孟昀不舒服了，说："我是不吃回头草的人。"

林奕扬表情凝固了一下。曾经，他以为她只是生气了，以为哄她就能回来，所以那次在录音室，他那样轻佻冒犯地跟她讲话，可原来他们已经不熟了？他还不肯相信，问：“那微博小号——”

“忘了管。你介意，我会注销的。”

这下他彻底哑了口，面色差点儿绷不住。他是个性格很冷的人，轻易不示情绪，但孟昀捕捉到了，又有些难受，别过脸去，说：“你来干什么，林奕扬？”

夜里很静，他声音很低：“我错了，好不好？”

孟昀下颌微微绷紧，望着石榴树下的蓝雪花。

她想起和陈樾野餐那天，她身边的一束野花，无意间露出的一角笑容，以及陈樾的一点儿肩膀。

好半天了，她很清醒地说：“你看了我的视频，猜到我恋爱了吧，所以在录音室里那样反常地刺激我，所以特地追过来。要是我一直在空窗，你会觉得自己很安全吧？要是我没有新恋情，你还会等多久？等到你说的站稳脚跟？可现在好像也没到你心里的目标，所以过来认错了。能怎么挽回呢？”

她说：“我爱你的时候，很愚蠢；不爱你了，就很精明。”

“昀昀，”林奕扬垂头捂着额，艰难地说，“到了合适的时候，我一定会堂堂正正地公开。你给我时间，两年，我一定努力，行不行？”

孟昀听不得他这示弱的语气，不舒服地看向别处，张口：“我知道。你不容易。”她有些惘然，“所以我从来没怪过你。但我什么性格你不清楚吗？我这人天生就这样，受不得一点儿委屈。你当时不澄清，我或许被你哄一哄，就继续谈地下恋了。但既然澄清了，我跟你也两清了。”

“你恨我？”

孟昀摇头：“从来就不恨。相反，我看你这样，很难过。但是，我真的不爱你了。你来的路上看到了很多山吧，我已经路过你了。”

林奕扬盯着她看了会儿，抿紧唇，又低下头去拂吉他弦了。

短促的几声。

额发遮住他的眼，看不出情绪，过了会儿，还是那个问题：“那你又喜欢他什么？”

孟昀没答话，云朵忽然从她腿上站起，跳下去。她怀里一下空了。

“他懂你的歌，能欣赏你吗？生活能跟你同步？我希望他是真的喜欢你，不是图你什么。我也不希望你是因为我，就随便找了个人在一起。你爱一个人就爱得太认真，我怕你最后又吃亏。”他突然开始扮演起好友的角色，看似关心，实则戳心。

孟昀觉得他话说得阴险，可还是中了招，莫名烦闷地皱了眉，说：“时候不早了。”

林奕扬瞥见她的表情，人倒放松了点儿，抱着吉他起身，走到墙边。

孟昀说：“林奕扬。”

他停住，等她开口。

她说：“能不能多拍点儿这里好看的照片，发微博宣传一下。”

他眼中光芒暗淡下去。

孟昀解释：“我知道导演组会在节目里把清林镇拍得很美的，但宣传不怕多。清林镇的旅游环境刚建起来……”

“我知道了。”林奕扬打断。

孟昀说：“谢谢。”

这时，屋檐上传来猫爪疾跑的声响。下一秒，角门吱呀一声推开，随后合上。

有人进来了。

孟昀担心是柏树或李桐，给了林奕扬一个眼神让他别动。她快步出屋，竟见陈樾拉着行李箱进了天井。

云朵两只前爪在他牛仔裤腿上狂扒拉，喵呜直叫。

陈樾拎着个蛋糕盒子，松了行李箱，弯下腰一面摸它脑袋，一面抬头用目光找孟昀，冲她一笑："买了你喜欢吃的蛋糕，不知道路上挤坏没有。"

孟昀又惊又喜："你不是说最早要明晚回吗？"

陈樾笑得有些腼腆，说："你不是说想我早点儿回来吗？"她天天问他什么时候回来，于是他加了两个晚上的班。

孟昀拿过蛋糕盒，说："鬼才想你。"

陈樾低头，正想碰一下她的脸，有人拨动了吉他，孟昀堂屋里传出一段悠悠扬扬的和弦。

陈樾循声看去，一道高高瘦瘦的人影从木窗上划过。他下意识握紧了孟昀的手腕。屋里，吉他挂上了墙，影子穿过木窗、木门。

林奕扬走出来了。

院子里安静了一瞬。云朵跳上陈樾的行李箱，拿猫爪挠头。

孟昀的手与陈樾十指相扣，对林奕扬说："陈樾，我男朋友。"

她没跟陈樾介绍林奕扬。林奕扬便知，陈樾认识他，或许早就知道他和孟昀的事。这个认知叫他不太爽快。且由于孟昀没介绍他，先打招呼的礼仪就落在他头上了。他怀疑孟昀是故意的，为了报复他刚才故意弹的和弦。

林奕扬没有伸手，只简短说了句："你好。"

陈樾说："你好。"

没话了。

两个男人不动声色地打量着彼此。

陈樾穿着很随意的T恤、牛仔裤，个头、身形都与林奕扬相当，当然了，比不上他会打扮，简单的衬衣就穿得很有明星范儿。陈樾长相是帅的，五官立体，俊朗中带点儿清隽，眼睛明亮不说，尤其眼神纯净，又因常在野外，肤色晒得健康偏黑，有种内敛的性感。林奕扬则是白白嫩嫩、很符合当下幼龄审美的明星。

陈樾对林奕扬的印象是——的确精致，像橱窗里的奢侈品。

而在林奕扬看来，陈樾和他想象中太不一样。说具体点儿，比他设想的要好太多了。也是，孟昀能看上眼的，哪里会差呢。她又哪里会随随便便喜欢上一个人。

他突然就说："我跟昀只是朋友见面，你别误会。"

孟昀觉得他今天阴险得有点儿反常，他以往私下跟她嘴贱，但绝不会对他人不礼貌。她要说什么，陈樾已开口："不会。"

他说不会，就能让人看出来是真的不会，而不是强装样子。他说："我了解孟昀。"

林奕扬说："那就好。"他莫名有种再跟他多对垒几句会露怯的窘迫，看向孟昀，说："下次再聊。"这话说出口，他觉得很失败。

孟昀送他到门口，两人单独一处，林奕扬低声说："我明天上午就走了。"

孟昀说："一路顺风。"

林奕扬看着她，目光怅然，最终却无话可说，转身走进夜色。

孟昀关了门，回到堂屋。陈樾正在整理行李箱里的衣物和资料，见她进来，说："先把蛋糕吃了吧，上面有水果，怕明天不新鲜了。"

孟昀打开盒子。陈樾问："没挤坏吧？"

"没有。"

他没话了。

孟昀吃着蛋糕，发现陈樾有点儿安静。他以往也安静，但她能感受到细微的差别。他手上一直在忙，一直在收东西，且不看她。

她觉着他反常，边吃蛋糕边盯着他看。他可能感应到了，仍只是收拾东西，云朵围着他的腿绕圈圈。他走到哪儿，小黑云飘到哪儿。

两人一猫在堂屋里，只有他的脚步声跟猫的喵叫声。她蛋糕吃到一半，他去洗澡了。他手机响了几下，是信息提示声。

孟昀听到浴室门合上，没忍住偷笑。她心情不错地去逗猫。但这下，主人回来了的云朵不搭理她了，居然翻了个白眼躲开她，踩着猫步躺去台阶上。

她说："你这破猫，等哪天陈樾不在，看我喂不喂你。吃老鼠去吧你！"

云朵拿背影对她，尾巴不屑地打了个卷儿。

陈樾洗完澡回来，见到手机里的消息，都是工作上的事。孟昀蛋糕吃完，他正开电脑，见了，笑问："好吃吗？"

孟昀说好吃，她发现他洗了澡回来，人已经正常了，又有点儿小遗憾，还想多看他不正常一会儿呢，便主动说："林奕扬刚好是这期的嘉宾，来这儿坐坐。他自己跑来的，不是我让他来的。"

陈樾从电脑里侧眸看她一眼，说："嗯，我知道。"

孟昀："……"

陈樾感觉到她在瞪他，很快关了电脑，过来她身边，说："因为提前一天回来，有点儿工作没转交清楚。现在弄好了。"

"谁跟你讲这个。"孟昀起身凑近他，"说，你刚才是不是吃醋了？"

陈樾一愣："没有。"

孟昀一根食指戳他肩膀："没有？欸，你不在家，我三更半夜跟前男友在一起，还弹吉他呢，你不吃醋的呀？也不问我跟他在干吗？"

陈樾垂了下眼睛，没什么情绪，说："你不是说了，朋友坐坐吗。"

孟昀："我说你就信？"

陈樾抬眸："那我不该信你说的话吗？"

"该信。"孟昀仰脸贴近他，一根手指摸摸他下巴，慢慢说，"要是你今晚没回来，我就跟你说，林奕扬没来过。你也信哦。"

陈樾盯着她的眼睛看，那近在咫尺的小狐狸一样的眼神。孟昀激他："你怎么不问问我们说了什么，你就一点儿都不好奇，陈樾同学？"

陈樾没吭声了。

事实上，他不用问。

他猜得到。

她是那种会让男人后悔，让男人想要回头的女人。何况，哪里就那么巧，林奕扬偏偏就是这期邀请的嘉宾呢。

所以，刚才他一丝不苟地整理东西都没能让自己平复，反而是余光见她胃口不错地吃蛋糕，才开解了些。而现在因为她的挑衅逗弄，心里又安稳不少。

于是他说："不好奇。"

她立马轻打他肩膀："哼，你不好奇我也要告诉你。他想跟我和好！"

陈樾虽猜到，但听到这句明确的话，心里仍像被刺了一下，目光锁着她眼睛："那你怎么说？"

孟昀瞧出他紧张，这下舒服了，笑眯眯反问："你觉得我会怎么说？"

陈樾看她一秒，移开眼神看天井："不想知道。"

他下颌绷紧了一瞬又松开，她开心死了，推着他坐进藤椅里，自己也挤进椅子跨坐在他身上，食指轻戳他嘴唇，跟胜利者品尝战利品似的得意扬扬："跟我撒谎？你也会自己生闷气哦，我还以为你不会生我气呢。"

陈樾嘴唇掠过她手指，说："没生你的气。"

孟昀狡黠一笑："那是生他的气了。"

"没有。"陈樾仍是不看她。

孟昀轻轻笑，搂他脖子撒娇："给我讲讲你进院子后的心路历程好不好，给我讲讲，给我讲讲。"她赖在他身上扭扭，在他耳边吹气，"我想听呢。"

陈樾看她："下去。"

"你真要我下去呀，"孟昀蹭蹭，柔声，"怎么个下法？"

她搂着他的腰。

西瓜红的睡裙，花一样铺开在藤椅上。

他感受到了，面色微僵，不开口。她含咬他下巴："你说不说？不说，我也不让你好受。"

她手指从他脸颊上滑下去，因坐在他身上而居高临下俯视他，问："说，你是不是心慌了？说说嘛。"她似乎坐得不太舒服，缓慢地挪一下位置。女孩的身体柔软，湿热。

“孟昀你——”

陈樾身子僵了一下，呼吸隐忍地急促起来，他咽了下嗓子。精神身体在受双层煎熬。

“说嘛。嗯——”她呼吸细长。

他红了脸，哑声：“那时候……就想抓住你。”

当时他的确条件反射般抓紧了她的手，她记得清楚，心里笑了，娇声：“继续啊……”

她也继续磨他。

“想，万一你跟他走，我该做什么？”

孟昀的手臂复而绕上他脖颈，手指轻抓着他喉结处的肌肤：“想到了吗，怎么办呀，要是我跟他走？”

“就想，把一切都给你，让你拿走。但我也没什么东西，给不了你什么，就慌……”

孟昀忽然就心疼了，不想听了，吻住他的嘴唇，不让他讲了。

这一瞬，什么都不愿想，什么都不愿管，什么都不愿计较了。稀里糊涂也罢。

她吻到他耳边，软声说：“陈樾，我什么都不要。你好好爱我吧。我只要你爱我。要很爱很爱我。”

我也会很爱你的。

她如上瘾了般深深压着他，与他交缠，好像只有这样才能确定他对她的爱意，藏在每一寸肌肤里，每一寸隐秘里。

他托住她的后背，仰起头亲吻她的唇，她的脖颈。白炽灯照着她的肌肤，散着粉粉的柔光。

夏夜，吊扇在头顶上方转动，扇不去亲密的灼热。

孟昀歪头靠在他肩上，看见他们的影子缠绵在一起，铺在天井里。

有夜风吹过，石榴树叶唰唰作响。

云朵把自己挂在门槛上，屁股对着他俩，摇了下猫尾巴。

她听见自己柔弱的呻吟，细碎地散进了夜里。

第15章 阳光照在核桃树上

第二天上午，摄制组在学校里进行了一些内容补录。

孟昀照常上课，其余时间待在音乐教室，没跟其他人打照面。

她中途接到雅玲的电话。雅玲把小五狠狠骂了一通，连弱智脑残都说出来了。孟昀也不拦着。她一路骂到最后，说，希望孟昀别把这件事捅出去："她年纪还小，书读少了，以后我会好好管教的。"

嗯，二十岁了还年纪小。不过孟昀本就没打算搞什么曝光："你不用担心我这里。但她这张嘴，迟早拖累整个团队。我不爆料，以后也会有很多个'别人'爆料，走不长的。"

雅玲也头疼，无语地说："你能相信这傻 × 队内人气第二？"

孟昀说："这个时代，一切皆有可能。"

雅玲听她语气缓和了，才说："她们专辑的事……"

孟昀说："工作是工作。我分得清楚。"

雅玲说："宝宝，我感觉，你成熟了。"

孟昀说："加钱吧。"

她放下手机，思索半会儿，发现自己的确有了变化，对周围的人和事没那么容易变得情绪激动了。当然，有一部分无理取闹则毫无保留地全给了陈樾。

她不知道这种变化是好是坏。

和林奕扬在一起时，她曾想过他们会是很好的一对。他唱歌，她作曲。他在台上表演，她在台下观看，有一辈子的共同话题。可林奕扬再次出现时，她居然一丝动摇都没有。

林奕扬问她，你喜欢他什么？

她喜欢陈樾什么呢？

一束野花，还是一场搭火车的电影？一碗石榴，还是一盒跨越半个中国的蛋糕？

她说不清，明明隔着纱帐拉他手时，还未情浓。但一天天毫无知觉就深陷了，仿佛他是无声的沼泽。正想着，操场上有了动静。摄制组要走了。

窗外晴空万里，林奕扬上了保姆车。她正看着，队长和小六从门口冒出来："姐姐，我们先走啦，下月上海见哦。"

孟昀微笑："一路顺风。"

队长多说了句："姐姐，雅玲姐骂过小五了，你别跟她生气。"

孟昀说："没有。说起来，我还想找你们帮个忙呢。"

"什么呀？"

"发微博宣传一下这里吧。"

"一定的。"队长说。

小六也说："我很喜欢这里的风景，还有这里的人，真想多待几天。"

孟昀心想，你们多待几天就待不住了，于你们来说，这地方体验一天足矣。

她说："去吧。车在等你们了。"

两人跑进了阳光里。

孟昀想，如果不是陈樾，她也是无法在这里长久待下去的。操场上的商务车一辆接一辆启动，很快离开，最后只剩蓝天青山映在窗棂框里。

昨天的热闹烟消云散。那一行人里，恐怕也不会有一个人再来。

她后知后觉地意识到，她离别的时间也将近。手指摁在钢琴低音区，发出一声“咚”的沉音。

不知为何，摄制组离开后孟昀心里笼了层阴霾。说不清，道不明。

那些天，她几乎断了网，不玩手机，不想看外面的世界和她原来的世界，也不太愿接家里的电话，哪怕孟书桦跟她说余帆不太生气了，她都不管。

她变得更黏陈樾。

每到夜里，她总坐在他桌边拨弄吉他。有时候不弄吉他，直接坐进他怀里。他偶尔会一边环抱着她，一边加班。更多时候就好好地抱着她。

陈樾清楚，她隐隐的愁绪来自即将到来的分离和异地，也来自工作——她的离开将伴随着期末结束，她对学生有不舍。

或许，也和天气有关。

雨季来了。

那天早上孟昀出发去学校时，暴雨倾盆。屋檐上雨水成幕。她沿着门廊往陈樾堂屋去，像走在水帘洞里。陈樾也收拾好东西准备去上班。

孟昀说："你有多余的伞吗？"

陈樾说："这雨打伞没用。"

他从抽屉里拿出一件藏青色的宽大雨衣，跟大斗篷似的。

孟昀咕哝："颜色像男人穿的。"

陈樾觉得好笑："本来就是我穿。你穿这件。"他拿出一包新雨衣，居然是淡粉色。

孟昀讶异："什么时候买的？"

"去上海前。"陈樾说，"想着雨季要到了。"他又从墙边拿了双崭新的米白色雨靴，说："你把鞋子脱了放包里，带去学校再换。"

"好呀。"

陈樾给她套上雨衣，是很厚重的塑胶雨衣，没拉链没纽扣，封闭的斗篷很长，下摆吊在她雨靴上，很安全的感觉。雨帽上还有一道透明的挡雨帽檐呢。

陈樾给她系紧帽上的绳子，只露出眼睛和口鼻。孟昀在雨衣下拍打两下手臂，说："这雨衣真好，你在哪里买的？"

陈樾淡笑："网上搜的，有什么好不好的。"

"明明质量很好，我摸得出来。"孟昀说，"车子又被柏树开走了？"

"嗯。最近雨多，他得去巡逻。只能骑三轮了。"

"没事。"她这件厚实的雨衣足够遮风挡雨，"巡什么逻啊？"

"怕有泥石流。雨再这么下，附近的年轻人都得去巡逻了，包括学校的男老师。"

孟昀道："那学生们开心了，不用上课。"

陈樾把她换下的鞋子用塑料袋包了放包里，给孟昀揣在怀里。

两人一道出门。暴雨打在雨衣上，噼里啪啦。孟昀还觉得蛮有趣。陈樾扶着她上了三轮车后座，她坐在木板上，全身缩在雨衣里，低头听着雨水放肆地打在身上的声响，水流顺着雨衣流淌而下，落到她靴上和车上。

她静听风雨，觉得自己体验到了一朵蘑菇的感觉，或者，一株竹笋，一棵小树苗的感觉。

她说："陈樾，我是一朵蘑菇。"

他在前头轻笑了一声。

她说："那你是什么？"

他说："跟你一样吧。"

她说："你要当见手青，还是当松茸呢？"

他说："随便，挨在你旁边就好。"

她雨靴轻踏着三轮车里的小水滩，啪啪的，说："好吧。"

孟昀到学校，上了走廊，在办公室门口转了几个小圈圈，把雨衣上的水散了些才脱下，身上半点儿没沾湿，进屋换鞋，两只脚也干燥温暖。

梅兰竹菊几个老师从宿舍过来，虽离得近且打了伞，仍被大雨浇湿了半身。

孟昀拿手机拍下挂在墙上的雨衣和墙边的雨靴，还用图像软件粘了一串粉色小心心。

上完一节音乐课后，孟昀打电话问雅玲，《再出发吧》若阳县这期节目什么时候播出。雅玲说早着呢，要等下月。

孟昀顿感遗憾。她原想跟学生们一起看节目，分享他们在电视上的风采。李桐安慰她说到时候拍视频给她看。

孟昀希望她多拍拍龙小山和西谷："我希望他们两个能慢慢变活泼些。下个音乐老师来了，合唱团也不要散，要继续唱下去。"

李桐说："放心。我天天拍视频传送到网上，你随时可以看呢，要是不满意，回来揍我。"

孟昀笑了一下，她哪里有不放心的。李桐比她奉献得多多了。她扭头看窗外，雨还没有停。

这场雨下了一个星期也不见停的迹象，到后来真如陈樾所说，由于镇上劳动力少，学校的男老师包括严林都去巡逻了。大把的课没人上，孟昀被临时加了许多节音乐课，她也乐得其所。最后这段时间能跟学生们多相处，她再开心不过。

孩子们的歌声伴着风雨声，是那段时间她心里最美好的画面。

那个周末，陈樾早出晚归，比工作日还忙。他说雨下了太长时间，怕有设备和线路受损，到时附近一片城镇都得停电。本地的检修工人队伍忙不过来，工程师也都得去排查。孟昀说好，独自跟云朵待在家中，偶尔弹吉他，一人一猫坐在门槛上整天整天地看雨。

令她稀奇的是，雨再大，天井里竟没有一处积水，全顺着青石板的小沟滚滚流出院子外。

柏树也见不着人了，他连续几天没睡好，就怕有泥石流。

到了周一那天，早上七点多，陈樾跟孟昀正要出门，柏树打电话来了，语气十分急迫。陈樾挂了电话就跟孟昀说让她自己去学校，他得赶去镇子西边一趟。柏树说那边山体上发现了个裂口，要疏散居民。

孟昀忙说："我没事，你赶紧去吧。注意安全啊。"

陈樾简短地答了声好，人往外走时就开始给同事打电话喊人手。他都没来得及多跟孟昀打声招呼，骑上车就走了。

孟昀迎着大雨走去学校，碰上几个男老师急急忙忙出校门，说："孟老师，不要让学生乱跑，都待在学校里头。"

孟昀赶紧点头："好。"

她跑向教学楼，心里油然生起一种陌生而热烈的责任感，她要保护小孩子们，不让他们乱跑。但——她并没有这个机会。本校的任课女教师们都在，每个教室里都传来整齐的早读声。不需要她这音乐老师帮忙。

孟昀坐在窗边看着窗外的大雨，听着阵阵读书声，竟觉得这一方世界很是安详。难怪不管多偏远的地方一定要有学校。

教学楼内井然有序，像是在安全的玻璃罩子里。课间有学生在走廊上来往，追打，嬉闹。直到某一刻，不知有哪个学生说了句："说是有人被泥巴埋掉了。"

"哪个？"

"不晓得。电力基站的。"

"怕不是陈樾哥哥吧？"

"不晓得了，听老师说的。"

孟昀一愣，出去想问个究竟，恰逢上课铃响，学生们跑作一团，找不见刚才说话的人了。她原地站立两秒，进屋套上雨衣就冲进雨幕。雨水倾倒在她头顶上，打得雨衣噼里啪啦响，仿佛炸雷。她给陈樾打电话，几乎听不见话筒里的嘟嘟声，却分辨出后来一丝普通话女声的智能语音。

孟昀心里发慌，她跟自己说没事，可能是学生们听错了，脚步却不断加快，深一脚浅一脚地往镇子西边跑。

清林镇建在山谷斜坡上，镇中心在东边，也就是孟昀一贯生活工作的地方，由于植被保护得好、水利完善，泥石流风险低。而西边的几处聚集区背靠曾经的木材基地和种植基地，虽近几年退耕还林，但碰上长时间的特大暴雨便有隐忧。

孟昀一路疾走，刚出了镇东，人还在山路上就望见对面山坡上突然一道青色的植被松动了，仿佛被人扯掉的一块油毡布。那一抹绿色瞬间湮灭，变成土泥色的河流从山坡上倾泻而下，滚滚如洪。十几栋民居跟积木一样垮塌，淹没其中。

孟昀惊愣，而此时的山路上，已有头一拨从西边疏散过来的居民，三三两两跋涉在山雨中，多是老人孩子。她赶紧迎上去，竟蹦出一句蹩脚的云南话：“是有人埋着了？”

老人小孩听不懂她的口音，眼神茫然。她飞快往前跑，好不容易遇上一个七八岁的，问：“是不是有人被埋起来了？”

“是呢。”小男孩往后指，“一个搞风车的呢。”

孟昀只觉头顶的暴雨在那一刻将她拍碎，七零八落，她慌忙逆着人群往西边跑。一个负责疏散队伍的中年汉子见了要拦：“莫朝西边跑了丫头！”

孟昀猛地掀开他的手，剧烈的喘气声盖过了心里的声音。恐惧像这摧枯拉朽的风雨将她包围。她想拼命跑开，但没有用，那是一张铺天盖地的网，她害怕得心脏快要爆裂。

她一路冲跑到镇西，受灾现场附近一片狼藉。年轻人们、中年男人们喊着、吼着：“快些跑！莫收拾啦！”他们背着老人、传递着小孩、指引着避险方向，混乱一片。孟昀目光惊慌，在无数个蓝雨衣、黑雨衣各色雨伞中搜索，突见路边一个男人平躺在地上，裤腿上、鞋子上全是淤泥，已分辨不出原样。另一个黑雨衣蹲在他身边，背对着孟昀。

孟昀的心顿时千疮百孔，好似眼睛里灌满了雨水，天旋地转，她踉踉跄跄踩着满地的碎木奔过去，却猛地一愣，温热的眼泪混着冰凉的雨水淌下脸颊，视线又清晰了——躺在地上的人脸上仍有泥，却清洗掉大半，正迎着瓢泼大雨一喘一喘地呼吸着，那是陈樾的同事。

她呆了一下，复而慌张，问那穿黑雨衣的人：“陈樾呢？”

黑雨衣抬起头，竟是严林，他讶异：“你怎么来了？”

孟昀急得要命，喊：“问你陈樾呢！”

严林愣愣的，往她身后一指：“不……就在你后头吗？”

孟昀一回头，隔着白砂般的雨幕，陈樾在她身后两三米开外，正抱着个三四岁的小孩，有些惊讶地看着她。他一身的泥水，雨衣、帽子早被风吹到背后也无暇顾及，黑发全湿透。有人接过他手里的小孩，他抹了下眼睫上的雨水，像要跟她说什么，余光一瞥，扭头上前去，冲一间民居里的人嘶喊："莫要再收拾了！快些出来！"

柏树拿着扩音喇叭在吼，嗓子都哑了："剩下的人，快些撤离！你们是命都不要了吗？快些走，带上娃娃！身外之物等雨停了再来收！快跑！"

不断有老人、妇女跟小孩从各家内跑出，陈樾迅速回头看一眼孟昀，有些严肃："你先回去。我不好送你了。"

孟昀心脏狂跳，却连连点头："我马上就走，跟着大部队。你放心，不用管我。"

她正要转身跟进人潮，陈樾却过来几步，一抬手，隔着雨衣帽子摸住她的后脑勺。她一愣，而他什么也没说，轻轻拍了拍她后脑，示意可以走了。

孟昀匆匆看他一眼："你注意安全。"

他亦看她："放心。"

她随着撤离的队伍往回走，走了会儿回头看，陈樾的藏蓝色雨衣被漫天雨幕掩盖，模糊掉了。

撤离的人群多是老幼，走得很慢。明明是避难，每个人都很安心的样子，不害怕也不恐慌，或许因为身后还有那样一群人在断后吧。孟昀在暴雨的山路上缓缓前行，她被罩在雨衣里，安静在自己这一方角落中。

后脑勺上好似还残留着他刚才触握住的那种感觉，安全又安心，好像就那样简单，他又把她的心给封印住了。

他真好啊，他一定很爱西部，很爱山野。

她忽然决定，就在这儿吧，留下来吧。他在哪儿，她就在哪儿。可正是这突然笃定的想法让她意识到，她不知不觉爱他很深很深了。她又生了丝伤悲，甚至有丝害怕。她患得患失地想，要是时间停在当下就好了，不要再往前走太多，她不想去未来。正如父亲说的，她哪怕留在这里，也不可能终年如此。如果终有一天又是一场撕裂，她该怎么办。

这回，她一定好不起来了。

孟昀回校之后神色恹恹，趴在办公桌上睡了过去，迷迷糊糊不知多久，听见梅兰竹菊说已经全部安全撤离了。

她眯眼看窗外，不知什么时候雨停了。外头阳光灿烂，蓝天如洗，山林明亮得如水彩画一般。

在连续下了数十天后，这雨仿佛终于疲累，需喘口气，转变了模式。往往一来就是暴雨，迅猛急速；一走又天高云卷，不留痕迹。有时成了定时闹钟，白天晴空，太阳一落便瓢泼，噼啪打在青瓦之上，哗哗顺着天井流出去。

雨水溅湿了青石台阶，润了门槛。云朵讨厌潮湿，不再趴在门槛上，在楼梯上把自己盘成一团。

孟昀留在清林镇中学的倒数第二周，却一连好几天没下雨。再过一周学校课业结束，进入暑假，她便要回上海了。

那周六正好有风车组装，陈樾带她去山上看。

摩托车走上山路，因是雨季，山林散发着清新的山木香。孟昀很喜欢，她搂着陈樾的腰身，忽然知道了他身上的气息，像来自雨后的松木林。

她以前在哪里看过，说你很喜欢一个人身上的味道，你就会被这个人吸引；但或许是因为喜欢他，从而喜欢他身上的味道呢？她记不清因果关系，反正是有联系的。

她问："你那天在闻什么？"

陈樾正看着前路，又有小松鼠跳出来，他得注意着别撞上小动物。

"什么？"

"在若阳，你家，你闻我的脸。"孟昀迎着风，"忘记了？"

陈樾没忘，小了声："就是……想闻闻。"

孟昀眯眼笑，下巴放在他肩膀上，说："我闻起来什么味道？"

陈樾说："有点儿像山月季。"

孟昀轻捶他后背，说："哼。那是香水。笨蛋。"

陈樾却很确定："不是。就是你身上的味道。你洗澡之后没有香水，也是这种味道。"

孟昀就问："那你喜欢吗？"

他慢慢说："喜欢的。"

她追问："有多喜欢？"

陈樾认真想一下，说："有十分的喜欢。"

他语气学究，孟昀扑哧一笑，得意地说："你知道吗，科学研究了的，你喜欢我身上的味道，是因为喜欢我。十分喜欢呢，就是超级喜欢我本人了。"

陈樾望着前方的绿色山林。

他喜欢她，超级喜欢。这件事并不需要通过科学研究来证明。

一路向上，入了深山。

孟昀再次看见大片的白色发电风车。待靠近山顶，宏大的工地展现在眼前。天坑、地基、底座，一切都是巨大的。风车控制器、蓄电池组快赶上集装箱大小，连起重机都比一般工地上见的要庞大数圈。

两人戴上安全帽穿上荧光背心进了工地，只是在外沿观看。今天陈樾休息，也不值班，工地事务不由他负责。他带着孟昀在不打扰施工人员的前提下转了一圈。孟昀也很谨慎，不给别人添麻烦，始终紧跟他身旁，好奇地打量山地上随处可见的待安装风车组件——粗壮的支架、巨大的发电机、风轮、尾舵。

一切都很宏大，她小小一只，仿佛误入巨人国，又像小蚂蚁走进火柴盒堆。她一路仰望，满心震撼，更有一辆她从未见过的起重机，吊臂直冲天际，甚至能看见它在猛烈的山风中轻微地晃动。

陈樾解释："这是八轴的全地面起重机，在一百米高空也能精准对接，全机械化，不用人工调试了。"

孟昀仰望着蓝天下的机械臂，赞叹："好厉害。跟变形金刚一样。"

陈樾亦仰望着，含笑。

孟昀问："以前都是人上去安装的？"

"嗯。"陈樾说，"现在安装是机械化了，但要检修的话，还是得靠人上去。"

孟昀缩了下脖子："不会恐高吗？"

陈樾淡笑："那也没办法，习惯就好了。"

孟昀听这话，便问："你不会常常上去检修吧？"

陈樾随口说："会啊。"说完见孟昀有些静默，补了一句，"安全措施都做好了的。"

孟昀还要说什么，现场的工程师见陈樾也在，跟他招了下手。陈樾说：“可能要帮忙，我过去会儿。”

孟昀忙说：“你去吧，不用管我。”

陈樾说：“你往外边走点儿，别离太近。”

“放心。”

她退到数百米开外，找了处草坡坐下。一匹母马带着小马驹在坡上吃草，小马驹嘚嘚地到处跳。

不远处，起重机将风车支柱一截截安上底座，发电机被高高吊起，装在支架顶端，而后，巨大的三叶风轮吊上高空。

蓝天下，风轮叶片散发着银白色的金属光泽，像覆了一层雪。起重机吊臂小心翼翼地在高空操控、对接。最终，三叶风轮安装完毕。

风车下，工程师们、安装工人们像一群小小的火柴人，忙忙碌碌。

她又等了一会儿，陈樾来了，问：“等久了吧？”

“没有。还挺好玩的。真好看。”

陈樾听言又回头望了眼蓝天青山间的白色风车，叶片已在风中缓慢转动起来。

孟昀从他侧脸上看到了和之前一样的深情。

已过中午，两人准备回去，正好碰上上山来的董工，董工见了陈樾笑问：“你今天不是休息吗，怎么跑上来了？”

陈樾说：“带她来看看。”

董工冲孟昀笑了下，说：“好玩吗？”

孟昀点头：“好玩。”

陈樾说：“您不也休息吗？”

董工笑："嗐，闲着没事，上来瞅瞅。"他又跟孟昀打了个招呼，便走去工地了。

孟昀爬上摩托坐好，说："你师父四五十岁了？"

陈樾说："刚五十岁。"

其实，董工看上去像六十岁的人了。孟昀说："天南地北，一直在野外跑吧。"

"嗯。"

孟昀不说话了。

两人往回走，行到半路，太阳忽然消失进云层，山里骤然狂风席卷。陈樾停下车，说要下雨了。他拿了外套给她穿上，又拿了一件备用雨衣，两人套在一起。

刚弄好，豆大的雨点就打了下来。

雨渐渐大了，陈樾放慢车速。孟昀在后头抱着他的身子，人罩在雨衣里，听见塑料雨布上噼里啪啦打鼓般的巨响。她闭着眼睛，只晓得搂着他炙热的身体，觉得关在他身后这一小方天地里很温暖。

外头风雨再大，与她无关。

他抽空握了下腰间她的手，问："冷吗？"

孟昀摇头，脸颊在他背上蹭了蹭，说："不冷的。"

雨衣罩着，他身上很热，很安心的感觉。

他因面迎着雨，而稍稍弓着腰。她紧贴着，怀抱着他，满世界拍打的雨声，车轮碾过水滩，她觉得很幸福，幸福到想这么永远走下去，哪怕不回到繁华都市，这条路上只有他和她也没关系。幸福到这个念头再次蹦出来，她又一次不可自抑地心酸。

她好喜欢他呀。

“完蛋了。”她自己跟自己咕哝，“我好像很爱你了。”

风雨声太大，陈樾没听清，只是感觉到她的面颊动了一下，问：“你说什么？”

孟昀醒神：“我说，肚子饿了。”

他又握了下她的手，掌心炙热：“很快就到家了。雨太大，怕开快了摔到你。”

孟昀脑子有些迟钝，处理了会儿，才说：“你骑摩托摔倒过啊？”

他说：“摔过一次。”

“去干什么了，那么急？”

“去工地的路上。”

孟昀又没作声了。

一路风雨而去，到了家，雨竟停了。

清林镇上的雨没有山上大，只润湿了天井，很快又被太阳炙烤着，水汽蒸腾不见。孟昀收到了助理订的机票的信息，离别在六天后。她的心情就跟这天气似的，又是燥热又是潮湿。

陈樾做了简单的午饭，但孟昀吃得不多。

陈樾问：“不是说饿了吗？”

孟昀说：“可能过了那个劲了。”

陈樾说：“喝一小碗汤，好不好？”

孟昀喝了汤。

吃过饭，陈樾去浇花，她跟到门边，说：“陈樾，你为什么喜欢风车啊？”

陈樾正揪着云朵猫毛上沾的蓝雪花，说：“想为这边做点儿事情，刚好也擅长。”

孟昀没想到是这么简单的理由，半点儿大道理都没有。他浇完水，洗了手，进屋拿毛巾擦擦，又说：“你不觉得从远处看，它们很可爱吗，像小时候的玩具风车。”他说这话时回头看了她一眼，眼里闪着细碎的光芒。

孟昀从没想过自己会说出那么奇怪的一句话，但她的确在那一刻轻声问了句：“风车和我，你更喜欢谁？”

陈樾愣了一下，知道她问的并非问题本身。

孟昀侧坐在门槛上，半边脸颊被阳光照得虚白，她语气还算平静：“你有没有想过换工作啊，还是说，你就想以后一直待在西边？没想过吗？”

陈樾沉默了半刻，在斟酌着，先说了一句：“之前没想过。”

孟昀心里一疼，问：“之前怎么想的？”

陈樾回答得很诚实：“就像现在这样，随着工作安排一个个地方走，搞风能，最好能同时帮帮小孩，做做扶贫。”

孟昀垂了下眼眸，又抬起，问：“那是之前吧，现在呢，现在怎么想的？”

陈樾一时沉默。

孟昀不知他是在思考答案，还是根本就没想过。她脑子一下空白，疼得厉害，有那么一瞬明知道他不擅争吵，可她太难受了，根本顾不得他，赌气地说：“无所谓，谈着呗。能合合，不合分了。这么想的吧？”

陈樾盯着她，表情微僵。

孟昀将其理解为生气。在一起那么久，她终于有一次气到他，她只想让他更气，她多擅长如何气人，当即就笑了笑，说：“无所谓啊，反正你也把我睡了，又不亏。”

陈樾声音不大，说：“你一定要这么说话吗？”

孟昀猛地站起身，上前一步：“本来就是。你喜欢我不如我喜欢你多。我知道你觉得我脾气坏，娇气，刚来这里的时候你就不愿意搭理我。后来也是！要不是我主动问你，你根本就不会对我表白。你连未来都没有想过，还怕对我负责任，就连发生关系也都要我贴着你！”

陈樾眼神静寂，表情有些痛苦，看了她足足十秒，像是最终也无法应对这种跟她对峙的局面，一句话不说，走出门了。

可他怕她一个人在家自己把自己气哭，终究是没走远，走到柏树屋子门口，定了定，下了一步台阶坐在那儿，突然将脑袋低下去，手臂蒙住了头。

孟昀追出门，见他抱着头蜷在天井角落里一动不动。本来还想要说的刻薄话一下子全堵在嘴边。她原地站了两秒，最终决定不去安慰他，回了自己屋。

阳光洒在照壁上，白花花地刺人眼。院子里静得能听见后山的鸟叫。

孟昀坐了一会儿，又忍不住，偷偷挪到窗户边瞄。

陈樾仍保持着那个姿势，在原地。

她一见他那样子，心里又难受了，觉得说话过分了。可她也不知道自己究竟是怎么了，就是故意的，就是想气他伤他，就是想试探他心底里头对她喜爱的底线到底在哪儿。

院子里安安静静，没有一丝声响。云朵躺在青瓦片上晒太阳，丝毫不知主人情况。

孟昀蜷在藤椅里，浑身如针扎，咬着嘴唇想，再过五分钟她就出去抱抱他。她等啊等，看时间过得太慢，决定缩短为两分半。

正想着，木窗外人影闪过，陈樾进他屋去了。

他竟然不过来？

孟昀起身就追过去，迈进他屋门槛，见他正拿毛巾擦手，眼眶通红，撞见她眼神的一秒，他立刻别过头去，走向书桌。

孟昀从没见过他哭，有点儿蒙，更有些后悔，她不知道他刚才在哭，不然她不会赌气等那么久。她心跟一堆针扎似的，巴巴地走去他桌边，小声问："你哭了呀？"

陈樾对着电脑，不讲话。

孟昀以为他不理她，又慌了，怕他有了别的想法。她一下全乱了，又急又气，说："你为什么哭？我又没说错，本来就是你没有我喜欢你那么——"

她话没说下去，因为陈樾拿手捂住了眼睛，鼻翼一张一翕，嘴唇直颤，连肩膀都发抖了。

孟昀怔在原地。

但他一低头，深吸一口气，手掌用力抹了下眼睛，再抬头时，只有通红的湿润的双眼凝视着她。

他说："我想过的。"

"跟你的未来，我想过。"他张了张口，难以自抑，眼眶又湿了，"我本来想调岗，但领导应该是不放的。所以我又想——"

他停了一下，表情有些艰难，要开口；孟昀一下就明白了，她想说，你现在还没准备好，不想说就先别说。可她来不及有所反应，陈樾手机响了，突然将一切都打断。

他看一眼来电显示，迅速抹了下眼睛，吸了吸鼻子，又清了下嗓子，才接起来："喂，师父？"

那头说了一串话，陈樾说："好。我马上过来。"

他放下手机，睫毛还是湿润的，看孟昀，说："有点儿急事。我回来再跟你说，好不好？"

孟昀听出他的语气，他是怕他走了，她一个人在家难过。她低下头，拉了拉他的手："你……别生气，路上骑车慢点儿啊。"

陈樾怔了怔："嗯。"

他往外走了，她还追上走廊："骑车一定要小心，不要想别的。"

"我知道的。"

陈樾走了。

孟昀莫名心慌，感觉自己干了很大的错事。她跑回他屋里，拿了抹布扫帚想擦桌子扫地，但桌子和地板很干净；她想给他叠衣服，他衣柜里很整齐；她又想给他洗鞋，可他鞋子也全都干净。

孟昀虚转一圈，找不到事情做，坐在门槛上抱住脑袋。

坐了不知多久，背后突然哗啦一声。

孟昀吓一跳，回头就见小狸猫不知什么时候跑到书架上去了，把顶层的一格书本全撞了下来。

“云朵！”

罪魁祸首“喵呜”一声跳上楼梯，一溜烟爬得老高了回头瞧孟昀，看她是否会来追杀。

孟昀：“我跟你讲，陈樾不在家，我可以揍你的。到时候就算你喵喵叫也没人救你。”

云朵：“喵嗷！！喵嗷！！”

孟昀：“你告状也没用！他听不懂。等着挨揍吧。你要还是只猫，给我站那儿别跑！”

孟昀把地上的书全捡起来，见一个铁盒子摔开了，里头有几张薄薄的稿纸散开了。她不明就里地拿起一看，稿纸上的墨水已在岁月中晕染。

“陈樾同学，听闻你考试拿了年级第一。我和吴叔叔都很开心，我们没有看错你。你是最棒的孩子。我们商量之后，决定给你增加 500 元助学金，希望你好好学习，将来回报社会，做个对社会有用的人……”

“陈樾同学，听闻最近成绩有所下降。学海无涯，寒窗虽苦，却也希望你不要懈怠。人之成功，贵在坚持。切莫放弃，不要让关心你的人失望……”

“陈樾同学，这是我们给你写的最后一封信了。得知你考上 A 大，我和叔叔非常激动。你很棒，没有辜负我们的期望。大学并不是终点，而是起点，希望你在新的环境里也要继续艰苦奋斗，天天向上。预祝你学业有成，将来一定要做个对社会有用的人，回报社会……”

孟昀瞥了眼，把稿纸折回原样。她深呼吸了一下，胸口像压着千斤巨石，说不出的憋闷难受。

她想起陈樾说过，很感激资助他的那对夫妇。所以短短几张信笺也一直珍藏着。

她把稿纸放进盒子，搬来椅子踩上去，跟其他书本杂物一道放进最上层的书架里。

她刚跳下椅子，拍拍手上的灰尘，见地上还留了一个，是个未封口的信封。她没准备看，但手指碰到，那触感并不是信，像是……

孟昀以为是陈樾少年时的证件照，把信封口对着手心一敲，一小摞证件照滑出来。

她一下愣住了，证件照上的人竟是她自己。蓝底白衣，女孩冲着镜头微笑。

孟昀不记得自己有过这张证件照，更不知这照片怎么到陈樾手里的。她第一反应是何嘉树给陈樾的。可——不对。

这蓝底的照片，好熟悉。

她拿近了仔细看，照片左下角洗出了一道奇怪的纹路，像是……学校的钢印？

是从她毕业证书上翻拍的照片！

她蒙了，思绪一下空白。

证件照冲印了六张，一小摞装在小小的透明塑料袋里。孟昀手在发抖，小袋子在她腿上，翻了个面。照片背面写了两个字：

“孟昀”。

是陈樾的笔迹。

她心口一颤，一道裂痕缓慢无声地撕开。她立刻把照片取出来展开，第二张背后没有字，第三张也没有，第四张、第五张都没有，直到第六张，竖排写着：

“阳光照在木”

最后那个“木”字是以偏旁而非单个字体的形式出现的，还拖着一抹擦拭过的痕迹。“木”字右边的一半是空白。就好像有人无意识写了这几个字后，忽然回神，没好意思继续写下去，想抹掉却又来不及了。

可她一下就知道了后面没写完的三个半汉字，“‘亥’桃树上”。

孟昀突然很冷一般，剧烈颤抖起来，连牙齿都在打战。

她用力摁着太阳穴，着急忙慌想回忆点儿什么，尽可能多地回忆一些大学的时光，关于陈樾在大学里的一切。

可她想不起来，她一点儿都想不起来了。

那个男孩是个模糊的影子，飘在她的回忆里。

她的眼泪哗地落了下来。

人生真是很不公平啊，越是好脾气的越是受欺负，越是坏脾气的越是仗坏行凶。

陈樾去了趟基地，处理完一些数据问题，花了近一个下午的时间。

回来的时候，太阳已西斜。

他有点儿心急了，觉得孟昀一个人在家肯定胡思乱想要发疯。

他加快了车速，刚进镇子却接到刀校长的电话，让他去一趟学校。

陈樾把摩托开到教学楼前，人下了车，飞快跑上四楼，进了校长办公室。

刀校长一脸喜气，说："哎哟，终于来了！"

陈樾有些茫然："有急事吗？"

校长递给他一张纸："高考成绩出来了。你资助的几个娃，看看分数，这个能上清北喽！还有这个娃，六百三十分，这个，五百七十分……"

校长很激动，一个个点给他看。

陈樾看着，人也笑了，不停地点头，最后只说了一句："娃娃很优秀呢。"

校长开心地拍拍他的肩，说："我找你来嘛，是要跟你说个事情。有两个娃娃呢，想晓得捐助人是哪个。你还是以前的想法吗？我说呢，要不见一见，反正人在这儿嘛，你看怎么办？"

陈樾一愣，摇了下头："不啦，不见了。"

校长也没劝，说："那你有什么话想说哩，我给你转达一下。几个娃娃非要问起。"

陈樾微垂眸，想了想，微微一笑，说："快快乐乐，做个好人就行了。"

校长不满意："话太少了嘛。都是你相处过的娃娃，多说几句。"

陈樾又想了一下，这回，他说："自己的人生，想怎样过，就怎样过。学业有成，独立自主了，哪怕游戏人生也不要紧。"

刀校长讶异："刚刚孟昀跟你讲了一样的话呢。"

陈樾愣住："她来做什么？"

"她说，过几天要走了，想一对一捐助些娃娃读书。一下就是二十个娃娃呢，都是家庭困难的初中女娃，还有龙小山。看样子，她做了背景调查呢。"

陈樾处理着消息，半刻，问："她说什么了？"

十分钟前，校长问了孟昀同样的问题："这名单都是你教的学生嘛，要跟娃娃们讲吗？"

孟昀赶紧摆手："不用。不用让他们知道。"

"那你有没有什么话跟他们讲讲？"

孟昀又摇了一下头，说："没有。"

她冲校长微笑，说："我不是为了让他们回报的。我只希望，这些孩子，每个人都能自由地选择人生，有尊严地活着。不管以后从事什么行业，都是值得的。不需要所有人都从事一种职业，也不要求所有人都崇高伟大。心里的标尺，律己就够了。强求别人的，才是最容易给社会惹事的那帮人。我也不用回报。在大城市里的孩子，有报效社会的自由，有随意追梦的自由，但也有挥霍人生的权利。我希望这里的孩子也一样，他们也有挥霍人生的权利，哪怕是快快乐乐虚度光阴，'斗鸡走犬过一生'。这才是公平。"

陈樾沉默。

刀校长又说："她刚刚才走，你进学校没碰上她吗？"

陈樾跟校长道别，立刻下楼去追，刚出楼梯间就见孟昀坐在他摩托车上，垂着头。

他原地顿了一下，这一下午，像是过了千山万水。

他走到她跟前，她抬头，泪水涟涟。

陈樾抹她脸上的泪，说：“怎么哭了？”

她扑在他肩头：“对不起，我不该说那些话气你。”

陈樾摸着她的头发，下颌紧紧贴着她，说：“这有什么可哭的，我又没生气。”

孟昀呜咽：“明明生气了的。”

陈樾说：“没有，我不会生你的气。”

孟昀哭：“明明就是。都气哭了呢。”

陈樾说：“我是跟自己生气。”

孟昀说：“那也不行！”

陈樾说：“现在不气了。真的。”

她还是哭：“对不起。我再也不气你了。”

“我们先回家，好吗？”陈樾给她戴头盔。她抿紧嘴巴，又是一行泪掉下来。陈樾看着，突然将头盔挂在车龙头上，捧住她的脸，吻住她的唇。

摩托车在山路间飞驰，孟昀紧紧搂着陈樾。

山风吹着，陈樾很快感觉后背上一阵濡湿清凉。

车停到家门口，孟昀仍是满面泪水。

陈樾单手托着她腿根将她抱起。

她像树袋熊一样挂在他身上，哭出了声音。

陈樾开了角门，关上，走过走廊、天井，开了堂屋门，关上，上了楼梯，将她放到床上，亲吻她的脸。

她搂着他的脖子，依旧抽抽搭搭。

“怎么一直哭呢？”他贴贴她的脸颊，握住她的腰，说，“我真的没有生你的气。”

孟昀哽咽：“我保证，我再也不欺负你了。”

陈樾说：“你没有欺负我。”

他说：“我知道你没有安全感。是我做得不够好。”

孟昀的泪又哗哗涌了出来，别过脸去，埋进枕头：“你别说了……”

他拨她的脸，她不肯转过来。

她哭得太凶，脖子红了，额发也湿了。陈樾把她拉起来，让她趴在他怀里，拿薄被套擦拭她脖子上的汗。

“我其实想过的……”她抽泣着，一哽一哽地说，“我本来想好了……你去哪里……我就跑去哪里……我就是……没跟你讲……我有点儿计较……想看看你怎么办……我没有那么坏，只欺负你……真的……我想过的。我没有那么坏……我就是太喜欢你了……我怕跟你分开……”

一股热量从陈樾心底涌上眼眶，他眼睛贴着她发烫的脸颊，深吸着气压制着喉中汹涌的情绪。

“你之前不是问我，在我眼里，你是哪座山吗？”陈樾吻了下她的鬓角，说，“你看，那一座。”

孟昀被转移注意，一抽一抽地止了哭，顺着他的目光扭头望。

阁楼南侧的木窗户正对着远处的一座山，如画框一般，将风景挂在墙上。

蓝天，白云，绿林，一架白色的风车站在山顶，随风转动。

“6号风车。”

他说：“不是随随便便沿途路过的风景，也不是随随便便哪一座山。”

她又落泪了，伤心不已。

越哄她越哭。

女孩子真是水做的啊，竟会有那么多眼泪。陈樾搂着她，轻拍她的背，哄小孩一样，哄了会儿又亲吻她的脸颊、嘴唇，亲着亲着，她慢慢地就不哭了。哭了太久，人有些发蒙，比平日里乖顺了不少，乖乖配合着他。

夕阳从西边的窗子里斜进来，洒在孟昀的小腿肚上，发烫。

她在他怀中，瑟瑟发着颤。

樾是树荫的意思。是他，干净，清凉，淡淡的松木香。可他分明又是日光啊，火热地灼烧着她的身体，阳光一样照到最深的角落。

她闭上眼睛，呼吸凌乱，眼皮上有夕阳的红色光芒。手指与他十指相扣，摁在枕头上。

“我爱你。”她忽然呢喃，“陈樾，我真的好喜欢你。你都不知道。”

陈樾整个人就僵了一下。

因她这句话，他眼眶竟有些湿，将她深深压进怀里，低声说：“我更喜欢你。”

又加了一句：“真的。你要相信。”

夕阳的光芒在她眼皮上流动，温暖中有些湿润，她说：“我信的。”

太阳一落，暴雨骤至。

雨水强烈拍打着瓦片，屋檐上哗啦啦啦，水流如注。

风从窗子外灌进来，带着氤氲的水汽，屋里散出潮湿的木香。

白色纱帐下一片缠绵。

孟昀不肯放他走，也不许他离她半步，上下楼要他背，去厕所也要他抱。缩在他怀里从廊边的雨幕旁走过，她欢欣得很。

其余时候一律缠在床上，要把自己整个人、整颗心往他怀里塞，只想时时刻刻跟他黏在一起。

陈樾觉得她有些反常，但面对她毫无保留溢出来的爱，他很受用，两人竟厮混了一个周末。

直到有次陈樾下楼去烧水，孟昀半醒间听见他在楼下走动的声音，想起那摞证件照，又开始伤心地把自己蜷成一团，泪流不止。

她想大哭却发不出声，拼命想回忆大学时期的陈樾，越记不起就越心慌，越心慌就越发记不起，仿佛连原本清晰的那个给她搬书的少年都要变成碎片。

她捶自己的脑袋：“记不起来了，真的记不起来了。”

陈樾上楼就见她蜷缩着，抓头发，哭得浑身是汗全身发颤。他以为她是因为下周要离别了伤心，不停安慰，但她眼泪越来越多，像有什么天大的遗憾和伤心事，叫她悲伤欲绝。

陈樾意识到她陷入了情绪崩溃，寸步不离地安抚，好不容易让她短暂睡去。

到了周日下午，孟昀头昏脑涨，睡到半梦半醒间，陈樾见她脸上红晕一直未褪，摸她的额头，唤她："是不是发烧了？"

孟昀眼皮沉沉，往薄被里缩，贴在他怀中咕哝："没有吧。我从昨天到今天一直很热乎。你别动，等我睡一会儿……上海冬天好冷，要是你在，我就不怕冷了。"

陈樾搂了她一会儿，说："昨天没这么热。今早也不是。"怀里的人分明全身散发着厚重的热气，他说，"我们去趟卫生院。"

孟昀没劲儿了，起不来。

陈樾将她轻轻拉起，她东倒西歪。他给她穿好衣服，又拿毛毯把她裹了个严实。

傍晚，外头又在下大雨了。陈樾将她放到桌上，套上雨衣，孟昀只觉头顶一黑，人被罩住。他将她抱起出了门。

风雨很大，孟昀被毯子裹成毛毛虫，又被他宽大的雨衣罩着，挡风又温暖。耳畔只剩啪啪的雨声和他胸膛上有力的心跳声。

到了卫生院，医生检查，她的确发烧了，好在来得及时，打了吊水就能缓解。

孟昀躺在病床上，迷迷糊糊，口干舌燥，鼻子呼出来的气息火一样灼热。陈樾喂她喝了点儿水，由于吊水的作用，她沉睡了一两个小时。

再醒过来时，脸上红晕褪去，人清醒了些，陈樾再喂她喝了水，又打开保温盒喂她喝些清粥。

孟昀呆问："哪里来的呀？"

陈樾说："家里的，本来煮了明早当早餐的。"

他把勺子递到她嘴边，她张口含下。

“陈樾，”她小声，“其实我……是支持你的。我就是……”

陈樾说：“我知道。”

他喂着她喝粥：“其实，我也有件事情没好意思跟你讲。我很小的时候，学校门口有个卖风车的，他的车上插满了纸风车，五颜六色，风一吹，呼啦啦转。满车都是风的声音。”他没有讲中间的故事，说，“长大之后，到处卖的都是塑胶风车，就我上次给你买的那种。小时候那种纸风车，再也没见过了。”他眼睛亮了一下，说：“除了彩纸，还有玻璃纸。特别漂亮。”

孟昀忽然明白了，他成了儿时那个拥有很多风车的人。她假装粥有点儿烫，深吸了口气，没让眼睛泪湿。

而他没头没尾地说了句：“但现在，我有了私心。”

他低了下头，像是准备要说什么。

孟昀道：“别说了。”

陈樾看着她。

孟昀说：“我知道，你没有准备好的事肯定不愿提前讲。没事，等实现了再跟我说。我现在……很懂事了。真的。”

陈樾愣一愣，莞尔一笑：“哦。”

她生病没胃口，但清粥喝下肚子里很舒服，他一勺一勺喂，一碗粥慢慢见了底。

他又拿出一袋酸角，说：“怕你嘴里味苦，买了点儿酸角。”

他捏开外壳，露出里头晒得半干的果肉，撕了经络，拣去粘在上头的外壳碎片，递到她嘴边。

她咬一口，酸酸甜甜，开胃又好吃。

她把果核吐出来，他拿手接了扔进垃圾篓，接着喂她继续吃。

因在病中，人有些脆弱，她吃着吃着，又委屈地流眼泪了。

他摸一下她插着针的左手背，问：“疼了吗？”抬头看，滴水速度正常，不快不慢。

孟昀说：“等我走了，是不是有新的音乐老师要来？”

她这问题来得莫名其妙。陈樾没深想，说：“是啊。”

孟昀说：“你不许对她好。不准给她点蚊香、挂蚊帐！”

陈樾说：“我不是对每个人都这样的。”

“本来就是。你人好，对谁都好。”

“就是什么就是。”陈樾说，“我不是对每个女生都这样。”

孟昀吃了口酸角，道：“你也不许让她住在院子里，不许让她撸云朵。”

陈樾又剥了一颗，说：“你跟云朵关系这么好了？”

孟昀说：“岔开话题。”

陈樾抬眸看她：“其实之前的音乐老师都住学校宿舍，之后也是。”

孟昀的心有暖流涌过，热得厉害。

她慢慢又笑了，有点儿得意：“这么说，我刚来的时候你就对我图谋不轨啦？”

陈樾低下头，拣着酸角上的碎壳，一时竟有点儿结巴：“也……也不是图谋不轨。”就是起了私心，想多看见她，想天天都看见。”

他把酸角递到她嘴边，她含住了，目光灼灼：“你是什么时候喜欢我的呀？”

他没讲话。

她歪头，故意问：“第一次带我看风车那天，还是去西谷家找我那天？”

“忘了。”他说，脸有些红，嘴巴也下意识抿紧。

孟昀盯着他看，真想把他嘴巴撬开，想一股脑儿帮他说，大学时候就喜欢你啦。

可她并不记得太多大学里的事，找不到一个具体的节点。

他说不出口，她也难得地放过他一马，将注意力转向未来的虚无目标，说：“要是她喜欢你，来追你呢？”

陈樾茫然，问：“谁啊？”

孟昀轻轻踢他：“装傻。新来的音乐老师呀。”

“……”陈樾说，“不会的。”

“什么不会？她不会追你，还是你不会答应？”

陈樾看着她，忽然不太好意思地笑了，说：“你在吃醋吗？”

孟昀一口理所当然的语气，道：“对呀，我吃醋了。不像你，从来不吃醋。”

陈樾愣了一下，她似乎有一种转移责任的天赋。

他说：“也……吃的。”

孟昀立刻追问：“吃谁的醋？”

他却不讲。

正好，吊针打完了。医生过来拆针，交代说，明早退烧了就没事；如果没退，到时候再来打一针。

回到家，天色已黑。

陈樾端来水盆给她擦了身子，盖上薄被，又确认门窗都关好了没漏风，才上床睡到她身边。

她侧躺着，眼睛很亮，表情很精神。

陈樾摸了下她额头，不烫了，说："好好睡觉。"

"我现在精神很好。"她说，"我有一箩筐的问题要问你。"

她的长发散在枕头上，他手指下意识地绕圈圈去缠，说："问吧。"

孟昀问："你在大学里，是怎么看我的？"

陈樾莫名："什么怎么看？"

孟昀说："就是，对我有什么印象啊？"

陈樾手指顿住，在想她是不是知道了什么，又觉得不太可能。

孟昀急性子，搂着他的腰摇了摇，撒娇："说嘛，好多事我都不记得了，你帮我回忆一下嘛。多跟我讲讲。"

他并不擅长组织语言说这些，但他看得出来她就想听这些，也爱听这些。他想，或许他不会说情话，是个缺点，叫她总是不太安心。

于是他说："很可爱。"

孟昀没料到他会这么形容她，愣一下，笑得眼睛弯弯："真的？我是怎么可爱的呀？"

陈樾说："有次军训的时候，你夜里想翻墙出去，挂在墙上像只猫，还要赖不肯下来。"

孟昀笑："有这个事情？"

陈樾说："有的。"

孟昀心里甜滋滋的，却矫情地说："这有什么可爱的！哼，还有呢，还有呢？"

陈樾说："打网球打不好，就摔拍子，发脾气，还怪球太小了。"

孟昀咯咯笑，手掌扶在他胸膛："这你也觉得可爱呀？"

陈樾说："嗯。可爱。"

"为什么呀？"

陈樾定了一下，心跳得很快，很诚实地说："因为喜欢你。"

孟昀虽然看到了他私藏的证件照，但没想到会有那么久，轻声："你那时就喜欢我了？"

"嗯。"他脸有些红，不看她了，下颌贴在她脸上，嗅着她发间的味道，平复心绪。

孟昀嘴唇贴着他脖颈，张了张，本想说你怎么不跟我表白呢，或许我会答应呢。话到嘴边……算了，现在这样，恰好。

她心里有点儿疼："我上次差点儿提前走，你是不是很着急？"

陈樾顿了顿，说："你以为，学生是怎么知道你在那个时候出发的？"

孟昀回味过来，惊讶："那群拦在路上的马牛羊不会也是……"

他低低地"嗯"了一声。

"你这个人！"她轻拍他一下，唇角却露出笑容。

静静相拥一会儿，孟昀想到什么，轻推他："那你的初吻怎么回事？大二的时候，你不是在暗恋我吗？"

她霸道地问："你怎么能在暗恋我的时候亲别人呢？"

陈樾刚要开口，孟昀说："就算是她扑上来亲你也不行。说，是谁，是不是我们院的？"

陈樾说："你。"

孟昀："啊？"

"记不记得大二下学期，快放暑假的时候，你跟何嘉树吵架喝醉了。"

孟昀努力回忆一下，好像有这么个事。

那次她喝醉了，被舍友们扶去最近的酒店，两边宿舍的男生女生都去劝和。可能某个时刻她跟他单独相处了一会儿。她不记得是自己扑上去的，于是顺理成章——

“欸！”她故作轻斥，却很得意，“陈樾，我是你哥们儿的女朋友啊，你怎么可以偷亲我的？太不道德了吧。”

陈樾看她半晌，她眼里光芒闪闪。

算了，偷亲就偷亲吧。

他说：“就……实在忍不住，我有什么办法呢？”

话说完，耳朵根都烧红了。

而她，眼睛一下就弯成了月牙。

“没事，以后想亲就亲。手伸出来。”

陈樾不明所以地伸出手掌。

孟昀的手在自己心口抓了一下，而后慢慢放在他手心，说：“喏，心都给你啦。”

周一早晨，陈樾给孟昀煮了三鲜米线。

吃完早饭出门，太阳已升起。天空飘着薄薄的浮云，晨光洒在上头，像荡漾着水波的池塘。

这些天雨下多了，天空呈现出一抹淡淡的水青色，漂亮极了。

孟昀站在门槛上多欣赏了一会儿才走向摩托车。

陈樾给她套上头盔，她看着他低垂的眼睫，心痒痒地问："陈樾，你为什么会在大学的时候就喜欢我呀？"

陈樾没明白："什么为什么？"

"就是，你这样性格的人，怎么会喜欢我这样性格的人？难以想象。有什么理由啊？"

陈樾说："不知道……没有理由。"

"笨蛋。"孟昀又问，"那你有没有觉得，我没有你想象中的那么好？"

陈樾正给她系头盔带子："啊？"

孟昀微抬下巴，方便他操作，解释自己的逻辑："你看啊，你喜欢我那么久，心里肯定把我美化了吧。把我想象成了小仙女，然后现在在一起了，你就会慢慢发现，我脾气坏到让你难以忍受，爱吃醋爱爹毛，还总跟你吵架。你会很失望吧，心想，啊，落差太大了，这个女的跟我想的完全不一样，简直是卖家秀和买家秀……"

陈樾手里拉着带子，看她一眼。

她昨晚还因为发现他暗恋她多年而兴奋一整夜，他困得不行还被她缠着讲大学故事；今早就又拐着弯儿地来求安慰、求抱抱了。

陈樾安抚地摸她的头盔，说："你放心。我本来就没有把你想成小仙女，我一开始就知道你这人……"

孟昀瞪着他。

陈樾："……"

他双手掐住她腰，将她轻轻一举，放在摩托车上坐好。

孟昀拿脚背轻踢他："哄人是这么哄的呀。你应该说，你觉得我是完美的。"

陈樾说："那不是说假话了吗？"

孟昀作势要打他，他没躲，她也没打下去："在你心里，我必须是小仙女！"

陈樾点头："你是。"

"那你说我脾气不好。"

陈樾说："不妨碍，还是可爱的。"

"哼，假话。我告诉你，现在哄来不及了。"孟昀说，但很快一笑，歪歪头，道，"没关系的陈樾同学，我不生你的气。谁叫我那么喜欢你呢。"

陈樾安静一秒，嘴角忽然抿出一丝弧度，一秒后绷不住了，唇角弯起。别过脸去时，脸颊微红。

"你脸红什么？"孟昀偏要逗他，把他的脸转过来，他再转过去，孟昀便歪头追，非要直视他，"本来就是呀，我喜欢你，喜欢你，喜欢……"

一个躲，一个追，闹了一阵，陈樾扭过头，握住她后颈，亲吻她的嘴唇。

她这回乖了。

去学校的路上，经过炊烟袅袅的农家，经过翠绿的农田，孟昀看到南瓜结果了，稻谷抽穗了，西红柿青中带红。

三个月的时光，一晃而过。

仿佛很漫长，像过了一生。可临了回首，又觉光阴匆匆，难舍难分。想再抓住一些，已抓不住了。

孟昀的第一节课在上午十点，初一（3）班，也是他们班这学期最后一堂音乐课。

她依然打扮得精致漂亮，一进教室，学生们陆陆续续唤她：“孟老师——”

“孟老师——”

拖着缠绵的尾音，每一声皆是深情。

孟昀的心像被无数双手扯了一下，表面还爽朗笑着，说：“都怎么了，又想我了？”

“老师走了，会想我们吗？”白叶问。

孟昀微笑，说：“你们有多想我，我就会有十倍地想你们。”

学生们喊：“会想的！”

“现在已经想了！”

安静的间隙，龙小山问：“老师会回来看我们吗？”

孟昀说：“会的。”

学生们笑了，虽有开心，却并不太相信。西谷说：“每个老师都这么说呢。但他们走了，就把我们忘掉了。没有回来看我们呢。”

孟昀心里难受，说：“我跟他们不一样，我肯定会回来看你们的。”怕大家不信，加了个证据，“你们陈樾哥哥还在这里呢。”

杨临钊说：“那要是你跟樾哥分手了呢？本来要来的就不来了。”

哄堂大笑。

孟昀一节粉笔砸过去：“分你个头！”

杨临钊在空中将粉笔抓住，说：“谢谢老孟，分别礼物，我会好好收起呢！”

成浩然叫：“老师，你别跟樾哥分手了啊！”

又是一阵大笑。

孟昀摇摇头，正打算在黑板上写谱子。杨临钊却说："孟老师，我们自己编了一首歌，想送给你呢。"

孟昀讶异："你们写的歌？"

西谷道："歌词是我们全班一起写的呢！"

孟昀放下粉笔，笑道："好啊，唱吧。"

龙小山率先敲打桌面，起了节奏。很快，全班同学上了手，一道唱起：

我们飞扬跋扈，我们嚣张轻狂，
抱歉，我们和你们想象的不一样；
我们胆小孤独，我们害怕紧张，
啊，我们好像又符合你们的想象；
以前有没有一天，你曾经忽然想，在世界的另一边，我们是什么模样；
或许从没有，你们没看过世界的另一边，看到了也将我遗忘。

少男少女脚踏地板，手拍桌面，打着节奏。最后一堂课，学生们都放开了，坐在椅子上，全身律动，头发丝儿在阳光里震颤，他们歌声清澈，有力，进入副歌：

没关系啊，
我们和你们一样，
也会做梦，也要飞翔，
我们也有比天大的梦想，
再见了朋友，请不要忘记，在太阳的这一边，云的这一边，我们在深山里，向往海洋。

歌声干净清亮，带着满腔冲劲与向往。

孟昀听着，笑着，眼睛湿润。

希望每个孩子终有一天能见到海洋。

她记得来这儿上的第一节课，慌忙，混乱，漫长；而最后一节课像上了发条一般，飞逝而过。

下课了学生们还不走，女生趴在桌上眼巴巴看孟昀；男生们靠在椅背里敲着桌子，恋恋不舍。

孟昀说："都好好学习，好好读书，以后谁要是考去上海，老师请你们吃饭，带你们玩。"

她把手机号写在黑板上："大家记下吧，以后遇到什么问题和困难，随时跟我联系。"

学生们迅速将电话抄写在作业本上。

课间休息已过半，孟昀微笑："走吧，要上下一节课了。"

班长："老师，你还没说下课呢。"

孟昀微吸气，说："下课。"

班长："起立！"

全体学生鞠躬："老师再见！"

孟昀说："同学们再见。"

她鼻子酸了，正要出教室，学生们涌上来往她手里塞礼物——手写的信笺、卡片、折纸、钥匙扣、糖果、小玩具，塞了她满怀。

孟昀小心地抱回办公室，铺了一桌子。

小梅老师经过，说："哇，孟昀人气很高啊！"

孟昀找了个盒子把礼物装好，看着课程表，想着剩下的课全是跟每个班的学生告别，心一下就疼了。

那天下班，孟昀将盒子抱回家。她坐在桌边拆信，都是些简单的话，孩子们的字歪七扭八：

“孟老师，你真好看，希望你天天开心！”

“孟老师，你唱歌真好听，不要忘记我呀。我是 ×××，我妈妈的电话是 ×××××××××××。”

孟昀说：“他们真好呀。”

陈樾说：“这边的人很淳朴。你对他们好，他们自然会掏心掏肺对你好。你喜欢他们，他们也会喜欢你。”

孟昀抬眸：“你在说你自己吗？”

陈樾说：“吃饭。”

他又做了青椒炒干巴菌，照例拣掉辣椒，给她拌了米饭。孟昀吃着，惆怅地说：“回上海就吃不到了。我在上海的云南餐馆里就没吃到过这么好吃的。”

陈樾说：“你有空的时候，可以回来看看。我去昆明接你，给你做干巴菌吃，想吃什么都给你做。”

他语调平平，孟昀却慢慢地笑了。

他瞥她一眼，低了头吃菜。

孟昀笑盈盈：“陈樾同学，舍不得我走吧？”

陈樾嘴里含着米饭，给她舀了碗鸡油菌汤。

孟昀说：“回去要做专辑，估计得忙一段时间，不知道 8 月有没有空。到 9 月，就没菌子了吧。”

陈樾听着，问：“给谁做啊？”

孟昀："啊？什么谁？"

陈樾："给谁做专辑？"

孟昀说："林奕扬。"

陈樾没讲话，继续吃饭。

屋子里安静了几秒。

孟昀瞧着他脸色，突然大笑："骗你的。"

陈樾："……"

孟昀凑过去："刚才是不是吃醋了？"

陈樾："没有。"

孟昀："还说没有！我看得出来，我会读心术！"

陈樾："会读个头。你要会读——"

他没说下去。

你要真会读心术，早就知道我喜欢你了。

现在也会知道，我喜欢你喜欢得要命，你完全可以放心。

说实话，哪怕孟昀真要跟林奕扬合作，陈樾也不怕他们复合。她这人，受不得委屈，吃不了回头草。谈恋爱无论吵成什么样儿，辛苦成什么样儿，只要还爱着，她就绝不放手。可一旦真分了，她也绝不回头。

只是，理智是一回事，情感是另一回事。

想到他们会待在一起，谈音乐，共同创作，难免叫人不太畅快。

陈樾想，他应该更大方一些。毕竟，她的爱那样热烈张扬，与她相处的每时每刻，他都能感受到。

在她挽着他手臂歪头靠在他肩膀，坐在台阶上一起撸猫时；在她坐在摩托车后座搂着他的腰，脑袋紧紧贴他后背半刻不肯离开，连讲话都要把下巴搭在他肩上时；在他埋头进她脖颈，吻着她，听见她仰起头长长的呼吸，感受到她的小手紧紧抓握着他时……

窗外的雨停了又落，天空蓝了又灰，日光明了又暗，最后的时光一晃而逝。

周六那天上午，孟昀启程离开。

柏树、李桐和梅兰竹菊来送她，柏树说："孟昀，有时间多回来看看，我们这边快搞好了，能旅游了，到时候你再来，山景房、湖景房、梯田房，你想住哪里随便挑。"

李桐笑："陈樾在这里嘛，昀昀肯定要回来呢。"

小梅老师也说："孟昀，等我们回长沙了，再聚啊。"

柏树给孟昀准备了一堆特产塞在面包车上。

孟昀不要，让他留着自己吃，来回推了半天，最后拿了一半。

跟众人的告别还算顺利，陈樾开车走了没多久，眼看要拐上镇子主干道，忽然一群学生迎面跑过来。

"孟老师！"

"孟老师！"

陈樾停了车，学生们一股脑儿挤到副驾驶窗口，不由分说往车里塞东西，桃子、杨梅、葡萄、甜瓜、玉米……每样不多，全是心意。

孟昀阻拦："老师吃不完的，你们自己吃呀！"

学生们不听，往她怀里塞。

西谷哭起来了："梦梦老师，你说了要回来看我们的。"

孟昀点头："好。"

几个孩子跟着哭了。

龙小山眼睛也红了，站在外圈盯着孟昀看。

孟昀湿着眼眶，说："龙小山，我跟你讲的话要记着，一定要好好读书，知道吗？"

龙小山抿紧嘴巴，点头，两大颗眼泪砸下来。

"西谷，白叶，杨临钊……"孟昀一个个叫他们名字，"一定要好好读书，好好学习，坚持下去，都听见没？"

"听见了！"

杨临钊喊："孟老师我一定会去上海找你的！"

孟昀说："你来我就接！"

后视镜里，孩子们的身影在山路上越来越小。孟昀看着看着，泪水蓄上眼眶。

她拆开西谷给的塑料袋，一愣，竟是七八包方便面里的葱花包。

两行泪瞬间滚落。

陈樾问："那是什么？"

孟昀又哭又笑，抹着眼泪："她以为我喜欢吃这个葱花包，居然攒了那么多。"

前方，一条道路没有尽头，劈开青翠山谷。

天高，路也远。

云南的天，一片湛蓝。云朵如雪，堆在山边。

孟昀说："没见过比云南更漂亮的云了。"

到了若阳，陈樾清点了孟昀的行李。除了她的大箱子，还有一堆学生送的礼物、柏树送的特产。

陈樾说：“水果带着，别的东西等我下午回来，叫个快递给你寄过去。太多了，你拿不动。”

孟昀纳闷：“下午回来？”

陈樾说：“我送你去昆明，反正星期天，没事情。”

孟昀心中欢喜，一下扑进他怀里，嘴上却说：“那过会儿你回来，就要一个人坐火车了。”

陈樾说：“没关系，你到家的时候，我也到家，正好，是不是？”

孟昀开心：“是呀。”

想着和他一道在旅途上，回去的路就不那么孤单了。

他们乘火车从若阳到州首府，再转高铁去昆明。路上孟昀犯困，靠在陈樾肩上睡觉，半路眯眼一看，地平线上远山绵延，云朵一堆一堆，棉花糖一般。

她问：“你为什么给小狸猫起名叫云朵啊？”

陈樾说：“你说为什么呢？”

孟昀戳他脸颊，笑：“因为你梦见云了？”

陈樾含笑不答，握紧她的手。

中午十二点半到了长水机场，两人吃了米线当午餐。

陈樾带着她办登机牌，值机，托运行李，把她送到安检口；孟昀情绪有些低落，说：“下次来的音乐老师，不准她坐你的三轮车。”

陈樾说：“好。”

“摩托车更不行。”

“知道。”

孟昀低着头，不讲话。

陈樾摸摸她后脑勺，将她揽进怀里，低下头，很私密地亲了下她的脸颊。

她搂了他一会儿，咕哝：“我要走了。”

陈樾从兜里拿出一封折叠的信递给她。

“这什么呀？”

陈樾抿了下唇，不太自在地说：“情书。”

孟昀一愣，笑起来：“你还会写这个？”

陈樾微笑。

很多话死活说不出来，所以写给她，希望她安心。

他说：“不怕弄丢，邮箱给你也发了一份。”

孟昀这下开心多了，踮起脚啄了啄他的嘴唇，进了安检口。她排着队要过安检了，最后回头望时，他还站在那儿，跟她招了下手。

孟昀上飞机后塞上耳机，听着莎拉·寇娜的 *Every moment of my life*（《我生命中的每一刻》），柔和的女声缓缓涌出。

她拆开信封，展开信笺，陈樾清俊的字迹写在纸上——

“孟孟，你记得我给你搬过书，但应该不记得你请我吃过一支可爱多。后来，我给自己买过很多支可爱多，每次吃的时候就会想起你。

我其实不太记得是什么时候喜欢你的了，太久了，久到我找不到具体的一个临界点，好像是军训拉练的时候，你撞在我后背上。那时候，好像心都被你撞出来了；但好像又是你冲教官大吼，跑向跑道的那一天；好像，又是给你搬书那天，第一眼认真看你的时候，很短暂，一秒都没有。可那个瞬间，我记得很清楚，现在写到这里，眼前都能浮现出你当时的模样，眼睛很干净、清澈，在微笑。让我一下就想到了在家乡云南的天空。

回宿舍的路上，我在想，孟昀，梦云，这个女生的名字真好听。当时，我手里拿着你给我的一张纸巾，像捏着一朵小小的云。

你想知道我喜欢你的理由，我也说不出来。喜欢一个人，哪有那么多理由呢。因为我给全班带来了麻烦而你挑战了教官？因为你很信任地让我听你的歌？因为你在秋游的时候，喊其他男生来烧烤洗碗？好像都是，又好像都不是。

可能只是，刚好在那个时候，遇见了那个时候的你。

没有理由，就是很喜欢你了。

喜欢到觉得你的坏脾气很可爱，娇气也可爱，霸道也可爱，什么都可爱。常常想，怎么会有这么可爱的女孩子？热烈、直接，像太阳光一样。虽然有时会有一点儿烫。

在很长一段时间里，我都没想过你会成为我女朋友。我只是想，哪怕天各一方，只要你开心快乐，一直在做你喜欢的事情，在过你想过的生活，就好了。我一直希望，你像最初的样子，不要受伤，不要被磨掉棱角。而现在，你既能这样，又同时是我的女朋友，就……开心。（此处画了个小笑脸）

喜欢你八年，一点儿都不够，还会再喜欢你八十年。无论未来如何，我只喜欢你。这件事情，跟时间无关。

陈樾

2018 年 6 月 30 日”

耳机里正唱着“I will love you every moment of my life（我会爱你一生一世）——”。

孟昀看着信，边哭边笑，泪湿眼角。

傻子，说什么邮箱里还发了一遍，她怎么可能把这封信弄丢。

第16章 云上的你

如她自我剖析的那样，孟昀不擅长异地恋。回上海的第一晚，她很想陈樾，连带地想云南，还想云朵。

夜里陈樾抱着猫咪跟她视频，小猫冲她撒娇地喵喵叫。

孟昀吐槽："这猫崽子，我在的时候没那么亲，人走了想起来献殷勤。"

陈樾在屏幕那边轻笑："你不觉得她性格很像你吗？情绪多变，又凶又黏。"

孟昀放下茶杯，关了客厅的灯走去卧室："是是是，像我像我。风车像我，跳跳糖像我，石榴像我，猫也像我。反正在你眼里，鬼都像我。"

陈樾捏了捏猫爪爪，说："那得是个很漂亮的鬼。"

孟昀在床上躺下。手机那头，云朵趴在陈樾肩上撒娇，仰着脑袋亲昵地蹭他的下颌。

孟昀说："这只流氓猫，你把它丢开，气死我了。"

陈樾笑起来："你还吃猫猫的醋？"

孟昀说："你手别撸她脖子啦！"

于是陈樾冲镜头勾了勾手，假装撸了撸孟昀的脖子。

孟昀没忍住笑，说：“对了，那期节目，下周五能播。到时肯定能宣传上一波，或许今年国庆，就会有人去清林镇旅游了。”

陈樾说：“没指望来很多人，循序渐进。我们也不确定市场多大，容量够不够。先慢慢摸索。”

两人一句句聊至深夜，陈樾也躺去床上，说话声渐低，撩在孟昀耳边。孟昀在空调被里翻滚一圈，半张脸埋在枕头里，哼一声：“我想跟你睡觉。”

明明中午才分开，却像过了很久。

陈樾说：“你手机别挂断。夜里要是醒了，跟我讲话，我就在你旁边，好不好？”

孟昀说：“好吧。”

她安心入睡。夜里忽来暴风雨，电闪雷鸣。她将醒未醒，咕哝一句：“下雨了……”

依稀间，听见那边他呼吸沉沉：“明天会天晴的。”

她模模糊糊地问：“你那里下雨了吗？”

“也在下。”

“哦。”她又陷入睡眠。

第二日一早，果然天晴。孟昀干劲满满，着手开始工作。6月她在云南时写了几首练习曲，公司内部觉得质量很高，雕琢打磨一下，可以直接放进 Fanta-six 的专辑里。孟昀也正式跟公司签了负责整张专辑的新合同。

那是团队首张专辑，责任巨大，机会亦巨大。孟昀很快忙碌起来，团队磨合中时有摩擦，但她心态极好，见招拆招，有问题解决问题，有困难解决困难。只不过，她也耍了点儿小心机，每首歌里最闪光的部分全都完美避开了小五。当然，小五自身实力堪忧，高音低音都唱不了，也是一个重要原因。而其他几个女孩的声乐特点都被孟昀完美发挥到了最大。小五虽有不满，但队友们都对孟昀感恩戴德，且雅玲既不至于为了小五去跟孟昀开口，又想通过专辑把队内人气重新分配一下，也对小五打马虎眼，说："你平时不好好上课，歌唱得没队友好听，怪谁呢。"

至于感情上，孟昀曾经恐惧异地，可知道陈樾的心意后，她安全感满满，对未来毫不害怕了。

这段异地恋并没有她想象的那么难熬。

比起言语，陈樾似乎更擅长文字表达。日常里并不会讲的话，会在聊天框里展现。

他会叫外卖给她送奶茶、送花、送水果，会打字说"想你"，"爱你"，"最喜欢你"，还会在夜里写："晚安，宝宝。"

孟昀第一次看到这四个字，脸埋在被子里笑了一分钟，然后非要他发语音。他跟往常一样，拗不过她，最终发了语音。第一次有点儿别扭，语音羞涩，后来就习惯了。

每晚一声温柔的"晚安，宝宝"，让她甜甜入梦。

《再出发吧》节目播出后，大山里的合唱团再次火了，风景秀美的清林镇也上了热搜。李桐很开心，给孟昀打电话讲了半小时。

那段时间正放暑假，陆续有学生加了她微信。杨临钊跟孟昀说，他暑假去了昆明玩；龙小山说，爷爷的白内障手术很成功，镇里不仅报销医药费，还开设了老年人餐饮项目，爷爷的一日三餐免费吃；西谷说，她们要搬家了，搬到镇上来，以后不用住学校宿舍，可以天天回家；又说爸爸妈妈明年不出去打工了，她们新搬的家正对山景，家里要开民宿。她每天都能看见爸爸妈妈了。

孩子们送的礼物早已寄到家里，孟昀将它们珍藏进书柜。她出发前统计了学生们的尺码，照着自己的欣赏品味给他们买了衣服寄去清林镇。陈樾收到后按照包装袋上的便签标记分送给每个人。

孟昀原计划8月初回云南看陈樾，但工作太忙无法成行。她盘算着无论如何8月底去看他，为了给他惊喜，嘴上却说只能等十一假期。

那段时间，她创作状态极好。Fanta-six首张专辑计划出九首歌，她全权负责了其中六首，以及另外三首的作曲编曲。除此之外，她还能每周在视频账号上发布一首随意写就的练习曲。

7月底，她发布了缠绵暧昧的情歌《云上的你》。

黄昏的路西，天上的云，
偷懒的风车，少年的你，
石榴树的月，夜里下的雨，
云南的天高，上海的月明，
来回的路啊漫漫八千里，

你呀你，树下的你，云上的你，害羞的温柔的最爱的你，
想变成猫咪窝在你怀里……

和往常一样，那首歌发布不到一小时，“阳光照在核桃树上”就评论了。这次“她”话很少，发了个微笑的表情，说：“喜欢。”

孟昀猜测，被写歌表白的“该网友”害羞了。她偏要逗他，私信给“阳光照在核桃树上”，说：“爱你哟！”

陈樾看到手机提醒时，正跟柏树在镇外的赛车基地观看设备调试。

他看到这句话，思考了一下孟昀是不是发现了什么，还是纯属最近心情好才这样回复长期支持的粉丝。他觉得是后者，于是用女生的语气回复：“我也爱你，继续加油，会永远支持你。”

在上海的孟昀点开信息框，一看那回复就知道他还蒙在鼓里呢。她乐得不行，心想这样也好，让它成为一个小秘密吧。

可她又忍不住想知道陈樾的想法，晚上她把歌发给陈樾，问他好不好听。

陈樾回了句：“好听，就是歌名有点儿要流氓。”

他说：“不管怎么念，都要流氓。”

云，上的你。

云上，的你。

孟昀回味半刻，差点儿笑疯：“陈樾你学坏了！”

可因为这句话，她又来了灵感，当晚就用《云上的你》这首曲子重新填词，变成了小黄歌。

白色的纱帐，白色的床，白色的我，白色的月光，
让我让你手心上，嗯——嗯——绽放，
沉入我啊，
越过身上的山丘丛林，心慌慌，
梦见你呀，
云里雨里——颠倒，痴迷，风吹波浪，
你呀你，你呀你咿咿咿咿咿咿咿咿咿……

一长段曲折蜿蜒的暧昧软调，妖娆，不羁，又满含爱意。歌词里藏头的“沉越梦云”，更是只属于他俩的赤裸裸。

陈樾只听了一遍，脸一寸寸变红。

他说：“你就不怕被封了？”

孟昀说：“封了我也要表达对你的爱和想念。”又补上一句，“精神和身体的双重想念。”

陈樾一捂脸，笑得出了屏幕。

没想到的是，小黄歌居然迅速出圈。有次孟昀去酒吧，还听到了。

那时，孟昀跟雅玲还有一二三四五六在酒吧玩。孟昀给专辑写的主打歌是一首摇滚风的嗨歌，六个小姑娘找不准放肆的劲儿，演绎不了飞扬跋扈，几次录音都达不到理想效果。雅玲没办法，带她们去酒吧找感觉，看看驻唱歌手的表演。

那晚的驻唱歌手很厉害，几首嗨歌飙到天际，引爆全场。孟昀坐在卡座里欣赏着，忽然想起一段回忆。

是大一那年的冬天吧。

姜岩在做兼职，孟昀无意看见兼职宣传单上有“驻唱歌手”这一项。她不在乎时薪，就想试试自己的歌有没有人喜欢。她拨通电话，对方跟她约了时间，让她周日下午六点去试唱。

她背着吉他刚出校门，碰见做家教回来的陈樾。这个时间段，她不可能是回家的。且是冬天，天已经黑了。陈樾问她：“你去哪儿？”

孟昀说：“我去酒吧面试。”

陈樾说：“在哪里？”

孟昀说了地址。

陈樾“哦”了一声，问：“你一个人？”

孟昀说：“不然呢？”

陈樾没去过酒吧，但他莫名觉得是很乱的地方，说：“我跟你一起去吧。”

孟昀本来心里有些忐忑，听了这话，说：“你去干什么？”

陈樾说：“我没去过酒吧，好奇。”

孟昀“哦”了一声，揪着吉他包的背带，说：“不管我有没有被选上，你都不许跟别人讲。这是秘密。”

陈樾点头：“好。”

两人一起上了公交，陈樾指了下她背上的吉他，说：“要我帮你背吗？”

孟昀摇了下头，说：“不是很重。”

一路上，她揪着带子出神，想着要表演的曲目。目的地是一条幽深的小巷。天虽黑了，但没到酒吧开张的时候，巷子里空荡荡没有人影，只有霓虹。

孟昀心想，幸好陈樾陪她来了，不然她会害怕。那家酒吧在地下一层，两人从狭窄的楼梯里下去，酒吧里没有客人，静悄悄的。灯光昏暗，一个男人坐在吧台边喝酒。

孟昀跟他打了声招呼，说来应试。男人瞧见孟昀的脸，眼神直了，很热情地让她坐到台上去唱歌。

孟昀坐在一束灯光下，抱着吉他，看了陈樾一眼。而后低头拨弄吉他弦，唱起了歌。

少女的歌声清扬，在空寂的室内回荡。

那男的不知听没听歌，眼神从孟昀的脸扫到她紧身毛衣勾勒出的胸脯、细腰，再到牛仔裤包裹的纤细修长的腿上，来回扫几遭了，撞见陈樾沉默的眼神。

孟昀唱完了，男人对歌曲没有点评，先问了句："这是你男朋友？"

孟昀说："我同学。"

男人说："哦。你歌写得很好，嗓子也好。我们谈点儿合作细节吧。"

孟昀立刻就笑了，说："好啊。"

男人说："不过都是商业机密，能让你同学先回去吗？"

孟昀愣了一下。

那男的说："美女，我们这里上一个驻场的就被音乐公司挖走了。我可以跟你讲讲。"

昏暗的地下酒吧里，孟昀看了看那个人，又看看陈樾。

陈樾不走，就那么看着她，说了声："孟昀，我们回去吧。"

孟昀没有动。

陈樾走上前去，把吉他从她怀里拿出来放进吉他盒，又把盒子装进袋子，背上后背，说："走吧。"

孟昀呆了几秒，从椅子上起了身，捡起放在地毯上的羽绒服跟他走了。

上了公交车，她坐在座位上望窗外，望了会儿就低头抹眼泪。陈樾背身站在她旁边，人和吉他盒一道挡住了她，不叫路人看见她的泪水。

孟昀想起这件事，温暖又惊喜，回家就视频跟陈樾分享。但陈樾记不清了。孟昀因此很得意，终于有一件她记得的事。她想，未来一定会有更多的回忆慢慢浮出水面。

如今想起，她还记得他在公交车上挡住她时的身影，在冬夜里给她围了个小小的避风港。

孟昀说：“如果你大学时就跟我表白，或许我会喜欢你的。”

陈樾说：“没关系，现在也不迟。”

孟昀往被子里一缩，撒娇：“我好想你呀……希望十一快来，我就能去云南看你了。快来快来……”

陈樾就不吭声了，心软得一塌糊涂。

她又说：“好想吃干巴菌和见手青，今年吃不成，要等明年了。”

恰巧那时工地上的风车已安装测试完毕，全部进入正常运作；清林镇的旅游开发项目已近尾声，学生那边又在放暑假，陈樾没有往日那么忙碌，跟同事换了班，攒了几天假期，决定飞去上海给孟昀一个惊喜。

他提前找快递员拿了冰袋，又联系好山里摘菌子的大爷，出发那天清早，买了最早摘下山的干巴菌和见手青，装进泡沫盒子里捧着上了火车、飞机和地铁。

到孟昀家，已是夜里九点多。楼下管家记得他，帮他开了大厅的门，陈樾走进电梯间，想着马上要见到她，看见她惊喜的模样，心跳有点儿快。他看见自己的影子映在光洁的瓷砖墙壁上，唇角含着笑，是幸福的样子。

电梯从地下停车场上来一楼，陈樾收了表情。电梯门打开，里头站了个男人，一身黑衣，戴着黑色的棒球帽和口罩。

眼神对上，陈樾认出他来了。他走进电梯，楼层键上数字“29”亮着红光。

两个男人站在电梯里，电梯门在他们面前缓缓合上，空气凝固如砖块。

电梯开始上行，1——2——3——

林奕扬先开了口，说：“别误会，我只是来找她谈工作。”

他语气没问题，内容里带了针。

陈樾很平静，说："你来，她知道吗？"

这话刺痛了林奕扬，不仅因为陈樾想都没想就确定他是在孟昀不知情的情况下自己上门，更因为陈樾对这段感情毫无保留的信任。

楼层数字已跳到 10 楼，林奕扬忽然蹦出一句："你知道这儿的房子多少钱一套吗？我很好奇，她要是没有，你给不给得起。"

陈樾淡淡一笑，说："的确，就算我在西部弄十年的风能发电，也没你一场演唱会挣得多。"

沉默。

林奕扬抿紧唇，知道刚说的话太没水平了。电梯走到 19 层的时候，他低声说了句："不好意思。"

陈樾说："不介意。"

林奕扬看了眼电梯壁上陈樾的影子，忽然明白了孟昀为什么会喜欢他。像她那样情绪颠簸又缺乏安全感的人，碰上另一个波澜起伏的人，必然会互相伤害。而一旦碰上陈樾这种内心自洽的人，则必然会被深度吸引，就跟风浪里定船的锚一样。

那一刻，林奕扬意识到，他真的没有机会了。也是啊，他明知她那绝不肯在爱情里吃亏的性格，当初是怎么准许工作室发出那条微博的呢。

电梯停在 29 楼，门开了。

陈樾走出电梯，林奕扬却没出来。陈樾回头看他一眼，林奕扬的眼睛没有透露出任何情绪："不用说我来过。"

陈樾没来得及说什么，林奕扬已上前一步摁了关门键，门合上了。

陈樾站了半刻，走去孟昀家门口。他知道她家密码，怕直接开门吓到她，所以敲了敲门。但他忘了孟昀家的可视电话对接的是楼下大堂的密码门，来人得在楼下按门铃，几乎不会有人敲门，所以她家门上也没猫眼。

“谁啊？”孟昀在门那头问。

陈樾正犹豫，是等她开门，还是直接开口，孟昀声音紧张：“谁在外面？”

他知道她吓到了，立刻说：“陈樾。”

下一秒门把手响动，孟昀推开门，见了真是他，一下捂住口，弯下腰直笑：“我天，你怎么来了？！都不跟我说一声！”

陈樾笑，把泡沫盒子放在玄关柜上，说：“送快递来了。不是想吃菌子吗，这是今年最后一拨——”

话音未落，孟昀扑上去搂住他脖子，跳到他腰上；他双手把她稳稳接住，她脚板心踢腾他的腿，开心得像个小娃娃：“你什么时候学会搞惊喜了！哎呀，我准备月底去给你惊喜的，你怎么先来了！”

他仰望着她，笑：“开心吗？”

“开心。”她不停地亲他，亲他的嘴唇、他的眼睛、他的鼻梁、他的脸颊、他的下巴，怎么都亲不够。

陈樾抱着她亲了一阵，她还不下来，他笑说：“我先去洗个澡，好不好？”

她把他箍得更紧，扭啊扭地撒娇：“嗯，要一起洗。”

“好。”他抱着她进了浴室。

分别一个多月，彼此十分想念，内心积蓄的热情倾泻而出。

他是个很耐心、很照顾她感受的人，但今天不知怎么了，孟昀以为许久不见，他会急切一些，可他比往日还要更有耐力，一次一次，各种方法把她磨得魂飞神碎。

“不行了。”她嘤嘤，“真的不行了……”

他呼吸沉沉，牵起她的手，吻她的掌心。她仍沉浸在余韵里，睫羽半垂，面颊绯红，一下下颤颤地喘着气。

陈樾抚着她额前汗湿的碎发，手指从她眉心滑落到她鼻梁，轻轻摸着她的睫毛。过了会儿，听她呼吸平缓均匀了，忽然问：“我跟他谁好？”

孟昀模糊地说：“谁啊？”

陈樾说：“姓林的。”

孟昀慢慢睁开眼睛，看着近在咫尺的他，还没反应过来：“哪方面？”

陈樾：“你说我问哪方面，学历？”

孟昀一下明白了他今晚的异常，轻嗔：“毛病吧你。”说着要扭过身去。陈樾掐住她腰，轻轻一捞，把她摁回怀里，她挣扎要逃脱，每溜出去一次，他便把她收回来一次。反反复复，他侧身把她半压住，她动不了了。

陈樾贴着她温热的面颊，嘴唇在她耳边，低低的：“说嘛。”

孟昀拗不过他，扭过头去，短促地说了声：“你。”

他无声地笑了，又过了会儿，摸摸她的腰：“好在哪儿？”

孟昀：“没完了！”

她不肯讲了。陈樾说："你不说，这几天都别想下床。"

孟昀一听这话，心跳怦怦，眼睛发亮："你以为我想下床啊。"

陈樾："……"

他埋头在她脖颈间，哼一声："孟孟——"

孟昀心里"嗷呜"一声，他居然撒娇！犯规！

她笑得一抖一抖。以往都是她撒娇，这次掉了个个儿。

她凑在他耳边，语气娇媚："你，比他……"

"比他……"

"比他……"

"比他……"

她说了四个形容词。

陈樾耳朵红了，拿手遮了下眼睛，只露出半截笑脸："真的？"

想着他以往哄自己那么贴心，孟昀戳他脸颊："真的。刚开始跟你在一起的时候，我总怀疑你没那么喜欢我。你这木头，又不会说话，全靠嗯嗯的表现让我安心。"

陈樾受不了了："好了好了，够了，别讲了。"

"你先撩的！偏要讲！"孟昀扒拉开他的手，"有时候连这个我也怕判断错，干脆就想，唉，别纠结了，就冲你这天赋异禀的表现，下半辈子也离不开了。怎么样，陈樾同学，厉害吧，开心吧，得意了吧，满意了吧？"

陈樾脸红透了，抱住她猛亲了口她脖子。她又痒又热，笑得缩成一团。

第二日，孟昀跟陈樾在床上厮混。

到了中午，陈樾准备起床，孟昀箍着他脖子不放他走，撒娇地哼哼：“再抱抱，那么久没抱了，都要补上。”

陈樾又搂了她一会儿。

一束阳光从窗帘缝隙里照进来，斜射在天花板上，微尘在光束中飞扬。

房间里很安静，只有空调出风的细微声响。陈樾搂着孟昀，鼻翼贴在她脸颊上，嗅着她身上淡淡的玫瑰香，有那么一瞬间静止的虚幻错觉。

好像他能想到的最美好的人生便是这样。他内心安宁极了，安宁到竟又困意来袭，沉沉睡去。

再醒来时，阳光折射到了墙壁上。

孟昀在他怀中沉睡，呼吸均匀，红唇微启。他没忍住，一根手指轻抚她的额头，滑落她鼻梁，滑过她嘴唇。人凑过去，吻了她一下。她被他亲得有点儿清醒了，有些起床气地踢了他一脚。

陈樾无声地笑，轻手轻脚掀开空调被，打算下床。孟昀这下彻底醒了，抓了抓他的手。

陈樾解释：“菌子还在冰箱里头。”

孟昀说：“你这个人，跟我睡觉还想着菌子。我没有菌子可爱呀？”

陈樾觉得好笑：“我是想给你做。”

孟昀说：“有那个黑黑菌吗？”

陈樾笑出声：“它叫干巴菌。”

“干巴爹！”她从被子里钻出来，伸开双手踩着空调被跑去他身边，搂着他脖子，腿圈在他身上。

陈樾轻托着她的屁股，抱她出卧室，把她放在开放式厨房的流理台上，倒了杯水给她，又放了两个鸡蛋进蒸蛋器，说：“垫垫肚子。”

他从冰箱里取出干巴菌、见手青、青头菌，站在水槽边拿小刀清理。

她喝完一杯水，跳下台子，说：“我来煮米饭。”

陈樾正低头拨弄菌根处的泥：“你会煮？别煮成夹生饭或稀粥了。”

“嘁，小看我。笨蛋才不会煮，一截指头的水位就够了。”孟昀在他旁边淘米，加水，擦干锅壁的水珠，放进电饭煲，卧室的手机响了。

孟昀去接电话。

陈樾等她走了，迅速打开电饭煲瞥一眼水位，拎出饭锅倒掉一些水再放回去关上盖子，一串动作行云流水。

孟昀接着电话走出来，陈樾站在原位一心一意弄菌子。

是林奕扬打来的电话，想让她给他写首歌。虽然上张专辑跟伍思贤合作很不错，但他还是想要更释放的风格。

孟昀“嗯”“好”“可以”“行的”“下周见吧”地回应，然后放下手机。

她拿了生姜和大蒜，又洗了青椒，说：“是林奕扬。”

陈樾“哦”了一声。

孟昀说：“我可能要跟他合作，一起写歌。”

陈樾没想到更好的回答方法，于是又“哦”了一声。

孟昀把青椒放在晾架上，问：“你心里慌不慌呀？”

陈樾知道她又要开始问死亡问题了，决定说“慌”，但没来得及出口，那一秒的反应时间，孟昀看穿他了。

“哼！”她噘嘴巴，“敷衍。分开一个多月，你不爱我了。”

陈樾放下菌子，拿纸巾擦了擦手，坐在一旁的高脚凳上叹了口气。

他这样反常，孟昀有些意外，奇怪地瞧他：“你怎么了？”

“你不是说，再也不欺负我了吗？”他抬眸看她，眼神无辜，还带了点儿委屈，“你怎么说话不算数啊？”

孟昀怔了怔，没料到她常用的招数他竟学了去。她迎着他的眼神，心软又内疚：“哦……那，是我不好。”

她过去把他的头搂在怀里，摸摸他脑勺。

陈樾搂住她的腰，脑袋贴在她肩上蹭了蹭。

她心都软化掉啦，捧着他的脸颊，亲亲他的眼睛，说：“我去洗生姜。”

陈樾说：“好。”

孟昀拿小刀削生姜，削着削着反应过来不太对，扭头就见陈樾在一边剥着大蒜，忍着笑。

她一下走到他身侧，说：“你刚才那招学我！”

陈樾的笑绷不住了，捂着半边眼睛，笑得肩膀直抖。孟昀扒拉他：“就不算数，就要欺负你！”

“啊呜。”她轻啃他脸颊，他弓着腰，手撑流理台，笑得整个人在抖。

她还在他脸上乱啃呢，陈樾侧身捞起她的腰，轻轻一举，将她放在大理石台子上，亲了亲她的嘴唇。

孟昀脚圈着他，手搂着他，脑袋歪靠在他肩头，围成一个私密的空间，亲着亲着，渐渐变成温柔地触碰，呼吸交缠，就那样含笑相拥。

家里很安静，电饭煲在煮米饭，发出咕咕的声响。他身上有她喜欢的气息，还沾了菌子的香气，像森林一样。地板上铺了一层阳光，璀璨而明媚。

这一刻，她家的厨房里有了永恒的味道。

她一心想要的完美爱情莫过于此，毫无保留的纯粹的爱，没有功利，没有委屈，没有计较，没有放弃。

她在他耳边悄声说："陈樾，你要一直爱我哦，最爱我。"

他说："我保证。你放心。"

她笑开了，说："我也会好好爱你的。"

陈樾逗她："我表示怀疑。"

她打他肩膀一下。

陈樾说："你看吧。证据。"

她又赶紧摸摸他肩膀："证据销毁了。"

两人笑成一团。

一个多月不见，两人自是胶在一起时刻都不分开，从周五到周日没出门。

菌子宴吃完了就依赖外卖，到了周日晚上，陈樾从床上起来，点了肉类和蔬菜。他嫌外卖油腻，打算做三菜一汤。

他洗完澡烧了开水。门铃响起，他以为外卖到了，摁了开门键。没过一会儿，有人敲门。

陈樾拉开门，和门口的人同时一愣。

孟书桦和余帆站在外头，惊讶地看着他。孟昀长得很像她父母，陈樾一眼就认出来了，打了声招呼："叔叔阿姨好。"然后给他们拿拖鞋。

孟昀刚从卧室出来，只穿了个真丝吊带睡裙，一见她爸妈，轻叫了声"我去"，立马退回去，很快裹了个小披肩出来，竟有些生气："你们怎么一点儿都不尊重我，来之前也不打个电话。"

孟书桦说：“打了的，你手机静音了吧。”

余帆说：“妈妈来女儿家还得提前打电话？你是做了什么坏事吗？”她坐到沙发上，不太客气地看了陈樾一眼。

孟书桦打圆场：“昀昀，我带你妈妈去舟山玩，顺道来看看。”

水开了，陈樾倒了两杯水放到茶几上。

孟昀拉了陈樾的手，跟他一起坐下，说：“介绍一下，我男朋友，陈樾。耳东陈，木字旁加翻越的越。名字好听吧。”

余帆没讲话，孟书桦冲陈樾微笑，说：“你好。”

陈樾点头：“叔叔好。”

“你们，谈多久了？”

陈樾说：“到今天刚好三个月。”

孟书桦点头：“我听昀昀说，你是他的同学对吧？”

陈樾说：“是。”

余帆并不怎么讲话。孟书桦跟陈樾聊起工作，一会儿问风能发电的研究情况和市场走向，一会儿问西南扶贫的进展和未来。他是经商的，什么都能聊；而陈樾虽然平日话不多，说到专业方面有条有理头头是道，跟孟书桦你来我往，聊得很不错。

孟昀见状，放松地窝在陈樾身侧喝奶茶，心情正不错呢，余帆问了句：“你这工作，基本都在外头出差吧。”

陈樾没来得及答，孟昀护短地抢道：“他有准备换岗的，搞科研。”

余帆蹙眉，说：“想得太简单，不好换。”

陈樾手握着膝盖，孟昀伸手抚住他，还要开口，陈樾反握住她的手，轻拉她一下。

他看向余帆，认真地说："对。不好换，所以等手头的工作完成后，明年就辞职。我打算考博，如果顺利，明年下半年可以入学。刚好那时我在清林镇任期也满了，就可以回上海了。读博顺利的话，之后再进能源公司做研发，到时职位也能上个一两级。虽然还是避免不了去西部出差，但会比现在好很多，起码有一大半时间在上海了。"

余帆这下不说话了。孟昀则惊讶地看了他一眼。

这时陈樾手机响了，外卖小哥看不懂地图，死活找不到7号楼，眼见时间要到急得不行。陈樾说："没事，我下来接你。"

陈樾出门后，屋里静了会儿，余帆问："他就是你们班成绩最好的那个？"

孟昀奇怪："你怎么知道？"

孟书桦说："你读书的时候不是说过吗，成绩特别好，年年考系里第一，各种奖学金拿了个遍。说何嘉树被他压着，回回只能第二。"

孟昀不记得："我跟你们说过？"

"说过。"孟书桦道，"所以这就是你们的计划？他在上海的时候，你在上海；他去西部的时候，你去西部？"

孟昀说："妈妈不是想让我当老师嘛，这下我去当了呀。"

余帆说："有教师资格证吗你？"

孟昀说："你是不晓得学生有多喜欢我好吧，礼物装了三箱子。"

余帆不理这话，还是说："你怎么就偏偏选了个孤苦伶仃的？"

孟昀被刺疼了，说："他不孤苦伶仃。他有家人，我就是他的家人。"

余帆皱眉："什么家不家人，八字还没一撇。"

"我爱他，他也爱我。"孟昀打断，眼睛微红，"我从来没有像现在这么轻松开心过，你能不能，哪怕就一次，你让我快乐点儿，妈妈？"

她激动得牙齿打架，手指发颤。孟书桦赶紧坐来她身边，安抚地拍她后背：“这孩子，你妈妈还什么都没说呢，你急什么？”

孟昀急声：“我不急她马上就要说出口了。要说回你家里去说，不准在我这里说他坏话。他一点儿都不孤苦，也不可怜。他好得很！比林奕扬好，比你心里的完美女婿何嘉树好一万倍！”

余帆被女儿一通怒撑，竟难得地没有回话。

孟书桦又摸摸女儿的头，哄：“好了好了，你妈妈什么也没说了，来，喝奶茶，别生气啊，过会儿陈樾回来发现你生气了，他怎么想啊？”

后边这话很有效果，孟昀脸色立马缓和，拿奶茶冰了冰脸颊。

陈樾回来时，家中气氛如常。他刚把塑料袋放在流理台上，孟书桦跟余帆起了身，说天晚了先回杭州了。

孟昀没有半点儿挽留的意思，陈樾问：“叔叔阿姨不一起吃晚饭？”

孟书桦笑道：“来之前吃过了，主要是没想到这家里还有饭吃，不然就提前来了。”回头看孟昀一眼，孟昀瞪他。

余帆淡淡问了句：“你假期有多久？”

陈樾说：“到周三。”

余帆说：“嗯，在上海好好玩。”

陈樾点头：“好。”

孟父孟母走了，陈樾从袋子里拿出黄瓜、虾仁、豆腐、鲫鱼，说：“饿了吧，很快……”

孟昀忽然从背后搂住他。

陈樾摸摸她的手，回头：“怎么了？”

孟昀仰头：“哼，原来你想考博士。”

陈樾笑了下：“在复习，想说等有十成把握了再告诉你。”

孟昀问：“怎么现在就说了？”

陈樾抿抿唇："看到你爸爸妈妈，怕他们不同意，有点儿心急。就想好好表现一下，不然他们怎么放心。"

孟昀心疼，说："傻子。其实我爸爸蛮好的，他十五岁时我爷爷奶奶就走了，也是自己打拼出来的。"

陈樾说："你妈妈也蛮好。"

孟昀不搭话，脑袋在他背后蹭蹭，说："陈樾，你想继续读书吗？"

"想啊。"他很自然地说，"读博士，做研究，也是我喜欢的。再找工作就更有自主权了。以后，我去山野，你陪我去；你来城市，我陪你来，好不好？"

"好呀，不能更好啦。"孟昀幸福地说。

陈樾说："希望你不要觉得去西部很苦就好。"

孟昀蹭他："不苦呀，我嘛，到处跑跑，灵感满满，还是好事呢。不然一年四季待在城市里，也没意思。四处采风，才能成为更厉害的音乐人。"

陈樾没忍住笑。

孟昀："你笑什么？"

陈樾道："你这张嘴巴真厉害。"

孟昀转到他身前，嗓音变柔软："我这嘴巴，除了说话，还有更厉害的呢。"

陈樾捂了眼，笑着往后仰了一下，耳朵红了。

孟昀咯咯笑，不闹他了，去弄姜蒜。

陈樾在一旁择菜，孟昀手机又响了。她无语道："我难得做点儿事情。"边走边回头，"过会儿我煮米饭啊，昨天我煮的米饭简直完美，天生的煮饭小能手。"

陈樾弯唇，琢磨着怎么帮她的米饭作弊。

孟昀见来电是孟书桦，钻进主卧卫生间。

“喂，爸爸。”

孟书桦嗓音和煦：“昀昀啊，还有没有在生气啊？”

孟昀奇怪：“生什么气？”

孟书桦自顾自地说：“看来关系真的很好啊。”

孟昀没明白：“啊？”

孟书桦也没解释，只说：“爸爸今天看到你跟他相处的样子，很自在放松，你过得开心，爸爸就没什么说的了。”

孟昀细眉挑得老高，脚丫子在拖鞋里跷了跷，又问：“那她呢？”

“你妈妈还是不太支持，但也没说特别狠的话。”

孟昀哼一声：“稀奇哟。”

“你又不是不知道，你妈妈喜欢聪明好学、成绩好的孩子，就没说什么太重的话。你上次也没讲到重点，还是我想起来他是你们班最优秀的，跟你妈吹了几个月的枕边风。不过呢，你妈妈很固执，不喜欢他的身世，慢慢再说吧。”

“呵呵，她还能慢慢说？”

“怎么不能？可能她觉得你们两个谈不长。”

孟昀无语：“不是我说啊孟先生，你老婆真的有点儿问题。你们感情那么好，再生一个好吧？别总揪着我一个人管行不行？”

孟书桦说：“那不行，万一和下一个孩子关系更差，还活不活了？”

孟昀笑起来。

孟书桦又说：“我这辈子看的人多了，所以看人很准的。”

孟昀这下喜笑颜开，小声：“意思是，你觉得他不错喽。”

孟书桦道：“谈着吧。”

孟昀正要笑，又听他说：“你能跟人谈多久还两说呢。”

孟昀：“爸爸！”

孟书桦笑起来：“不讲了，爸爸要开车了。”

孟昀又赶紧说："高速注意安全哦，到了给我发消息。"

孟昀心满意足地出来，陈樾在灶台前翻炒着芹菜牛肉末，香味四溢。她把水池里的白菜沥出来，台子上陈樾的手机屏幕亮了一下。

孟昀瞟一眼，是微信提示。对方的标注是"研究生同学……"，标注太长，后头的名字没地儿显示了。

陈樾的微信没有设置隐私，所以看得见对方留言。

"哇，听说你回上海啦？"接着又跳出一条，"短期还是长期呀，一起吃个饭吧。"

接着一个图片没显示出来，应该是表情包。

抽油烟机的声音盖过微信提示，陈樾没听见。

孟昀剥着大蒜，心想这应该就是李桐提过的那个研究生班的女同学。

陈樾倒没注意，做了香芹牛肉末、龙井虾仁、黄瓜白菜汤，舀了两碗米饭放上餐桌，这才有工夫看了下手机。

孟昀坐在餐桌边舀了牛肉末拌米饭，余光见陈樾走到流理台边滑开手机，看了眼信息。他打了几个字，很简短。

孟昀勺子在碗里搅拌，猜测他回复了什么。正想着，陈樾过来握住她的手，十指交叉。他捧着她的手，对着手机镜头拍了张照片。

孟昀觉得奇怪："干吗？"

陈樾飞速打了几个字，说："发个朋友圈。"

孟昀凑他身边一看，已发送。图片里，她的手背白皙小巧，陈樾五指与她交叉，握在她手背上。背景是虚化掉的餐桌。

配文："八千里路，昀和樾。"

孟昀笑容放大，像是一瞬间的事，他朋友圈里涌出无数点赞和留言。有些是孟昀认识的大学同学，大家一连串的惊讶。

“我去，恋爱了？爆照！”

“活久见，居然能有这一天？”

“我都没脱单呢，陈樾你怎么能赶在我前边？！”

“连陈樾都恋爱了，我要注定孤身了……”

“我一直以为你会出家当和尚。不说了，相亲去了。”

“这个昀是孟昀吧？”

“我记得军训的时候，他背孟昀回营地，八年，居然在一起了。我又相信爱情了。”

何嘉树也点了赞，评论：“要幸福啊朋友。”

朱小曼点了个赞。

姜岩：“孟昀你这家伙！”

还有些是她不认识的研究生同学、老师和同事。

李桐和柏树也留了言。

李桐说：“啧啧啧，甜死啦。”

柏树说：“啥时候请吃喜糖啊？”

李桐回复柏树：“要不要你先请吃喜糖。”

孟昀正欢乐地瞧着消息呢，自己手机响了，宿舍群里姜岩跟朱小曼对她轮番轰炸。孟昀手忙脚乱，陈樾却很淡定，面对点赞留言及班级群宿舍群，并不着急回复，说：“先吃饭。”

孟昀吃着香喷喷的拌饭和虾仁，喝着他盛来的汤，埋头回复群消息，开心得没工夫看身旁的他。

姜岩说：“孟昀你一定会幸福的。陈樾那种男的，他喜欢你，就会喜欢你一生。”

她回了个瞪着大眼睛的可爱猫猫表情，道：“我想要的，自始至终，只是爱而已。”

何嘉树原想跟陈樾和孟昀见个面，但临时出差，只好下次。

周三，陈樾回了云南。孟昀送他到机场，在安检口抱了好一会儿才松开，说等 9 月了她去看他。

从机场返回市区的路上，孟昀跟雅玲打电话讨论着新一版修改和试音，放下手机，她透过车窗看到都市高楼林立，一片繁华。头顶的天空有一抹微微的蓝，不知去往哪里的飞机从天空飞过，画出一道长长的白线。

孟昀就笑了。

分别虽有不舍，但各自的方向都已确定。她从未像此刻这般自由而又安稳。因为，未来已明晰。

第17章 起风了

2019年，春夏。

4月的清林镇，春花盛开。

位于镇中心的清林中学刚打了下课铃，校园喧闹起来。课间十分钟，学生们或在走廊上疯闹，或在操场上玩耍。

初二（3）班的学生们一拨接一拨慢慢吞吞往音乐教室走去。今天新的音乐老师要来，大家不免好奇这位老师会是什么风格。

上课铃响，仍有不少学生在闲聊。光影晃动，一道纤妙的人影出现在教室门口，最先发现的是成浩然，他一声大叫："孟老师！"

众人寂静，齐齐看过去，随即惊喜，沸腾："孟老师！！！"

"孟老师，你回来了！"

"孟老师回来看我们了！"

龙小山仍坐在最后一排，眼睛亮晶晶的，只笑不语。

孟昀走上讲台，笑道："我还以为你们把我忘了呢。"

西谷问："老师，你待多久呢？"

孟昀说："带你们到暑假，好不好呀？"

全班欢呼。

杨临钊喊："孟老师，你在上海混不下去了吧，还是说，怕别人把陈樾哥哥拐走了？"

哄堂大笑。

孟昀一截粉笔砸过去："没良心的小崽子！"

"孟老师——"

"孟老师——"

孟昀拿黑板擦一拍黑板，教室安静下来，她一脸严肃状："有问题下课再问，这节课我备得很认真的，你们休想跟我聊一节课。我没有去年那么好糊弄了啊。"

又是一阵大笑。

刘思城叫："我们比去年更爱你！"

孟昀舔舔嘴唇，看窗外金灿灿的高原阳光，突然没绷住笑了起来，赶紧背过身去捂了下脸。

全班起哄，后排的少年们大喊："我们比去年更爱你！"

孟昀稳了稳，再转过身时脸红了，但嗓音清亮："上课！"

班长道："起立！"

唰唰的椅子擦地声，学生们站得笔直。

孟昀说："让我看看，都长高了啊。龙小山，有 172 了没有？"

龙小山笑得腼腆："174。"

"不错。"孟昀说，"同学们好！"

“老——师——好——”四十多个孩子齐齐向她鞠躬。

“请坐。”孟昀说，“班长跟音乐课代表，去老师办公室，把桌子旁边的几个纸箱子拿过来。”

四个大箱子拖进教室，里头有几十个小纸盒，孟昀让班长按盒子上的名字分发给大家。学生们拆开，是尤克里里。

他们不曾有过一件像样的乐器，兴奋地胡乱拨弄，教室里全是尤克里里琴弦的响动。

白叶叫：“上面刻了我的名字！”

“我的也有！”

每个学生都在尤克里里上找到了自己的名字，他们更兴奋了，互相观摩。

后排的男生摆着架势开始潇洒弹奏，不成旋律。

刘思城问：“老师咋弹？教教我们。”

孟昀说：“很简单的，未来三个月，你们每个人都会成为乐器高手，相不相信？”

“相——信！”

“好了，今天的第一堂课，先认识你们手上的乐器。”

窗外，阳光明亮，天蓝山青；操场上，上体育课的学生一簇一簇，正在打篮球，跳绳，踢毽子。

楼里依稀传来英语、数学等各科老师讲课的声音。和以往一样，一个平凡而又充实的学习日。

中午，孟昀照常跟李桐一道去校外觅食。清林镇比去年热闹了，本地的年轻人和中年人多了起来。去年的宣传起了成效。清林镇没有冬季，今年春节，还有北方省份的人来旅游呢。镇上多了餐馆、民宿，还有年轻人投资的网红客栈，连奶茶店都有了。还有中巴车直达若阳县，站点在县城火车站外，交通方便。

李桐说，镇上旅游服务做得规范标准，游客评价很好；或许接下来的五一假期和暑假，人数又会长一波。

孟昀吃完米线回学校，碰见几个高一的学生，正是她去年教过的初三的学生。大家在音乐教室里闲聊了一会儿，孟昀得知，有学生初中毕业后没再继续读书。孟昀想起那些孩子气的脸庞，心头酸涩遗憾。李桐安慰她说，情况在慢慢变好，这样的学生数量每年都在减少。

支教办公室里曾经的旧人都走了，这次是深圳的公办教师和几个大学生志愿者，孟昀和他们相处得很愉快。

傍晚，孟昀随着放学的人潮走出校门，陈樾的摩托车停在路边，却没见着人。文具店门口围了一圈人，老头、中年人、年轻小伙子都有，还有一两个小姑娘。

孟昀过去瞧，原来陈樾在跟文具店老板下象棋。店门口的音响播放着当下流行歌曲，一首播完，切换到Fanta-six最近爆火的主打歌《仰望》，正是孟昀去年制作的。

陈樾听见前奏，下意识抬了下头，看见了人群外的孟昀，冲她一笑。这盘棋他已经赢了，对老板说："丢子了。"他起身，换了另一人上场，他走出人群，牵了她的手："怎么样，第一天上课？"

孟昀道："还用问？人人都爱孟老师。"又加了一句，"尤其是你。"

陈樾笑出了白牙齿。

孟昀问："你呢，今天怎么样？"

"一切都好。"陈樾跨坐上摩托车，孟昀跟着爬上去坐好，贴着他后背，搂着他的腰。

正是放学，路边挤满了卖炸洋芋、烧苞谷、炸串串的小摊小贩，不少学生流连其中。摩托车走走停停，有学生看到他们这样，偷笑着跑开。

孟昀见状，觉得要顾及形象，坐起身要松开他；可陈樾握住她的手腕将她轻轻一带，她又扑到他背上了。她笑得眼角弯弯。

摩托驶过街道，转进小巷市集。

孟昀立马说："我要吃菌子！"

陈樾说："今晚下馆子？餐馆里可能有去年冰冻下来的。"

孟昀瞧不上："我要新鲜的。"

陈樾觉得好笑："还没长出来呢，再等等。"

"哼。"她说，"下个月，菌子冒头了我们就上山好不好，我都挑好彩绳啦。我要把菌子都系上绳子，等它们长大。我要系一百个。"

陈樾说："好。"

正值春末，云南人爱拿花朵做菜，小摊上摆满了白的、黄的、粉的花儿。陈樾买了晚餐要用的罗非鱼、蚕豆和薄荷，又买了金雀花和苦刺花，说："给你做鲜花宴。好不好？"

孟昀连连点头："好呀。"

逛完集市回家，她一路看着渐有人气的小镇，开心不已。

一到家，她兴奋地把花朵倒出来清洗，云朵踱着小猫步过来，嗅了嗅金雀花。孟昀以为她想吃，丢给它一朵，结果猫猫拿爪子扑着蹂躏了会儿，抛弃。

孟昀说："你已经不是小猫咪了，能不能成熟点儿？"

云朵不搭理她，跳去石榴树上。

陈樾刚在她身边坐下，来电铃响，是何嘉树。陈樾跟他讲了会儿话，放下手机。

孟昀正低头玩着水盆里的花儿，陈樾把鱼和蚕豆倒出来，说："何嘉树明天要来。"

"他来干吗？"

"他跟顾文思去版纳出差，顺道看看这边好不好玩。"

孟昀"哦"了一声，继续玩花儿。

陈樾说："你要暂时不想见他——"

"没事。见呗。"孟昀很无所谓，说，"等我们结婚了，他不也要来参加婚礼吗？让他多给点儿份子钱。我也是他同学，他得给两倍。"

陈樾笑了："好。"

次日，孟昀下午最后一堂有课，五点半才出校门，陈樾已在门口等她。她穿着裙子不方便跨骑，侧坐在摩托后，下巴搭在他肩头："他们已经到了？"

陈樾说："没事，让他等会儿。"

镇子不大，四五分钟就到了。餐馆是本省知名连锁品牌，今年年初才在清林镇开了第一家店，位于青石巷尽头，傍山看谷。室内多竹器竹具，装修相当有民族风，葫芦丝的背景音乐悠悠扬扬。

何嘉树跟顾文思坐在露台上，背靠青山，俯瞰山谷梯田。

何嘉树听见摩托车响，老远看见了陈樾跟孟昀。孟昀尤其亮眼，她穿了件云雀黄的连衣裙，大裙摆在风中飞扬，灿烂得像夏天的阳光。他有点儿意外，觉得她穿得太漂亮不像个志愿者，像搞街拍的。这些年了，她倒是一点儿没变，仍是喜爱大开大放。

她搂着陈樾的腰，下巴搭在他肩头，跟他讲话；而他在笑。何嘉树有那么一瞬想起学生时代，她一直都这样，喜欢亲昵亲密，任何时候都要贴在一起。

车停在门口，孟昀蹦下来，一路太阳晒得热了，把罩着的牛仔外套脱下来。陈樾接过她的外套，走上露台台阶时，弯腰捞起她的大裙摆提着，直到她上了台阶才放下。

目光对上，何嘉树朝他们抬手打了个招呼，站起身。

孟昀跟顾文思不认识，陈樾介绍说："这是顾文思。"

孟昀冲她笑了一下，再看何嘉树，给了个礼貌的笑容。何嘉树亦对她微笑，而后移开目光，对陈樾说："你们这边弄得蛮好的，我看旅游还是有得玩。"

顾文思也说："空气太好了。我们下午去山里转了一圈，全是花儿，好漂亮。"

孟昀说："你多跟身边朋友宣传哦，拍点儿美美的照片，我们这里风景一级棒，人也特别好，就是还没什么人知道呢。"

顾文思说："放心吧，以后一定会有更多人知道的。"

顾文思本是不太说话的类型，但孟昀很热情活泼，两人一来一去聊得愉快。女孩讲着话，陈樾点了菜，傣味手抓饭，芭蕉叶包烧牛里脊，铜锅鱼，小炒走地鸡，金雀花炒鸡蛋，豌豆尖，外加一碗苦菜汤，又给两个女孩都点了泡鲁达跟酸角汁。

孟昀听见了，往他身侧一贴，说："泡鲁达是什么？看着好吃，可两杯喝的怕喝不完呢。"

"这家酸角汁很好喝。"陈樾说，"你两个都尝尝，喝不完给我，好吧？"

孟昀笑："那好吧。"继续跟顾文思聊天，"那个洗头发超级蓬松，视觉效果头发多出一倍呢，我过会儿把链接发给你。"

顾文思说："我们还没加微信呢。"

何嘉树看见远处山头上的白色风车，正跟陈樾说着明天想跟他去实地看看风车田，瞥一眼两个正在加微信的女孩。他的微信号估计还在孟昀的黑名单里。

他大方一笑，说："能把我的号拖出来吗？"

孟昀看他一眼，手机操作了几下。

服务员过来上菜。云南菜讲究食材新鲜，植物香料多，菜品一上桌就勾人味蕾。

顾文思道："看着好好吃啊。"

孟昀给她夹了块芭蕉叶烧里脊，说："那你多吃点儿。"

陈樾给她舀鱼汤，说："晓得让别人多吃，自己跟吃猫食一样，云朵都比你吃得多。"

孟昀立马就拍了下他的大腿。

顾文思问："云朵是谁？"

"他的小情人。"孟昀扑哧一笑，"一只猫。"

"你们养猫啊？"顾文思轻叫，"我超级喜欢猫。"说完，嘴巴往何嘉树那儿努了努，"他不喜欢。"

何嘉树吃着小炒鸡，说："隔三岔五地出差，养猫干吗？"

孟昀跟顾文思说："养猫是很麻烦呢，都是陈樾管的。猫猫脾气还不好，又傲娇又冷漠，还喜欢奓毛。"

顾文思喝了口酸角汁，说："嗯，好喝。陈樾不是要读博了吗，猫怎么办？"

孟昀说："带去上海呀。"

"噢。"

何嘉树说："你博导没催你提前回学校？"

"没有。"陈樾说，"我跟他讲了这边的情况，最早得8月回去。"

顾文思问："以后还会来西边吗？"

陈樾说："大概率还是会的。"

何嘉树跟顾文思同时看了孟昀一眼，孟昀一笑："我工作自由，他去哪儿出差我就跟去哪儿。这边还能给我好多灵感呢。"

"真好。"顾文思由衷地说。

孟昀道："而且他想做研发，还是有很多时间在上海的。到时候一起逛街。"

顾文思忙点头："好呀。"

太阳往西边斜去，天空一片粉红。

顾文思接了个电话，走下露台。陈樾去洗手间，起身前把外套给孟昀，说："起风了，穿上吧，过会儿着凉了。"

孟昀笑起来，凑他耳边小声说："那我就要感冒，让你给我剥酸角吃。"

陈樾含笑："你不感冒，我过会儿就给你买酸角好不好？回去路上就买。"

"那好吧。"她穿上了外套。

他一走，桌上只剩了斜对而坐的孟昀跟何嘉树，气氛陷入宁静。

何嘉树看了眼天边的粉色晚霞，而后看向她的脸，孟昀整个人在发光一样，这下真是事事遂意的小仙女了。

他微笑："看样子过得很开心。"

"别跟我讲话。"孟昀不理他，没好气地说，"要不是因为陈樾，你以为我愿意搭理你。"

何嘉树看她半刻，笑："啧啧，看来他对你是宠得没边儿了。也是，喜欢你那么久，不得可劲儿地宠。"

因后面那句话，孟昀看了他一眼："你什么时候知道的？"

"不比你早多久。"

孟昀不讲话了。

何嘉树握着水杯，转了一圈，说："孟昀，有些事情我应该告诉你。"

"什么？"

"军训你晕倒，是他背你回去的。普陀山那天晚上，是陈樾想去找你的，不是我。那张黑胶，也是他刻的。我买的是灯，跟他换了。还有那个投票，是他一个人刷的，不是我买的。但我真以为他喜欢温柔型的，哪里晓得他藏那么深。"

孟昀眼神放空，似乎在慢慢接收信息。他俩异地恋快一年了，但这些事陈樾一件也没跟她讲过。这人真是……半点儿不邀功的。

她忽然心很疼，但她将情绪掩藏得很好，平定后吐槽："所以你干了什么，专门跟我吵架了。"

何嘉树低了头，好一会儿才抬起，说："当初一条短信分手，是我没担当，对不起。"

孟昀没讲话。

记忆中，这是她心底很大的一块伤疤，但到了这一刻，她发现不知什么时候，她并不疼痛了，甚至谈不上所谓释然释怀，早就过去了，像一路经过的山川。

她淡淡说："滚吧你。"

何嘉树听她语气就知没事了，笑一笑："他会一直对你好，拿你当宝贝的。"

孟昀轻哼一声：“要你说。”两秒后兀自笑了。

何嘉树也笑了。

那晚睡觉时，孟昀挨在陈樾怀里，许久没讲话。陈樾察觉她心里有事，问：“见到何嘉树不高兴？”

孟昀哼一声：“我今天真的想踹他。”

陈樾说：“还因为当初的事？”

“早就不是了。”孟昀想说什么，怕自己流眼泪，不讲了，闭着眼睛贴在他脖颈间，许久了咕哝一句，“你以前是不是偷偷给我占过座？”

陈樾愣了愣，轻声承认：“啊。”

“我有那么一点儿想起在图书馆自习的时候，秋天的阳光，不热，也不刺眼，桌上还有梧桐树的影子，摇摇晃晃的，感觉很温暖。”

陈樾没讲话。

“我那时候对你有好感的，或许不是很深，但有的。”她想从记忆里为他找一些补偿。

陈樾明白了，说：“我现在知道了，也很开心，真的。”

孟昀却哽咽了：“你读书的时候，每次见到我，都很伤心吧。我好遗憾，为什么那时候——”

“没有。”他拍拍她的后背，“我每次看见你都很开心。真的，尤其是看见你笑，看见你过得很好很快乐的时候。”

暗恋，于一些人来说，是一场兵荒马乱；于另一些人来说，却是一卷春暖花开。

“像我上次说过的，这个时候刚刚好。”

她睫毛上沾了泪，说：“我以后再也不欺负你了，这次是真的。”

陈樾忽然轻笑出声，孟昀说完自己也笑出了声，捂着眼睛不好意思地扭过身去。他从身后将她搂住，岔开话题："星期六带你去山里玩好不好？"

孟昀来了兴趣："菌子要长出来啦？"

他捏她鼻子："说了没到时候，还要大半个月。"

"哼。"

陈樾笑："带你去看花儿。这个时候山里头全是花儿。"

"但我不认识，也不知道它们的名字哦。"

"没关系，我认识。"

"那你要一个个跟我讲，它们叫什么。"

"好啊。"

聊天声渐小，淡去，两人拥被而眠。木窗外夜空墨蓝，一轮弯月。

夜里不知何时起了风。孟昀翻了个身，往他怀里拱了拱，手搭在他腰上。陈樾蒙眬微醒，见她睡颜安详，呼吸均匀；他稍稍拉起被子，盖住她裸露在外的肩膀。

他这一生过得简单，从没想过要挣多大钱，够用就行；出多大名，不过浮云；就想安静地做事做人，若能尽力帮到困境中的人便是最好。最想要的生活也不过是几菜一汤，与她共享；每晚拥她入眠，醒来再见她香甜睡颜，轻轻将她吻醒，听她懒懒哼笑。然后，阳光洒满了窗台。

都实现了。

那个像日光一样温暖地照亮了他单色人生的女孩，终究是走过千山万水，到他枕边了。

周六那天，陈樾带着孟昀，孟昀带着吉他，去了山里野餐。孟昀第一次见着春夏之交的山林，漫山遍野的花儿，藤生的矮灌木的乔木的，粉白浅玫淡紫明黄，蓝的橙的，盛大地铺满了整个春天。

他们在山里走走停停，瞧到好景色便就地停下玩耍，没有目的地，哪儿都是风景。

陈樾教孟昀认识了几十种山花，孟昀一个没记住，只记住她本就认识的野蔷薇，在一处山壁上，满山的粉色小蔷薇瀑布一般，清香扑鼻。

孟昀说：“我只认识这个，别的都记不住。”

陈樾说：“我们两个，有一个认识就行。”

是周末，山里本有附近城市的游客，但陈樾走了条本地人才知道的小道，一路只有他们俩在深山闲逛。晃荡到下午两三点，烈日当头，晒得人有些热。

孟昀略感困乏，软塌塌地靠在陈樾后背上，耷拉着眼皮，绚烂的阳光从她睫毛和眼睛缝儿里流过。

陈樾骑着摩托车，说：“你先睡会儿，我带你去个地方。到了叫你。”

“噢。”

不知过了多久，车停了，她也醒了过来。短暂小憩后，人已精神很多。她下了车，站在一处小悬崖上，底下是一方青色水潭，翡翠般通透。潭水不深不浅，清澈见底。一条小瀑布从对面山上流淌注入，又从右侧低洼处冲刷过碎石，流入山涧，形成小溪。

水潭的清凉之气浮上来，孟昀顿感清醒。

陈樾问：“想游泳吗？”

“现在？”孟昀一愣，旋即又笑，“好啊，走吧。”她刚要转身，想找个缓坡下去潭边。陈樾拉住她的手，下巴往底下一指：“一起跳下去怎么样？”

孟昀惊讶，笑起来：“看不出来啊陈樾，你这么疯的？”

陈樾只是笑：“跳不跳？”

孟昀走到崖边看，不算太高，四米左右，不到两层楼的高度。但她没跳过，有点儿害怕，却又莫名激越：“那你要抱我，不然我不敢。”

陈樾说：“当然。”

“疯了。”孟昀看看脚下的潭水咯咯直笑，激动得发抖，“陈樾，我觉得我们两个疯了。会不会明天报纸头条就是，一对情侣深山跳水殉情？”

陈樾说：“有我在，死不了。”

“我，我准备一下。”孟昀面对着潭水，拿手拍拍胸口。

“来了。”陈樾说，话音未落，他已转身到她正对面抱住她，自己背对着水潭，人就朝后倒了下去。

孟昀一声尖叫，被他抱着坠落下去。

她的心像突然从脑后窜出，悬在半空；湖面的风扑过来，带着清新的水汽，失重的那一秒，她瑟瑟发抖，可一瞬间就没了半点儿害怕。她扑在陈樾身上，“扑通”一声和他一起砸进清潭，溅起巨大的水花。

清凉的潭水从四面八方将她包围，世界瞬间陷入安静；而他没有半刻松手，在水下紧搂住她，很快将她举出水面。她破水而出，重新听到溪水、森林的声响。陈樾头上脸上全是水，在冲她笑。孟昀的心掉落回胸腔，怦怦狂跳。她大笑着蹦到他身上，搂住他脖子亲咬他嘴唇，一直吻到沉进潭水里，才恋恋不舍地松开，复而钻出水面。

“太好玩了！我要自己跳一次，你在下面接我。”

“好。”

孟昀爬上小悬崖，尖叫着跳进潭里，“咕咚”一响。陈樾迅速钻到水下，将她捞出来。

他们像两条鱼自由徜徉。两人在溪水里玩累了，躺到潭边的大石头上晒太阳。正好有一半树荫投到脸上，遮盖了刺眼光线。

流水潺潺，森林深处传来鸟儿的鸣叫。

有那么许久，他和她什么也没说，就那样躺在石头下吹着山风，晒着太阳。世间安静，只有他和她。

孟昀躺着躺着有些犯困，扭头看陈樾，他闭着眼，呼吸安然，不知什么时候睡着了。

她无声地笑了，也蒙眬将睡，眼皮半合之间，她依稀看见山风吹拂树梢，阳光在树叶的缝隙里跳动，闪烁如星。树荫清凉，光斑在她脸上、身上流淌。

她嗅着森林的香气，心底安宁。

有那么一瞬，她不知自己在哪儿，好像跋山涉水走了好远好远的路，有过焦躁闷热汗如雨下的狼狈，身上全是焦灼的水疱、炙烤的伤痕。可她终究是碰到了他，那个像树荫一样清凉安静的男孩，独自默默走了八千里路来到她身边，安抚了她，修复了她。

此刻，陈樾在午睡中，习惯性地和她十指相扣。她侧了个身，贴在他身边安然睡去。

待醒来时，太阳已往西，衣服也干了。不知是晒的，还是吹的，不管。

他们爬上山坡，骑着摩托车回家。

车在山路上穿行，老远看见山谷对面的清林镇，陈樾沿着盘山公路骑行，每隔一会儿就看对面。

孟昀问：“你怎么总往那边望？”

陈樾说：“有次下班经过，看到一个绝美的风景，那时就想带你看。”

山谷对面，白壁灰瓦的建筑群错落分布在山丘上，十分漂亮。但除此之外，并无所谓绝美之处。

陈樾说：“我在找，等它一会儿。”

“它？”孟昀奇怪，“它是什么？”

说话间，陈樾刹了车，停在盘山公路的路侧，落下支架，人坐在摩托上没下来，说：“你看。”

孟昀望着对面的清林镇，眨巴眼睛，问：“看什么呀？”

陈樾说：“反向看日落。”

孟昀一头问号，正要问怎么反向看，这时，镇上一户人家的木窗玻璃一角燃起红色的光。

她一愣，等了没几秒，那光缓缓蔓延，染红了木窗的六格玻璃；渐渐地，那屋子所有的窗户上都燃起夕阳；孟昀回头看身后，太阳落在山峦上，而山谷对面，一个接一个，红色的光如水波荡漾开去，镇上所有的窗户玻璃都反射出夕阳的光芒，仿佛无数个小太阳落在镇上，又如无数红色星子汇成的河流，流淌在青翠的山林之间。

孟昀久久地盯着那盛景，直到夕阳西斜，大面积的火红色开始萎缩，仿佛一摞纸燃烧过后，血红的余烬在黑暗的焦炭之上奔跑。

终于，太阳被那山头遮掩，红色的波光消失殆尽。清林镇仿佛从魔法中走出，回归寂静。

孟昀在晚风中深吸一口气，说：“你什么时候发现的？”

“上个月。这个地方只有我知道，专门留给你的，别的游客都看不到。”

孟昀笑：“我刚准备说这里可以做一个打卡点，搞网络营销呢。”

陈樾说："哦……那也可以。"

孟昀笑他傻，说："陈樾同学，是看到美景就想到我了吗？"

陈樾太熟悉她，知道她又要得意了，果然，她道："说实话，是不是超级喜欢我，喜欢得不行不行了。"

陈樾故意说："还行吧。"

"做人要诚实。"

"嗯，喜欢。"

孟昀斜他一眼。

陈樾笑："超级喜欢。走吧？"

"走吧。"孟昀说，"过会儿去市集，我还要吃金雀花。"

"好。"

"还要香茅排骨。"

"好。看看杨梅上市了没有，给你买杨梅。"

"好呀。"

摩托在山路上飞驰，夕阳沉在山头。晚霞铺满天空和大地。

孟昀搂着陈樾，在晚风中穿过斑斓的霞光回家。她下巴搭在他肩上，一抬眼看见头顶是绿意盎然的山核桃树，树梢上日光闪动，前路上一地树荫。

有风吹拂，八千里路。

（正文完）

番外一

陈樾回上海读书后，跟孟昀正式同居，外加一只云朵。余帆没支持，也没太反对，自己女儿谈了一年异地恋还没分手，实在稀奇。且这一年孟昀对余帆态度好了不少，应该有陈樾的功劳。

不过，她坚决反对过早结婚，认为要再观察两三年，还私下警告孟昀，要是搞婚前怀孕这种事，绝不饶她。

孟昀很无语，说："你想太多了。我还想多玩几年，多过几年二人世界呢。未来七八年都不会要小孩。"

余帆听她这么一说，又道："七八年？说什么瞎话，你晓得高龄产妇多危险吗？"

孟昀说："那就不要，反正我无所谓。"

余帆说："你无所谓，对方也无所谓？"

孟昀纳闷："啊，他无所谓。他说要不要小孩，要几个，全都看我。欸，你好奇怪，你又不喜欢他，不准我跟他结婚，你又操心我跟他小孩的事情，你好有意思哦。"

结果余帆道："路还长着呢，你就一定跟他结婚，小孩爸爸就一定是他了？"

要是以前，孟昀得气炸，但现在她呵呵一笑，假装没听见。

跟母亲的对话，孟昀没跟陈樾讲。并非特意隐瞒，而是没放心上。无论陈樾还是孟昀，对结婚这事本就不着急。结不结婚于他俩不过一张纸而已。至于小孩，更别说了。陈樾的精力都在学业上，孟昀的心思也在事业上，且两人都想再过几年二人世界。总而言之，对现状相当满意。

不过，要说两人生活中全无摩擦，却也不是。

陈樾的学校离孟昀家不算近，但他不住宿舍，哪怕课业重，也一定回家。

有段时间陈樾写论文，孟昀负责一个歌手的新专辑。两人都很忙，一连好些天没在一起吃饭。夜晚在家里碰上，往往他在客厅对着电脑，她在工作间里对着键盘。有时候她会出来趴在他肩上从背后搂着他的脖子，看他电脑上的论文资料，看不懂也要趴半天。有时候他会进去坐在她身旁，拨一拨吉他弦，戳几下琴键。

云朵有时趴在陈樾怀里，有时蹲在孟昀身旁，有时在沙发上打滚，有时在小窝里睡觉。

工作间的门从不关，两人待在两个空间，坐的位置却正好一抬头就能看到彼此。各自忙碌，相安无事。任何时候目光移向对方，瞧着他/她认真工作学习的模样，心里便安定。

后来陈樾的论文先写完，便夜夜拿着书坐在她旁边的小沙发上看，时不时给她准备水果，提醒她喝水。有时孟昀工作到很晚了回身，陈樾已歪在沙发上睡着了。

曾经，孟昀在深夜结束工作，站在落地窗边看着都市高架桥上来往的车流，会忽生空荡之感；如今和他一起入眠，每一天都画上了完美的句号。

忙碌的工作期结束后，孟昀拒绝了同事的聚餐邀请，第一时间跑去学校想给陈樾惊喜。她想跟他一起逛校园，在食堂吃饭，吃完饭了去看电影。孟昀计划得美妙，走在林荫道上，脚步轻快。

她经过学校的一间咖啡屋时，忽又想起曾经。

正是她面试驻唱歌手的那晚，她在公交车上一路哭回学校，下车后她不哭了，跟在他身旁蔫蔫地往宿舍走。

经过那间咖啡屋，陈樾忽然说："你想喝奶茶吗？"

孟昀没吭声，但因为他停了脚步，她也跟着停了。

冬夜很冷，北风刮着几片树叶在地上跑。

陈樾说："喝一杯吧。"

孟昀跟着他进去。店里没几个人，两人坐在角落的玻璃窗旁，一人捧了杯温热的奶茶。

孟昀喝到一半，像是终于从一晚的消沉情绪中挣扎出来了，抬起眼皮看小桌对面的陈樾，说："第二圆舞曲。"

陈樾："啊？"

孟昀指了下头顶，说："店里放的音乐，肖斯塔科维奇的《第二圆舞曲》，我很喜欢。"

陈樾安静地听了会儿，说："很神奇的曲子。"

孟昀问："怎么说？"

陈樾说："感觉放在哪里，什么时候，都很适合。"

"比如？"

"成功的场合，失意的场合，高级的宴会厅，吵闹的菜市场，都适合。"

孟昀看他半刻，忽然微笑了，她在这个冬夜第一次露出笑容，眼睛里有光闪了下，说："你还蛮会欣赏音乐的。"

陈樾一愣，不知是尴尬还是不好意思，眼神躲避地垂下去，小声：

“没……”

可孟昀并非调侃或逗弄：“我说真的呢。”

后来，她在偏远山沟的集市上听到了《第二圆舞曲》。她很喜欢的一首曲子，被他用口琴演奏出来。

他还藏着多少喜欢她的秘密呀。孟昀怅然想着，走进图书馆。她有他的课表，这个时间段他没有课，按习惯一定会在图书馆。

孟昀很快找到了他，他坐在靠近落地窗的座位上，正认真看书，手里的笔在写写画画。孟昀又有些遗憾，她多想把错过的大学生活弥补一下。正想着，一个女孩轻手轻脚地从她身边小跑过去。快到晚餐时间了，图书馆里有多处空座，但她坐去了陈樾身边，递给他一杯金橘柠檬。

陈樾似乎愣了一下，摆了下手。但那女孩直接把吸管插在杯子里，递到他跟前。他没多说什么，低下头继续看书，也没碰那杯金橘柠檬。

女孩立刻翻开一本书，往他身边挪了挪，一手指着上面的内容问他问题。陈樾扭头看一眼她的书，没凑过去答话，但翻了下笔记本，在上头写了一行字，撕下来递给她。那女孩拿了纸，笑着坐回去了。

这时陈樾无意一抬眼，看见了孟昀，稍稍一愣，旋即冲她笑了。

因为他的笑，孟昀心里的一丝不舒服瞬间压抑下去。她小跑去他身边，陈樾往椅子外挪了一点儿，孟昀坐了半边，和他挤在一起。

他声音很低，笑道：“你怎么来了？”

孟昀说：“给你惊喜嘛。刚好经过，蹭个饭。”

陈樾看时间，确实到饭点了，他收了书，说：“走吧。”

陈樾走的时候，忘了那杯金橘柠檬，也没解释那女孩的事，因为他完全没放心上。吃饭时，他得知孟昀接下来有段假期，跟他暑假重合，他琢磨着两人去哪里待一段时间比较好。甘肃，青海，或是她还想去云南。

可孟昀有点儿不舒服，她不是那种处处防备的人。但那女生明显是陈樾的博士同学，刚才孟昀坐下时扫了眼她的书，确认了。

陈樾几乎不发朋友圈，不分组不设置几天可见。一年多前她跟他十指相握的照片仍在朋友圈里，同学不可能不知道他有女朋友。何况陈樾目前的几个男同学，孟昀全见过。

但这事儿乍一看也没什么，说出来就太小气了，还破坏气氛，何必呢。孟昀就说："我们晚上去看电影好不好？有个电影《少年的你》上映了，据说特别好看，我朋友圈好多人都看了。"

陈樾笑说："好啊。"话音没落，来了微信，导师临时要去北京开会，让他晚上去实验室记录数据。

陈樾看孟昀一眼，孟昀忙道："没事。"她摇了摇手机，说："今天同事们在聚会，我去跟他们玩好啦。"

陈樾有些歉疚，说："周末把电影补上好不好？"

孟昀笑："好呀。"

脸上在笑，心里噘了嘴巴。

孟昀来到同事聚会的酒吧，把手机静音，塞到包包最底下，决定好好玩一晚上，不看手机。她真没看，但玩得很不尽兴，听不进歌，也懒得跳舞，一个人坐在角落里喝闷酒。不过她晓得分寸，没多喝。

有男同事见她一个人，过来调笑："怎么喝了半天还是这杯啊，孟昀你这样不行吧，来，这杯干了，我再请你一杯。"

孟昀说："我以为今晚聚会，公司报销呢。"

男同事笑："我代表公司请你，行不行？来，干。"

孟昀心想，要不是陈樾这傻子，她至于来这儿忍受这傻 × 吗？但她居然没跟他说重话，和他碰了下杯，抿了极小一口。

男同事得寸进尺："我喝完了，你就喝这么一小口？不行不行，必须得干了。”说着竟抓着她手腕要送酒。

孟昀的手“不小心”一歪，猩红色的鸡尾酒倒在男同事衬衣上。男同事胸前一片血红，还没来得及反应，孟昀先急了：“哎呀，你撞我手干吗？我裙子都脏了。”她指着裙子上飞溅的几滴小酒渍，气道：“我裙子好贵的。”说完拎上包去了洗手间。

孟昀洗了把脸，不知道几点了，终于没忍住摸了下手机屏幕，零点一刻，七条微信跟十三个未接来电。

她愣了一下，没想到这么晚了，心里也乱，赶紧滑开手机屏幕，陈樾的电话又来了。她接起来，舌头不太直：“喂？”

陈樾说：“你在哪儿？”

孟昀报了位置，说：“我马上回家。”

“我就在附近。”他那边也很吵，似乎也在酒吧，“你别乱动，我马上过来。”

孟昀点头：“好。不乱动。”

傻子在一家家酒吧找她呢。

孟昀走出洗手间，被酒吧的音乐吵得头昏脑涨，她坐回原位，靠在沙发上休息了会儿。大概五分钟后，陈樾来了。

他到她面前看一眼，转身走了。

孟昀一脸问号。

结果，他去吧台买了水，拧开瓶盖，喂到她嘴边。她喝掉小半瓶。陈樾把她扶起来，孟昀很听话，乖乖被他搂着走。刚出卡座，刚才那男同事穿了件外套过来，不太客气地推了陈樾一下：“你干吗呢，想捡尸啊？”

陈樾脸色不太好，挡开他的手，说：“让开。”

那人不让：“搞笑吧，进酒吧捞个漂亮姑娘就走，你谁啊你——”他刚要上前，孟昀把他一推：“我男朋友。怎么了？”

男同事一愣，多看陈樾一眼，又看孟昀，笑：“哎呀我误会了，我是关心你。”

孟昀说：“要你关心，你谁啊你？神经病。”

男同事见孟昀“不领情”，变了脸，许是想说什么过分的话，但看陈樾脸色，咽了回去。

上了出租车，孟昀歪在陈樾怀里喘粗气。陈樾一路没讲话，孟昀有些怀疑他生气了，她知道是自己理亏，于是悄悄决定过会儿自己先生气，掌握主动权。

陈樾把她搂上楼，抱到床上，给她脱鞋的时候，孟昀先发制人：“你怎么不跟我讲话？是不是生气了？”

陈樾抬起头，有些意外：“我以为你酒喝多了，在车上睡觉。不想吵你。”

“……”孟昀稍稍哑火，说，“没喝多。”

虽然有点儿晕，但不至于醉。

陈樾想了一下，问：“因为那个女同学？”

孟昀瞪他半晌，人一倒，打了个滚。

她半张脸埋进蓬松的被子，撅着个屁股对他，咕哝：“我怎么啦？我不高兴，但我不想跟你发脾气，我就生闷气，不行啊？你看见没，我改了的，我现在脾气真是，好得不行哟。你看，我没跟你发脾气吧。我就去喝酒，才喝一杯半，怎么，喝酒都不行啊？我不喝酒，难道喝金橘柠檬？又没有女同学给我买金橘柠檬。”

边说，边生气地扭动几下腰肢跟屁股，脚丫子也跟着蹬一蹬被子。

没有回应。

孟昀扭头看，陈樾唇边含着笑。

她蹬脚："你笑什么？"

陈樾笑容放大，眼里有光芒在漾动。

孟昀抓他手："问你呢，笑什么？"

陈樾含笑："我在想，你怎么这么可爱。"

孟昀："……"

生气的小火苗奄奄一息。

她觉得自己要绷不住了，但必须维持，把身板扭过来对着他："你不要岔开话题。"

陈樾点头："好，你说。"

孟昀脑子转了好几圈，回到刚才的点上，道："你飘了。陈樾，你来上海之后，你飘了。"

陈樾问："我怎么飘了？"

孟昀说："你水性杨'柳'，不守'夫'道。"

陈樾说："林奕扬挽回你那么多次，你心动过吗？她在我这里，连林奕扬都不是。"

完蛋，余烬熄灭，呜呜冒青烟。

孟昀心里顿时就跟被熨斗熨过似的，被抚得平平的。其实，她哪里不知道呢。她没有半点儿担心，就是想要他哄哄罢了。

她借着一点点酒意，得寸进尺：“哼，不管。你再也不是清林镇上那个单纯的陈小樾同学了。”

陈樾说：“那你把我带走嘛。”他侧躺来她面前，说，“要放暑假了，你把我带走嘛。”

孟昀搂他的腰，钻进他怀里：“你为什么不亲我？跟我讲这么久的道理，都不亲我。其实我一点儿都没有担心，我就是，最近跟你亲亲太少了，不高兴。”她哼哼，“好了，话讲完啦，你可以亲亲我了。”

陈樾笑着吻她的唇。

她搂住他的脖子，感受着他的炙热，嗓子里溢出一声轻哼。

他轻声说：“以后在外面，嘴巴忍一忍，不要跟别人起冲突，尤其是男的。”

孟昀想起她今天就撑了那男同事一下，比往日的她收敛多了。她小声：“你很讨厌我跟别人吵架吧。”

“不是这个意思。”

“什么意思？”

“我知道，碰上那种讨厌的人，你忍不住想撑的。但是，有我在的时候，随便；我不在你身边的时候，不行。”

孟昀窝心地憨笑：“噢，知道啦。以后你在不在，我都不撑别人了，好吧？莫跟傻 × 论长短，嘻嘻。”

番外二

他们两个结婚，像是一件很不经意的事情。

2020 年 11 月，听说北方的城市陆续下雪了，但上海的天气还很温暖。电视里播放着新闻。

早晨，两人坐在流理台边吃鸡蛋羹。陈樾中途去接了个电话，孟昀去关电视时经过陈樾的书桌，无意间看到一张个人信息情况表，上面有家属信息一项。

那张表格，陈樾还没开始填。

晚上两人一道去吃火锅的时候，孟昀涮着毛肚，说："我觉得明天是个好日子，我们去领证吧。"

陈樾只愣了一秒，就说："好啊。"

好像这是一件很自然而然、水到渠成的事情。

孟昀通知了孟书桦和余帆，孟书桦挺支持的，还说什么科学证明，恋爱两年左右结婚，婚后幸福率最高。

余帆不太开心，质问孟昀："你是不是怀孕了？"

孟昀很无语："没有。"

然后余帆说："不过你都二十八岁了，也该考虑小孩的事情了。"

孟昀："？？？"

还好她不住杭州，不然真受不了这人。

次日一早，两人去领了证。

陈樾从拿到那盖了钢戳的结婚证开始，就不停地看。

孟昀觉得好笑："你看什么呢？"

陈樾说："照片真好看。"

孟昀说："那人呢？人跟照片有什么不同？"

陈樾说："没有钢印。"

孟昀笑出声，想起他私藏的她的证件照上也是有钢印的，是美好的巧合。她戳戳结婚证上的钢印，说："陈樾同学，以后，我就是你的家属了。"

孟昀没再去管那张信息表，她不知道，陈樾在表格的家属栏里填上了她的名字。她也不知道，他对着她的名字看了许久。

而陈樾不知道的是，他之后还会有个小家属。

小家属是在春节的时候到来的，同样是件不经意的事情。

两人在杭州过年，那几晚没有采取避孕措施。回上海后半月就查出来，有粒小豆子要发芽了。

孟昀有些意外，说："这么容易就中招了？不是说怀孕很难的吗？"你还真是生命力顽强。"

陈樾：“……”

他盯着她的肚子看半天，伸手摸一摸。

她笑他傻：“什么感觉都没有。你想过怎么当爸爸吗？”

陈樾摇了下头，说：“没想过。”

“那你觉得什么时候比较好？”

“我以为会等过些年工作比较顺利稳定的时候。不过，任何时候都不要紧，我会好好爱他养他的。”

孟昀笑了：“我就知道。”

小家属还没出生，家里人已开始起名字了，要好听且有含义。

余帆说叫陈浥尘或者孟蒙，任意一个，男孩、女孩都可以用。孟昀无语，说怎么不叫陈沉尘，孟蒙萌。孟书桦则说叫陈孟或者孟陈，简单大方。孟昀捂脸，说，你们俩别管了。

陈樾问孟昀想取什么名字，孟昀美滋滋地说：“陈清林！孟清林！”

陈樾说：“还不如你爸妈想的。”

他说：“你怎么不叫孟若阳，陈云南。”

孟昀还真想了一下，说：“陈云南好听！那就叫陈云南吧。”

陈樾：“……”

后来陈樾说，他想了个名字。

孟昀说：“什么？”

陈樾说：“孟里。”

孟昀一愣，听到的那一刻，就觉得那是注定给他们小孩的名字，最完美的名字。

她说：“陈孟里，真好。”

陈樾却说："就叫孟里。"

孟里。梦里。

但孟昀还是叫她陈孟里，尘梦里。

有尘亦有梦，她太喜欢了。缥缈尘世间，转身入梦里。

孟书桦跟余帆也极喜欢这名字，余帆说："他还挺会起名。这名字男女都可以叫。"

孟昀说："他是起名小天才。他给我的歌、风车，还有猫猫起的名字都特别好。"

小孟里是个女孩。眉眼像爸爸，嘴鼻像妈妈。至于性格，孟昀觉得她像陈樾，简直是个天使宝宝，从来不哭不闹，连去打疫苗都只是眉头一皱"发现此事并不简单"的模样。

余帆感叹："还好不像她妈小时候，哭得我耳朵都聋了。"

孟昀说："余女士你又跑来上海干吗，你不上班的吗？"

余帆想跟小孟里培养感情，但小宝宝比较谨慎，她最爱陈樾和孟昀，一见他俩就咧嘴笑，见到余帆却皱眉，还不如云朵。她很爱云朵，常常拿它的尾巴做抓握练习。她拖它的尾巴，跟它一起爬，还睡在它肚子上。

云朵再也不是当初的奓毛小屁猫，她是只成熟的管家猫了，不仅会拿猫尾巴逗孟里，还会陪孟里睡觉。

陈樾毕业后进了一家更好的企业，换了部门，升了两级。而孟昀已是小有名气的音乐人。合作得预约，因为她说不定哪天就飞离上海，听说总往西部跑。

小孟里到了三岁，是狗都嫌的年纪。待在上海的时候像陈樾，离了上海像孟昀。一只小云朵已不够她发挥，隔壁的狗她要撵，大爷的牛她要骑，大婶的羊她要去顶角，没人管的树她要爬，连大鹅她也敢揪脖子。

陈樾基本放任她，只教她不许伤害动物，不许弄坏人家东西。小孟里很听爸爸的话，只有一次没忍住，从别人菜园子里扯了一串没长熟的西红柿。陈樾带着她上门赔偿道歉，小家伙就记住了，再也不犯。且小孟里话也密，见了谁都能叽叽咕咕地聊。傍晚散步，她坐在田埂上跟老大爷聊了半小时。去到陈樾的工地上，她都能跟工程师们对话半天。

孟昀无语，说："这是像了谁？我也没她话这么多啊。"

陈樾却笑："小女孩活泼点儿是好事。"

陈樾一直放任她自由生长，只偶尔引导。孟昀也不会过分严厉，她发现小孟里在观察父母学习父母，陈樾本身就已经是很好的榜样。而有时小家伙犯错，孟昀训她，陈樾也不会插手。

有次小孟里想出去玩，不想吃饭。孟昀说吃完饭才可以出去。小孟里不高兴，跳下椅子，小碗一掀，玉米跟红薯滚过桌子，掉在地上。

孟昀说："捡起来吃了。"

小丫头不捡。

孟昀说："陈孟里，今天不把东西吃完，就给我在这儿站一天。你知不知道浪费粮食是多么可耻的行为？真丢人。"

小孟里嘴巴一噘，眼里含了泪。

陈樾在一旁看，不开口。

孟昀说："你还好意思哭，种玉米种红薯的爷爷才想哭呢。辛辛苦苦种的粮食，被你这么糟蹋。你说你错没错？"

小孟里一下子哇哇哭，扭着小身板朝陈樾伸手，要抱抱。

陈樾不抱她，只是蹲下来与她平视，无声地摇了摇头。

小孟里仍伸着双手，号着："爸爸，抱抱……"

陈樾说："妈妈说的话是对的，对的话你该不该听呢？"

孟里见爸爸这里没指望了，只好不哭了，把玉米跟红薯捡起来，眼巴巴地看看孟昀，又看看陈樾。

陈樾这下将她揽进怀里，揉揉她毛茸茸的小脑袋，说："你现在和妈妈去说，让妈妈帮你擦擦玉米上的灰。"

小孟里含着泪："妈妈在生气，怎么办？"

陈樾说："我教你。你去抱抱她，亲她一口就好了。"

于是小丫头飞扑去了孟昀怀里。

两人日常给小孩的陪伴足够多。到了寒暑假，如果恰好陈樾跟孟昀不出差，都待在上海，小孟里就会被外公外婆接去杭州。正好他俩可以过二人世界。

日子过得平淡如风，又时起涟漪。或许因为常常跑西部城市，山川湖泊，大城小村，哪里都去，生活半点儿也不会无聊烦腻。

待在上海的时候，虽显得按部就班了些，也总有新鲜感。工作日，陈樾的研究进度往前推了一点儿；孟昀写了一首超满意的新歌。周末，两人找一条梧桐树荫的街道散步，进一家复古的小店，寻一家冷门的餐厅，看一场奇怪的现代艺术展，哪怕只是叫上一堆所谓垃圾食品的外卖，躲在卧室里拿投影仪看电影……

当然，偶尔也会有那么一两周，他比较忙，或者她比较忙，懈怠了对方。

那一次，孟昀制作的某张专辑中一首歌被泄露音轨，只得替换掉。

她日夜加班，早出晚归，到了周末也不见人。

孟书桦把小孩接去杭州过周末了，陈樾干脆去公司加班，到了晚上下班时无意看一眼桌上的台历，发现竟是他的生日。

陈樾跟孟昀在一起之后才过生日的，以前没这个习惯，也并未放心上。他回了家，刚进电梯，孟昀给他发了条消息："你吃饭了没有，过会儿我给你带螃蟹回来好不好？"

陈樾回："好啊。"

孟昀拍了张他们公司点的螃蟹外卖图。

陈樾笑着走出电梯，摁开家门。

门拉开一条缝的时候，涌起了风。

陈樾想，应该是孟昀出门的时候忘记关窗了。

呼呼呼——啦啦啦——

有风声，但那声音却又不似一般的风。像是——

陈樾一愣，门在他面前打开，他先看见玄关柜子上一小排飞速转动的小风车，而后，地板上，桌子上，地毯上，流理台上，电视柜上，一屋子小小的纸风车在夜风中呼啦啦转动，红的黄的蓝的绿的，还有闪闪发亮的玻璃纸做的，无数的小风车在为他唱歌。和儿时的一模一样。

陈樾被风包围着，怔愣了十秒才反应过来，人一下笑了起来。

下一秒，孟昀捧着个点了蜡烛、插着彩色小风车的蛋糕走出来。陈樾捂着眼睛转过身去，笑得弯下了腰，好不容易直起身来看她一眼，脸都笑红了，又低下头去，笑着摇了摇。

孟昀捧着蛋糕到他跟前，也笑得东倒西歪："说，你是不是猜到我骗你说在外面要给你惊喜？”

陈樾脸还是红的，笑着实话实说：“回来的路上，是那么想了一下。但没想到……”

孟昀道：“没想到办法虽然俗，还是很惊喜，对不对？”

陈樾托住她捧蛋糕的手，说：“你从哪里搞来这么多风车？”

孟昀邀功：“还能是哪里，这种风车都没有卖的。全是我自己买彩纸钉子棍子做的，几百个呢。我手都要肿了你看。要亲亲才能好。”

陈樾握住她的手心，吻了下她的手指。想着她剪彩纸，钉小钉……他眼睛湿了一下，凝视着她，只是笑，烛光映在他黑色的眼瞳里，跳跃着。

孟昀催促：“快许愿。愿望要带上我哦。”

陈樾说：“只关于你。”

呼——

风车起舞。

小时候，他想买一个彩色的小风车，要一块钱。他没有买，但每天都去看。后来，那个卖货郎走了，风车也都被他带走了。没有了。

没关系，陈樾同学，未来会有个女孩，带着很多的纸风车来找你。

（全文完）

后记

写这个故事呢，是因为很喜欢云南。提到云南，就想起那里高高的天空。且我以前没写过平淡舒缓、慢慢相处的故事，所以这次想尝试一下。比较开心自己做了这个尝试，当最后一个字写完的时候，我很喜欢昀和樾。

孟昀，一个日光般热烈的女孩。就像陈樾说的 6 号风车。她迷茫的那段时间，只是因为处在不合适的位置，哪怕是她倔强的脾气，放在合适的地方也未必是坏事。比如，他给她搬书，她就非要还给他一个冰激凌做交换；他跳起来摸高撞了人，导致全班罚站，她就直接撑教官，进行反抗。他总是集体里默默做事的那个，孟昀却能大声说不能只让他一个人做事。在陈樾刚入学有些社交困难的时候，她却在他面前将高兴、生气等所有情绪直白直接地表达出来，不掩饰，不避讳。陈樾完全接收了她的情绪，理解了她的内心，像阳光一样炙热。

陈樾，一个树荫般温柔的男孩。他对孟昀的喜欢很纯粹，不掺杂任何杂质，不求任何回报。他想让孟昀收到喜欢的礼物，想让孟昀参加比赛，想让孟昀过她想要的生活。如果有需要，他会默默帮她，如果她过得很好，他就不存在。他对孟昀的喜欢并非期待和占有，更有欣赏和希望她开心。他是一个“对心爱的女孩无私”的人。如果“孟昀开心快乐，做她想做的事，过她想过的人生”和“他跟孟昀在一起”，这两个选项无法兼容，只能选其一的话，他会选前者。这便是他的纯粹之处，没有入侵感，却叫人安宁。或许，恰恰是因他孑然一身的背景，从小没有爱过也没有被爱过，所以才会死心眼地做到极致。

这故事写得非常开心，好像连自己都被治愈了。很感谢他们选择了我，成为我故事里的人物，借着我的笔走过他们的人生。也希望这个故事能给你们带去温暖。

图书在版编目（CIP）数据

八千里路：全2册 / 玖月晞著. -- 南京：江苏凤凰文艺出版社, 2021.9
ISBN 978-7-5594-6225-1

Ⅰ. ①八… Ⅱ. ①玖… Ⅲ. ①长篇小说 - 中国 - 当代
Ⅳ. ①I247.5

中国版本图书馆CIP数据核字(2021)第171930号

八千里路：全2册

玖月晞 著

责任编辑 张 倩
特约编辑 孙悦久
出版发行 江苏凤凰文艺出版社
南京市中央路 165 号，邮编：210009
网 址 http://www.jswenyi.com
印 刷 北京盛通印刷股份有限公司
开 本 880mm × 1230mm 1/32
印 张 17.75
字 数 458千字
版 次 2021 年 9月第 1 版
印 次 2021 年 9月第 1 次印刷
书 号 ISBN 978-7-5594-6225-1
定 价 75.00 元（全2册）
